제7의 십자가 1

DAS SIEBTE KREUZ
by Anna Seghers

Copyright © Aufbau Verlag GmbH & Co. KG, Berlin 1946 and 1997
All rights reserved.

Korean Translation Copyright © 2013 by Sigongsa Co., Ltd.
The Korean language edition published by arrangement with
Aufbau Verlag GmbH & Co. KG through MOMO Agency, Seoul.

이 책의 한국어판 저작권은 모모 에이전시를 통한
Aufbau Verlag GmbH & Co. KG 사와의 독점 계약으로 (주)시공사에 있습니다.
저작권법에 의해 한국 내에서 보호를 받는 저작물이므로 무단전재와 무단복제를 금합니다.

세계문학의 숲 033
Das siebte Kreuz

제7의 십자가 1
히틀러의 독일로부터 온 소설

안나 제거스 지음
김숙희 옮김

시공사

이 책을 작고한, 그리고 생존해 있는
독일의 반(反)파시스트들에게 바친다

일러두기

1. 이 책은 1942년 미국에서 영어로, 같은 해 멕시코의 망명 출판사에서 독일어로, 그리고 종전 후 1946년 독일에서 출간된 안나 제거스의 《제7의 십자가(Das siebte Kreuz)》를 우리말로 옮긴 것이다.
2. 번역 대본으로는 Aufbau Verlag 판(2009년 31쇄)을 사용했다.
3. 주는 모두 옮긴이 주이며, 옮긴이 주를 달고 해설을 쓰는 데에는 마리오 라이스(Mario Leis)가 쓴 해설서 《Lektüreschlüssel Anna Seghers Das siebte Kreuz》(2009, Reclam), 뤼디거 베른하르트(Rüdiger Bernhardt)가 쓴 해설서 《Königs Erläuterungen Anna Seghers Das siebte Kreuz》(2012, C. Bange Verlag), 베른하르트 슈피스(Bernhard Spies)가 쓴 《Grundlagen und Gedanken Erzählende Literatur Anna Seghers Das siebte Kreuz》(1997, Verlag Moritz Diesterweg), 미하엘 침머(Michael Zimmer)가 쓴 《Analysen und Reflexionen Anna Seghers Das siebte Kreuz》(2008, Joachim Beyer Verlag), 우르술라 엘스너(Ursula Elsner)가 쓴 《Oldenbourg Interpretationen Anna Seghers Das siebte Kreuz》(1999, Oldenbourg Schulbuchverlag), 외른 브뤼게만(Jörn Brüggemann)과 로미 브뤼게만(Romy Brüggemann)이 편한 《Texte Medien Anna Seghers Das siebte Kreuz》(2009, Bildungshaus Schulbuchverlage) 등을 참조했다.

차례

제1장　9
제2장　113
제3장　219

주요 인물들

게오르크 하이슬러 베스트호펜 강제수용소에서 탈출
발라우(에른스트), 보이틀러(알베르트), 펠처(오이겐), 벨로니, 필그라베, 알딩거 게오르크와 같은 탈주자들

파렌베르크 베스트호펜 강제수용소 소장
분젠 베스프호펜 강제수용소에 배치된 소위
칠리히 베스프호펜 강제수용소의 분대장

피셔, 오버캄프 베스트호펜 강제수용소 탈출 사건을 맡은 경감들

에른스트 양치기
프란츠 마르네트 게오르크의 옛 친구. 획스트 염색 공장 노동자
레니 게오르크의 옛 연인
엘리 게오르크의 아내
메텐하이머 엘리의 부친
헤르만 프란츠의 친구. 그리스하임 철도 공장 노동자
엘제 헤르만의 아내
프리츠 헬비히 견습 정원사
뢰벤슈타인 유대인 의사
마렐리 부인 곡예사들의 의상을 만드는 재단사
파울 뢰더 게오르크의 어린 시절 친구
리이젤 뢰더 파울 뢰더의 아내

카타리나 그랍버 파울 뢰더의 아주머니. 차고 소유주
피들러 파울 뢰더의 공장 동료 노동자
그레테 피들러의 아내
크레스 박사, 크레스 부인 게오르크의 탈출을 돕는 화학자와 그의 아내
라인하르트 피들러의 동지. 공장 동료
술집 여종업원 게오르크의 국외 탈출 전날 잠자리 제공
네덜란드 선원 게오르크의 국외 탈출을 돕는 이

제1장

이 나라 그 어디에도 아마, 제3동 막사 앞에 세워진 일곱 그루의 플라타너스처럼 그렇게 이상하게 잘려나간 나무는 없을 것이다. 이 나무들의 수관(樹冠) 부분은 이미 베어 없어진 상태였는데, 그 이유는 나중에 알게 된다. 이 나무들의 사람 어깨 높이쯤 되는 곳에는 가로로 널빤지가 박혀 있어서, 이 플라타너스 나무들은 멀리서 보면 꼭 일곱 개의 십자가 같았다.

 새로 온 수용소장은 부임하자마자 그 나무들을 모두 작은 땔감으로 만들게 했다. 신임 소장 좀머펠트는 전임 소장 파렌베르크와는 다른 인물이었다. 파렌베르크는 '젤리겐슈타트의 정복자'*—그의 부친은 그곳 광장에 아직도 설비 상점을 갖고

---

*젤리겐슈타트는 마인 강변의 소도시로 하나우와 아샤펜부르크 사이에 위치한다. '젤리겐슈타트의 정복자'란 파렌베르크가 젊은 시절 나치 돌격대와 함께 이 소도시를 공포로 몰아넣었던 사실을 암시한다.

있다고 한다—라며 거들먹거리는 옛 투사*였다. 그리고 신임 소장 좀머펠트는 아프리카 출신으로 식민지 장교였다.** 전쟁이 끝난 후 그는 자신의 옛 상사인 레토브-포어베크 소령을 따라 붉은 함부르크로 진군했었다.*** 우리는 이 모든 사실을 훨씬 후에야 알게 되었지만 말이다. 전임 파렌베르크 소장이 예측할 수 없이 돌발적으로 무시무시한 잔인함을 가끔씩 드러내는 바보였다면, 신임 소장은 모든 것이 예측 가능한 냉혹한 사람이었다. 전임 파렌베르크가 갑자기 우리 모두를 불러 세워놓고 두들겨 쓰러뜨리는 자였다면, 신임 좀머펠트는 우리 모두를 줄 세워 '차렷!' 시켜놓고 네 번째 해당자마다 앞으로 나오게 해서 두들겨 패는 자였다. 이 역시 우리는 당시엔 알지 못했다. 설사 알았다 한들 무슨 상관이었겠는가! 여섯 그루의 플라타너스가 모두 소용이 없어지고, 일곱 번째 나무만이 끝까지 남았을 때, 그때 우리를 덮쳐 오던 그 감정! 그것은 아주 작았지만, 승리의 감정이었다. 죄수복을 입은 우리들의 무력한 처지에서

---

*나치는 1920~1925년 국가사회주의 독일 노동자당, 즉 나치당(NSDAP)에서 히틀러와 함께했던 자들을 '옛 투사'라 부르면서 전당대회 때는 특별 예우했다. 1933년부터는 권력 장악 이전 입당한 자들을 모두 이렇게 불렀으며, 그 이후 당에 들어온 자들을 경멸 섞어 '3월 제비꽃'이라 불렀다.
**신임 수용소장이 1914~1918년 아프리카 주둔 독일 식민지 보호 부대에 있었음을 나타낸다.
***독일은 1차 세계대전의 패전과 함께 혁명의 소용돌이에 휩싸였다. 1918년 11월 초 봉기한 수병들은 키일로 돌격, 조선소 노동자들과 함께 혁명 노동자-병사 평의회를 조직했는데, 이 평의회 창설의 물결은 함부르크를 통해 독일 전역으로 퍼져 나갔다. '붉은 함부르크'란 이 사실을 가리키는 것이다. 아프리카 주둔 독일 식민지 보호 부대 사령관이었던 레토브-포어베크 소령(1870~1964)은 제국군 장군으로 1919년 함부르크 봉기를 진압했다.

보자면, 정말이지, 그것은 승리감임에 틀림없었다. 오랜 시간이 지난 후 갑작스럽게 느끼게 된 승리감. 그것은 수량(數量)으로 평가되는 이 지상의 많은 일상적인 힘들 중의 하나이지만, 그것이 우리가 지닌 유일한 힘인 곳에서는 갑자기 측량할 수도 계산할 수도 없는 것으로 급격하게 자랄 수 있는 힘, 우리들 자신이 충분히 오랫동안 마음속에 간직해온 바로 그 힘이었다.

그날 저녁 처음으로 우리들의 막사에는 난방이 들어왔다. 갑자기 날씨가 나빠졌던 것이다. 작은 주물 난로에서 타들어가던 두어 개의 장작 개비가 정말 그 플라타너스 나무들에서 나온 것이었는지, 이제 와 생각해보면 나 자신도 분명하지 않다. 그러나 당시에 우리 모두는 그렇다고 확신했었다.

우리는 난롯가에 몰려 앉았다. 젖은 옷가지들을 말리기 위해서이기도 했지만, 넘실대는 불길에 익숙하지 않았던 터라 그 불길을 보는 것만으로도 불길이 우리의 마음을 에는 듯 파고들었기 때문이었다. 돌격대(SA)* 보초병은 우리에게 등을 돌리고 서 있었다. 그는 무심하게 격자창 밖을 내다보고 있었다. 더 이상 안개라고 할 수 없는 부드러운 회색 는개가 갑자기 날카로운 빗줄기가 되어, 바람이 심하게 불 때마다 막사에 부딪쳤다. 뼛속까지 나치인 돌격대 보초도 결국 우리와 함께 가을이 진입하는 소리를 듣고 보았다. 일 년에 한 번뿐인 가을의 진입을.

---

*SA는 Sturmabteilung의 약자. 나치당의 준군사적인 행동대. 1933년 히틀러 집권 후 회원이 2백만 명이 넘었다. 나치의 권력 장악 직후 '민족의 적'들을 박해하고 추적하는 모든 권한을 부여받았으나, 1934년 룀 폭동으로 지도부가 해체되면서 힘이 약해졌다.

장작들이 탁탁거렸다. 두 줄기의 푸른 불길은 석탄도 함께 타고 있음을 알려주었다. 우리에게 배당된 것은 다섯 삽 분량의 석탄이었다. 그것은 구멍이 숭숭 뚫린 외풍 센 막사를 겨우 몇 분간 덥혀줄 수 있는, 우리의 옷가지를 말리기에도 부족한 분량이었다. 그러나 우리는 그런 것은 생각하지 않았다. 우리는 눈앞에서 타고 있는 나무만을 생각하고 있었다. 한스가 비스듬히 보초를 곁눈질하며 입술을 달싹거려 낮게 말했다. "탁탁거리는군." 에르빈이 말했다. "일곱 번째 나무일 거야." 모두의 얼굴에는 혼합될 수 없는 것들이 서로 뒤섞인 기묘한 미소가 희미하게 떠올라 있었다. 희망과 냉소, 무력함과 대담함이 함께 뒤섞인 미소였다. 우리는 숨을 죽였다. 빗방울은 때로 널빤지를, 때로 막사의 양철 지붕을 때리고 있었다. 우리들 중 가장 어린 에리히가 그의 내면이 온통 담겨 있는, 동시에 우리 모두의 온 마음이 담겨 있는 간절한 시선으로 말했다. "그는 지금 어디쯤 가고 있을까요?"

I

10월 초였다. 프란츠 마르네트는 타우누스* 앞쪽 지역 슈미트

---

*라인 강, 마인 강, 란 강(독일 서부 라인 강 지류) 그리고 베테라우 사이에 놓인 70km 길이의 산등성이. 부분적으로 기후가 대단히 좋아 포도, 아몬드, 밤 등이 자라고, 잘 알려진 광천수도 있다. 사과와 사과술이 유명하다.

하임 교구에 속한 친척의 농장에서 평소보다 몇 분 일찍 자전거로 출발했다. 프란츠는 막 서른 줄에 들어선, 사람들 사이에 섞이면 거의 졸린 듯한 조용한 표정을 띠는, 중키의 땅딸막한 남자였다. 그러나 지금 가장 아끼는 탈것 위에서 가파른 들판 사이를 가로질러 포장 국도까지 타고 내려가는 그의 얼굴에는 소박한 삶의 기쁨이 강하게 어려 있었다.

사람들은 아마도 이해하지 못하리라. 어째서 프란츠가 이렇게 느긋하게 자기 처지에 만족하고 있는지를. 그러나 그는 만족하고 있었다. 자전거가 두 번 구르면서 땅을 훌쩍 뛰어넘었을 때 그는 나지막이 행복의 비명까지 내질렀다.

어제부터 이웃 망골트 씨 댁 풀밭에 풀어놓았던 양 떼들은 내일 프란츠 친척의 넓은 사과나무 들판으로 옮겨질 예정이었다. 그 때문에 친척집 식구들은 오늘 중으로 사과 따는 일을 끝내려 하고 있었다. 푸른빛 대기 속으로 힘차게 뻗어나간 서른다섯 개의 연골 같은 나뭇가지들은 골드파르메네종* 사과들을 잔뜩 매달고 있었다. 사과들은 모두 어찌나 반짝반짝 잘 익어 있었던지, 첫 아침 햇살 속에 수많은 작고 둥근 태양처럼 반짝이고 있었다.

프란츠는 그러나 사과 따기에 빠지게 된 것을 아쉬워하지 않았다. 용돈이나 벌자고 농가에서 이리저리 땅을 파헤치는 일은 그동안 지겹게 해왔던 터, 그래서 그는 여러 해 동안의 실직

---

*가장 오래된 사과 품종 중의 하나.

생활을 끝낸 것이 기뻤다.* 그리고 아저씨의 농장은—아저씨는 조용하고 점잖은 분이었다—강제노동수용소**보다 백배 나았다. 그는 9월 1일부터 공장으로 출근하고 있었다. 그것은 그에게도 친척들에게도, 어떤 면에서 보더라도, 좋은 일이었다. 그가 이번 겨울 내내 하숙비를 내는 손님으로 머무를 것이기 때문이었다.

프란츠가 이웃 망골트 씨 댁 농장을 지날 때 그 튼튼한 배나무들 앞에는 막 사다리와 긴 막대 그리고 바구니들이 놓이고 있었다. 이 집 장녀 조피가 앞장서서 사다리에 뛰어오르는 중이었다. 그녀는 뚱뚱하다 싶은, 그러나 둔한 느낌은 주지 않는, 게다가 가냘픈 손목과 발목을 가진 아가씨였다. 그녀는 사다리에 오르면서 프란츠에게 무어라고 소리를 질렀다. 그는 그녀가 하는 말을 알아듣지 못했으나, 잠시 고개를 돌리고 웃었다. 자기 역시 그곳에 소속돼 있다는 감정이 엄습해왔다. 희미하게 느끼고 허약하게 행동하는 사람들은 그를 이해하지 못하리라. 보통 사람들에게 있어 소속이란 일정한 가족, 교구 혹은 연인에게 속함을 의미할 것이다. 그러나 프란츠에게 있어 소속이란 이 땅 자체에 속한다는 것을, 이 땅의 사람들과 획스트***로 출

---

*독일의 실업자 수는 1928년 150만 명에서 1929년에 뒤이은 세계 경제 위기 동안 6백만 명 이상으로(1932~1933년) 뛰어올랐다. 물질적인 궁핍은 파시즘 운동이 창궐하게 된 사회적 온상이었다. 이 소설의 이야기가 진행되는 1937년 독일의 실업자 수는 처음으로 1백만 명 이하가 되었다.
**1933년 이후 강제 노역자들 및 정치적으로 달갑잖은 노동자들을 수용했던 원시적인 막사를 말한다. 1939년부터는 독일뿐 아니라 점령 지역에도 설치되었다. 여기 동원된 사람들은 건축, 수확 등의 각종 노역에 투입되었다.

근하는 아침 조에 속한다는 것을, 그리고 무엇보다도 살아 있는 사람들 자체에 속한다는 것을 의미했다.

프란츠는 마르네트 씨의 농장을 둘러 지나오면서 부드럽게 경사진 거칠 것 없는 땅을, 그리고 안개를 내려다보았다. 약간 내려간 곳, 국도 아래쪽에서 양치기 에른스트가 울타리를 열고 있었다. 울타리에서 풀려난 양들은 곧장 언덕에 찰싹 달라붙었다. 마치 작은 조각들로 찢어졌다가 곧장 다시 붙어 깃털을 곤두세우는 작은 구름 떼처럼 조용하고도 촘촘하게. 슈미트하임 출신인 양치기 역시 프란츠에게 무어라고 소리를 질렀다. 프란츠는 미소를 지었다. 새빨간 목 수건을 두르고 있는 양치기 에른스트는 양치기답지 않은, 대단히 건방진 녀석이었다. 서리가 내리는 가을밤이면 동정심 많은 마을 농가의 아가씨들이 그의 이동식 오두막으로 찾아들곤 했다. 양치기의 등 뒤에서 땅은 크게 출렁이는 파도처럼 침착하게 경사를 이루고 있었다. 지금 여기서 라인 강이 보이지는 않았지만, 강은 열차로 한 시간 떨어진 곳에 있었다. 들판과 과일나무들 그리고 더 아래쪽에는 포도나무들이 늘어선 넓게 뻗어나간 산비탈들, 여기까지도 냄새를 풍기는 공장 연기, 서남쪽으로 뻗어나간 철도 노선과 도로들의 굴곡, 안개 속에서 반짝이며 빛나는 장소들, 그리고 한 발을 앞으로 내밀고 한 손은 엉덩이에 받친 채, 양 떼가 아니라 마치 군대를 호령하는 듯한 자세를 취하고 있는 새빨간 목 수

***마인 강변에 위치한 공업지역. 염색 공장과 약품 산업이 유명하다. 1928년부터 프랑크푸르트 시에 합병되었다.

건의 양치기까지, 이 모든 것이 라인 강을 의미했다. 그것은 분명한 사실이었다.

여기 이곳은 지난 전쟁의 총알들이, 땅속에 묻혀 있던 앞선 전쟁의 총알들을 파 뒤집어 꺼내놓는 땅이었다. 이 언덕들은 산이 아니었다. 일요일이면 아이들은 건너편 마을의 친척 집을 찾아가 슈트로이젤 케이크*와 커피를 얻어먹고 저녁 종소리와 함께 집으로 돌아오곤 했다. 그러나 고리처럼 이어진 이 언덕들은 또 오랫동안 세상의 변방이기도 했다. 저편에서는 황야가, 미지의 땅이 시작되고 있었다. 이 언덕을 따라 고대 로마인들은 국경 방어벽**을 쌓았었다. 이곳 언덕들 위에서 켈트족의 태양신 제단이 불탄 후 많은 종족이 피를 흘리고, 그토록 많은 전투가 치러지고 나서, 그들은 소유할 수 있는 모든 세계를 마침내 울타리로 둘러치고 개간했다고 믿었다. 그러나 저 아래쪽 도시***가 문장(紋章) 속에 지켜낸 것은 독수리나 십자가가 아니라, 켈트족의 태양륜(太陽輪), 마르네트 씨 농장의 사과들을 익혀주는 저 태양이었다.**** 바로 이곳에서 전쟁을 치른 군대

---

*설탕, 계피, 버터, 견과 등을 섞어 만든 토핑인 슈트로이젤을 올린 케이크.
**이 방어벽을 리메스(Limes)라고 한다. 1세기부터 3세기 사이 고대 로마인들이 쌓은, 로마제국 당시의 최북단 국경 요새다. 라인 강에서 도나우 강에 이르기까지 총 548km 길이다.
***마인츠를 가리킨다. 마인츠는 로마 황제 아우구스투스 시대 이후 5세기 중반에 이르기까지 로마의 중요 위수 도시였으며, 로마 현 게르마니아 프리마(Germania prima)의 수도였다.
****독수리는 로마 군단의 군대 표지나 군기를 나타내며, 십자가는 기독교의 상징이다. 그러나 마인츠의 문장에는 붉은색 방패 위에 여섯 개의 살로 된 은색 바퀴의 켈트족 태양륜이 들어 있다.

들은 이 세상의 모든 신들과 함께—도회의 신, 농부의 신, 유대 신, 기독교 신, 아스타르테 신, 이시스 여신, 미트라 신, 그리고 오르페우스*—진을 쳤었다. 황야는 바로 이곳에서 시작되고 있었다. 지금 슈미트하임 출신의 양치기 에른스트가 한 발을 앞으로 내밀고 한 손은 엉덩이에 받친 채 양 떼 옆에 서 있는, 그리고 그가 두른 목 수건의 끝자락이 마치 쉼 없이 바람이라도 부는 양 곤추 펄럭이는 바로 이곳에서 말이다. 지금 그의 등 뒤에 해당하는 계곡 쪽에서는 옅은 김을 내뿜는 햇빛 속에서 민족들이 서로 부대꼈었다. 동서남북이 뒤섞여 끓어올랐었다. 그러나 이 모든 것에서 아무것도 취하지 않으면서, 이 모든 것으로부터 무엇인가를 보존하고 있는 것이 또한 바로 이 땅이었다. 지금 양치기 에른스트가 서 있는 등 뒤쪽의 땅에서는 여러 제국들이 영롱한 방울처럼 솟아올랐다가 금방 사라져 없어지기도 했다. 제국들은 방어벽도, 개선문도, 군용도로도 남기지 않았다. 그저 여인들의 복사뼈에 걸려 있던 두어 개의 삭아빠진 황금 발찌들을 남겼을 뿐. 그러나 그 발찌들은 마치 집요한 꿈처럼 없어지지 않고 남아 있었다. 양치기는 지금 아주 자랑스럽게 그곳에 서 있었다. 이 모든 것을 다 알고 있다는 듯이, 무심하게 서

*모두 신화에 나오는 인물들이다.
· 아스타르테 신: 시리아와 팔레스타인 지역(고대 페니키아)의 전쟁 및 풍작의 여신.
· 이시스 신: 다산, 사랑, 물, 지하 세계를 관장하는 이집트의 여신.
· 미트라 신: 고대 이란의 빛의 신. 인도의 태양신이기도 하다.
· 오르페우스: 그리스 신화에 나오는, 신의 은총을 받은 시인이자 가수. 그의 노래는 동물과 돌과 나무들도 감동시켰다 한다. 예술의 힘을 상징한다.

있었다. 아니, 설사 아무것도 모른다 해도, 거기 그렇게 서 있을 수밖에 없을 테지만 말이다. 포장 대로가 고속도로로 흘러드는 저곳은 프랑크족 군대*가 마인 강을 건너려고 집결했던 곳이었다. 그리고 아무도 발을 들여놓지 않았던 이 거친 황무지로, 망골트 씨 농장과 마르네트 씨 농장 사이를 따라 당나귀를 타고 올라왔던 사람은 어느 사제**였다. 믿음의 갑옷으로 무장하고 구원의 칼을 허리띠에 찬 이 연약한 남자는 복음과 함께 사과 접목의 기술을 전해주었다.

양치기 에른스트는 자전거를 타고 가는 프란츠를 따라 몸을 틀었다. 목에 두른 수건으로 너무 더워진 그는 그것을 풀어 마치 군기처럼 그루터기 밭 위에 던졌다. 이 행동은 마치 수천 개의 눈 앞에서 행하는 몸짓인 양 보일 수도 있겠지만, 정작 그를 보고 있는 것은 애견 넬리뿐이었다. 그는 아무도 흉내 낼 수 없는, 경멸하는 듯한 거만한 자세를 취했다. 이번에는 등이 도로 쪽으로, 얼굴은 마인 강이 라인 강으로 흘러드는 평지 쪽으로 향해 있었다. 마인츠 시는 마인 강이 라인 강과 합류하는 초입에 자리하고 있었다. 마인츠는 신성로마제국*** 시절 대재상****이

---

*프랑크 제국의 창시자인 클로드비히 1세는 496년 세례를 받고 같은 해 알레마넨을 정복하여 네카 강, 마인 강과 라인 강 상류 사이의 영토를 점령했다.
**사제 보니파티우스(약 672~754)를 말한다. 그는 718년 교황으로부터 게르만인들을 개종시키라는 명령을 받고 튀링엔과 프랑켄 지역에서 약간의 성공을 거두었다. 745년 마인츠 주교로 임명된 그는 주민들의 기독교화를 위해 호전적인 수단을 쓰기도 했으나, 근대적인 문화를 가져다주기도 했다.
***962~1806년의 독일 제국에 대한 명칭. 수백 년 동안 정치적인 힘은 거의 지니지 못한 채 존속했으며, 1806년 나폴레옹의 침공으로 무너졌다.
****초기에는 성직자들만 글을 읽고 쓸 수 있었으므로, 왕의 문서를 담당하는 재상

배치되던 곳이었다. 그때 마인츠와 보름스 사이의 평원과 강둑은 온통 황제 선출*을 위한 텐트의 진영들로 뒤덮였다. 이곳에서는 매년 새로운 일이 일어났다. 그러나 같은 일도 반복되었다. 사과와 포도주는 해마다 부드러운 안개 속 태양 아래서 변함없이 익었고, 사람들의 수고와 근심 또한 변함없이 존재했다. 포도주는 누구에게든지, 무슨 일에나 필요한 것이었다. 주교와 지주들은 황제 선출을 위해, 승려와 기사들은 교단을 세우기 위해, 그리고 십자군 원정대는 유대인을 불태워 죽이기** 위해 포도주가 필요했다. 오늘날에도 여전히 브란트라는 이름을 갖고 있는 마인츠의 광장에서는 한꺼번에 4백 명이 불타 죽었다. 신성로마제국이 붕괴했을 때, 성직자들과 세속 선제후들, 그리고 힘 있는 자들의 축제는 그 어느 때보다 즐거웠다. 그리고 자코뱅 당원들*** 역시 자유의 나무****를 돌며 춤추기

(궁내관)직은 성직자에게 돌아갔다. 오토 1세는 마인츠의 대주교가 된 아들 빌헬름을 대재상에 임명, 이 직책은 제국이 끝날 때까지 마인츠의 대주교가 맡았다.
*선제후들(넷은 세속, 셋은 성직자)에 의해 치러진 신성로마제국의 황제 선출을 말한다. 중세 마인츠에서는 수차례 황제 선출이 있었다.
**마인츠는 독일 유대인들의 가장 중요한 도시였으나, 1096년 제1차 십자군 전쟁이 공고된 후 유대인 학살이 시작되었다. 그들의 시체는 브란트 광장에서 불태워졌다.
***원래는 프랑스혁명 당시 과격파에 소속되었던 사람들을 말하나, 여기서는 이들과 신념을 같이했던 사람들을 가리킨다. 1792년 4월, 혁명 프랑스가 오스트리아에 선전포고를 한 데 이어 프랑스군이 라인 강 좌안 지역을 점령하자, 마인츠의 혁명 동조자들은 '자유와 평등의 친구 협회'를 창설했고, 이로부터 수개월 안에 '라인-독일 국민의회'가 생겨났으며, 국민의회는 1793년 3월 17일 독일 땅에 최초의 공화국을 선포했다.
****프랑스혁명의 숭배자들이 심어서 혁명의 상징처럼 된 나무. 프랑스혁명에 열광한 횔덜린과 셸링과 헤겔이 1791년 튀빙겐 신학교 근처의 초원에 심은 '자유의 나무'가 유명하다.

위해 포도주를 필요로 했다.

그 20년 후 마인 강의 개폐교 위에는 한 노병이 보초를 서고 있었다. 위대한 군대*의 패잔병들이 너덜너덜 누더기를 걸치고 참담한 모습으로 그의 곁을 지날 때, 그의 머릿속에는 이들이 삼색기**와 인권을 앞세우고 이곳으로 진군해 올 때의 모습이 떠올랐다. 노병은 크게 소리 내어 울었다. 이제는 이 초소도 철거되고 없었다. 이 나라에서는 모든 것이 조용해졌다. 이곳에도 33년과 48년***이 찾아오기는 했었다. 가늘고 비통하게 피가 흩뿌려진 두 개의 오솔길. 그러다가 요즘 사람들이 두 번째라고 부르는 제국****이 다시 왔다. 비스마르크*****는 이 땅을 빙 돌아서가 아니라 바로 가로질러 경계 푯말을 세우게 했다. 그래서 프로이센 사람들은 한 조각 땅을 더 자기네 쪽으로 끌어들였다. 이곳 주민들은 반란을 일으키지는 않았다. 이곳 사람들은, 온갖 일을 경험해오고 또 경험하게 될, 세상 모든 사람들과 마찬가지로, 이런 일에 무관심했다.

그런데, 어린 학생들이 찰바흐****** 뒤의 땅에 엎드려 귀 기

*1812년 나폴레옹이 이끌고 러시아로 출정한 60만 대군. 전쟁은 이 '위대한 군대'의 재앙으로 끝났다. 60만 대군 중 약 1천 명만이 살아서 귀환했다.
**흰색, 빨간색, 파란색으로 된 혁명 프랑스 깃발.
***독일에서 시민들의 민주화 요구가 패배로 끝났던 1833년과 1848년을 말한다.
****1871년 프랑스에 승리한 후 선포된 독일제국을 말한다. 이 제국은 1차 세계대전에서 패한 후 베르사유 조약에 의해 해체되었다.
*****오토 폰 비스마르크(1815~1898): 프로이센의 재상. 1871년 독일제국의 창시자. 프로이센은 1864년부터 그의 지휘 아래 덴마크, 오스트리아, 프랑스에 대항하여 전쟁을 치러, 슐레스비히-홀슈타인, 하노버, 쿠어헤센 등을 차지하며 강력해졌다.
******19세기 초 마인츠 시에 합병된 장소.

울였을 때, 그들이 들었던 것은 정말 베르됭 전투*였던가? 아니면 그저 열차들 아래서, 군대의 행군 아래서 흔들리던 땅의 진동이었던가? 이들 중 많은 학생들이 후일 법정에 서야 했다. 점령군 병사들과 친했다는 이유로 혹은 그들을 위해 철로 아래 화약통을 놓아주었다는 이유에서였다. 법원 건물 위에는 동맹국위원회**의 깃발이 나부끼고 있었다.

그 깃발이 내려지고, 뒤이어 황적흑(黃赤黑) 삼색기***마저 다시 바뀐 것은 아직 10년도 채 되지 않은 일이다. 최근 144보병연대가 다시 방울을 울리며 이 다리를 건너온 것은 어린아이들도 다 기억하는 일이다. 저녁이면 불꽃놀이가 있었다. 에른스트도 이 위에서 그것을 볼 수 있었다. 강 뒤에서 불꽃에 흔들리며 들썩이던 도시! 강물에 반사되어 굽이치던 수천 개의 작은 나치 휘장들! 강물 위에서 요술을 부리던 작은 불꽃들! 다음 날 아침 강물이 철교 뒤에 도시를 남겨놓았을 때, 그 푸른빛 도는 조용한 회색 물결에는 아무것도 섞여 있지 않았다. 강은 이미 얼마나 많은 군기를, 얼마나 많은 깃발을 씻겨 보낸 것인가. 에른스트는 넬리에게 휘파람을 불었다. 강아지는 목 수건을 이

---

*베르됭은 1차 세계대전 중 치열한 공방전이 벌어졌던 프랑스 동북부의 요새 도시다. 1916년 이 도시 근처의 전투에서 독일과 프랑스 양국은 어느 쪽도 승리하지 못한 채 약 70만 명의 전사자를 냈다.
**1919년 베르사유 조약에서 독일의 라인 강 좌안 지역은 점령 지역으로 구분되었다. 마인츠는 1919~1930년 프랑스 점령 지역으로, 라인 강 좌안 점령지를 관장하는 동맹국위원회가 이곳에 설치되었다.
***이 삼색은 바이마르 공화국 국기의 색인데 1933년 교체되었다. 나치는 33년 3월 12일 자의 제국 깃발 법령에서 흑백홍의 제국기와 나치 깃발만 사용하도록 했다.

빨로 물어 가져왔다.
 이제 우리가 있는 곳은 이곳이다. 지금 일어나는 일은 바로 우리에게 일어나는 일이다.

II

 들길이 끝나고 비스바덴 대로로 접어드는 곳에 젤터수*를 파는 작은 매점이 있었다. 프란츠 마르네트의 친척 식구들은 여름 저녁이면 그들이 제때 이 매점을 임대하지 않은 것을 애석해했다. 이 작은 매점은 교통량이 증가함에 따라 그야말로 노다지가 되었다.
 프란츠는 아침 일찍 집에서 출발했다. 그렇게 일찍 출발한 것은 혼자서 자전거를 타는 것이 좋아서였고, 또 매일 아침 타우누스 지역 마을들에서 획스트 염색 공장으로 출근하는 자전거의 홍수에 휩쓸리고 싶지 않아서였다. 그런 까닭에 부츠바흐에서 오는 안톤 그라이너가 젤터수 매점 앞에서 그를 기다리는 것을 보자 그는 약간 짜증이 났다.
 프란츠의 얼굴에서 강렬하면서도 소박한 삶의 기쁨이 사라졌다. 그는 곧장 딱딱하고 무미건조한 얼굴이 되었다. 대의를 위해서라면 두말없이 자신의 목숨을 내놓을 용의가 있는 프란

---

*타우누스 지역 젤터스에서 나오는 광천수.

츠였지만, 안톤 그라이너가 자신이 사귀고 있는 획스트 공장의 상냥하고 성실한 아가씨에게 초콜릿이나 사탕 봉지를 찔러 주기 위해 이 매점을 그냥 지나치지 않는다는 사실에 프란츠는 짜증이 났다. 안톤은 들길이 눈에 잘 보이도록 비스듬하게 서 있었다. 오늘은 무슨 일일까? 세월이 지나면서 사람 얼굴의 표정을 섬세하게 읽어낼 줄 알게 된 프란츠는 생각했다. 이제 그는 안톤이 어떤 분명한 이유에서 초조하게 그를 기다리고 있었다는 사실을 눈치챘다. 안톤은 자기 자전거 위에 펄쩍 뛰어오르더니 프란츠의 곁에 따라붙었다. 그들은 비탈길을 내려갈수록 점점 두터워지는 자전거 무리에 휘말리지 않기 위해 힘껏 속력을 내었다.

안톤이 말했다. "이봐, 프란츠, 오늘 아침에 일이 터졌어."

"어디서? 뭐가?" 프란츠가 물었다. 그의 얼굴은 졸린 듯 무관심한 표정이 되었다. 그가 놀랄 것이라고 상대방이 생각할 때면 그의 얼굴은 언제나 이런 표정이 되었다.

"프란츠," 안톤이 말했다. "오늘 아침 일찍 무슨 일이 터진 것이 틀림없어."

"무슨 일?"

"나도 몰라." 안톤이 말했다. "하지만 틀림없이 무슨 일인가가 일어났어."

프란츠가 말했다. "아, 헛소리 마. 이렇게 이른 아침에 무슨 일이 터진단 말이야."

"뭔지는 나도 몰라. 하지만 내가 이런 말을 할 때는, 그건 틀림없는 거야. 무언가 엄청난 일이 터졌음에 틀림없어. 6.30사태* 같은 것 말이야."

"아, 정말 쓸데없는 소리를 하는군."

프란츠는 똑바로 앞을 바라보았다. 저 아래쪽은 아직도 얼마나 안개가 짙은가! 평지의 공장 건물들과 도로들이 재빨리 그들을 향해 마주 왔다. 그들을 둘러싸고 욕하는 소리, 따르릉거리는 소리. 두 대의 오토바이로 인해 갑자기 그들은 떨어지게 되었다. 부츠바흐에서 오는 안톤의 사촌이자 친위대(SS)** 대원인 하인리히 메서와 프리드리히 메서가 오토바이를 몰며 아침 작업 조에 출근하고 있었다.

"저들이 너를 안 태워주냐?" 안톤의 얘기에 더 이상 관심 없다는 듯 프란츠가 물었다.

"그건 금지되어 있어. 나중에 SS에서 일해야 하거든. 그래, 네 생각엔 내가 헛소리를……."

"그런데 대체 어째서 그런 생각을 하게 된 거야……."

"내가 돈 모양이지 뭐. 울 엄마가 말이야, 유산 문제로 오늘 프랑크푸르트의 변호사에게 가야 하거든. 그래서 일찍 우리 집 우유를 가지고 코비슈네로 건너갔어. 평상시와 같은 시각에 우

---

*1934년 6월 30일 히틀러는 경쟁자이던 돌격대의 참모장 에른스트 룀을 살해했다(룀 폭동). 이는 제3제국 내부를 뒤흔든 마지막 대사건이었다. 그 이후 돌격대의 권한은 약화되었다.
**친위대 SS는 Schutzstaffel의 약자다. 히틀러를 개인적으로 보호하기 위해 1925년 만들어진 부대로, 나치 독재 기간에 존재했던 조직체들 중 가장 무시무시하고 강력한 것이었다. 강제수용소 및 점령 지역의 특공대 투입을 책임졌으며, 유대인들의 집단 근절을 조직적으로 실행했다. 한마디로 나치 테러의 주 담당 기구였다.

유를 배달할 수 없으니까 말이야. 그런데 그 집 아들 코비슈가 어제 마인츠에 갔대. 음식점에 쓸 포도주를 주문하러 말이야. 그러다가 그만 술에 취해 늦어졌대. 그래서 오늘 아침 일찍 집으로 오려고 하는데, 구스타브스부르크*에서 통과를 시켜주지 않더래."

"나 참, 안톤."

"뭐? 왜?"

"거기 구스타브스부르크는 오래전부터 통과하기가 쉽지 않았어."

"프란츠, 코비슈도 그리 멍청이가 아니야. 검문이 유난히 심했다고 그러던데. 교두 쪽 초소들도 그렇고. 게다가 안개도 심했잖아. 코비슈 얘기가, 항의를 하려는데 알코올을 측정한다고 피검사를 하려 하더래. 그런데 취해 있으니까 운전면허증을 뺏길 것 같고, 그래서 차라리 바이제나우의 황금 양(¥) 술집에 돌아가 한잔 더 마실까 했다는 거야."

프란츠는 소리 내어 웃었다.

"프란츠, 너, 웃는구나. 너, 사람들이 그를 바이제나우로 가게 내버려뒀다고 생각해? 다리는 폐쇄됐어. 내가 이런 말 할 때는 무언가 심상치 않은 거야."

그들은 이미 경사진 내리막길을 뒤로하고 있었다. 좌우의 들판은 무 밭을 빼고 텅 비어 있었다. 무슨 낌새가 있단 말인

---

*마인 강 좌안의 지명. 마인 강과 라인 강이 합류하는 모퉁이에 있다.

가? 햇빛 속의 황금색 먼지 외에는 아무것도 없지 않은가. 그 황금색 먼지는 획스트 공장의 지붕들 위에서 회색이 되더니 재가 되었다. 그럼에도 불구하고 프란츠는 안톤 그라이너가 옳다는 생각이 들었다. 그는 갑자기 깨달았다. 무엇인가가 심상치 않았다.

그들은 북적이는 좁은 길을 따르릉 벨을 울리며 헤치고 나갔다. 아가씨들이 비명을 지르며 짜증을 내었다. 교차로들에 그리고 공장 입구들 앞에 카바이드 등이 여기저기 켜져 있었다. 그것들은, 아마도 안개 때문에 오늘 처음 시험해보는 것인 듯했다. 카바이드 등의 강렬하고도 하얀빛이 사람들의 얼굴을 모두 석고로 칠한 것처럼 보이게 했다. 프란츠는 어느 아가씨와 살짝 부딪쳤다. 아가씨는 화가 나서 투덜대며 그에게 고개를 돌렸다. 그러면서 그녀는 사고로 일그러진 가느다란 왼쪽 눈 위로 머리 다발을 끌어다 가렸다. 대단히 급한 동작으로 그렇게 했는데, 그래서 그 머리 다발은 상처를 감춘다기보다 오히려 작은 깃발처럼 상처를 표나게 해주었다. 거의 검은색인 그녀의 건강한 눈이 잠시 프란츠의 얼굴을 똑바로 쳐다보더니 약간 굳어졌다. 그에게는, 그녀가 한 번의 시선으로 그의 마음속을 깊숙이 들여다본 것 같았다. 심지어 자기 자신에게도 닫아놓고 있던 저 깊은 곳까지 그녀가 들여다본 것 같았다. 마인 강 쪽에서 울리는 소방차의 경적 소리, 지독히도 현란한 카바이드 불빛, 화물차가 사람들을 벽으로 몰아붙일 때 사람들이 내뱉는 욕지거리, 이 모든 것에 그는 여전히 익숙해질 수가 없었다. 아니면 오늘은 평소와 달랐던가? 그는 이 모든 것을 해석해줄 수 있는 한마디 말 혹은 시선을 찾았다. 그는 자전거에서 내려 자전거를 밀고 갔다. 사람들의 밀침 속에서 어느새 안톤도 그 아가씨도 놓친 후였다.

안톤이 다시 그에게로 부딪쳐 왔다. "건너편 오펜하임*이야." 안톤이 그의 어깨 위로 말했다. 그는 자전거 바퀴가 밀려 나갈 정도로 심하게 프란츠에게 몸을 굽히고 그 말을 했다. 그들은 각각 멀리 떨어진 입구로 들어가야 했다. 첫 번째 검문소를 통과하고 나면 몇 시간이 지날 때까지 서로 볼 수 없었다.

프란츠는 몰래 사람들을 살폈으나 탈의실에서, 마당에서, 층계에서 그 어떤 낌새도 찾을 수 없었다. 두 번째와 세 번째 사이렌 신호 사이에 상황이 약간 무질서하게 지나간 것, 약간 더 큰 소리로 떠들썩했다는 것 외에 평상시와 다른 어떤 흥분의 징후도 찾아볼 수 없었다. 여느 때와 다름없는 월요일 아침이었다. 프란츠 자신도 사람들의 말 사이에서, 심지어 눈 속에 숨은 불안의 어떤 작은 징후라도 찾아내려고 절망적으로 애쓰면서, 다른 사람들과 마찬가지로 똑같이 욕을 하고, 어제 일요일이 어땠냐고 같은 질문을 던지고, 옷을 갈아입으면서는 똑같은 농담을 하고, 똑같이 거친 몸짓을 했다. 만약 지금 누군가가, 그가 다른 사람들에게 하는 것처럼 꼭 같이 고집스럽게, 그를 몰래 살펴보았더라면, 그 역시 프란츠에게 실망했을 것이

---

*라인 강 좌안의 소도시. 마인츠 남쪽 20km 지점에 위치.

다. 무슨 일이 터졌음을 도대체 알지도 못하고 심지어 알려고도 하지 않는 이 사람들 모두에 대해 프란츠는 잠시 따끔한 증오심까지 느꼈다. 정말 무슨 일이 터지기는 한 걸까? 안톤이 들고 오는 이야기들은 대부분 실없는 잡담이었다. 그의 사촌 메서가 안톤에게 프란츠 곁에서 계속 어슬렁거리며 염탐하라고 바람을 넣은 게 아닐까. 그는 대체 내게서 뭘 알아내려는 거지? 프란츠는 생각했다. 안톤은 대체 뭘 얘기한 거란 말인가? 허튼 얘기, 또 허튼 얘기일 뿐. 코비슈라는 작자가 포도주를 거래하면서 만취했었다는 것 외에는 아무 얘기도 아니었다.

마지막 사이렌이 울리면서 그의 생각은 끊겼다. 프란츠는 이제 막 공장에 다니기 시작했으므로 작업 시작 직전에는 언제나 많이 긴장했다. 그것은 거의 공포라 할 만했다. 게다가 가죽 벨트의 윙윙거리는 소리는 그의 머리끝까지 떨게 했다. 이제 가죽 벨트가 그 밝고 결정적인 윙윙 소리를 내고 있었다. 그는 이미 오래전에 한 번, 두 번…… 쉰 번의 터치를 한 후였다. 그의 셔츠가 땀으로 흠뻑 젖어 있었다. 그는 가볍게 안도의 숨을 내쉬었다. 아주 정확하게 프레스로 찍어내는 데 익숙해지자 그의 생각은, 느슨하긴 했지만, 또다시 조금 전으로 되돌아갔다. 프란츠는 정확하게 일하지 않고는 못 배기는 성미였다. 악마가 고용주라 해도 마찬가지였을 것이다.

여기 위쪽에서 일하고 있는 사람은 모두 스물다섯 명이었다. 프레스로 찍어내는 일을 하면서 고통스러울 정도로 어떤 흥분의 징후를 기다리고 있긴 했지만, 그렇더라도 만약 그가

찍어내는 판형이 하나라도 정확하게 떨어지지 않았더라면, 그
것은 그의 성격상 오늘도 그를 불쾌하게 했을 것이다. 그의 진
로에 해가 될 수도 있는 클레임 때문만이 아니라, 반드시 정확
하지 않으면 안 되는 판형 때문에도 그러했다. 그것은 오늘도
마찬가지였다. 그는 일을 계속하면서 생각했다. 안톤이 오펜하
임이라 그랬지. 거긴 마인츠와 보름스 사이의 작은 곳이잖아.
하필 그곳에서 뭐 특별한 일이 일어나겠어?

 안톤 그라이너의 사촌이자 여기 위쪽의 작업반장인 프리드
리히 메서가 잠시 그의 곁에 섰다가 다음 사람에게 옮겨 갔다.
오토바이를 치우고 제복을 옷장에 넣어둔 그는 프레스 공들 중
의 프레스 공이었다. 그가 바이간트를 소리쳐 부를 때 그의 목
소리에 숨겨진 낌새를 눈치챈 사람은 아마 프란츠뿐이었을 것
이다. 바이간트는 통나무라는 별명을 가진, 꽤 나이 든 털투성
이의 키 작은 남자였다. 지금 메서의 목소리가 저 가죽 벨트처
럼 밝고 가늘게 윙윙거리는 것은 좋은 징조였다. 흩날리는 먼
지를 빨아들이듯이 그는 입술을 달싹이지도 않은 채 말했다.
"알아? 강제수용소(KZ)* 일. 베스트호펜** 말이야." 프란츠는

---

*KZ는 Konzentrationslager의 약자다. 나치 집권 후 처음에는 정치적 반대자들을
잡아들였으나 뒤이어 유대인, 집시, 동성애자, 결국은 전쟁 포로까지 수감하여 살
해했다. 이곳에서 모두 5백만 명 이상이 살해당한 것으로 추정된다.
**안나 제거스는 아마도 마인츠와 보름스 사이에 놓여 있던, 초기에 설치된 강제수
용소 오스트호펜(Osthofen)을 염두에 두고 베스트호펜(Westhofen)이란 지명을 만
든 것 같다. 혹은 어쩌면 오스트호펜에서 4km 떨어진 곳의 실제 장소 베스트호펜
과 혼동했을 수도 있다. 한편 제거스는 여기서 꼭 실재하는 수용소를 지칭하려 한
것 같지는 않다. 왜냐하면 소설 속에서 게오르크 하이슬러가 KZ에 갇히는 것은
1934년 12월인데, 이 시기 KZ 오스트호펜은 해체되어 존재하지 않았기 때문이다.

통나무의 맑고 깨끗한 두 눈에 그가 고대하던 저 밝고 작은 점(点)이 나타나는 것을 위에서 내려다보았다. 그것은 마치, 인간 내면 깊은 곳에서는 불길이 타고 있지만 그 마지막 작은 불똥만이 눈에서 튀고 있는 듯했다. 프란츠는 생각했다. 마침내 터졌구나. 통나무는 벌써 옆 사람에게 옮겨 가 있었다.

프란츠는 신중하게 일감을 밀어서 표시된 선 위에 올려놓고 레버를 아래로 눌렀다. 한 번, 다시 한 번, 또다시 한 번. 마침내, 마침내, 그리고 또 한 번 마침내, 터졌구나. 지금 당장 친구 헤르만에게 달려갈 수 있다면 얼마나 좋을까. 갑자기 그의 생각은 다시 끊겼다. 이 뉴스에는 특히 그의 마음을 잡아끄는 무엇인가가 있었다. 그것은, 왜 그런 것인지 알지 못한 채로, 아주 유별나게 그의 마음을 파 뒤집으며 갈고리처럼 달라붙어 그를 들볶고 있었다. 수용소 폭동일까, 그는 혼자 속으로 말했다. 어쩜 대규모 탈출인지도 모르지. 그러자 무엇이 그토록 자신을 충격에 빠트렸는지 생각났다. 게오르크 때문이었다. 이 무슨 쓸데없는 생각이람, 그런 뉴스에 게오르크를 떠올리다니. 그는 곧 생각을 고쳐먹었다. 어쩜 게오르크는 더 이상 그곳에 있지 않을지도 몰라. 아니면 이미 죽었을지도 모르지. 그러자 그의 목소리에 게오르크의 목소리가 멀리서 비꼬듯이 섞여 들어왔다. 아냐 프란츠. 베스트호펜에서 무슨 일이 터졌다면 말이지, 난 죽지 않은 거야.

지난 몇 년간 프란츠는 믿어왔다! 다른 모든 수감자들을 생각하는 것과 꼭 같은 마음으로 게오르크를 생각한다고. 분노와 슬픔으로 생각할 수밖에 없는 수천 명 중의 한 명으로 게오르크를 생각한다고. 그는 정말이지 그렇게 믿었다. 자기와 게오르크를 이어주는 것은 이미 오래전부터, 공동의 일이라는 단단한 끈 외에는 아무것도 아니라고, 같은 희망의 별 아래 함께 보냈던 젊은 시절의 끈 외에는 아무것도 아니라고. 그것은 이제 더 이상 그때 둘이 함께 끌려들어 갔던, 살 속까지 베어들던 고통스러운 끈은 아니라고. 예전의 이야기는 모두 잊어버렸다고 프란츠는 굳게 믿어왔다. 그, 프란츠가 다른 사람이 되었듯이 게오르크도 다른 사람이 되었을 거야. 프란츠는 한순간 옆자리 동료의 얼굴을 재빨리 살펴보았다. 통나무가 저자에게도 무슨 말을 했을까? 그렇다면 저자가 어떻게 한 조각, 한 조각 꼼꼼하고 조심스럽게 판형을 찍어낼 수 있단 말인가? 그렇지만 만약 정말로 베스트호펜에서 무슨 일이 터졌다면, 틀림없이 게오르크가 함께했을 거야. 프란츠는 생각했다. 그리고는 또다시 생각했다. 아마 아무 일도 일어나지 않았을 거야. 통나무가 실없는 소릴 지껄이는 거야.

 점심시간 구내식당에 내려가 맥주 한 잔을 주문했을 때, (그는 저녁에만 친척 집에서 더운 음식을 먹었다. 그는 이 음식들 중 빵과 소시지와 버터를 다음 날 점심을 위해 챙겨 왔다. 오랫동안 실직 상태였던 그는 절약하여 옷을 한 벌 사 입고 싶었다. 하지만 얼마나 더 오래 기다려야 양복을 입을 수 있을지, 아니면 지퍼 달린 윗도리라도 살 수 있을지는 알 수 없었다) 식당의 카운터에서는 사람들이 통나무가 체포되었다고 얘기들을 나누고 있었다. 누군가가 말했다. "어제 일 때문이야. 어제 그가 엄청 취해서는 심하게 떠들고 다녔거든." "아닐 거야. 그 일 때문이 아니고 무슨 다른 일 때문일 거야." 무슨 다른 일? 프란츠는 돈을 지불하고 카운터에 몸을 기댔다. 갑자기 모두가 낮은 소리로 말했으므로, 이상하게 쉬쉬거리며 통나무, 통나무 하는 소리만 들렸다. "혀 때문에 당했군." 누군가 프란츠에게 말을 걸었다. 그의 옆자리에서 일하는 펠릭스였다. 그는 메서의 친구이기도 했다. 그는 프란츠를 날카롭게 노려보았다. 그의 균형 잡힌 잘생긴 얼굴에는 재미있다는 표정이 어려 있었다. 그의 짙푸른 두 눈은 젊은이의 얼굴치고는 너무 차갑다는 느낌을 주었다. "뭐 때문에 당했는데?" 프란츠가 물었다. 펠릭스는 어깨를 으쓱하고 두 눈썹을 추켜올렸다. 그는 마치 웃음이 터지려는 걸 참고 있는 듯했다. 지금 당장 헤르만에게 달려갈 수 있다면, 프란츠는 또다시 생각했다. 하지만 저녁이 되기 전에 헤르만과 얘기를 나눌 도리는 없었다. 갑자기 그는 카운터로 밀치고 들어오는 안톤 그라이너를 발견했다. 안톤은 어떤 핑계를 대고 통행 허가를 받은 것이 틀림없었다. 그는 평소 이 건물에, 특히 구내식당에는 잘 오지 않기 때문이었다. 왜 언제나 꼭 나를 찾는 거야? 프란츠는 생각했다. 왜 하필 내게 얘길 하려는 거냐고?

안톤은 그의 팔을 꽉 잡았다가 곧 다시 놓았다. 마치 이 행동 속에 무언가 특별한 의미가 들어 있다는 듯이. 그러고는 펠릭스 쪽으로 돌아서서 그의 맥주를 단숨에 들이켰다. 그런 다음 그는 프란츠에게로 돌아왔다. 이자는 그래도 정직한 눈을 하고 있군, 프란츠는 생각했다. 어쩜 그는 생각이 약간 옹졸한 자인지도 몰라. 하지만 그래도 정직하지. 게다가 내가 헤르만에게 끌리는 것처럼, 내게 끌리는 모양이야. 안톤은 프란츠의 팔 밑을 움켜쥐고 얘기하기 시작했다. 점심시간이 끝나 모두가 식당을 떠나고 있었다. "건너편 라인 강변의 베스트호펜에서 말이야, 몇이 도망을 쳤대. 저 범죄자 집단 말이야. 그런데 대부분은 벌써 붙잡혔대. 그게 전부야."

III

얼마나 오랫동안 그는, 혼자서 그리고 발라우와 함께, 탈출을 생각했던가. 탈출하며 부딪칠 세세한 사항들을, 새로운 존재로 힘차게 달려 나갈 때를 얼마나 곰곰이 곱씹고 곱씹었던가. 탈출 직후 첫 몇 분 동안 그는 그저 한 마리의 짐승이었다. 자신의 생명 자체인 황야로 뛰쳐나가는 짐승. 가죽에는 아직 피와 털이 달라붙어 있었다. 탈출이 발각된 이후 사이렌의 끊임없는 울부짖음이 이 지역의 수 킬로미터 넓이로 퍼져 나가, 짙은 가을 안개에 잠겨 있던 인근의 작은 마을들을 깨워놓았다. 안개가 모든 것을 가로막고 있는 듯했다. 평소 같으면 칠흑 같은 밤도 밝게 비추었을 탐조등조차 안개가 막고 있었다. 새벽 6시의 솜 같은 안개 속에서 탐조등들은 질식하고 있었다. 탐조등은 안개를 누런빛으로도 바꿔놓지 못했다.

게오르크는 발밑에서 땅바닥이 내려앉았음에도 불구하고 더 깊이 몸을 구부렸다. 이 자리에서 도망치기 전에 가라앉을지도 몰랐다. 핏기가 가시고 얼음처럼 차가워져 미끈거리는 손가락들 사이로 바싹 마른 덤불이 찌르며 들어왔다. 그는 빠르게, 더 깊이 가라앉고 있는 듯했다. 느낌대로라면 그는 이미 꿀꺽 삼켜져 땅속에 들어간 것만 같았다. 피할 수 없는 죽음으로부터 벗어나기 위해 탈출을 감행했음에도 불구하고—발각된다면, 그와 다른 여섯 명을 저들이 수일 내에 파멸시키리라는 사실에는 의심의 여지가 없었다—이 늪에서의 죽음은 아주 간단하고 두려움 없는 죽음으로 여겨졌다. 즉 그것은 그가 도망쳐온 것과는 아주 다른 죽음인 것처럼, 사람의 손이 닿지 않는 자유로운 황야에서의 죽음인 것처럼 느껴졌던 것이다.

머리 위 2미터 높이의, 버들가지들이 늘어진 바이덴 제방 위에서는 경비견들을 데리고 경비병들이 달리고 있었다. 개들과 경비병들은 사이렌의 울부짖음과 짙은 안개에 홀린 듯했다. 게오르크의 머리카락이 곤두섰다. 온몸의 털도 곤두섰다. 누군가가 욕설을 퍼붓는 소리가 어찌나 가까이에서 들렸던지 그는 심지어 누구의 목소리인지도 알아챌 수가 있었다. 만스펠트로군. 조금 전 발라우가 경비병 만스펠트의 머리를 삽으로 내려쳤는데, 그는 지금 아무렇지 않은 듯했다. 게오르크는 덤불이 파고들게 내버려두었다. 그는 더 깊이 미끄러져 들어갔다. 그의 두 발이 약간 튀어나온 돌출부에 닿았다. 그것이 이 장소에서 그를 버티게 해주고 있었다. 이 장소가 어떤 모습이라는 것을, 그는 앞서 발라우와 계획을 짤 때부터 알고 있었다.

갑자기 새로운 상태가 시작되었다. 잠깐 후에야 게오르크는 무엇인가가 시작된 게 아니라 그쳐버렸음을 깨달았다. 사이렌이 그친 것이었다. 정적, 그것은 새로움이었다. 그 정적 속에 경비병들이 서로 떨어진 곳에서 부는 날카로운 호루라기 소리, 그리고 수용소 본부와 바깥쪽 막사에서 나온 특별출동대의 소리도 들렸다. 경비병들이 그의 머리 위에서 제방 맨 끝까지 개들을 쫓아 달렸다. 바깥쪽 막사로부터 바이덴 제방을 향해 개들이 달려 나왔다. 찰싹하는 가느다란 채찍 소리, 또 한 번 채찍 소리, 철퍼덕! 하고 무엇인가 떨어지는 소리, 그리고 개들이 짖는 소리가 가느다란 울부짖음 위에 겹치며 섞여들었다. 그 울부짖음은 개들에 대항하는 소리도, 또 결코 개들의 소리도 아니었다. 그러나 그것은 또한 인간의 목소리라고도 할 수 없었다. 지금 저들이 질질 끌어 데려가고 있는 인간에게는 더 이상 인간적인 것이 남아 있지 않았다. 보이틀러가 틀림없어, 하고 게오르크는 생각했다. 수없이 꿈꾸어 본 것임에도 불구하고, 내가 지금 꿈을 꾸고 있지, 하고 생각하게 만드는 현실이 있는 법이다. 그가 붙잡혔군, 마치 꿈속에서 생각하는 것처럼, 게오르크는 생각했다. 그가 붙잡혔어. 정말이지 이럴 수는 없는 일이야. 벌써 여섯 명으로 줄다니.

안개는 지척을 분간 못할 정도로 여전히 짙었다. 멀리 국도 저편에서 두 개의 작은 불빛이 깜박였다. 갈대밭 바로 뒤편인가 하고 생각될 정도였다. 미세하고 날카로운 점 같은 이 작은 불빛이 평평하게 퍼져 나가는 탐조등보다 더 쉽게 안개를 뚫고 올라왔다. 이 빛이 농가들을 스치면서 마을들이 깨어났다. 그 빛이 곧 원을 이루었다. 저런 게 있을 수는 없어, 게오르크는 생각했다. 저것 역시 꿈인 것인가. 그는 이제 무릎을 꿇고 싶은 강렬한 욕망을 느꼈다. 대체 무엇 때문에 저 인간 사냥에 말려 든단 말인가? 무릎을 꿇고, 물을 한 번 꿀꺽 들이마시면 모든 것이 끝날 텐데. 처음엔 그저 조용히 있어야 하네, 하고 발라우 선생은 늘 말했었지. 발라우도 틀림없이 그리 멀지 않은 곳에, 바이덴 제방 덤불 어딘가에 숨어 있을 것이었다. 처음엔 그저 조용히 있어야 해, 하고 발라우가 말하면 사람들은 벌써 조용해져 있었다.

　게오르크는 덤불 속으로 손을 뻗었다. 그는 옆으로 비스듬히 천천히 기었다. 이제 아마 마지막 나무 그루터기로부터 6미터쯤 떨어진 곳에 있을 것이었다. 갑자기 더 이상 꿈꾸는 것 같지 않은 번쩍이는 통찰이 그를 덮치며 공포가 음습해 와서, 그는 그저 땅에 반반하게 배를 깐 채, 바깥쪽 비탈에 매달려 있을 수밖에 없었다. 공포의 발작은 급작스럽게 덮친 것처럼 또 금방 지나갔다.

　그는 마지막 나무 그루터기까지 기어갔다. 사이렌의 경적이 두 번째로 울부짖기 시작했다. 사이렌 소리는 라인 강 오른쪽 강둑 위로 넓게 뚫고 들어갔다. 게오르크는 땅에다 얼굴을 박았다. 조용히, 제발 조용히 있게, 발라우가 그의 어깨 위로 속삭였다. 게오르크는 헐떡이다가 고개를 돌렸다. 불빛은 사라지고 없었다. 안개는 옅은 황금빛 거미줄이 되어, 사방이 투명해져 있었다. 헤드라이트를 켠 세 대의 오토바이가 마치 로케트처럼 사납게 국도 위로 돌진하고 있었다. 사이렌의 울부짖음은, 실제로는 끊임없이 줄어들다 강해졌다 하고 있었지만, 게오르크에게는 점점 더 커져가는 듯 느껴졌다. 그것은 송곳처럼 날카롭게 사람의 뇌 속으로 쑤시고 들어와 몇 시간이 지나도 사라지지 않을 것 같았다. 게오르크는 다시 얼굴을 땅바닥에 처박았다. 머리 위 제방의 저들이 되돌아오고 있기 때문이었다. 그는 곁눈질로 흘기듯이 내다보았다. 탐조등은 더 이상 아무것도 붙잡을 수 없게 되어, 새벽 여명 속에 둔해져 있었다. 이제 안개만 더 올라오지 않는다면 좋을 텐데. 그때 갑자기 세 사람이 한꺼번에 바깥쪽 비탈을 타고 내려왔다. 10미터도 떨어지지 않은 거리였다. 게오르크는 다시 경비병 만스펠트의 목소리를 알아들었다. 경비병 입스트도 알아차렸다. 화가 나서 아주 가늘어져 여자 음성처럼 돼버린 목소리에서가 아니라, 내뱉는 욕설을 듣고 그가 입스트임을 알아차렸다. 기겁을 할 만큼 바싹 다가와 있는―어찌나 가까웠던지 게오르크의 머리를 밟을 수도 있을 것 같았다―세 번째 목소리는 밤이면 늘 막사로 들어와 한 사람씩 이름을 불러대던, 바로 그저께 밤에도 마지막으로 와서 그, 게오르크를 불러냈던 경비병 마이스너의 목소리였다. 마이스너는 지금도 말이 끝날 때마다 무엇인가 날카로운 물건으로 허공을 치고 있었다. 게오르크는 그 미세한 바람 같은 쉿 쉿 소리를 느꼈다. 여기 아래, 바로 아래야. 그래, 오라고.

두 번째 공포의 발작이 밀려왔다. 큰 주먹이 심장을 꾹 내리누르는 것 같았다. 지금은 그저 사람이 아니었으면, 그저 버들가지 하나가 되어 뿌리를 내렸으면, 껍질이 덮이고 팔 대신 가지가 자라났으면. 마이스너가 지형을 타고 내려오더니 갑자기 미친 듯이 짖어대기 시작했다. 그러다가 갑자기 그쳐버렸다. 날 본 모양이군, 게오르크는 생각했다. 게오르크는 돌연 아주 침착해졌다. 공포의 흔적도 사라졌다. 이게 끝이로군. 모두들 잘 있게.

마이스너는 다른 동료들 있는 데까지 더 깊이 내려갔다. 그들은 이제 제방과 길 사이의 진흙 속을 이리저리 걷고 있었다. 게오르크는 이 순간 저들이 믿는 것보다 훨씬 더 가까이 있었기 때문에 무사할 수 있었다. 만약 그가 일어나 도망을 쳤더라면, 저들은 지금쯤 그를 질질 끌고 갔을 것이다. 그가, 야생동물처럼 아무 생각 없이, 꿋꿋이 원래 계획을 지켜냈다니 신기한 일이었다. 불면의 밤들을 지새우며 세웠던 계획. 모든 것이 수포로 돌아간다 하더라도 그 계획은 오래도록 힘을 지니게 되리라. 어느 한 사람이 탈출을 생각해내고, 또 다른 이가 그를 위해 계획을 세우던 그 시간을 넘어 오래도록 힘을 지니리라. 그리고 그 또 다른 이가 바로 나, 게오르크였어.

사이렌 소리가 다시 멎었다. 게오르크는 옆으로 기어가다 한 발로 미끄러졌다. 늪 제비 한 마리가 어찌나 놀라던지, 게오르크 역시 너무 놀라 덤불에서 손을 놓쳐버렸다. 늪 제비는 갈대 속으로 잽싸게 휙 하고 날아 들어갔다. 그 바람에 바스락 소리가 났다. 게오르크는 귀를 기울였다. 틀림없이 모두가 귀를 쫑긋 세우고 있을 것이었다. 어째서 내가 꼭 사람이어야 하는가. 사람이어야 한다면 어째서 꼭 나, 게오르크여야 한단 말인가 하고 그는 생각했다. 갈대들이 다시 몸을 바로 세웠다. 아무도 오지 않았다. 새 한 마리가 늪에서 급하게 이리저리 난 것 외에 아무 일도 생기지 않은 것이다. 그럼에도 불구하고 게오르크는 계속 나갈 수가 없었다. 무릎에 상처가 나고 두 팔에 쥐가 났다. 갑자기 덤불 속에서 그는 작고 창백한, 코가 뾰족한 발라우의 얼굴을 보았다. 갑자기 덤불숲이 발라우의 얼굴로 온통 뒤덮였다.

그 광경은 곧 지나갔다. 게오르크는 평정을 되찾았다. 그는 정신을 차리고 생각했다. 발라우 선생과 필그라베 그리고 나, 세 사람은 어떻게든 뚫고 나갈 거야. 우리 셋은 가장 강한 사람들이거든. 보이틀러는 붙잡혔어. 벨로니도 아마 뚫고 나갈 거야. 알딩거는 너무 늙었어. 펠처는 너무 허약하고. 게오르크가 등을 돌려보니 이미 날이 밝아 있었다. 그사이 안개는 없어지고, 대지 위에는 쌀쌀한 가을빛이 놓여 있었다. 평화롭다고 불러도 좋을 풍경이었다. 게오르크는 약 20미터쯤 떨어진 곳에 놓인, 가장자리가 하얀 두 개의 크고 평평한 돌을 알아보았다. 전쟁 전 한때 이 제방은 오래전에 철거되거나 불타버린, 멀리 떨어져 있던 농가로 들어가는 차도였다. 아마도 그때 사람들은 이 땅을 파내었을 텐데, 이 땅은 제방과 국도 사이 지름길과 함께 오래전에 물에 잠겨버렸다. 그때 사람들은 아마도 저 두 개의 돌을 라인 강으로부터 끌고 올라왔을 것이다. 두 돌 사이에는 단단한 부식토가 있었을 텐데, 그것 역시 오래전에 갈대풀들이 덮어버렸다. 그래서 이제 그곳에는 배를 깔고 기어갈 수 있는 일종의 우묵한 길이 만들어져 있었다.

흰색으로 가장자리가 칠해진 첫 번째 회색 돌까지 2미터 정도의 거리가 아주 고약한 부분이었다. 엄폐물이 거의 없이 노출돼 있었다. 게오르크는 이빨로 덤불을 꽉 악물었다. 우선 한쪽 손을, 뒤이어 다른 손을 놓았다. 나뭇가지들이 뒤로 튕겨나가면서 휙휙 낮은 소리가 났다. 새 한 마리가 펄쩍 뛰어올랐다. 아마도 아까 그놈인 것 같았다.

뒤이어 갈대들 속에 숨어 두 번째 돌 위에 웅크리고 앉았을 때 그는 흡사 자신이 천사의 날개를 단 것처럼 아주 그럴 듯하게, 지독히 빠르게 그곳에 와 앉은 것 같은 생각이 들었다. 얼어 죽지만 않으면 좋으련만.

IV

이 참을 수 없는 현실은 곧 깨어날 꿈이 틀림없어. 그래, 이 모든 끔찍한 소동은 악몽도 아니고 그저 어떤 악몽에 대한 기억일 뿐이야. 첫 보고를 받은 후 수용소장 파렌베르크를 오랫동안 사로잡은 것은 이런 감정이었다. 파렌베르크는, 겉으로는 냉혹하게, 이런 보고를 받았을 때 필요한 모든 조치를 취했다. 그러나 따져보자면 이런 조치를 취한 것은 원래의 파렌베르크가 아니었다. 왜냐하면 꿈은 그 어떤 무서운 꿈일지라도 조치를 취할 필요가 없는 것이니까. 결코 일어나서는 안 되는 이런 경우를 위해 마치 누군가가 그를 대신하여 이 조치들을 꼼꼼히 생각해둔 것 같았다.

그의 명령이 떨어지기 무섭게 사이렌이 울부짖기 시작하자, 그는 전선줄—이 물건은 이 소동이 꿈이 아님을 확인시켜 주었는데—을 밟지 않으려고 조심하면서 창 앞으로 다가섰다. 왜 사이렌이 울리지? 창밖에는 아무 일도 일어나지 않는데. 존재하지 않는 시간을 내다보고 있는 건가.

아무 일도 일어나지 않는 것처럼 보인다는 것이 사실은 그 어떤 것, 즉 짙은 안개 때문이라는 생각은 파렌베르크에게 떠오르지 않았다.

파렌베르크는, 분젠이 사무실과 그의 침실을 연결하는 전선들 중의 하나에 달라붙어 있는 것을 보고 정신을 차렸다. 그는 갑자기 소리를 내지르기 시작했다. 물론 분젠을 향해서가 아니라, 지금 막 들어와 보고를 마친 칠리히를 향해서였다. 그러나 파렌베르크는 일곱 명의 죄수가 한꺼번에 도망쳤다는 내용을 알아들어서 짖어댄 것이 아니었다. 그저 이 악몽으로부터 벗어나기 위해 소리 지른 것이었다. 1미터 85센티의 큰 키에 눈에 띄게 잘생긴 얼굴과 몸매를 한 분젠은 돌아서서 말했다. "죄송합니다." 그리고 전기 소켓을 접속 구멍에 쑤셔 박기 위해 다시 허리를 굽혔다. 파렌베르크는 전선과 전화를 특히 좋아했다. 그의 사무실과 침실에는 수없이 많은 전선과 교환 가능한 선들이 늘어져 있었고, 자주 수리하고 조립했다. 그런데 지난주 디트리히라는 풀다 출신의 전기 기사가 새로운 시설을 설치한 직후 이곳에서 석방되었는데, 이 설비가 나중에 상당히 다루기 까다로운 것으로 판명되었다. 분젠은 두 눈에 오인의 여지없는 즐거움을 담고, 그러나 표정에는 전혀 나타내지 않은 채, 파렌베르크가 짖기를 그칠 때까지 기다렸다. 그런 다음 그는 방을 나갔다. 방에는 파렌베르크와 칠리히만이 남았다.

분젠은 바깥쪽 문지방에서 담배에 불을 붙였다. 그러나 한 모금 들이킨 후 던져버렸다. 그는 지난밤 휴가를 나갔었다. 이제 반 시간 후면 그의 휴가가 끝나는 시간이었다. 그의 매형 될 사람이 비스바덴에서 자동차로 이곳까지 데려다주었다.

단단한 벽돌 건물인 수용소장의 막사와 몇 그루 플라타너스가 앞에 심어져 있는 제3동 막사 사이에는 죄수들이 무도장이라 부르는 일종의 광장이 있었다. 사이렌 소리는 이 트인 곳에서 사람들의 머릿속으로 파고들어 왔다. 짜증 나는 안개로군. 분젠은 생각했다.

분젠의 부하들이 정렬했다. "브라우네벨! 이 지도를 저 나무에 못질해 걸게. 차렷! 주목!" 분젠은 지도에 붉은 점으로 표시돼 있는 '베스트호펜 수용소'에다 컴퍼스의 뾰족한 끝을 갖다 꽂았다. 그러고는 집중 추적할 세 개의 동심원을 그렸다. "지금 시각이 6시 5분. 탈출이 자행된 것은 5시 45분. 6시까지 최대 속도로 도망갔다면 이 지점에 도착했을 거다. 추측컨대 지금 이 원과 이 원 사이에 숨어 있을 거다. 자, 브라우네벨! 보첸바흐 마을과 오버라이헨바흐 마을 사이의 도로들을 봉쇄하도록. 마일링! 운터라이헨바흐와 칼하임 사이를 봉쇄해! 누구도 빠져나가지 못하게 해! 서로 연락하고 나하고도 연락을 취하도록. 지금 병력으로는 샅샅이 수색하기 힘들어. 빨라야 15분 후에 증원군이 도착할 거다. 빌리히! 우리의 가장 바깥쪽 원은 이 지점에서 라인 강 우안과 맞닿게 된다. 그러니 나룻배 타는 곳과 리바허아우 사이도 봉쇄하게. 여기 이 교차로를 점령하도록! 리바허아우에 경비를 세워!"

아직도 짙은 안개에 분젠의 손목시계에서 숫자들이 반짝거렸다. 분젠은 수용소를 떠난 친위대 오토바이 부대의 경적 소리를 듣고 있었다. 지금쯤 라이헨바흐 가(街)가 폐쇄되었을 것이다. 그는 지도 앞으로 바싹 다가섰다. 리바허아우에도 이미 경비들이 서 있었다. 첫 몇 분간 취해야 할 초동 조치들은 모두 취해진 셈이었다. 파렌베르크는 그사이 사건을 중앙 부서에 보고했다. 그 늙은이, 젤리겐슈타트의 정복자는 지금쯤 온몸의 살갗이 땅길 정도로 마음이 불편할 거야. 그에 비해 지금 분젠 자신은 얼마나 침착한가. 분젠은 느끼고 있었다. 그의 피부는 숙련 재단사가 자로 재어 만들어 붙인 것처럼 매끈했다. 또 하나 다행인 것은, 이 개 같은 일이 그가 없는 사이에 일어났다는 사실이었다. 게다가 그는 예정보다 약간 일찍 제때에 돌아와 일을 처리했다. 분젠은 저 늙은이가 다시 화를 내며 날뛰는

가 싶어 사이렌이 울리는 사이사이 소장의 막사 쪽을 향해 귀를 기울였다.

지금 상관인 소장과 함께 있는 사람은 칠리히였다. 칠리히는 이리저리 전화를 연결하면서 상관을 눈에서 놓치지 않고 있었다. 중앙 본부와의 직통 연결. 이렇게 날림으로 일을 해놓다니, 이놈의 빌어먹을 풀다 출신 디트리히를 내일 다시 잡아들여야겠어. 바보같이 이리저리 연결하느라 시간을 허비하다니, 칠리히는 생각했다. 그것은 일곱 개의 작은 점이 점점 멀리, 점점 빠르게 멀어져 결국에는 따라잡을 수 없는 무한으로 사라져버릴 수도 있는 귀중한 수 초의 시간이었다. 마침내 중앙 본부가 연결되었다. 그는 보고를 했다. 파렌베르크는 같은 내용을 10분 만에 두 번 듣는 셈이었다. 그의 얼굴은 억지로 지을 수밖에 없는 확고하고도 엄격한 표정을—그러기엔 코와 턱이 약간 짧았다—하고 있었지만, 그러나 아래턱은 내려앉아 있었다. 지금 그의 머릿속에 들어앉은 생각은, 일곱 명의 죄수가 한꺼번에 탈출했다는 이 보고가 사실임을 신이 절대 허용해선 안 된다는 것이었다. 그는 칠리히를 노려보았다. 칠리히는, 후회와 슬픔 그리고 죄의식에 가득 찬 무겁고도 음울한 시선으로 그에게 답했다. 말하자면 파렌베르크는 칠리히를 완벽하게 믿어준 최초의 인간이었다. 좀 잘되려고 하면 언제나 무슨 일이 나타나 가로막는 것이 칠리히에게는 그리 이상한 것도 아니었다. 1918년 11월에도 그는 끔찍한 한 방을 얻어먹지 않았던가?* 또 새로운 법**이 나오기 꼭 한 달 전에 그의 농가는 강제

경매에 넘어가 버리지 않았던가? 칠칠치 못한 여편네는 전쟁에서 돌아온 그를 잘 알아보지도 못했고, 그는 칼부림 사건 때문에 반 년 동안 감옥에 들어앉아 있어야 하지 않았던가? 그런데 파렌베르크는 지난 2년 동안 이곳에서 그를 전적으로 신뢰해주었다. 우수한 죄수들로 처벌대를 편성하는 일과 호송대 선발 일을 믿고 맡겨주지 않았던가 말이다. 죄수들 사이에서는 이것을 파렌베르크가 칠리히에게서 단물을 빨아먹는 것이라 불렀지만 말이다.

갑자기 자명종이 울렸다. 파렌베르크가 평소 그의 야전침대 옆 의자 위에 놓아둔 자명종이었다. 6시 15분. 평소 같으면 이제 파렌베르크는 기상을 하고 분젠은 귀대 보고를 했을 것이다. 평소와 다름없는 날이 시작돼야 했을 것이다. 베스트호펜의 지휘권을 쥐고 있는 파렌베르크의 평소와 다름없는 날이.

파렌베르크는 움찔하고 놀랐다. 그는 아래턱을 끌어당겼다. 그는 두어 번 꿈지럭거려 옷 입는 것을 끝냈다. 이어 젖은 솔로 머리를 빗고 양치질을 했다. 그는 칠리히 곁으로 가 그의 두터운 등판을 내려다보며 말했다. "곧 잡아들일 거네." 칠리히가 대답했다. "그럼요! 소장님!" 뒤이어 그가 말했다. "소장님……." 그는 그게 그거인 두어 가지 제안을 내놓았다. 그런

---

*휴전협정으로 1차 세계대전이 종식되고 독일에서는 킬 군항의 수병 봉기로 11월 혁명이 발발했다. 칠리히가 당시 어떤 행위로 한 방을 얻어맞았는지는 분명하지 않지만 그가 반혁명 세력에 가담해 싸웠음은 분명하다.
**1933년 9월 발표된 제국 세습 농장법을 말한다. 제국 세습 농장법에 대해서는 2권 268쪽 각주를 참조할 것.

데 후일 게슈타포*가 이를 실행하게 되었을 때는 아무도 칠리히를 생각하지 않았다. 하지만 그의 제안들은 그런대로 그가 명확하고 예리한 이해력을 갖고 있음을 보여주었다.

갑자기 칠리히가 말을 중단했다. 두 사람은 귀를 기울였다. 저 멀리 바깥에서 들릴 듯 말 듯 가느다란, 알아듣기 힘든 음향이 들려왔다. 그 소리는 점점 가까워지면서 사이렌 소리와 호령 소리, 무도장 위 경비병들의 군화 소리보다 커졌다. 칠리히와 파렌베르크는 서로 눈을 마주 보았다. "창을 열게." 파렌베르크가 말했다. 칠리히는 창문을 열었다. 안개가 방으로 들어오면서 소리들도 함께 들어왔다. 파렌베르크는 잠깐 귀를 기울이더니 밖으로 나갔다. 칠리히도 따라 나갔다. 분젠이 막 돌격대를 해산시키려던 참이라 밖은 어수선했다. 죄수 보이틀러가 무도장으로 끌려오고 있었다. 잡혀들어 온 첫 탈주범이었다.

보이틀러는 아직 해산하지 않은 경비대 앞을 지나면서 미끄러졌다. 지나가다 걷어차였는데, 무릎을 꿇으며 넘어지지 않고 옆으로 비스듬히 쓰러져서, 그의 얼굴은 하늘을 향해 있었다. 그가 분젠 밑에서 나뒹굴 때 분젠은 그 얼굴에 나타나 있는 것을 알아차렸다. 보이틀러는 웃고 있었다. 끌려온 자는 피 묻은 죄수복을 입고 귀에도 피범벅이 된 채 그곳에 누워 크고 반짝이는 이를 드러낸 채 조용히 웃으며 몸을 비틀고 있는 것 같았다.

---

*정식 명칭은 Geheime Staatspolizei로 '비밀 국가경찰'이라는 뜻. 수단, 방법을 가리지 않고 나치 국가에 위해하다고 생각되는 사상이나 행위들을 다루었다. 게슈타포는 비밀 정보기관의 수사권은 물론 정치경찰의 집행권까지 갖고 있었다.

분젠은 눈을 돌려 파렌베르크의 얼굴을 바라보았다. 파렌베르크는 보이틀러를 내려다보고 있었다. 파렌베르크가 입술을 뾰족하게 내밀었으므로 한순간 그 둘은 서로 마주보고 웃는 것 같았다. 분젠은 자신의 상관을 잘 알고 있었다. 이제 어떤 일이 벌어질지 그는 알았다. 분젠의 젊은 얼굴에는 무슨 일이 닥칠지 미리 알 때 생겨나는 그 표정이 떠올랐다. 조물주 덕분에 용을 죽이는 무사 혹은 무장한 대천사같이 잘생긴 용모인 분젠은 이제, 콧날이 약간 벌어지고 입 가장자리가 경련하면서 무시무시하게 황폐한 표정이 되었다.

이제 정말 좋지 않은 일이 벌어질 거야.

수용소 입구 쪽으로부터 오버캄프 경감과 피셔 경감이 소장의 막사 쪽으로 안내를 받아 오고 있었다. 그들은 분젠-파렌베르크-칠리히가 있는 곳에 멈추어 서서 무슨 일이 벌어졌는지 보더니 재빨리 서로 말을 주고받았다. 뒤이어 오버캄프가 분노에 찬, 그러나 이 분노를 억제하려는 긴장에 사로잡힌 낮은 목소리로 딱히 누구에게랄 것 없이 말했다. "탈주범이 인도되고 있습니까? 축하합니다. 그럼 빨리 두어 명의 전문의를 불러와야지요. 저자의 신장과 고환과 양쪽 귀를 제대로 끼워 맞춰놔야, 그래야 우리도 저자를 한번 심문하지요! 빈틈없으시네요, 축하합니다."

V

안개는 이제 솟아올라 낮게 구름 낀 하늘이 되어 나무와 지붕들 위에 걸려 있었다. 흐릿한 해는 베스트호펜 마을의 골목들 위에 마치 면사 커튼에 싸인 램프처럼 걸려 있었다.

안개가 곧장 걷히지 않아야 하는데, 그래야 너무 많은 일조량 때문에 수확 전 포도의 맛을 망치지 않을 텐데, 하고 어떤 사람들은 생각했다. 그러나 또 다른 사람들은 생각했다. 안개가 빨리 걷혀야지만 아직 부족한 포도주의 톡 쏘는 맛을 얻게 될 텐데, 하고.

베스트호펜에는 그런 걱정을 하는 사람이 많지 않았다. 그곳은 포도 마을이 아니라 오이 재배 마을이었다. 리바허아우에서 국도로 이어지는 길에서 약간 벗어난 곳에 프랑크 식초 공장이 있었다. 깨끗하게 파낸 넓은 도랑 뒤편에는 공장 진입로까지 들이 펼쳐져 있었다. 포도 식초와 겨자, 마티아스 프랑크네 아들들 공장. 이 간판을 게오르크의 머릿속에 새겨준 사람은 발라우였다. 갈대숲에서 벗어난 게오르크는 3미터 정도 몸을 드러낸 채 기어가야 했다. 그러다가 도랑 속으로 들어갔는데, 들을 따라 왼편 모서리였다.

그가 갈대숲에서 고개를 내밀었을 때, 안개는 한층 더 높이 올라가 식초 공장 뒤편의 나무들이 드러나 보였고, 등 뒤에 해를 업은 게오르크에게 그 나무들은 갑작스러운 불길 속에 타고 있는 것처럼 보였다. 그는 얼마나 오랫동안 기어 왔던가? 고개를 들자 그의 옷이 흙과 함께 흘러내렸다. 그저 이곳에 가만히 누워 있는다면, 아무도 그를 찾아내지 못하리라. 그의 주변에는 약간의 헐떡거림과 푸드득 소리뿐, 어떤 움직임도 생겨나지 않으리라. 두어 주일만 참고 견디면, 눈이 내려 이불처럼 얼어붙은 몸뚱이를 덮어주겠지. 있지요, 발라우 선생, 선생의 꼼꼼한 계획을 일시에 허사로 만드는 것이 얼마나 간단한가 말입니다. 지금 드러난 땅 위에 팔꿈치를 받치고 그가 끌고 가야 하는 몸뚱이가 얼마나 무거운 것인가를 발라우 선생은 모르셨겠지. 게오르크는 늪 전체를 질질 끌고 온 것 같은 기분이었다. 리바허아우 쪽에서 호루라기 소리가 들려왔다. 뒤이어 그에 답하는 호루라기 소리가 어찌나 가까이서 들렸던지, 소스라쳐 놀란 게오르크는 흙을 먹어버렸다. 기어! 발라우가 충고하고 있었다. 전쟁을, 루르 투쟁과 중부 독일 투쟁*을, 그리고 겪을 수 있는 모든 것을 다 겪은 발라우 선생이 아니던가. 게오르크, 계속 기어야 한다는 걸 명심하게. 발각되었다고 생각하지 말게. 많은 이들이 글렀다고 생각하고 허튼 짓을 하기 때문에 발각되는 거라네.

게오르크는 시든 관목들 사이로 도랑 가장자리 위를 내다보았다. 오이 밭을 지나 국도로 접어드는 곳, 그토록 가까이 경비병이 서 있었다. 기절초풍할 만큼 너무 가까워서 게오르크는

---

*1920년 3월 루르 지방의 구리 광산과 갈탄 광산 노동자들이 경찰 군대의 사업장 점거에 항거해 열흘 동안 벌인 방어 투쟁. 노동자들은 패배하여, 수백 명이 사망하고 수천 명이 부상했다.

놀라지도 못한 채 화가 치밀었다. 경비병이 손에 잡힐 듯 가깝게 벽돌 벽을 향해 서 있어서, 게오르크는 몸을 숨기는 것이 어찌나 고통스러웠던지 그냥 경비병을 향해 달려 나가고 싶었다. 경비병은 천천히 그 길을 떠나갔다. 식초 공장을 지나 리바허아우 쪽을 향해 갔다. 경비병의 등 뒤, 회색과 갈색의 무한 속에 번쩍이는 게오르크의 두 눈. 게오르크는 생각했다. 저자는 그, 게오르크의 심장 소리에, 죽음의 공포 속에서 새의 날갯짓보다 조용히 있어야 함에도 불구하고 물레방아처럼 쿵쿵거리는 그의 심장 소리에 틀림없이 뒤돌아볼 거야. 게오르크는 도랑 속으로 더 미끄러져 들어갔다. 방금 경비병이 서 있던 거의 그 지점까지 미끄러져 기어갔다. 발라우는 이 도랑이 지하로 통하게 파여 있다고 일러주었었다. 도랑이 죽 이어져서 파여 있는지, 어떻게 파여 있는지는 발라우 자신도 알지 못한다고 했다. 발라우의 예상 역시 이 지점에서 끝난 것이다. 게오르크는 완전히 버림받은 기분이 되어 앞으로 나아갔다. 조용히 하게. 발라우의 말이 아직 귓가에 남아 있었다. 단순한 음향, 목소리로 만든 부적. 이 도랑은 식초 공장 밑을 뚫고 나가 하수를 받아들일 거야, 게오르크는 스스로에게 말했다. 그는 경비병이 몸을 돌릴 때까지 기다렸다. 경비병은 둑에 멈춰 서 있었다. 호루라기 소리, 리바허아우 쪽에서도 호루라기 소리가 되돌아왔다. 게오르크는 두 소리 사이의 간격을 계산했다. 그는 이제 제법 많은 것을 파악하고 있었다. 그의 머릿속에 있는 점들이 모두 메워지고, 모든 근육이 긴장했다. 순간순간이 가득 채워졌다. 그의 생존 자체가, 숨 쉴 수도 없이 빡빡하게, 압축되었다. 그러다가 갑자기 그는 이 악취 나는 하수에 몸을 숨긴다는 것이 더없이 메스껍게 생각되었다. 이 도랑은 기어서 건너라고 있는 것이 아니라, 그 속에 빠져 죽으라고 있는 것이 아닌가. 동시에 그는 미칠 듯이 화가 났다. 쥐새끼도 아닌데, 빠져나갈 장소가 없다니. 그런데 그의 앞에 놓여 있는 것은 더 이상 시커먼 물이 아니었다. 그의 앞에는 물살이 동심원을 그리면서 뇌우처럼 울리고 있었다. 다행히 공장 지대는 넓지 않았다. 대략 40미터쯤 되었다. 기어 나와 보니 담벼락 저편에 국도로 이어지는 들판이 솟아 있었다. 그리고 제법 경사진 길 하나가 위쪽으로 이어지고 있었다. 담벼락과 들판 길 사이에 쓰레기 더미들이 놓여 있었다. 게오르크는 더 이상 갈 수가 없었다. 그는 웅크리고 앉아 심하게 토했다.

그때 한 늙은이가 밭을 가로질러 걸어왔다. 그는 식초 공장 수위에게서 토끼 먹이를 얻어 가려고 두 개의 양동이를 긴 막대에 꿰어 어깨에 걸치고 있었는데, 베스트호펜에서 '성가신 모자'라는 별명으로 불리는 늙은이였다. 이 늙은이는 짧은 길을 오는 동안 벌써 여섯 번이나 제지를 당했다. 그는 그때마다 신분증을 내보였다. '성가신 모자'라는 별명을 가진 베스트호펜 출신의 고틀리프 하이드리히. 그렇군, 저 강제수용소에서 또 무슨 일이 터졌어. 성가신 모자 할아범은 사이렌이 울어대는 가운데 아주 천천히 토끼 먹이 양동이를 지고 밭을 지나오면서 생각했다. 지난여름과 비슷한 일이 터진 거겠지. 저 불쌍한 사람들 중 하나가 도망치려 했을 때 말이야. 그때 저들은 마구 총을 쏘아댔지. 그가 총을 맞고 죽었는데도 사이렌 소리는 계속 울려댔었지. 예전엔 이곳에서 그런 못된 짓거리가 없었는데, 왜 하필 우리 코앞에 강제수용소를 지었단 말인가. 하긴 요즘 이곳이 돈벌이가 좀 되긴 하지. 예전엔 간신히 먹고살았지만, 이젠 누구나 뭘 좀 시장으로 내갈 수가 있거든. 나중에 저 뒤쪽 땅을 우리에게 임대해준다는 말이 사실이든 아니든, 암튼 이 모두가 저 불쌍한 사람들이 그곳 땅을 파놓은 덕분이지 뭐야. 저들이 도망가는 게 이상한 일도 아니지. 그런데 임대료가 저 건너편 리바흐 땅보다 싸야 할 텐데.

성가신 모자 할아범은 이런 생각을 하며 다시 한 번 몸을 돌렸다. 저기 들길에 믿을 수 없을 만큼 더러운 남자가 왜 쓰레기 더미 옆에 웅크리고 있는지 알고 싶었기 때문이었다. 그가 토하고 있는 것을 보고 늙은이는 안심했다. 그것이 웅크리고 앉은 이유였으니 말이다.

그러나 게오르크는 성가신 모자 할아범을 보지 못했다. 게오르크는 계속 걸어갔다. 처음에는 라인 강으로부터 멀찍이 떨어진 에를렌바흐를 향해 가려고 했다. 게오르크는 그러나 포장된 큰길을 횡단하는 것을 포기했다. 다시 말해 그는 결심을 바꾸었다. 그것도 결심이라고 부를 수 있다면 말이다. 그의 생각을 바꾸게 한 것은 지극히 확고한 한순간의 강력한 힘이었다. 그는 어깨를 움츠리고 머리를 숙인 채 누가 부를까 봐, 총알이 날아올까 봐 정신을 바짝 차리고 터벅터벅 밭을 지나갔다. 그는 발끝에 닿는 흙이 조금 부드러워진 것을 느꼈다. 곧, 곧 만나게 되겠지. 그리운 사람아. 아냐, 저들이 날 부를 거야. 총소리가 날 거야. 게오르크는 생각했다. 그는 무릎을 꿇고 주저앉아 항복하고 싶었다. 그러자, 저들이 날 산 채로 끌고 가기 위해 다리를 쏘겠지, 하는 생각이 들었다. 그는 두 눈을 감았다. 차가운 아침 바람을 맞으며 그는 인간으로서 감당할 수 없는 거대한 슬픔을 느꼈다. 비틀거리며 계속 가던 게오르크는 멈칫하고 섰다. 그의 발 앞 들길에 초록색 리본 하나가 놓여 있었다. 마치 하늘에서 밭 위로 불쑥 떨어진 것 같은 그것을 그는 노려보았다. 게오르크는 그것을 집어 들었다.

그곳에 밭에서 불쑥 솟아오른 듯, 가르마 탄 머리에 소매 달린 앞치마를 입은 한 여자아이가 게오르크 앞에 서 있었다. 둘은 서로를 노려보았다. 아이의 시선이 게오르크의 얼굴에서 손으로 옮아갔다. 게오르크는 아이의 땋은 머리를 가볍게 당기고 리본을 주었다.

그러자 아이는 역시 갑자기 길에 나타나 서 있는 늙은 여자, 할머니에게로 달려갔다. "땋은 머리에 묶는 리본까지 얻었구나. 에취." 늙은 여인이 말하고 웃었다. 할멈은 게오르크에게 말했다. "저 아이에게 매일 새 리본을 묶어주게 되었구려." "땋은 머리를 잘라주지 그래요." 그가 말했다. "아니, 아니야." 할멈은 말하더니 게오르크를 찬찬히 뜯어보기 시작했다. 바로 그때 그들 뒤에 있는 식초 공장 쪽에서 성가신 모자 할아범이 소리쳤다. "서랍 할멈!" 그 늙은 여인은 베스트호펜 사람들에게 이렇게 불리고 있었다. 소용 있는 것이든 없는 것이든, 반창고, 묶는 끈, 기침 사탕 등 온갖 잡동사니를 언제나 서랍에 모아두기 때문이었다. 이제 노파는 비쩍 마른 팔을 들어, 예전에 자신과 함께 춤을 추었고 거의 결혼까지도 할 뻔했던 성가신 모자 할아범을 향해 흔들었다. 이 빠진 할멈의 입 주위로, 홀쭉하게 내려앉은 두 뺨 주위로 놀랄 만한 생기가 번져 나갔다. 춤출 때의 물결치는 듯한 소리를 마치 바로 지금 듣고 있는 것처럼 놀라운 생기가.

성가신 모자 할아범은 그러나, 식초 공장에서 일하는 것으로 짐작되는 지독하게 지저분한 낯선 남자가 할멈과 어린아이와 함께 걸어가는 것을 보자, 여태껏 마음을 갉아먹고 있던 불안감을 잊고 평온해졌다. 게오르크 역시 두 사람 뒤를 따라가면서, 비록 몇 분이나마 그가 살아 있는 사람들 사이에 받아들여졌다고 느꼈다. 그러나 들길은 게오르크가 생각했던 것처럼 마을로만 이어진 것이 아니었다. 길은 두 갈래로 나뉘어 있었다. 한쪽은 마을로, 또 다른 한쪽은 포장된 큰길 쪽으로. 노파는 머리 리본을 치마 주머니 속에 다른 잡동사니들과 함께 집어넣었다. 그러고는 입술을 깨물며 울음을 참고 있는 어린아이의 땋은 머리를 잡아 데리고 갔다. 늙은 여인은 웅얼거렸다. "저 굉장한 사건 들으셨우? 아이고, 사이렌이 어찌나 울어대던지. 이제야 조용하네. 저들이 그를 잡았나 보우. 웃을 일은 아니지만 말이우. 아이고!" 할멈은 낄낄거리면서 또 끌끌거렸다. 길이 갈라지는 곳에서 노파는 멈추어 섰다. "안개가 걷혔구려,

봐요!"

게오르크는 둘러보았다. 정말이지 안개는 걷히고 맑고 깨끗한 연푸른 가을 하늘이 반짝이고 있었다. 둘, 아니 세 대의 비행기가 푸른 하늘로부터 날아 내려와 날카롭게 반짝이면서 땅에 닿을 듯이, 베스트호펜 지붕들과 늪과 들판 위에 좁은 원을 그리자, 할멈은 "워이, 워이" 하고 소리를 질렀다.

게오르크는 손녀를 이끌고 가는 서랍 할멈의 곁에 바짝 붙어 큰길 쪽으로 향했다.

그들은 아무도 만나지 않고 큰길을 10미터쯤 걸어갔다. 할멈은 말이 없었다. 모든 것을 잊어버린 것 같았다. 게오르크도, 아이도, 태양도, 비행기도. 노파는 게오르크가 태어나기도 전에 있었던 일들을 곰곰 생각하고 있는 것 같았다. 게오르크는 바짝 따라붙었다. 노파의 치맛자락이라도 꼭 붙잡고 싶었다. 이건 현실이 아니었다. 치맛자락이라도 붙잡고 싶지만, 정작 눈치도 못 채고 있는 할멈의 곁에서 걸어가고 있는 이것은 꿈이었다. 그는 곧 이 꿈에서 깨어날 것만 같았다. 막사에서 곧 로게르버가 우릴 깨우는 고함을 질러대겠지.

오른쪽으로 유리 파편이 박힌 긴 담벼락이 시작되고 있었다. 그들은 바짝 붙어서 벽을 따라 두어 걸음 걸어갔다. 게오르크가 맨 끝이었다. 갑자기 경적 소리도 없이 그들의 등 뒤에서 오토바이가 오고 있었다. 만약 그때 할멈이 뒤를 돌아보았더라면 땅이 게오르크를 집어삼켰나 하고 생각했을 것이다. 오토바이는 웡웡 소리를 내며 지나갔다. 할멈은 "아이고, 아이고" 하고 툴툴거렸으나 계속 타박타박 걸어갔다. 게오르크는 할멈의 길에서뿐 아니라, 기억에서도 사라지고 없었다.

게오르크는 담벼락 저편에 누워 있었다. 그의 두 손은 유리 파편에 찔려 피투성이였고, 왼손 엄지손가락 밑이 찢어져 있었다. 그의 옷 역시 속살이 드러날 정도로 너덜너덜해져 있었다.

이제 저들이 내려와 그를 잡아갈까? 창이 많은 야트막한 붉은 벽돌집에서 목소리들이 흘러나왔다. 밝고 깊은 목소리들. 뒤이어 빠르게 조잘대는 합창 같은 소년들의 목소리. 이 죽음의 시간에 어떤 단어, 어떤 문장이 그의 머릿속에 각인될 것인가? 건너편 방향에서 오토바이 한 대가 달려왔다. 그러나 그 오토바이는 그를 지나 베스트호펜 수용소 쪽으로 가버렸다. 게오르크는 전혀 안도감을 느끼지 못했다. 오히려 이제야 손의 통증을 느꼈다. 그는 그 손을 관절 위로 물어뜯고 싶었다.

다레* 농업학교는 붉은 벽돌 건물을 본채로 하여 그 왼쪽, 폭이 좁은 세로 면 앞에 온실이 있었고, 온실과 마주하여 정문과 계단이 놓여 있었다. 그리고 학교 정면 도로와 담벼락 사이에는 창고가 하나 놓여 있었다. 게오르크는 그의 시야를 가로막는 이 창고를 눈여겨보았다. 그는 그곳으로 기어 들어갔다. 그 안은 조용하고 어두웠다. 식물 껍질들의 냄새가 났다. 그의 두 눈은 곧 엉클어진 채 벽에 걸려 있는 두꺼운 식물 껍질들과

---

*다레(1895~1953): 나치의 정치가. '피와 땅'이라는 나치의 선전 구호는 그의 저서에서 나온 것이다. 1933년 급양 및 농업 장관, 1934년 제국농부 영도자가 되었으나 1942년 모든 직을 빼앗겼다. 1949년 7년 형을 선고받았으나 1950년 석방되었다.

온갖 기구들, 바구니들 그리고 옷가지들을 구별해내었다. 이제 모든 것은 그의 통찰력에 달려 있는 것이 아니라 그저 운이라 부를 수 있는 것에 달려 있었다. 이렇게 생각하자 게오르크는 조용하고 침착해졌다. 그는 어떤 옷 하나에서 조각을 찢어내어, 이와 오른손을 사용하여 그것을 왼손에 감았다. 뒤이어 어떤 옷을 골라 입을까, 잠깐 생각했다. 맨체스터산 벨벳으로 된, 지퍼 달린 저 갈색 재킷으로 해야겠다. 그는 피와 땀으로 범벅이 된 그의 옷 위에 그 재킷을 덮어 입었다. 그는 치수가 맞는 구두들도 찾아보았다. 좋고 깨끗한 구두들뿐이었다. 어떤 것을 집어야 좋을지 모를 지경이었다. 그는 벽 널빤지의 갈라진 틈새로 밖을 내다보았다. 본채 창문들 뒤에 그리고 온실 안에 사람들이 있었다. 누군가가 계단을 내려오더니 온실 있는 데로 건너갔다. 그 사람은 온실 문 앞에 멈춰 서더니 창고 쪽을 돌아보았다. 그러나 창문에서 크게 부르는 소리가 들리자, 그 남자는 다시 본채 안으로 들어갔다. 이제 사방은 고요했다. 햇빛은 창유리에, 그리고 반쯤 포장된 채 계단 옆에 놓여 있는 어떤 기계의 금속에 반사되어 반짝이고 있었다.

게오르크는 갑자기 창고 문을 향해 펄쩍 뛰어가서 열쇠를 뽑았다. 그는 혼자서 웃었다. 등을 문 쪽으로 하고 바닥에 앉더니 구두를 내려다보았다. 이 상태가 2~3분 계속되었다. 외관상 모든 것을 잃어버린 듯 보이는, 자기 자신으로의 마지막 침잠. 만약 동지들이 실패한다면, 바깥에서 호루라기 소리가 들리겠지. 저들이 이제 들어온다면, 곡괭이로 내려쳐야 할까? 아니면 갈퀴로 내려쳐야 할까? 이런 상태에서 그를 깨운 것이 무엇이었는지는 그 자신도 알 수 없었다. 어쨌든 외적인 것은 아니었다. 그를 깨운 것은 아마도 손의 통증, 어쩌면 아직 귀에 남아 있는 발라우 목소리의 여운일지도 몰랐다. 그는 다시 열쇠를 갖다 꽂고, 문틈으로 내다보았다. 이제 담벼락 저편 큰길로 되돌아갈 수는 없는 노릇이었다. 유리 파편들이 돌림띠처럼 빽빽이 꽂힌 벽 가장자리와 하늘 사이에는 어느 포도밭의 능선이 갈색으로 뻗어 있었다. 공기는 너무도 투명하여, 연한 청색 가장자리 위로 솟아나온 맨 윗줄, 포도나무의 뾰족한 꼭대기들을 셀 수도 있을 것 같았다. 멍하니 포도나무 가지들을 보고 있자니까 갑자기 누군지 알 수 없는 어떤 이의 충고가 떠올랐다. 루르 지방의 발라우 동지였던가, 아니면 상하이의 쿨리였던가, 혹은 빈 방어동맹*의 동지였던가? 그 동지는 이상한 짐을 어깨에 둘러멤으로써 사람들의 주의를 딴 데로 돌렸다지. 그런 짐은 분명한 목적이 있을 거고 그것을 지고 가는 사람을 증명해 주니까 말이야. 지금 창고 안에서 문틈으로 유리 파편들이 박힌 담벼락을 보고 있자니까 이 충고가 떠오르면서 게오르크는, 자기와 같은 상황에 처했던 어떤 이도 이런 방법으로 빈의 어떤 집을, 루르 지방의 농장을, 혹은 차페이의 폐쇄된 골목을 벗어났다는 사실을 기억해냈다. 이 충고를 던져준 사람의 얼굴이 친숙한 발라우의 것인지, 혹은 노란색 얼굴인지 혹은 갈색 얼

---

*사민당 공화주의자들이 결성한 결사들 중의 하나.

굴인지는 불분명했지만 게오르크는 이 충고를 알아들었다. 계단 옆에 있는 저 기계 부품을 집어 들게. 자넨 나가는 거야. 어쩜 성공 못할지도 모르지, 하지만 다른 뾰족한 수도 없잖나. 지금 자네 상황은 정말 절망적이지. 하지만 그때 내 상태도 그랬었다고.

 사람들이 그를 눈여겨보지 않았는지, 혹은 어깨에 진 기계 부품 공장의 직원으로 생각했는지, 아니면 방금 주워 입은 재킷의 원래 주인으로 생각했는지 어쨌든 그는 온실과 계단 사이를 무사히 통과했다. 그리고 정문을 통과해 들길로 이어지는 학교 앞길로 나섰다. 기계 부품을 꼭 끌어안은 왼손의 통증은 얼마간 그의 모든 공포심조차 마비시킬 정도로 격렬했다. 게오르크는 몇몇 집 앞을 지나 포장된 큰길과 나란히 이어지는 그 들길을 계속 걸어갔다. 이 집들은 모두 들판을 내다볼 수 있었고, 가장 높은 창문에서는 아마도 라인 강까지 보일 것이었다. 비행기들은 여전히 윙윙거리고 있었다. 하늘은 안개를 벗어 투명한 푸른색을 띠고 있었다. 곧 정오가 될 시각이었다. 게오르크는 입 안이 타들어 가는 듯했다. 단단한 껍질처럼 달라붙은 그의 죄수복도 피부와 재킷 사이에서 불타는 듯 뜨거웠다. 그는 고통스러울 정도로 참기 어려운 갈증을 느꼈다. 게오르크는 왼편 어깨에 얹은 기계 부품을 가볍게 흔들었다. 붙어 있던 회사 상표가 덜렁거렸다. 막 그 물건을 내려놓고 잠시 숨을 돌리려는 순간, 그는 제지를 당하고 멈춰 섰다.

 큰길에서 두 집 사이의 빈틈에 있는 그를 발견한 것은 아마도 두 오토바이 정찰대 중의 하나인 듯했다. 조용한 정오의 하늘 아래 어깨에 짐을 메고 들판을 가로질러 걷고 있는 듬직한 남자. 그들은 특별한 의심이 들어서가 아니라, 지나가는 사람을 모두 멈춰 세워야 하기 때문에 그를 불러 세운 것이었다. 게오르크가 회사 상표를 들어 보이자 그들은 곧 가라고 손짓을 했다. 어쩌면 게오르크는 오펜하임까지, 아니 더 멀리까지 조용히 길을 갈 수 있을 것이라고, 수용소의 막사에서부터 그를 도운 그 조력자는 말하고 있었다. 계속 가게, 쭉 가, 라고 소리치는 낮고도 절박한 그 목소리를 게오르크는 알아들었다. 그러나 조금 전 그를 부르던 정찰대의 목소리는 아직도 그의 심장을 떨게 하고 있었다. 게오르크는 큰길로부터 멀어지려고 갑자기 들판 안으로 들어가 라인 강 쪽으로, 부헤나우 마을을 향해 기계 부품을 끌고 갔다. 그의 심장이 공포로 요동치면 칠수록, 들길서부터 그를 따라오던 목소리는 점점 줄어들어서 마침내 게오르크 자신의 심장 소리와 부헤나우 마을의 정오 종소리에 묻혀버렸다. 밝고도 쓰라린 종소리, 사형 집행의 종소리. 마을 위의 유리 같은 하늘 속으로 그는 빨려들고 있었다. 이건 덫이야. 게오르크는 생각했다. 그는 노려보는 두 명의 보초를 지났다. 그는 등 뒤에 그들의 시선을 느꼈다. 마을 골목에 들어서자마자 그는 등 뒤에서 울리는 경적 소리를 들었다. 통렬하게 베어드는 날카로운 경적 소리.

갑자기 마을이 소란스러워졌다. 이쪽 끝에서 저쪽 끝으로 불어대는 호루라기 소리들. 출동대의 등장. "모두 집 안을 수색해!" 큰 대문들이 흔들리는 소리. 게오르크는 기계 부품을 내려놓았다. 그는 가장 가까운 대문을 지나 장작더미 뒤로 몸을 숨겼다. 마을은 포위당했다. 정오가 막 지난 시각이었다.

프란츠는 공장 식당에서 막 통나무가 체포되었다는 소식을 들었다. 그리고 지금 안톤은 그의 팔꿈치를 잡고, 자신이 알고 있는 모든 것을 말해주었다.
  이 시각, 양치기 에른스트는 망골트 씨 댁 부엌 창을 두드렸다. 조피가 창을 열더니 웃었다. 그녀는 둥근 얼굴에 건장했지만, 몸은 유연했다. 조피는 그에게 감자 수프를 데워주고 싶었다. 그의 보온병이 고장 났기 때문이었다. 들어와서 함께 먹자고, 조피가 말했다. 강아지 넬리도 조심할 것이라고.
  그의 넬리는 강아지가 아니라 천사라고, 에른스트는 말했다. 그러면서 그는 거리낄 것 없는 사람이니 자기 하고 싶은 대로 하겠다고 덧붙였다. "조피, 감자 수프를 데워서 밭으로 내다 줘. 조피, 날 그렇게 보지 마. 네가 그렇게 황금빛 작은 눈으로 날 쳐다보면 내가 설렌단 말이야."
  그는 들판을 가로질러 손수레 있는 데로 갔다. 해가 비치는 곳을 찾아 신문지를 깔아 자리를 만들고 그 위에 외투를 펼쳤다. 그는 그곳에 쪼그리고 앉아 기다리며, 느긋한 기분으로 조피가 오는 것을 바라보았다. 마치 사과 같군, 그는 생각했다. 둥글고 활짝 피었어, 게다가 각선미도 근사하고.
  조피는 수프와 함께 자신이 직접 만든, 배 조각이 들어간 감자 경단도 함께 가져왔다. 그들은 슈미트하임에서 같이 학교를 다닌 사이였다. 그녀가 그의 곁에 앉았다. "웃겨." 그녀가 말했다. "뭐가?" "네가 양치기라니 말이야."

"얼마 전 저 아래 사람들도 그러더군." 에른스트는 말하면서 획스트 쪽을 가리켰다. "당신은 건강한 젊은인데, 다른 일을 하는 게 좋지 않겠느냐고." 에른스트는 노동청의 마이어 씨를 흉내 내었다가, 노동전선*의 게르스틀 씨를 흉내 내었다가, 크라우스 슈미트하임 시장을 흉내 내었다가, 또 곧바로 자기 자신이 되는 등 믿을 수 없을 만큼 재빨리 얼굴과 목소리를 바꿔가며 말했다. 자기 자신이 되는 경우는 얼마 안 되었지만 말이다. "그렇다면 당신은 왜 당신 자리를 더 나이 든 민족공동체 동지들에게 넘기지 않는 거죠? 내가 그렇게 말해주었지." 에른스트는 재빨리 수프를 두어 모금 삼킨 후 말을 이었다. "우리 집은 빌리기스** 시대부터 죽 양치기업이 가업이거든." "대체 무슨 빌리 때부터라는 거야?" 조피가 물었다. "저 아래쪽 사람들도 내게 그렇게 물었지." 에른스트는 배 조각이 든 경단을 눌러 으깨면서 말했다. "너희들은 학교 다닐 때 모두 날 눈여겨보지 않았지. 저 아래 사람들은 또 묻더군. 다른 이들은 다 결혼해서 자식 낳고 힘들게 밥벌이를 하는데, 왜 난 결혼하지 않느냐고 말이야." "그래서 뭐라 그랬어?" 조피가 약간 잠긴 음성으

---

*1933년 5월 나치가 노조를 해체시키고 만든 단체. 나치 국가 최대의 집단 조직으로 노조와는 달리 오직 나치 선전을 위한 노동자들의 학습에 주력했다.
**빌리기스(약 940~1011): 975~1011년 마인츠의 대주교 겸 대재상을 지냈다. 마인츠 대성당은 975년 그가 짓기 시작했다.

로 물었다. "아," 에른스트가 태평스레 말했다. "결혼을 위한 시작은 했다고 그랬지." "어째서?" 조피가 긴장해서 물었다. "내가 약혼을 했거든." 에른스트는 눈을 내리깐 채 말하면서, 조피가 약간 기운 없이 창백해지는 것을 놓치지 않았다. "나, 보첸바흐의 꼬마 마리 빌렌츠와 약혼했거든." "아, 그래." 조피가 고개를 떨구며 말했다. 그러면서 두 다리 위로 스커트를 끌어 모았다. "걘 아직 학교에 다니는 어린애잖아. 보첸바흐의 마리 빌렌츠 말이야." "상관없어." 에른스트가 말했다. "난 내 신부가 자라는 것을 보는 게 좋거든. 말하자면 긴데, 내가 나중에 얘기해줄게." 조피는 잡초 줄기를 하나 뽑아 손가락으로 탁탁 치며 갖고 놀았다. 그녀는 그것을 평평하게 만들어 이 사이에 끼고, 비웃듯이 슬프게 혼잣말을 했다. "사랑하고, 약혼하고, 결혼하고……." 그녀를 놀려먹으면서도 아무것도 놓치지 않는, 조피의 감정 동요도 그녀 두 손의 경련도 놓치지 않는 에른스트는 두 접시를 깨끗이 핥아 먹은 후, 그것을 포개며 말했다. "고마워. 조피. 네가 이 경단 만드는 것처럼 모든 걸 다 잘한다면 말이지, 어떤 남자도 널 놀려먹지 못할 거야. 날 좀 봐. 날 좀 똑바로 보라고. 네가 두 눈으로 날 그렇게 쳐다보면 말이야, 난 꼬마 마리를 영원히 잊을 수 있어."

그는 조피가 빈 접시를 가지고 딸랑거리며 멀어져 가는 것을 바라보았다. 그러고는 소리쳐 불렀다. "넬리!" 강아지는 그의 가슴으로 돌진하더니 앞발을 에른스트의 무릎에 세우고 주인을 빤히 바라보았다. 절대적인 복종을 약속하는 검은 털북숭

이 짐승. 에른스트는 자기 얼굴을 강아지의 주둥이에 대고 문질렀다. 그는 예뻐 죽겠다는 듯 넬리의 머리를 두 손 사이에 넣고 쓰다듬었다. "넬리야, 내가 누굴 제일 사랑하는지 넌 알지. 이 세상 모든 여자들 중, 내가 아는 모든 사람들 중 가장 내 맘에 드는 그녀의 이름이 무언지, 넌 알지? 그녀 이름은 바로 넬리야."

한편 다레 농업학교의 수위는 점심 식사 시간을 알리는 종을 울렸다. 정오에서 15분이 지난 시각이었다. 견습 정원사인 프리츠 헬비히가 제일 먼저 창고로 달려갔다. 맨체스터산 벨벳 재킷에 들어 있는 지갑에서 20페니히를 꺼내기 위해서였다. 그는 겨울철 빈민 구호* 복권을 두 번 사느라 한 학생에게서 이 돈을 빌렸었다. 학교는 주로 인근 마을의 아들딸들을 위해 일 년 내내 코스를 열고 있었다. 학교에 있는 실습 농장에서는 학생들이 실습을 했을 뿐 아니라, 계약을 맺은 두어 명의 정원사와 견습 정원사도 함께 일하고 있었다.

홀쩍 키가 자란 금발의 견습생 헬비히는 눈을 크게 뜨고 놀라서 재킷을 찾았다. 그러다가 화가 났고, 그러다가 완전히 흥분해서는 재킷을 찾아 온 창고를 뒤졌다. 그 재킷은 첫 여자 친구가 생긴 후 지난주에 마련한 것이었다. 시합에 나가 작은 상금이라도 타지 않았더라면 그는 그 재킷을 아직 사지 못했을

---

*나치의 민족복지국 산하 기구인 '독일 민족의 겨울 구조단'이 1933년 겨울부터 해마다 시행한 대규모 모금 및 수집 행사.

것이다. 헬비히는 이미 점심 식탁에 자리 잡고 앉은 동료들을 소리쳐 불렀다. 반짝반짝 윤이 나는 나무 식탁들이 늘어선 밝은 식당은 언제나처럼 그 달(月)의 꽃과 싱싱한 잎들로 장식되어 거의 축제 분위기를 풍겼다. 벽에 걸린 히틀러의 사진과 다레의 사진, 그리고 풍경화의 액자에도 빙 둘러 잎들이 장식돼 있었다. 헬비히는 처음에 동료들이 장난친다고 생각했다. 동료들은 그가 자기 몸보다 조금 큰 치수의 재킷을 샀다고, 또 그에게 여자 친구가 생긴 것이 부러워서 그를 놀려대곤 했던 것이다. 헬비히와 마찬가지로, 소년다운 표정과 성인 남자의 표정이 함께 나타나 있는 싱싱하고 정직한 얼굴의 젊은이들은 우선 그를 안심시키고 함께 재킷 찾는 것을 도왔다. 곧 누군가가 비명을 질렀다. "이게 무슨 얼룩이야?" 또 다른 젊은이가 소릴 질렀다. "누가 내 옷 안감을 잡아채 갔어!" "누군가 들어왔던 거야." 그들이 말했다. "헬비히, 네 재킷은 도둑맞은 거야." 젊은이는 울음을 참느라 입술을 깨물었다. 식당에서 감독 교사가 왔다. 대체 얘들이 여기서 뭘 하는 거야? 헬비히는 하얗게 질린 화난 얼굴로 재킷을 도둑맞았다고 얘기했다. 학교의 관리 감독을 책임지는 교사와 수위도 불려 왔다. 그들은 창고 문을 활짝 열었다. 그리고 그들은 여기저기 옷가지들에 묻어 있는 얼룩들과, 온통 피범벅이 된 한 낡은 재킷에서 안감이 뜯겨져 나간 것을 보았다.

아! 그의 재킷에서도 그냥 안감만 뜯어 갔더라면 얼마나 좋았을까! 헬비히의 얼굴에선 이제 남자다운 모습은 찾아볼 수가 없었다. 그것은 화가 난, 걱정에 사로잡힌 어린아이의 얼굴이었다. "그자를 잡기만 해봐라, 때려죽일 거야." 그는 선언했다. 뮐러의 구두가 없어진 사실도 전혀 위로가 되지 않았다. 뮐러는 잘사는 농가의 외아들이었다. 다시 새 구두를 살 수 있을 것이다. 그러나 그는 이제 절약하고 또 절약하는 수밖에 없었다.

"좀 진정하게. 헬비히 군." 가족과 함께 점심을 먹고 있다 수위에게 이끌려온 교장이 말했다. "할 수 있는 한 정확하게 자네 재킷을 설명해봐. 그래야만 여기 계신 이 경찰 분께서 그걸 찾아주실 수가 있단다." 헬비히가, "안쪽에도 지퍼가 있다"는 말을 한 후 딸꾹질을 하긴 했지만, 그가 재킷 설명을 끝내자, 친절하기도 하고 낯설기도 한 키 작은 신사가 물었다. "호주머니 속엔 뭐가 들었니?" 헬비히는 잠깐 생각하더니 "1마르크 20페니히가 든 지갑이요" 하고 말했다. "또 손수건, 칼도 들었어요." 그 남자는 헬비히에게 진술한 내용을 다시 한 번 읽어주더니, 서명하게 했다. "어디서 제 재킷을 찾아올 수 있나요?" "그건 나중에 여기 학교에서 알게 될 거란다, 애야." 교장이 말했다.

그의 재킷 도둑이 그냥 일반 도둑이 아니라는 사실은 어린 헬비히에게 위로가 되지는 않았지만, 그래도 이 불행을 묘하게 미화시켜 주기는 했다. 경찰이 오기 전 창고를 둘러본 수위는 곧장 전후 사정을 이해했다. 경찰에 전화를 걸어야 할까 하고 교장에게 물어보았던 것도 수위였다.

헬비히가 아래로 내려왔을 때—그에 뒤이어 곧 뮐러가 그의 구두를 설명해야 했다—학교와 담 사이의 전 지대는 차단되어 있었다. 게오르크가 담을 뛰어올라 격자 받침 위의 과일을 뭉갠 장소는 벌써 표시가 돼 있었다. 담 앞과 창고 앞에는 경비가 섰다. 차단선이 쳐진 앞으로 교사와 정원사와 학생들이 몰려들었다. 점심시간은 연장되었다. 큰 그릇에 담긴, 베이컨 조각이 들어간 완두콩 수프의 표면에는 얇은 막이 내려앉았다.

차단선이 표시된 곳으로부터 2~3미터 떨어진 곳에서는, 이 모든 소동에도 끄떡없이, 꽤 나이 든 정원사가 땅을 고르며 일하고 있었다. 그는 어린 헬비히와 같은 마을 출신이었다. 헬비히는—화가 나 핏기가 가셨던 그의 얼굴은 그사이 빨개져 있었다. 헬비히는 열심히 그리고 대단히 중요한 일을 하고 있다는 듯 모든 질문에 대답을 했었다—늙은 정원사 옆에 멈추어 섰다. 아마도 그가 자기에게 아무것도 묻지 않았기 때문인 듯했다. "제 재킷을 돌려받을 거래요." 헬비히가 말했다. "그래." 정원사가 대꾸했다. "재킷이 어떻게 생겼는지 아주 자세하게 묘사해야만 했어요." "그래서 아주 자세하게 말씀드렸니?" 정원사 궐처는 하던 일에서 눈을 떼지 않은 채 물었다. "그럼요. 그래야만 한걸요." 아이가 말했다. 수위가 두 번째 점심 식사 종을 울렸다. 식당은 다시 시끄러워졌다. 리바흐와 부헤나우에선 히틀러 청소년단(HJ)*을 수색에 동원시켰다는 소문이 퍼져 있었다. 사람들이 헬비히에게 꼬치꼬치 캐물었다. 그러나 그는

---

*HJ는 Hitlerjugend의 약자. 나치의 전체 청년 조직에 대한 명칭으로 성별과 연령에 따라 구분되었다. 1926년 창설. 나치 집권 전에는 당의 청년 조직이었다가, 1936년 12월부터는 모든 독일 청년의 의무 조직이 되었다.

이제 말이 없어졌다. 그는 새롭게 덮쳐 온 근심의 발작에 조용히 싸우고 있었다. 재킷 속에 부헤나우 체조 협회 회원권이 들어 있다는 사실이 뒤늦게 떠올랐던 것이다. 이것도 다시 신고를 해야 하나?

그 도둑이 회원권을 어떻게 할까? 그저 성냥불로 태워버릴 수도 있었다. 그렇지만 탈주범이 어디서 성냥을 구한단 말인가? 그냥 갈기갈기 찢어 어디 변소에 버리겠지. 그런데 그 탈주범은 대체 어디로 갈 수 있을까? 어쩜 그 종이 쪼가리를 땅에다 묻겠지. 젊은이는 이상하게 가라앉은 기분으로 생각에 잠겼다. 그러다가 그는 약간 길을 돌아 다시 늙은 정원사를 지나갔다. 소년은 같은 마을 출신의 이 남자를 특별히 존경하거나 하지는 않았다. 그저 자기보다 먼저 이 세상에 나와서 자기와 같은 시기를 겪으며 늙어간 그런 늙은이를 보통 젊은이들이 우러르는 만큼 존경했다. 이번에 아이는 양파를 옮겨 심고 있는 늙은 정원사 뒤에 별다른 이유 없이 멈추어 섰다. 헬비히는 히틀러 청소년단에서도 또 원예 일에서도 사람들의 호감을 사며 잘 해나가고 있었다. 그는 활기차고 솔직하며 솜씨 좋은 젊은이였다. 베스트호펜 수용소에 수감된 저 남자들은 정신병자들이 정신병원에 갇힌 것처럼 당연히 갇혀 있는 거라고, 그는 그렇게 믿고 있었다.

"있죠, 궐처 아저씨." 헬비히가 말했다. "뭐." "제 회원권이 그 재킷 속에 들어 있어요." "그래, 그런데?" "제가 그것도 신고해야 하는가 하고요." "모든 걸 다 얘기했다면서? 그래야 했다며." 정원사가 말했다.

이제 정원사는 처음으로 그 젊은이를 똑바로 올려다보았다. "아무 걱정 마. 네 재킷은 곧 찾을 거야." "그렇게 생각하세요?" 젊은이가 말했다. "그럼. 틀림없이 오늘 중으로라도 되찾을 거다. 그런데 얼마짜리 옷이냐?" "18마르크요." "그럼 제대로 된 좋은 물건이구나." 그 젊은이의 근심을 다시 한 번 씻어주려는 듯 귈처가 말했다. "그렇담 그 옷은 험하게 취급해도 별일 없을 거다. 네가 아가씨와 만나러 갈 때, 그 옷을 다시 입어도 괜찮을 거야. 그리고 그자는 말이야," 그는 막연하게 허공중의 저편을 가리켰다. "그자는 이미 죽었을 거야. 애저녁에 말이지." 젊은이의 미간에 주름이 잡혔다. "그래, 그래서요?" 그의 어조가 갑자기 거칠고 무뚝뚝해졌다. "아냐, 아무것도." 늙은이 귈처 씨가 말했다. "정말 아무것도 아니다." 대체 왜 아저씨는 날 그렇게 바라봤을까? 헬비히는 생각했다.

VI

게오르크가 장작더미 뒤로 몸을 숨긴 그 마당에는 이리저리 가로 세로로 빨랫줄이 쳐 있었다. 집 안에서 두 여자가 빨래 바구니를 들고 나왔다. 한 여자는 나이 든 노파였고 또 한 여자는 중년이었다. 노파는 딱딱하고 완고해 보였다. 피곤한 얼굴의 중년 여인이 몸을 숙였다. 그때 마을 가장자리에서 골목을 향해 새로이 거친 소음이 들려왔다. 발라우 선생, 우리가 아직 함께 있다면, 날 보고 있는 거죠? 게오르크는 생각했다.

두 여자는 빨래들을 손으로 만져보았다. 노파가 말했다. "아직 다 안 말랐어. 다림질을 하려면 좀 더 있어야겠어." 중년 여인이 대꾸했다. "다림질하기 딱 좋은데요, 뭐." 여인은 빨래를 걷어 바구니에 넣기 시작했다. 노파가 말했다. "아직 축축하다니까." 중년 여인이 말했다. "다림질하기 딱 좋다니까요." "너무 젖어 있다니까." 노파가 말했다. 그러자 중년 여인이 말했다. "각자 자기 방식대로 하는 거지요. 어머님은 마른 빨래를 다리시고요, 전 젖은 채로 다릴게요." 거의 필사적으로 서두르는 가운데 나는 듯이 빨래들이 걷히고, 빨랫줄들은 텅 비었다. 갑자기 중년 여인이 외쳤다. "마을에 경보가 내렸대요! 저기, 좀 들어보세요!" 노파가 말했다. "그래, 그래." 중년 여인이 외쳤다. "저기, 좀 들어보시라니까요!" 노파가 말했다. "그래, 그래" 여인이 다시 외쳤다. 여인의 목소리는 쨍하고 부서질 것처럼 맑았다. "들어보시라니까요. 들어보시라고요!" 노파가 말했다. "내가 늘 그렇게 귀가 먹은 건 아니다. 거기 바구니를 이쪽으로 밀치렴."

그 순간 집 안에서 나치 돌격대의 제복을 입은 남자가 마당으로 나왔다. 중년 여인이 말했다. "또 갑자기 어딜 나가는 거예요? 부츠에 박차까지 달고. 술은 마시지 마요."

남자가 소리를 질렀다. "두 여자가 미쳤나? 지금 빨래나 걷고. 부끄러운 줄 알아야지. 우리 마을에 베스트호펜에서 탈출한 죄수가 숨어 있단 말이야. 모두가 찾느라고 난린데." 중년 여인도 마주 소리를 질렀다. "아, 언제나 일은 있기 마련이지, 뭘 그래요. 어제는 추수감사절이었고, 그제는 144연대에 일이 있었고, 또 오늘은 탈주범을 잡는 날이네. 내일은 대관구* 구역장 님이 지나가시는 날인가? 그래, 그럼 무 밭은 누가 돌보죠? 포도는요? 빨래는 누가 하냐고요?" 남자가 말했다. "입 닥쳐." 그는 발을 굴렀다. "왜 대문을 걸어놓지 않는 거야?" 그는 발을 쿵쾅거리며 마당을 가로질렀다. 한쪽 문은 여전히 열린 채였다. 대문을 완전히 잠그기 위해서는 다른 한쪽을 끌어다가 두 쪽을 끼워 맞춰야 했다. 문을 끼워 맞추는 남자를 노파가 도왔다.

발라우, 발라우 선생, 게오르크는 생각했다.

"안나야." 노파가 불렀다. "빗장을 걸거라." 그러면서 노파는 덧붙였다. "작년 이맘땐 나도 할 수 있었는데."

중년 여인이 몸으로 받치면서 웅얼거렸다. "제가 해요."

빗장을 걸려는 바로 그때, 마을에서 다시 새로운 소리가 들려왔다. 부츠들이 빠르게 쿵쾅거리며 부딪치는 소리, 뒤이어 막 닫으려는 문을 두들기는 소리. 중년 여인이 다시 빗장을 열었다. 두어 명의 펌프**가 달려오더니 외쳤다. "들여보내 주세요. 경보가 발령 중이에요. 수색을 하고 있어요. 탈주범 한 명이 마을에 숨어 있대요. 열어주세요! 집 안으로 들여보내 주세요!"

"멈춰, 멈춰, 멈춰." 중년 여인이 말했다. "여긴 너희들 집이

*나치 시대의 행정 구역.
**히틀러 청소년단 중 10~15세의 그룹에 속하는 소년.

아니야. 애 프리츠야, 넌 부엌으로 가봐. 수프가 다 돼 있어."

"어머니, 들어가게 해주세요. 그러셔야 해요. 제가 애들을 데리고 다닐게요."

"어딜 네가 데리고 다닌다는 거냐? 누구 집을?" 여인이 소리를 질렀다. 노파가 그녀의 팔을 놀라운 힘으로 꽉 거머잡았다. 청소년단원들은, 이 집 아들인 프리츠를 선두로, 빨래 바구니 따위는 개의치 않고 달려갔다. 벌써 부엌에서, 마구간에서, 방들에서 그들의 호루라기 소리가 들려왔다. 쨍, 유리 깨지는 소리도 들렸다.

"안나야." 노파가 말했다. "모든 걸 너무 그렇게 마음에 두지 마라. 날 보렴. 세상엔 우리가 변화시킬 수 있는 일도, 그렇지 않은 일도 있는 거야. 변화시킬 수 없는 일은 참고 견디는 수밖에 없단다. 안나야. 내 말 듣니? 나도 알고 있어. 네가 내 아들 중 가장 못된 알브레히트를 남편으로 얻은 걸 말이야. 전처에 이어 말이지. 그땐 이 집이 늘 돼지우리였지. 그걸 네가 제대로 농가로 바꿔놓았어. 그리고 저 녀석, 예전에는 그저 일이 생기면 포도밭에서 하루벌이를 하던 저 녀석, 일 년 중 얼마간은 꼭 빈둥거리며 지내던 저 알브레히트도 정신을 차렸어. 게다가 넌 전처가 낳은 아이들도 다 바꿔놓았어. 정말 네가 걔들을 다시 낳은 것처럼 말이야. 그런데, 넌 잘 참아내질 못하는구나. 이런 일은 어쩔 수 없이 참고 견뎌야 한단다. 그러면 저절로 다 지나가."

중년 여인이 무어라고 조용하게 대꾸를 했다. 여인의 목소리에는 아무리 기를 쓰고 노력해봤자, 존경은 고사하고 축복도

주어지지 않는 삶에 대한 슬픔이 어려 있었다. "네, 그래요. 이런 일이 일어나고 마네요." 여인은 버릇없이 날카롭게 호루라기 소리가 울려 나오고 있는 집 안쪽을, 그리고 대문 뒷길에서 나는 소음을 손으로 가리켰다. "그사이 이렇게 돼버렸네요. 어머니. 제가 피땀 흘려가며 기껏 제대로 만들어놓은 아이들은 다시 옛날의 그 버릇없는 녀석들이 돼버렸어요. 알브레히트도 옛날의 그 망할 인간이 돼버렸고요. 아!"

여인은 튀어나와 있는 나무토막 하나를, 쌓아놓은 장작더미 쪽으로 밀쳐 넣었다. 여인은 귀를 기울였다. 그러더니 손으로 두 귀를 막으며 한탄했다. "하필이면 부헤나우에 숨어들 게 뭐람. 지금까지 이런 일은 없었는데. 나쁜 놈 같으니라고. 월요일 아침에 미친개처럼 평온한 마을에 숨어들다니. 불에 타 죽지 않았음, 늪에라도 숨으면 좋잖아? 꼭 우리 모두를 이 일에 끌어들여야 해? 물가에 몸을 숨길 목초지가 별로 없었나?"

"바구니를 집으렴." 노파가 말했다. "빨래들이 아직 축축하구나. 점심 먹은 후에 걷었으면 좋았을걸." "각자 자기 어머니에게서 배운 대로 하지요. 전 젖은 걸 다림질하는 게 좋아요."

이 순간 대문 뒤편 도로 쪽에서, 사람이 뱉어낸다고는 도저히 믿을 수 없는 울부짖음이 들려왔다. 그것은 또한 동물이 내는 소리도 아니었다. 이 세상에 존재한다고 생각할 수 없는 피조물이 갑자기 토해내는 소리임에 틀림없었다. 이 울부짖음에 게오르크의 두 눈이 빛나기 시작했다. 아래위 입술은 모아져서 앞으로 뾰족 튀어나왔다. 입 밖으로 토해내야 할 무엇인가를 입 속에 품고 있는 듯, 그의 목구멍도 팽팽해졌다. 그러나 동시에 그의 내면에서는 낮고도 분명하게, 그 어떤 것에도 압도당할 수 없으며 손상될 수도 없는 목소리가 들고 일어났다. 그리고 그는 알았다. 그가 언제나 그렇게 살아오진 않았지만, 그러나 언제나 그렇게 되기를 소망했던바, 대담하고 조용하게 죽을 준비가 돼 있음을.

두 여인은 빨래 바구니를 내려놓았다. 창백한, 그러나 내면의 힘으로 밝아진 여인들의 얼굴에, 며느리에게는 얼기설기 넓고 투박한 주름살의 그물이, 시어머니에게는 미세하고 촘촘한 주름살의 그물이 나타났다. 집 안에서 소년들이 거칠게 뛰어나와 마당을 가로질러 밖으로 나갔다. 그러자 또다시 밖에서 대문을 탕탕거리며 두드리는 소리가 났다. 마비된 듯 서 있던 노파가 큰 빗장을 거머잡았다. 노파는 아마 자신의 인생에서 마지막으로, 혼자 힘으로 빗장을 벗겼다. 한 무리의 청소년 단원들, 늙은 여자들과 농부들 그리고 돌격대원들이 한꺼번에 마당으로 밀고 들어왔다. 그들은 외쳤다. "어머니, 어머니! 알빈 부인! 어머니, 안나, 알빈 부인, 그를 잡았어요. 좀 내다보세요. 내다보시라고요. 부름스네 개집 안에 앉아 있더라네요. 막스가 카를과 함께 밭에 있을 때 그자를 봤는데, 안경을 끼고 있더래요. 그 작자 말예요. 지금은 안경 안 끼고 있어요. 잡힌 마당에 안경이 무슨 필요겠어요. 알가이어네 사람들이 자동차에 싣고 갔어요. 바로 부름스네 옆에서 잡히다니. 저기 좀 보세요. 어머니!"

중년 여인 역시 마비돼 있던 상태에서 깨어났다. 그녀는 금지된 볼거리에 저항할 수 없이 끌리는 인간의 얼굴을 하고 대문 쪽으로 다가갔다. 그러더니 까치발을 하고 키를 높였다. 그녀는 알가이어 씨의 자동차로 몰려가는 길 위의 사람들을 흘깃 바라보더니 몸을 돌려 성호를 긋고는 집 안으로 달려 들어가 버렸다. 노파도 뒤따랐다. 갑자기 호호백발 할머니가 된 것처럼 고개를 끊임없이 주억거리면서. 빨래 바구니는 그대로 남아 있었다. 마당은 이제 텅 비어 조용했다.

안경을 끼고 있었다고! 게오르크는 생각했다. 그렇다면 펠처로구나. 왜 그가 이리로 왔을까?

한 시간 뒤 프리츠 알빈은 자기 집 바깥쪽 마당의 벽 앞에서 포장된 기계 부품을 발견했다. 그의 어머니와 할머니 그리고 몇몇 이웃 사람이 몰려나와, 이상하다고 말들을 했다. 그들은 회사 상표에서 이 기계 부품이 오펜하임에서 오는 것이며, 수신인이 다레 학교로 돼 있는 것을 알아내었다. 이제 알빈네 식구 중 누군가가 다시 자동차의 시동을 걸어야 했다. 자동차로는 물론 학교까지 2~3분밖에 걸리지 않았다. 학교 사람들은 어린 프리츠 알빈에게 그의 형이―그의 형은 다시 밭에 나가 있었다―탈주범을 수용소에 인도하고 돌아와서 뭐라고 얘기했는지 알고 싶어 안달을 했다.

"그자가 마구 얻어맞았대?" 헬비히가 한 발을 다른 발 위에 올려놓으며 눈을 빛내면서 물었다. "얻어맞았냐고?" 프리츠 알빈이 말했다. "너야말로 좀 호되게 패줘야겠네. 정말 이상하지.

수용소 사람들이 그 작자를 그렇게 예의 바르게 취급하다니 말이야."

수용소에서 사람들은 그, 펠처가 알가이어의 자동차에서 내리는 것을 도와주기까지 했다. 짓밟히고 얻어맞아 긴장했던 그의 몸은 사람들이 그의 겨드랑이 아래를 잡고 아주 조심스럽게 끌고 가자 풀어졌다. 그는 안경이 없어서 이 배려가 어떤 종류의 것인지 그들의 얼굴에서 알아낼 수는 없었다. 모든 것이 연기에 싸인 듯했다. 모든 것을 잃어버린 이 남자 위로 바닥 모를 피곤함이 덮쳐왔다. 그는 소장실이 있는 막사가 아니라 오버캄프 경감이 별도로 설치한 방으로 끌려갔다. "앉으시오, 펠처." 피셔 경감이 평온한 어조로 말했다. 다른 사람에게서 무엇인가를, 병든 장기(臟器)와 참회와 자백을 짜내야 하는 직업을 가진 사람이 지닌 바로 그런 눈과 목소리였다.

오버캄프 경감은 조금 떨어진 곳의 의자에 웅크리고 앉아 담배를 피우고 있었다. 그는 펠처를 동료에게 맡긴 듯했다. "짧은 소풍이었군." 피셔가 말했다. 그는 가늘게 어깨를 떨기 시작하는 펠처를 바라보았다. 뒤이어 그는 서류를 들여다보았다. "오이겐 펠처, 1898년 하나우 출생. 맞습니까?" "그렇습니다." 펠처가 낮게 말했다. 탈출 이후 처음 내뱉는 말이었다. "그런 어리석은 짓을 저지르다니, 펠처. 하필이면 당신이, 하필이면 게오르크 하이슬러 같은 자의 꼬임에 넘어가다니. 이보시오, 펠처, 정확히 여섯 시간하고 55분이 지났군. 필그라베가 경비병을 삽으로 두들겨 팬 지 꼭 그만큼이 지났어. 이보시오, 이

보시오, 대체 언제부터 이 일을 꾸민 겁니까?" 펠처는 침묵했다. "그게 교수대에 목을 내놓는 일이란 걸 몰랐단 말이오? 펠처? 다른 자들을 말려볼 생각도 안 했단 말이오?" 펠처는 낮게 대답했다. 음절을 내뱉을 때마다 목이 따끔거렸다. "난 아무것도 몰랐습니다." "뭐, 뭐요?" 피셔가 말했다. 여전히 절도있는 낮은 음성이었다. "퓔그라베가 신호를 주자, 당신은 달렸어. 그래, 그럼 왜 그렇게 달려 나갔지?" 펠처가 말했다. "모두가 그랬다고요." "바로 그 말이오. 그런데도 당신은 전혀 몰랐다고? 이보시오 펠처!" 펠처가 말했다. "몰랐습니다." "펠처, 펠처." 피셔가 말했다. 펠처는 죽을 듯이 피곤한 사람이 시끄럽게 울어대는 자명종 소리를 못 들은 척 내버려둘 때와 같은 감정을 느꼈다. "퓔그라베가 첫 번째 보초를 삽으로 내리쳤을 때, 당신은 두 번째 초소 곁에 서 있었소. 그 순간 미리 짜둔 대로 당신이 두 번째 보초에게 달려들지 않았나?" "아닙니다." 펠처가 외쳤다. "뭐라고?" 피셔가 말했다. "내가 달려든 게 아니에요." "이봐 펠처, 미안하게 됐군. 여기 당신 이름이 대문자로 씌어 있는데. 당신이 두 번째 초소 곁에 서 있었다고 말이오. 그때 그들이, 그들은 소문자로 씌어 있군. 그리고 하이슬러와─그리고 그자─응, 발라우, 그자도 그 순간 당신 옆에 있었잖소. 미리 짜둔 그대로 제2 경비 초소 옆에 당신과 함께 말이오." 펠처가 말했다. "아닙니다." "뭐가 아니라는 거요?" "그건 미리 짠 게 아니에요." "그거라니 뭘 말하는 거요?" "그가 내 옆에 서 있었던 거요. 그가 온 거요. 왜냐면, 왜냐면……." 그는 생각을 해보려고 기를 썼다. 지금의 그는 납덩이에 대항하기 위해 어떤 짓이라도 해보고 싶었다. "편히 기대시오." 피셔가 말했다. "그래, 아무것도 미리 짜둔 바가 없단 말이지. 아무것도 몰랐단 말이지. 그저 도망을 쳤단 말이지. 그럼 필그라베가 삽으로 내리치고, 발라우와 하이슬러가 두 번째 보초에게 달려들었는데, 당신은 우연히 그 두 번째 초소 옆에 서 있었단 말이오? 당신은 대문자로 씌어 있어요. 펠처, 맞소?" "그렇습니다." 펠처가 천천히 말했다. 그러자 피셔가 크게 소리를 질렀다. "오버캄프 경감님!" 오버캄프가 일어섰다. 마치 그들의 상사-부하 관계가 거꾸로 된 것 같았다. 방 안에 제3의 사람이 있다는 것을 전혀 모르고 있던 펠처는 움찔했다. 그는 귀를 기울였다. "대질심문 하게 게오르크 하이슬러를 데려옵시다." 오버캄프가 수화기를 들었다. "알겠습니다." 뒤이어 오버캄프가 피셔에게 말했다. "아직 심문받을 상태가 안 된다는군." 그러자 피셔가 말했다. "심문받을 상태가 전혀 안 된다는 것입니까, 아직 안 된다는 것입니까? 아직 완전히는 아니라니, 대체 무슨 말입니까?" 오버캄프가 펠처 곁에 섰다. 그는 피셔보다 날카롭게 말했지만 불친절하지는 않았다. "펠처. 정신을 좀 차리셔야겠어. 하이슬러는 탈출 과정을 다르게 진술했다던데. 제발 정신 좀 차려요. 펠처. 당신의 마지막 남은 기억력과 지력을 끌어 모아야지."

VII

게오르크는 회청빛 하늘 아래 밭고랑 속에 누워 있었다. 그가 누운 곳으로부터 약 1백 미터쯤 떨어진 곳에 오펜하임으로 가는 큰길이 놓여 있었다. 더 이상 이러고 있을 순 없어. 도시는 저녁이겠지. 도시. 그것은 숨을 구석들과 구부러진 골목들을 갖춘 동굴이었다. 그의 원래 계획은 밤까지 프랑크푸르트에 가서 곧장 레니에게로 가는 것이었다. 일단 레니에게 도착하기만 하면 다음 일은 또 어떻게 될 것이었다. 그러니 삶과 죽음 사이의 한 시간 반짜리 기차 여행을 어떻게든 이뤄내야만 했다. 지금까지는 모든 것이 순조롭게 돼오지 않았던가? 기막히게 순조롭게, 계획한 대로? 단지, 원래 계획보다 세 시간 정도 늦어졌을 뿐이었다. 하늘은 아직 푸른빛을 띠고 있었으나, 강에서는 벌써 안개가 들판으로 올라오고 있었다. 큰길을 달리는 자동차들은 오후의 잔양이 남아 있음에도 불구하고 이제 라이트를 켜리라.

모든 공포보다 더 강한, 배고픔과 목마름보다 더 강한, 이미 오래전 천 쪼가리까지 피가 밴 손의 욱신거림보다 더 강한 제어할 수 없는 소망이 그를 덮쳤다. 그것은 그대로 이 자리에 드러눕고 싶다는 것이었다. 밤이 오고 있어. 이제 안개가 널 덮겠지. 이 안개 그물 뒤에서라면 해는 네 얼굴을 비추지 못할 거야. 저들이 밤중에 이곳에서 널 찾진 않을 거야. 넌 쉴 수 있을 거야.

그는 발라우에게 충고를 구하려 해보았다. 발라우의 충고에

회의 따윈 없었다. 죽고 싶다면 그대로 누워 있게. 재킷에서 천 조각을 찢어내. 새로 붕대를 만들어. 도시로 가게. 다른 건 다 쓸데없는 짓이야.

게오르크는 배를 깔고 돌아누웠다. 말라붙은 천 쪼가리를 손에서 떼어낼 때 눈물이 흘러내렸다. 엄지손가락을 바라보자 그는 다시 우울해졌다. 그것은 검붉은 색의 딱딱한 덩어리였다. 그는 이빨로 천을 싸매면서 뒹굴며 몸부림쳤다. 내일은 손을 제대로 치료해줄 누군가를 찾아야만 했다. 시간이 그 흐름 속에 저절로 그를 끌어들이기라도 한 것처럼, 갑자기 그는 다가오는 내일에 모든 것을 걸었다.

밭 위의 안개가 짙어갈수록, 콜키쿰 꽃은 더 푸른색을 띠었다. 게오르크는 이제야 그것들을 알아보았다. 오늘 밤에 프랑크푸르트까지 못 간다 해도, 레니에게 소식을 보낼 수는 있을지 몰라. 그걸 위해 재킷 안에서 발견한 돈을 써도 될까? 탈출한 이후 그는 레니를 거의 생각하지 않았다. 기껏해야 이정표나 첫 번째 발견한 회색 돌을 생각하듯이 그녀를 생각했다. 이 꿈을 위해 그는 얼마나 많은 힘을 쏟아붓고, 얼마나 많은 잠을 설쳤던가! 그에게 행복을 약속해주던 이 아가씨를 그는 체포되기 21일 전에 만났었다. 그런데 그녀 모습이 잘 떠오르지 않네, 게오르크는 생각했다. 발라우 동지와 다른 이들은 생각나는데 말이야. 발라우의 모습은 분명한데, 다른 사람들이 희미하게 떠올랐다면 그건 그 얼굴들이 안개 속에 희미하게 떠 있기 때문이리라. 또다시 하루가 저물어가고 있었다. 그의 머릿속에서, 경비병 하나가 곁에 바싹 붙어가며 말을 걸고 있었다. "이 보게, 게오르크 하이슬러, 얼마나 오랫동안 버틸 수 있겠나?" 그러면서 경비병은 교활한 눈빛으로 그를 바라보았다. 게오르크는 침묵했다. 실패할지 모른다는 기분이 맨 처음 탈출을 생각했을 때의 감정과 뒤섞였다.

포장대로 위로 가장 먼저 라이트를 켠 차들이 지나가고 있었다. 게오르크는 도랑을 넘어 길 위로 올라갔다. 그의 머릿속에 불끈 하고 스치는 생각. 너희들은 결코 날 잡지 못해. 마찬가지로 욱하는 심정에서 그는 단숨에 어느 양조장 트럭 위로 뛰어올랐다. 뛰어오를 때 아픈 왼손으로 꽉 짚었기 때문에 고통으로 어지러웠다. 그에게는 눈 깜빡할 사이로 생각되었지만 사실상 15분쯤 후 차는 오펜하임 어느 골목의 마당으로 들어섰다. 운전기사는 그제야 그가 공짜 손님을 태워 왔다는 사실을 깨달았다. 운전기사는 낮은 소리로 으르렁거렸다. "꺼져!" 그러나 게오르크가 뛰어내리는 모습이, 또 그의 비틀거리는 걸음걸이가 눈에 띄었으므로 그는 다시 고개를 돌렸다. "마인츠로 가려는 거요?" "네." 게오르크가 말했다. "기다리슈." 기사가 말했다. 게오르크는 아픈 손을 재킷에 쑤셔 박고 있었다. 그는 지금까지 뒤에서만 기사를 보았다. 지금도 그는 아직 기사의 얼굴을 보지 못했다. 그가 벽에 대고 운송대장에다 뭔가 적어 넣고 있었기 때문이었다. 뒤이어 기사는 성문 통로*를 지나 마당을

---

*옛 도시 성문 아래쪽은 아치형으로 뚫려 있어서 마차나 자동차가 통과할 수 있다. 성문 통로는 그 길을 뜻한다.

가로질러 갔다.

　게오르크는 기다렸다. 성문 앞 도로는 약간 경사져 있었다. 여긴 아직 안개가 없군. 포장도로 위의 불빛이 어찌나 부드러운지 마치 여름날 저녁 같았다. 건너편에는 잡화 상점이, 그리고 그 옆에는 세탁소, 그 옆에는 정육점이 서 있었다. 사람들이 드나들 때마다 상점들의 문에서 딸랑딸랑 벨이 울렸다. 짐 꾸러미를 든 두 명의 여인과 입에 소시지를 문 남자 어린아이. 일상생활의 힘과 영광. 그는 옛날에 이런 것을 얼마나 경멸했던가. 여기서 기다리지 않고 저 안으로 들어갈 수만 있다면, 저 정육점의 견습 점원, 잡화점의 심부름꾼, 아니 저 집들 중 한 집의 손님이 될 수 있다면. 그는 베스트호펜 수용소에서 바깥 세상의 모습을 다르게 상상했었다. 사람들 얼굴 하나하나에서, 도로의 포석 하나하나에서 치욕을 볼 수 있으리라고, 사람들의 발걸음과 목소리, 아이들의 놀이까지도 슬픔에 젖어 있을 거라고 믿었었다. 그러나 여기 이 도로는 아주 조용했고, 사람들은 만족스러워 보였다. "한네스! 프리드리히!" 세탁소 윗집 창에서 한 늙은 여인이 아가씨들과 산책 중인 두 친위대 녀석들을 불렀다. "올라들 와! 커피 끓여줄게." 마이스너와 디이틀링도 휴가 때 저렇게 애인과 산책을 했을까? 녯은 잠깐 속삭이더니 "갈게요"라고 위를 향해 소리치고는 쿵쾅거리며 집 안으로 들어갔다. 젊고 예쁜 손님들을 맞게 된 여인은 만족스러운 미소와 함께 창을 닫았다. 아마도 친척일지 모르지. 지금껏 살면서 느껴보지 못한 짙은 슬픔이 게오르크를 엄습했다. 아주 슬

픈 꿈에서처럼 그에게 일러주는 목소리, 저 모든 것은 아무것
도 아니라고 달래주는 저 목소리가 아니었다면 그는 울었을 것
이다. 하지만 저건 가치가 있는 거야. 게오르크는 생각했다. 운
전기사가 돌아왔다. 살집이 두둑한 얼굴에 검고 작은 눈을 한
건장한 남자였다.

"올라타슈." 그가 짤막하게 말했다.

시내에 들어서기 전에 저녁이 되었다. 기사는 안개에 대고
욕을 했다. "마인츠에서 뭘 할 거요?" 그가 갑작스럽게 물었다.
"병원에 가려고요." 게오르크가 말했다. "어떤 병원에?" "옛날
에 다니던 데요." "클로로포름 냄새를 좋아하게 생겼군." 운전
기사가 말했다. "장정 스무 놈이 와서 끌고 간대도 난 병원엔
안 가. 지난 2월에 빙판에서……." 그들은 연달아 멈추어 서는
두 대의 자동차를 거의 들이받을 뻔했다. 기사는 브레이크를
밟으며 욕설을 했다. 앞의 두 자동차는 친위대 수색대로부터
출발해도 좋다는 허가를 받고 막 떠나려는 중이었다. 수색대
가 양조장 차로 다가왔다. 운전기사는 면허증을 꺼내 보였다.
그러자 "거기 당신은?" 하는 소리. 게오르크는 생각했다. 난 두
가지 일을 그르쳤어. 유감스럽게도 그걸 미리 연습할 수는 없
는 일이지. 갑자기 그는 집이 포위되고 체포당했을 때와 같은
느낌에 빠졌다. 모든 감정과 생각을 재빨리 정리할 것, 모든 허
섭스레기는 순식간에 던져버릴 것, 간단한 이별, 그리고 마침
내…….

그는 갈색의 맨체스터산 벨벳 재킷을 입고 있었다. 그것은

의심의 여지가 없었다. 수색대원은 게오르크의 진술과 수배 서류의 기재사항을 비교했다. 앞서 베르거가 벨벳 재킷 하나를 제출했을 때, 피셔 경감은 말했었다. 불과 세 시간 안에 보름스와 마인츠 사이에서 이렇게나 많은 맨체스터 벨벳 재킷을 거둬올 수 있다니, 참 기적이라고. 그놈의 벨벳 재킷은 이 지방 사람들에게 특히 인기를 누리고 있는 모양이었다. 그 지명 수배장에 적힌 것들은, 의복에 대한 묘사만 제외하고, 1934년 12월* 베스트호펜 수용소에서 작성된 서류에서 따온 것이었다. 그런데, 재킷만 뺀다면, 이 남자는 여기 기재사항과 전혀 들어맞지 않는데, 하고 수색대원은 생각했다. 이자는 자식들도 있을 것 같네. 이 작자가 정말 검거돼야 할 그자가 맞다면, 그는 반반하고 도발적인 얼굴을 한, 자신과 동년배의 남자여야 할 것이다. 그런데 여기 이자는 두터운 코와 삐죽 내민 입술을 한, 펑퍼짐하고 납작한 낯짝을 하고 있었다. 그는 물러가라는 표시를 했다. "히틀러 만세!"

그들은 침묵한 채 2~3분 동안 시속 80킬로미터로 달렸다. 양조장 차의 운전기사는 텅 빈, 탁 트인 도로에서 갑자기 브레이크를 밟았다. "내려," 그는 명령했다. 게오르크는 대꾸하려고 했다. "내리라니까!" 운전수가 위협적으로 되풀이했다. 그의 살집 좋은 얼굴이 일그러져 있었다. 게오르크는 망설였다. 운전수는 폭력으로라도 게오르크를 밀쳐낼 기세였다. 게오르크는

*이 소설에서 게오르크 하이슬러는, 게슈타포의 진술에 따르면, 1934년 1월부터 베스트호펜에 수감되었다. 그의 체포 이유는 기술되지 않았다.

뛰어내렸다. 뛰어내리면서 재차 아픈 손을 건드렸으므로 그는 낮게 비명을 질렀다. 그는 한참 비틀거렸다. 양조장 차의 불빛이 휙 떠나가더니 막 내려앉은 안개가 불빛을 집어삼켰다. 제법 짧은 간격을 두고 자동차들이 그를 스쳐 지나갔다. 그러나 그는 다시 자동차를 멈추어 세울 용기가 나지 않았다. 앞으로 몇 시간을 더 가야 하는지, 몇 시간이 지나갔는지 그는 알 수 없었다. 게오르크는 자신이 오펜하임과 마인츠 사이의 어디쯤에 와 있는지 분명하게 알고 싶었다. 그러나 감히 마을 이름을 물어볼 수가 없었다. 그는 창에 밝은 불들이 켜진 작은 마을을 지났다. 가끔씩 지나가는 행인의, 혹은 창밖을 내다보는 사람의 시선이 어찌나 따갑게 느껴지던지, 그는 손으로 얼굴을 쓸어내렸다. 이제 계속 가고 싶은 소망도 의지도 상실한 판에 그는 대체 뭐하려고 사람들이 신고 또 신었던 구두를 훔쳤단 말인가? 그러다가 게오르크는 계속해서 울리는 종소리를 들었다. 상당히 가까운 앞이었다. 선로 하나가 마을 광장으로 보이는 작은 공터 앞에서 끝나 있었다. 이제 보니 그는 한 시내 전차 종착역의 사람들 사이에 끼어 서 있었다. 그는 마르크짜리 지폐를 꺼내 30페니히*를 지불했다. 처음에 적당히 비어 있던 전차는 세 정거장을 지나 공장 앞에서부터 만원이 되었다. 게오르크는 눈을 내리깔고 앉아 있었다. 그는 아무도 바라보지 않은 채, 사람들의 밀침에, 그 따뜻함에 자신을 내맡기고 있었

*유로화로 바뀌기 전 독일의 통화. 마르크는 지폐, 페니히는 동전이다. 1마르크는 100페니히.

다. 그러자 그는 마음이 안정되면서 거의 보호받는 듯한 느낌이 들었다. 그러다가도 어쩌다 사람들과 부딪치거나 시선이 마주칠 때면 금방 싸늘한 기분이 되었다.

게오르크는 아우구스티너 가*에서 내렸다. 선로를 따라 시내 안쪽으로 들어갔다. 갑자기 정신이 확 깨는 느낌이었다. 아픈 손만 아니었다면 더 가벼운 기분이었을 것이다. 이처럼 그의 기분을 가볍게 만들어준 것은 길거리와 사람들, 그리고 어느 누구도 가만두지 않는, 아니 가만두지 않는 것처럼 보이는 도시 그 자체였다. 이 수천 개의 문들 중 하나쯤은 내게 열릴 텐데, 그걸 찾아내기만 한다면 말이지. 그는 빵집에 들어가 작은 빵 두 개를 샀다. 그의 주변에서는 늙고 젊은 여인네들의 수다가 한창이었다. 빵 가격과 품질에 대한, 그 빵을 씹어 먹을 남편과 아이들에 대한 잡담. 이 모든 것이 내가 갇혀 있던 동안 전혀 중단되지 않았단 말인가? 게오르크야, 넌 잘못 생각했던 거야. 그는 혼잣말을 했다. 그건 중단되지 않았어. 그럼, 결코 중단되지 않을 거야. 그는 걸어가면서 빵을 먹었다. 그리고 훔쳐 입은 재킷에 묻은 빵가루를 손으로 털어내었다. 그는 어느 열린 문을 통해 마당을 들여다보았다. 샘이 있었고 남자아이들이 끈에 달린 잔으로 물을 마시고 있었다. 그는 안으로 들어가 물을 마셨다. 그런 다음 아주 넓고 큰 광장까지 걸어갔다. 그 광장은 불 켜진 가로등 아래 사람들이 모여 있는데도 불구

*마인츠 시내, 대성당 가까이 있는 거리.

하고 안개에 싸여 비어 있는 것처럼 보였다. 그는 이제 정말 좀 앉고 싶었다. 그러나 감히 그렇게 하지 못했다. 그러는 사이 종이 울리기 시작했다.* 어찌나 가까이서 울렸던지, 그가 지친 몸을 기대고 선 담벼락이 진동하는 듯했다. 눈앞에서 광장이 점점 트여가자 그는 라인 강이 그리 멀지 않은 곳에 있다는 생각이 들었다. 그가 어떤 꼬마에게 물어보자 그 꼬마가 재빠르게 대꾸했다. "오늘 밤 물에 빠져 죽으시게요?" 그제야 그는 이 꼬마가 어린 아이가 아니라, 평소 예의 없고 얌치머리 없을 것 같은, 홀쭉한 아가씨인 것을 알았다. 그녀는 그가 라인 강까지 함께 가자고 청할까 봐 멈칫거리며 기다렸다. 그러나 그녀의 태도는 게오르크가 마음속으로 생각하고 있던 것을 정반대로 바꿔놓는 결과를 가져왔다. 여전히 목구멍을 틀어막고 있는 생각에 종지부를 찍어야겠다고 그는 결심했다. 즉, 큰 다리를 건너 강 저편으로 건너가려는 생각에 더 이상 얽매이지 말고, 여기 시내에서 하룻밤을 묵어야겠다고, 그는 결심했다. 교두(橋頭) 쪽은 틀림없이 경비가 곱절은 강화되어 있을 것이었다. 어렵지만 이성적으로 판단할 것. 강 왼쪽에 머무를 것. 다른 기회를 포착하여 훨씬 더 아래쪽에서 강 건너편으로 넘어가자. 시내에 똑바로 들어가지 말고, 멀리 에둘러 가자. 그는 여자의 뒷

---

*게오르크가 듣고 있는 것은 마인츠 대성당(돔)의 종소리이다. 이 대성당의 정식 이름은 마인츠 돔 성 마르틴과 성 슈테판 성당이다. 여기 묘사되는 것은 1937년의 파괴되지 않은 대성당의 모습이다. 당시 대성당 안에는 1809년 나폴레옹이 선사한 프로이센의 대포를 녹여 만든 네 개의 종도 걸려 있었다. 대성당은 1942년 크게 파손되었다.

모습을 멍하니 바라보았다. 그녀의 불규칙하고 재빠른 걸음걸이가 그의 애인을 기억나게 한 것일까, 아니면 여자라면 모두 그녀를 연상시키는 것일까? 아주 잠깐 순간적으로 애인의 모습이 생각났다. 역시 멀어지고 있는 모습이었다. 그리고 바로 저 여자처럼 그녀 역시 그때, 한 번 더 어깨를 으쓱했었다. 어느새 종소리는 멎어 있었다. 광장 위에 찾아온 갑작스러운 정적. 그가 기대 선 담벼락의 떨림도 멈추었다. 벽이 마치 새로운 돌들로 다시 지어진 것처럼, 멈추었다. 그 종소리가 얼마나 힘차고 강렬한 것인지를 그는 다시 한 번 깨달았다. 게오르크는 조금 떨어져 나와서 종탑을 올려다보았다. 맨 꼭대기 종탑을 찾기도 전에 그는 어지러워졌다. 서로 뚫고 들어갈 듯 가까이 붙어 있는 두 개의 종탑 위로 또 하나의 탑이 가을 저녁 하늘에 그토록 무심하게, 대담하고도 경쾌하게 솟아 있어서, 그는 그 모습이 고통스럽기까지 했다. 그러다가 문득 이런 생각이 들었다. 저렇게 큰 건물 안에 의자들이 없을 리 없다고. 게오르크는 입구를 찾아보았다. 문이 열려 있었다. 큰 문은 아니었다. 실제로 대성당 안에 들어섰을 때 게오르크는 신기한 기분까지 들었다. 그는 가장 가까운 벤치의 가장 가까운 모퉁이에 주저앉았다. 여기선 쉴 수 있겠구나, 그는 생각했다. 그는 비로소 주위를 둘러보았다. 그토록 넓은 하늘 아래에서도 그는 이곳에서처럼 그렇게 자신이 보잘것없이 생각되진 않았었다. 여기저기 자기처럼 보잘것없는 서너 명의 여인네들을, 게오르크 자신과 가장 가까운 지주 사이의 공간을, 그리고 개개 지주들 사이의 공간을 발견하자, 또 자신이 앉은 자리에서 위에도, 앞에도, 끝없이 이어져 있는 공간을 발견하자* 그는 조금 놀랐다. 그러나 그가 한순간 자기 자신을 잊었다는 사실이야말로 아마도 가장 놀라운 일일 것이다.

그러나 성당지기가 단호한 태도로 들어와 자기 일을 하는 바람에 그의 놀라움은 즉시 끝났다. 성당지기는 지주들 사이를 빠르게 돌아다니며 거의 화가 난 듯한 큰 소리로 알렸다. "성당문 닫습니다." 그리고 기도를 그칠 줄 모르는 여인네들에게 위로한다기보다 훈계하는 듯한 어조로 말했다. 하느님은 내일도 여기 와 계실 거라고. 게오르크는 놀라서 펄쩍 뛰어 일어날 뻔했다. 여인네들은 성당지기를 지나 가장 가까운 문으로 나갔다. 게오르크는 들어왔던 문으로 되돌아갔다. 그러나 이 문은 이미 잠겨 있었다. 그래서 그는 중랑(中廊)을 가로질러 여인네들을 뒤쫓아 가기 위해 서둘러야 했다. 그러다가 그의 머릿속으로 스쳐 지나가는 생각. 여인네들을 앞서 지나가는 대신 그는 큰 세례반** 뒤로 몸을 숨겼다. 성당지기는 그대로 문을 닫았다.

양치기 에른스트는 양 떼를 몰아넣었다. 그는 강아지 넬리에게 휘파람을 불었다. 이곳 고지대는 아직 저녁이 아니었다. 언덕

---

*마인츠 대성당의 전체 길이는 109m, 중랑의 폭은 13.5m 넓이이다. 가장 오래된 로마네스크 양식 궁륭 건축의 하나이다. 대성당 안 지주들에는 13~18세기 대주교들의 묘석이 세워져 있다.
**기독교에서 세례에 쓰이는 성수를 넣는 용기. 세례대라고도 한다.

들과 나무들 위의 하늘은 연노랑 빛을 띠고 있었다. 여인네들이 오랫동안 장 속에 보관해온 명주 같은 색이었다. 안개가 계곡에 어찌나 짙고 또 넓게 퍼져 있었던지, 아래쪽 평지가 크고 작은 빛의 무리를 이끌고 높이 치솟아, 슈미트하임 마을은 언덕 위가 아니라 평지의 가장자리에 놓여 있는 것이 아닌가 생각될 정도였다. 획스트 공장의 사이렌 소리와 열차 소리가 안개를 뚫고 비명을 질렀다. 교대 시간이었다. 마을과 도시에서는 여자들이 저녁을 차릴 시간이었다. 아래쪽 큰길 위에는 벌써 교대하러 가는 첫 자전거들의 경적 소리가 울리고 있었다. 에른스트는 도로 가의 도랑 있는 데까지 올라가 보았다.

그는 팔짱을 끼고 한쪽 발을 앞으로 내밀었다. 그러고는 아래쪽 트라우베 주점 옆에서 오르막이 되는 길을 내려다보았다. 그의 입 주위로 신과 이 세상 모두에게 보내는 듯한, 경멸감을 담은 오만한 미소가 번져 나갔다. 모두가 저 아래쪽으로 내려가 자전거 바퀴를 밟아야 한다는 사실이, 그는 매일 저녁 재미있었다.

10분 뒤 첫 번째로 귀가하는 사람들의 무리가 그를 스쳐 지나갔다. 땀에 젖어, 회색의 피곤한 모습으로. "어이, 한네스!" "어이, 에른스트, 히틀러 만세!" "너는 그에게 만세!* 어이 파울!"

"어이 프란츠!" "시간이 없어. 에른스트." 프란츠가 말했다.

---

*양치기 에른스트는 여기서 일반인들의 히틀러 인사법을 비꼬고 있다. "히틀러 만세"라고 인사하는 상대방에게 '너는 그에게 인사해라. 나와는 상관없다'는 식으로 말하고 있다.

그는 오늘 아침 그토록 흥겹게 자전거를 몰고 나갔던 땅 위로 자전거를 밀치며 오고 있었다. 에른스트는 몸을 돌려 그의 뒷모습을 바라보았다. 저 녀석이 웬일이지, 에른스트는 생각했다. 틀림없이 여자 때문일 거야. 그는 문득 자신이 프란츠를 별로 좋아하지 않는다는 생각을 했다. 대체 저자는 뭣 땜에 여자가 필요한 거야? 그는 생각했다. 여자가 필요한 사람이 있다면, 그건 바로 나야. 에른스트는 망골트 씨 댁 부엌 창을 두드렸다.

프란츠는 곧장 마르네트 씨 댁 부엌으로 들어갔다. "다녀왔습니다!" "어서 오게, 프란츠." 아주머니가 웅얼거렸다. 프란츠 몫의 수프가 벌써 큰 그릇에서 덜어내어 놓여 있었다. 소시지를 곁들인 감자 수프였다. 남자들에게는 작은 소시지 두 개씩, 여자들에게는 하나씩, 아이들에게는 반 개씩 돌아갔다. 여기서 남자들이란 마르네트 씨, 마르네트 씨의 장남, 사위, 그리고 프란츠였다. 여자들은 마르네트 씨 부인과 아우구스테, 아이들은 헨셴과 구스타프헨*이었다. 아이들에게는 우유가, 어른들에게는 맥주가 돌아갔다. 수프만으로는 저녁 식사가 너무 간단했으므로 돼지 직장에 속을 채워 만든 소시지와 빵을 내놓은 것이었다. 마르네트 부인은 소젖을 짜고 도축하는 것 등 한 가족이 필요로 하는 모든 것을 지난 전쟁 중 가능한 한 규정을 지키고 금지 조항을 피하면서 잘 익혀두었던 것이다.

*한스와 구스타프의 아명.

접시들과 유리잔, 입은 옷, 얼굴 표정, 그리고 벽에 걸린 그림과 그들이 입에 올리는 말들, 이 모든 것은 마르네트 씨네 가족들이 가난하지도 부유하지도 않으며, 도회적이지도 촌스럽지도 않고, 또 경건하지도 그렇다고 신앙이 없는 것도 아님을 보여주었다. "작은 애가 당장 휴가를 얻지는 못한다네요. 걔는 억지를 부리지 않는 애잖아요." 마르네트 씨 부인이 아래쪽 마인츠의 144연대에 근무 중인 작은아들을 두고 말했다. "걜 위해선 잘된 일이야." 뒤이어 식탁에 앉은 모두가, 프란츠만 제외하고는, 군대에 간 작은아들이 제대로 혼쭐이 나고 있다면서, 부대의 애송이들이 복종을 배우는 것은 축복이라면서 동의했다.

"그런데 오늘이 월요일이지." 프란츠가 접시의 음식을 다 먹어치우고 곧장 몸을 일으켰을 때, 마르네트 씨 부인이 그에게 말했다. 부인은 프란츠가 마지막 사과 수확을 좀 거들어주었으면 하고 바라고 있었다.

그가 바로 자리를 뜨고 나가버리자, 마르네트 씨 부인은 조금 투덜거렸다. 그러나 프란츠에 대해 뭐 그리 욕할 것은 없었다. 브라일스하임에서 헤르만과 시간 가는 줄 모르고 체스에 빠지는 것만 제외한다면, 그는 언제나 솜씨 좋고 예의 바른 젊은이였다. "좋은 아가씨가 있다면, 저러진 않을 텐데." 아우구스테가 말했다.

프란츠는 자전거에 몸을 실었다. 그리고 이번에는, 예전엔 촌락이었으나 지금은 새 주거 단지 덕분에 그리스하임과 함께 커져버린 브라일스하임을 향해 아침과는 반대 방향으로 들길을 달려 나갔다. 헤르만은 재혼한 후 이 신축 주거 단지에 살고 있었다. 철도 노동자인 그는 우선 거주자로 선택되는 혜택을 받았던 것이다. 헤르만은 금년 봄 마르네트 씨 댁의 아주 젊은 질녀인 엘제 마르네트와 재혼했는데 그 후, 무슨 영문인지 대출을 비롯하여 온갖 종류의 특전을 누리고 있었다. 마르네트 집안은 타우누스는 물론 여러 마을에 퍼져 있는 대가족으로, 헤르만의 젊은 아내는 슐로서보러너 집안과 연결된, 뒷동네 마르네트 집안 출신이었다. 헤르만 역시 동료들에게 결혼의 온갖 안락함에 대해 얘기하면서 이렇게 말했다. "우리 마르네트 아주머니, 그러니까 저 앞동네 마르네트 아주머니 말이야. 우리에게 은으로 된 나이프, 포크, 스푼 세트를 주신대. 엘제의 대모님이시거든. 영명축일* 때마다 작은 은 스푼을 주셨다더군." "자네 아내는 앞동네 마르네트 씨 댁에서 얻는 기름 단지 덕분에 사시사철 좋겠군." 동료들은 부러워했다. "축하를 받는 날에는 언제나 선물이 있는 법이지." 그러면서 헤르만은 덧붙였다. "그래서 아내는 사과 수확 때나 큰 빨래를 할 때, 또 돼지 잡을 때 올라가서 도와야 해. 그녀도 가족이니까 말이야." 그러나 엘제 자신은 은 스푼 세트나 새로운 설비에만 정신이 팔려 좋아했다. 열여덟 살의 그녀는 둥근 얼굴에 물기 머금은 눈을 하고 있었다. 이 아이를 데려온 것이 잘한 일일까? 헤르만은 가끔 혼자서 자문하곤 했다. 그토록 사랑스럽고 젊은 그녀 때문에

---

*가톨릭에서 자신이 이름을 딴 성인의 축일. 어떤 지방에서는 자기 생일 대신 이 날을 축하하기도 한다.

그는 이미 여러 해 전부터, 특히 지난 3년은 참을 수 없이 외롭지 않았던가?

엘제는 지금 부엌에서 노래를 부르고 있었다. 그녀의 목소리는 강렬하지도 맑지도 않았지만, 바로 그녀가 아주 열중하여 부르고 있는 까닭에 듣는 사람에 따라 마치 작은 시내처럼, 때로는 슬프게 때로는 즐겁게 스며들었다.

헤르만은 약간의 죄책감을 느끼며 이마를 찡그렸다. 두 남자는 체스판을 펼쳤다. 그들은 체스를 둘 때면 늘 하던 대로 세 개의 말을 놓았다. 프란츠가 얘기하기 시작했다. 그는 오늘 온종일 간절하게 이 순간을 기다려왔으므로, 마침내 모든 것을 얘기할 수 있다는 안도감에서 약간 두서없이 이야기를 이어나갔다. 헤르만은 프란츠의 이야기 사이사이에 가끔씩 짤막한 질문을 던졌다. 그래, 그 역시도 불분명한 이야기를 들었다. 어쨌든 모든 일에 대비하고 있어야 해. 도움을 필요로 하는 누군가가 언제든 나타날 수 있는 거거든. 헤르만은 그 자신이 들었던 것을 프란츠에게 말하지는 않았다. 헤르만 자신도 잘 알고 있던 아주 선량한 사람으로 옛 구역 담당자였던 발라우가 베스트호펜 수용소를 탈출했다는 이야기였다. 심지어 그는 이 탈출에 발라우 부인이 관여했다는 이야기도 들었다. 이 상황이 그는 심히 불안했다. 만약 그것이 사실이라면 그것은 아무도 알아서는 안 되는 일이기 때문이었다. 그런데 이자 게오르크에 대해서는, 프란츠는 이자에 대해 들었냐고 재차 물어보았는데, 그에 대해서는 헤르만도 전혀 들은 바가 없었다. "좀 생각해보아야겠어." 헤르만이 말했다. "탈출이 성공했다면, 정말 굉장한 일이지."

VIII

이 가을밤 누워서 잠들지 못한 채 생각에 잠겨 있는 사람이 프란츠만은 아닐 것이다. 수용소 탈출자 중에 내가 아는 친구가 있다면 어쩌지? 탈출자들 중에 자기가 생각하는 바로 그 친구가 있을지도 모른다며 혼자 끙끙대고 있는 사람이 물론 프란츠 혼자만은 아니었다. 프란츠는 약간의 돈을 지불하고 얻은 이 방의 침대에서 이리저리 뒹굴었다. 사람들은 어제저녁 아주 서둘러서 벽에다 두어 개의 작업대를 세웠다. 사과 수확이 아주 급했기 때문이었다.

프란츠는 다시 한 번 몸을 일으켜 창으로 머리를 내밀었다. 사과 향내가 그를 도취시켰다. 화요일에 사과를 모두 시장으로 가져가면 방이 비게 될 것이어서 그는 기뻤다. 사과를 먹고 싶은 생각이 전혀 없었음에도, 또 사과로 배가 꽉 찼음에도 불구하고 그는 다시 사과를 하나 집어 급하게 베어 먹고는 남은 씨를 마당에 던졌다. 낮이면 삼색제비꽃들과 꽃무* 위에서 푸른색으로 아름답게 반짝이던 기둥 위의 장식 유리 공이 이제, 마

---

*십자화과의 다년생 여러해살이풀.

치 달이 하늘에서 마당으로 내려와 굴러다니는 것처럼, 은빛으로 깜박이고 있었다. 땅이 융기하는 듯하고, 하늘은 그와 마르네트 씨네 가족들이 함께 지키는 저 높은 울타리 바로 뒤에서 시작되고 있는 듯했다. 별들로 반짝이면서, 평화롭게 마치 다정한 이웃처럼.

프란츠는 한숨을 내쉬었다. 그는 다시 몸을 눕혔다. 왜 하필 그 친구가 끼어 있겠는가, 그는 수백 번도 더 생각했다. 그 친구가 아니라면 다른 사람이겠지, 그는 이렇게도 생각했다. 프란츠가 그 친구라고 생각하고 있는 그자, 게오르크는 프란츠의 옛날 친구였다. 아니 정말 친구였던가? 그럼, 내가 가장 좋아하던, 내 유일한 친구였지. 갑자기 이런 확인을 하고 나자 프란츠는 멍해졌다.

게오르크를 알게 된 게 언제였지? 1927년 피히테 야영 캠프*에서였어. 아냐, 그보다 전이야. 학교를 졸업한 직후 에센하임 축구장에서야. 그, 프란츠는 축구를 못했기 때문에 아무도 그를 둘러싸고 엎치락뒤치락하지 않았다. 그래서 그는 축구밖에 모르는 듯한 게오르크 같은 친구를 웃긴다고 생각했었다. "이봐, 게오르크, 어깨 위에 머리 대신 축구공을 얹은 것 같군." 그러자 게오르크의 두 눈이 가늘어지면서 날카로워졌다. 다음 날 오후 게오르크가 찬 공이 프란츠의 배를 똑바로 때린 것은 확실히 우연은 아니었다. 그 뒤 프란츠는 축구장에서 멀어졌

*독일 공산당(KPD)과 가까웠던 베를린 체조 협회의 캠프. 철학자 요한 고트리프 피히테(1762~1814)의 이름을 따서 만들어졌다.

다. 그것은 언제나 그를 유혹했지만 그가 놀 수 있는 장소는 아니었다. 후일 에셴하임 팀의 골키퍼가 되는 꿈까지 꾸긴 했지만 말이다.

그 4년 후 프란츠는 자신이 직접 준비한 피히테 야영 캠프에서 게오르크와 재회했다. 게오르크는 저렴한 비용으로 참석했던 유도 반의 소개로 피히테 캠프에 왔다고 했다. 게오르크 자신의 주장에 따르면, 그가 캠프에 온 것은 순전히 따분했기 때문이라고 했다. 이 캠프에 교사로 나타난 프란츠가 축구장에서의 그 허약했던 바로 그 프란츠라는 것을 게오르크는 모르고 있었다. 코스에 들어온 게오르크의 두 눈은, 마치 여기 보복할 무엇이라도 있다는 듯, 욕을 퍼부을 무엇이나 수치스러운 일이 있다는 듯, 증오의 작은 점을 띠고 가느다랗게 되었다. 그는 프란츠의 수업을 망치려고 작정한 것 같았다. 그러나 그의 방해 공작이 아무런 반향도 얻지 못하고 모두의 저항에 부딪치자, 두 번쯤 그렇게 해본 후 스스로 그만두었다. 프란츠는 끊임없이 그를 관찰했다. 잘생긴 그의 갈색 얼굴에는 이따금 경멸의 표정이 떠올랐다. 자기보다 잘생기지 못하거나 강하지 못한 자는 그의 마음을 상하게라도 한다는 듯, 그의 걸음걸이는 곧았다. 오직 조정 경기를 할 때나 레슬링을 할 때에만 그는 자신을 잊었고, 그럴 때 그의 얼굴은 마치 자기 자신에게서 도망쳐 나온 것처럼 선량하고 즐거운 표정이 되었다. 프란츠는 자신도 알 수 없는 호기심에 이끌려 게오르크의 서류를 뒤져보았다. 게오르크는 자동차 정비를 배웠는데, 수습 기간을 끝낸 뒤에는 실업자 신세였다.

뒤이은 겨울 프란츠는 대규모 1월 시위*에서 게오르크를 다시 만났다. 게오르크는 예의 그 경멸하는 듯한 공허한 미소를 지어 보였다. 그의 얼굴은 노래를 부를 때에야 비로소 부드러워졌다. 시위대가 해산한 후 경비 본대 앞에서 프란츠는 다시 게오르크를 만났다. 게오르크는 운동화 때문에 애를 먹고 있었다. 시내의 미끄러운 눈 속에서 신발 바닥이 떨어져 나가버린 것이다. 시위 내내 게오르크가 맨발로 걸었다는 생각이 프란츠의 머리에 떠올랐다. 그는 게오르크에게 신발 치수를 물었다. 게오르크는 이렇게 대꾸했다. "내 어머니도 아들 신발쯤은 꿰맬 줄 알아." 프란츠는 피히테 캠프에서 찍은 사진을 보겠느냐고 물었다. 그, 게오르크도 사진에 나왔다고. 물론 게오르크는 자기가 나온 수영 시합과 유도 사진들을 보고 싶다고 했다. "언젠가 기회가 닿으면 보게 되겠지." 게오르크가 말했다. "오늘 무슨 계획이 있어?" 프란츠가 물었다. "대체 무슨 계획이 있겠어?" 게오르크가 말했다. 두 사람은 뚜렷한 이유 없이 당혹스러운 기분에 빠져들었다. 구시가지로 들어오는 내내 그들은 한마디도 나누지 않았다. 프란츠는 게오르크를 멈춰 세우기 위해 어떤 핑계라도 만들고 싶었다. 그렇더라도 대체 무엇 때문에 그는 바보같이 이 친구를 자기 방으로 데려갔던 것일까? 원

---

*1919년 1월 15일 카를 리프크네히트와 로자 룩셈부르크가 살해당한 후 좌파는 해마다 이날을 기념하여 시위를 했다. 이 시위는 1933년 이후 금지되었지만, 그럼에도 불구하고 좌파에 의해 개최되었다.

래는 혼자 집에 가서 책을 읽으려고 했었는데 말이다. 프란츠는 상점 안으로 들어가 소시지와 치즈, 오렌지를 샀다. 게오르크는 상점의 창문 앞에서 기다렸다. 그가 평소에 짓던 미소 없이 거의 음울한 얼굴을 하고서. 프란츠는 상점 안에서 진열장 너머 그를 살피고 있었지만, 게오르크의 얼굴 표정을 이해하지는 못했다.

 프란츠는 당시 히르슈 골목에 있는 둥글게 튀어나온 아름다운 슬레이트 지붕의 집에 살고 있었다. 계단으로 내려가는 문이 달린 그 방은 작았고, 천장은 비스듬히 기울어져 있었다. "여기 혼자 사는 거야?" 게오르크가 말했다. 프란츠는 웃었다. "아직 가족이 없어." "그러니 여기 혼자 사시는구먼." 게오르크가 다시 한 번 말했다. "그러시겠지." 그의 얼굴은 이제 완전히 어두워져 있었다. 프란츠는 게오르크가 대가족과 함께 좁은 곳에 빽빽하게 살고 있음을 알아차렸다. "그러시겠지"란 말은 그래, 넌 이렇게 잘살고 있구나. 그러니 잘나가는 것도 당연하지, 하는 뜻이었다.

 프란츠가 물었다. "너, 이리로 이사 올래?" 게오르크가 멍하니 그를 바라보았다. 그의 얼굴에 웃음기는 전혀 없었다. 평소 표정으로 무장하기에는 너무 빨리 기습당하고 말았다는 듯, 오만의 기색도 전혀 없었다. "내가? 이리로?" "그래." "진심으로 말하는 거야?" 게오르크가 낮게 물었다. 프란츠가 대꾸했다. "난 언제나 진지해." 그러나 그는 결코 진지하게 물어본 것이 아니었다. 그것은 불쑥 튀어나온 말이었다. 그것은 나중에야 진지하게 되었다. 너무나 진지한 일이 되었다. 게오르크의 얼굴이 창백해졌다. 프란츠는 그의 우연한 제안이 게오르크에게는 인생의 전환점이 될 정도로 엄청난 의미를 지닌다는 것을 깨달았다. 그는 게오르크의 팔을 꽉 잡았다. "그럼 결정된 거야." 게오르크는 팔을 빼냈다.

그는 즉각 내게서 몸을 돌렸지. 사과 창고가 된 자신의 방에 누워 프란츠는 회상했다. 그는 창가로 갔어. 그의 몸이 작은 창을 꽉 채웠지. 저녁이었어. 겨울. 그리고 나서 내가 불을 켰지. 게오르크는 의자에 걸터앉아 있었어. 아름다운 갈색 머리카락이 머리 정수리에서부터 촘촘하게 그리고 뻣뻣하게 흘러내리고 있었어. 그는 오렌지 껍질을 벗겨 자기도 먹고 나에게도 주었어.

나는 층계참에 있는 수도에서 물을 받아 오려고 주전자를 집어 들었어. 내가 물을 받아 오자, 그가 의자에서 날 빤히 바라보았어. 그의 눈은 아주 고요한 회색이었어. 그 기묘한 뾰족한 점은—나는 소년 시절부터 이런 눈을 무서워했는데—그의 눈에서 사라지고 없었어. 그가 말했었지. "있지, 내가 이 방에 페인트칠을 할게. 나무 상자를 뜯어 네 책을 넣을 책꽂이 선반을 만들어줄게. 또 저기 자물쇠 달린 좋은 상자로는 새것 같은 작은 찬장을 만들 거야. 두고 보라고."

그러나 얼마 지나지 않아 프란츠 자신이 일자리를 잃어버렸다. 둘은 그들의 실업수당을 한데 모으고, 임시 돈벌이들을 찾아다녔다. 그 이전에도 그 이후에도 겪어보지 못한 혹독한 겨울이었다. 노란색 페인트가 칠해진, 작고 기울어진 방. 지붕 위에 듬성듬성 남아 있던 눈. 아마도 그들은 그때 많이 굶주렸을 것이다.

 진실로 굶주림을 깊이 생각하고, 굶주림에 맞서 싸워본 모든 사람들이 그러하듯, 그들 자신의 굶주림은 이 세상의 모든 굶주림을 생각할 때 그리 큰 문제가 아니었다. 그들은 일하고 학습했으며 함께 시위에 참가하고 집회에 갔다. 둘은 그들이 있는 구역에서 그들 같은 두 사람을 필요로 하는 곳에 항상 함께 불려 다녔다. 그리고 둘만 있을 때면 '우리 함께하는 세상'에 대해 게오르크가 묻고 프란츠는 답했다. 그 속에 오래 머물수록 그 스스로 더 젊어지는, 그리고 알면 알수록 더 크게 자라나는 '우리 함께하는 세상'에 대해.

 적어도 프란츠에게는 모든 것이 그렇게 보였다. 그러나 시간이 지날수록 게오르크는 말이 없어지고 질문도 뜸해졌다. 틀림없이 그때 난 어떤 식으로든 그 친구에게 상처를 주었음에 틀림없어. 프란츠는 생각했다. 왜 그때 나는 그 친구에게 책을 읽으라고 강요했던가? 그런 일로 그를 괴롭혔음에 틀림없어. 그때 게오르크는 솔직하게 말했었다. 그는 모든 것을 다 할 수는 없다고, 그 모든 것이 그를 위한 것은 아니라고. 그리고 그는 가끔씩 옛날 축구 친구인 파울의 집에 가서 밤을 보냈다. 파울로부터 왜 그렇게 갑자기 우쭐대며 연설을 하려 하냐고 비웃음을 사면서도. 프란츠가 외출을 하면 게오르크는 지루해하는 것처럼 보였다. 게오르크는 다시 옛날에 알던 사람들의 집에서 밤을 지냈고, 비쩍 마른 데다 우스꽝스러운 눈을 가진 자기 동생을 불러내었다. 프란츠는 생각했다. 그때 이미 시작된 거였어. 그는 자기 자신도 알지 못했지만 실망하고 있었던 거야. 나하고 함께 방을 쓰면 나하고 친해질 거라 믿었던 거야. 그는 곧 내 방에 싫증이 났고, 나 역시 그와는 달랐었지. 난 아마 거리감을 느끼게 했을 거야. 사실은 전혀 그렇지 않았지만 말이야. 내가 잘못된 기준을 갖고 있었기 때문에 생겨난 그와 나 사이의 거리.

그 겨울이 끝나갈 무렵 게오르크는 영 불안한 태도를 보였다. 게오르크는 외출이 잦아졌다. 상당히 자주 여자들을 갈아치웠는데, 그것도 아주 이상한 자기만의 규칙에 따라서였다. 피히테 그룹에서 제일 예쁜 아가씨를 사귀다가 갑자기 내버리고는, 티이츠 상점에서 패션 모자를 파는, 약간 곱사등이의 멍청한 여점원을 취하기도 했다. 젊은 빵집 여주인에게 구애를 했다가 빵집 주인과 싸움을 벌이기도 했다. 그러다가 주말이 되면 안경 낀 키 작은 말라깽이 여자 당원과 어울렸다. "그 여자가 너보다 아는 게 많더군, 프란츠." 그는 이렇게 말했었다. 언젠가는 이렇게도 말했다. "프란츠, 넌 친구가 아니야. 너 자신에 대해선 결코 얘기하는 법이 없잖아. 난 내가 사귀는 여자들을 모두 너에게 보여주고 또 모든 걸 얘기하는데 말이야. 넌 틀림없이 확실하고 근사한 여잘 감춰놓고 있는 거지." 프란츠는 이렇게 대꾸했었다. "누구든 얼마간은 혼자서도 잘살 수 있다는 걸, 넌 생각하지 못하는 것 같군."

프란츠는 기억해냈다. 내가 엘리 메텐하이머를 알게 된 건 1928년 3월 20일 저녁 7시경 우체국 문을 닫기 직전이었어. 우린 같은 창구 앞에 서 있었지. 그녀는 산호 귀걸이를 하고 있었어. 두 번째로 공원에서 만났을 때 내가 요구를 하자 그녀는 그 산호 귀걸이를 빼 작은 핸드백에다 집어넣었지. 난 그녀에게 이렇게 말했어. 흑인 여자들이나 그런 걸 귀에도 걸고 코에도 뚫는 거라고. 그녀는 소리 내어 웃었어. 따져보면 웃을 일이 아닌데도 말이지. 갈색 머리카락 속의 산호 귀걸이는 아름다웠어.

프란츠는 자신이 엘리와 사귀고 있음을 게오르크에게 알려주지 않았다. 그러다가 어느 날 저녁 그들은 우연히 길에서 게오르크와 마주쳤다. 게오르크는 나중에 이렇게 말했다. "응, 그랬었군." 토요일 저녁 프란츠가 엘리를 만나고 집에 올 때마다, 게오르크는 은근한 미소를 띠고 물었다. "그래, 어땠어?" 그럴 때면 그의 두 눈 안의 세모난 점은 이상하게 커졌다. 프란츠는 이마를 찡그렸다. "그런 여자가 아니야" 하고 그는 대꾸했었다.

그런데 언제부턴가 엘리는 프란츠를 만나려 하지 않았다. 도배공인 그녀의 엄격한 아버지 메텐하이머 씨 때문이라고, 그는 생각했다. 프란츠는 월요일 그녀의 사무실 앞 정류장에서 그녀를 기다렸다. 그녀는 그에게서 달아나며 바쁘다고 소리치더니 다음 번 전차에 뛰어올랐다. 프란츠는 그 주 내내 끊임없이 게오르크가 자신을 관찰하고 있음을 알아차렸다. 그는 이제 그만 게오르크를 내쫓고 싶었다. 그 주말 게오르크는 특히 신경 써서 차려입었다. 그는 방을 나서면서 프란츠에게 말했다.

"재미 많이 봐, 프란츠". 프란츠는, 일요일 종일 코스 수업을 준비하려고, 창문턱에 책들을 올려놓고 있던 참이었다. 일요일 저녁 게오르크는 갈색으로 타서 즐거운 표정으로 돌아왔다. 그 사이 전혀 꼼작하지 않은 것처럼 여전히 창문턱에 앉아 있는 프란츠에게 그는 말했다. "여자 사귀는 것도 학습해야지." 며칠 후 프란츠는 길에서 뜻하지 않게 엘리를 만났다. 그는 가슴이 뛰었다. 그녀의 얼굴은 붉게 달아 있었다. 그녀는 말했다. "있지, 프란츠. 직접 말하는 게 좋을 것 같아요. 게오르크와 나 말이야. ……화내지 마요. 그런 일은 어쩔 수가 없는 거잖아. 그런 일을 막을 약은 없는 거잖아."

그는 "됐어"라고 말하고 그 자리에서 도망쳤다. 그는 몇 시간이고 완전한 어둠 속을 돌아다녔다. 그 어둠 속에서 오직 두 개의 빨간 점만이 반짝이고 있었다. 두 개의 산호 귀걸이.

프란츠가 방으로 올라왔을 때, 게오르크는 침대 위에 앉아 있었다. 프란츠는 곧 자신의 물건들을 챙기기 시작했다. 게오르크는 그를 날카롭게 지켜보고 있었다. 이제 프란츠의 유일한 소망은 남은 평생 더 이상 게오르크의 눈을 보고 싶지 않다는 오직 그 하나였다. 그러나 그럼에도 불구하고 게오르크의 시선은 상대방의 얼굴을 돌려놓게 만드는 힘을 갖고 있었다. 게오르크는 약간 미소 지었다. 프란츠는 그의 면상 한가운데를 후려치고 싶다는 불같은 욕망을 느꼈다. 그래, 가능하다면 그의 두 눈을 후려치고 싶어. 그에 뒤이은 몇 초는 아마도 그들 둘의 인생에서 그들이 서로를 완전히 이해한 최초의 시간이었을 것이다. 프란츠는 그 순간까지 자신의 행동을 규정해왔던 모든 소망이 단 한 가지를 남겨놓고 모두 부서지는 것을 경험했다. 게오르크 또한 아마도 처음으로 정직하게, 뒤죽박죽 불안한 자기 삶의 바깥에서 단 하나의 목표를 향해, 이 모든 혼란에서 벗어나기를 소망했다. 게오르크는 조용히 말했다. "나 때문이라면, 프란츠, 네가 나갈 필요 없어. 나랑 함께 사는 것이 너에게 거슬린다면 말이야. 그래, 이제야 알겠네. 나랑 함께 사는 것이 너에겐 언제나 좀 거슬렸겠지. 난 어떻든 여기 머물지 않을 거야. 엘리와 나, 우린 곧 결혼할 거야." 프란츠는 아무 말도 할 수 없었다. 그런데 자기도 모르게 이런 말이 불쑥 튀어나왔다. "네가? 엘리와?" "그래, 안 되나?" 게오르크가 말했다. "그녀는 다른 여자들과 좀 다르지. 영원히 그럴 거야. 그녀 아버지가 내게 일자리도 마련해줄 거야."

도배장이인 엘리의 부친은 장래의 사윗감이 처음부터 마음에 들진 않았지만, 그럼에도 불구하고 결혼을 하려면 얼른 해야 한다고 주장했다. 그러면서 그는 방을 한 칸 마련해주었다. 그 자신의 표현을 빌리자면, 애지중지하는 딸이 망해가는 꼴을 보고 싶지 않기 때문이라는 것이었다.

지금, 사과가 쌓인 방의 좁은 침대에서 두 팔을 머리 뒤로 깍지 낀 채 누워 있자니까 프란츠는 그 당시 주고받았던 모든 말들과 게오르크의 얼굴 표정 하나하나까지 모두 기억이 났다. 프란츠는 지난 몇 년 동안 그 일을 기억하지 않으려고 애써왔다. 그럼에도 불구하고 그때 일이 조금이라도 생각날 때면, 그는 자신도 모르게 움찔했다. 이제 그는 천천히 모든 것을 다시 생각해보았다. 놀라움 외에 아무것도 느껴지지 않았다. 그는 생각했다. 그래, 이제 더 이상 아프지 않구나. 이래도 저래도 나하곤 상관없는 일이지. 그사이, 날 아무렇지도 않게 만드는 무시무시한 일들이 일어났음에 틀림없군.

그런 일이 있고 나서 3주 후 프란츠는 게오르크가 보켄하임 공원 녹지대의 한 벤치 위에 믿을 수 없을 정도로 뚱뚱한 여성과 함께 있는 것을 멀리서 보았다. 게오르크는 그녀의 등 뒤로 팔을 돌리고 있었지만, 완전히 감싸지지는 않았다. 엘리는 첫 아이의 출산을 앞두고 친정에 가 있었다. 엘리의 부친은 딸더러 남편에게 돌아가라고 재촉했다. 그의 의견인즉, 넌 그와 결혼했고, 그의 아이를 가졌고, 그러니 그와 함께 헤쳐 나가야 한다는 거였다. 프란츠는 이런 얘기를 이웃들로부터 전해 들었다. 그사이 게오르크는 다시 일자리를 잃어버렸다. 그의 장인이 말하는바, 그가 이리저리 선동을 하고 다녔기 때문이라는 거였다. 엘리는 다시 사무실에 나갔다. 그리고 엘리가 결국은 친정으로 돌아갔다는 사실을 프란츠는 그곳을 떠나기 직전에 얻어들었다.

여러 색깔의 그림 위에 다양한 색의 유리잔들을 올려놓고 보는 어린아이들의 놀이가 있다. 유리잔의 색에 따라 그림은 달라 보인다. 그 당시 프란츠는, 친구들이 일정 행동에서 그에게 내보이는 유리잔을 통해서만 그들을 보았었다. 다른 유리잔을 통해서는 보지 못했다. 그는 게오르크를 곧 시야에서 놓쳐버렸다. 프란츠는 그 도시가 싫었다. 그는 사는 곳을 바꾸고 싶었다. 다른 사람들 같으면 그저 치고받고 싸우면 끝났을 그 일이 프란츠에겐 그만큼 큰 영향을 미쳤다. 프란츠 같은 사람에게는 모든 일이 영향을 미치는 것이다. 그는 수년 전부터 보지 않고 지내던 어머니에게로 갔다. 어머니는 시집간 딸이 있는 북독일에 가 있었다. 프란츠는 그곳 북쪽에 머물렀다. 이 변화는 그의 전체 삶에 있어 행복한 확장이 되었다. 그는 자신을 북독일로 오게 만든 동기조차 가끔씩 잊어버렸다. 그리고 새로운 장소에서 새로운 동지들과 어울렸다. 겉으로 드러난 삶으로만 보자면 프란츠는 이 도시에서 저 도시로 떠도는 수많은 실업자 중의 한 명이었다. 그러나 전체로 보자면 그는 대학을 옮겨 다니는 대학생과 같았다. 한동안 동거했던 조용하고 단정한 아가씨를 그가 진정 사랑한다고 스스로를 설득시킬 수 있었더라면, 그는 아마도 행복했을 것이다.

어머니가 돌아가신 후 1933년 말에 그는 예전에 살던 도시 근처로 되돌아왔다. 되돌아온 데에는 세 가지 이유가 있었다. 우선, 북쪽에서는 그가 너무 알려져 그의 처지가 위태로워졌기 때문이었다. 게다가 아래쪽에서는 그를 필요로 했다. 이곳의 돌아가는 사정과 사람들을 잘 알고 있지만 그 자신은 이미 잊혔기 때문이었다. 그는 마르네트 아저씨 댁에 거처를 마련했다. 이 과정에서 이런저런 우연으로 그를 알게 된 지인들은 속으로 생각했다. 저자가 예전에는 저렇게 얘기하지 않았는데, 하고. 혹은, 돌아섰던 이가 또 하나 나타났군, 하고도 생각했다. 어느 날 프란츠는 가까운 주변에서 그를 잘 알고 있는 유일한 동지인 철도 노동자 헤르만을 만났다. 헤르만은 그에게 조용히, 평소보다 한층 더 조용히, 지난밤 불길한 검거 사건이 발생했다고 말해주었다. 그 검거가 왜 불길하냐 하면, 첫째, 검거된 동지가 모든 연락망을 손에 쥐고 있는 데다, 둘째, 그가 다른 동지들의 검거 때문에 바로 얼마 전에 그 직책을 맡게 됐기 때문이라는 거였다. 헤르만은 조용하고도 침착하게 그러나 또한 분명하게, 체포된 동지가 허약해서건 아니면 미숙해서건 모든 것을 자백할 가능성이 있음을 배제하지 않는다고 말했다. 부당하게 불신하면 안 되겠지만, 의심이 드는 데 따라 조치를 취해야 하는 것이 자신의 의무라고 헤르만은 강조했다. 즉 체포된 동지가 알고 있는 모든 사람에게 미리 경고 연락을 하고, 모든 연락망을 다시 짜야 한다는 거였다. 헤르만은 갑자기 말을 끊더니 프란츠에게 대놓고 물었다. 예전에 여기서 살았으니 혹시 체포된 동지, 게오르크라는 자를 아냐고.

프란츠는 자기 자신을 억눌렀다. 그러나 두어 해가 지난 후 다시 게오르크의 이름을 들었을 때 그의 얼굴에 나타난 경악의 표정을 헤르만이 알아채지 못할 정도로 억제하지는 못했다. 프란츠는 몇몇 문장으로 성실하게 게오르크의 모습을 제대로 나타내려고 애썼다. 그것은 아주 평온한 순간이었더라도 프란츠에게는 어려웠을 것이다. 헤르만은 프란츠의 당황한 태도를 자기 나름대로 해석했다. 둘은 체스 판을 앞에 두고 모든 필요한 예방 조치들을 논의했었다.

프란츠는 생각했다. 우리의 예방 조치 같은 건 필요 없었어. 연락망을 다시 짤 필요도 또 동지들에게 경고할 필요도 없었어. 난 가슴 졸이면서 헤르만을 떠나올 필요도 없었지.

두어 주 후 헤르만은 베스트호펜 수용소에서 풀려난 동지를 프란츠에게 데리고 왔다. 그 풀려난 동지는 게오르크에 대해 이렇게 이야기했다. "저들은 바위처럼 강한 자를 어떻게 단박에 때려눕히는지 게오르크를 시범 삼아 보여주려 했지요. 그렇지만 결과는 정반대였어요. 게오르크 같은 이를 쓰러뜨릴 수 있는 것은 아무것도 없다는 사실만을 보여준 셈이 되었죠. 저들은 끊임없이 그를 괴롭혔어요. 그를 죽이고 싶어 했지요. 그의 얼굴에 떠 있는 웃음이라니, 그 웃음이 저들을 영 미치게 만들었어요. 게다가 눈도 특이했어요. 기묘하게 모난 많은 점들이 반짝이는 두 눈이요. 하지만 그의 잘생긴 얼굴은 이제 완전 박살이 났어요. 그는 완전히 쪼그라들었어요."

프란츠는 몸을 일으켰다. 그는 작은 창으로 할 수 있는 한 멀리 머리를 내밀었다. 아주아주 조용했다. 프란츠는 이 고요 속에서 처음으로 평화를 느끼지 못했다. 세상은 조용한 것이 아니라, 침묵하고 있었다. 그는, 다른 빛들과는 달리, 모든 평면에 달라붙으면서도 모든 틈으로 밀고 들어가는 달빛으로부터 자기도 모르게 두 손을 거둬들였다. 그는 생각했다. 어떻게 알 수 있을까? 탈출한 동지들 중에 게오르크가 있다고 말이야. 어떻게 알 수 있을까? 우리의 명예, 우리의 명성, 그리고 우리의 안전은 이제 그의 손아귀에 들어갔는데. 예전에 있었던 일,

그와의 모든 이야기, 그의 모든 장난질, 그것은 의미 없는 부차적인 것이었다. 하지만 그런 것을 미리 알 수는 없는 노릇이었다. 내가 그의 처지였다면 난 견뎌내지 못했을 거야. 내가 그를 가르쳤음에도……

프란츠는 갑자기 몹시 피곤함을 느꼈다. 그는 다시 침대에 몸을 눕히고 생각했다. 어쩌면 게오르크는 이 탈주범들 중 한 명이 아닐지도 몰라. 그런 모험을 감행하기엔 너무 약해져 있을지도 몰라. 하지만 도망친 동지가 누구이든 간에, 헤르만이 옳아. 탈출한 죄수, 그건 언제나 우리 마음을 뒤흔드는 그 무엇이거든. 그건 저들의 막강한 전권(全權)에 대한 의심인 거야. 작은 균열인 거지.

제2장

I

성당지기가 떠나고, 정문이 닫히면서 마지막 울림의 잔향이 둥근 천장에서 다 흩어져 사라졌을 때, 게오르크는 이제 마지막 유예 시간이 주어졌음을 깨달았다. 마지막 유예 시간이라는 생각은 어찌나 엄청난 힘으로 그를 사로잡았던지, 그는 자신이 구출된 것으로 거의 착각할 뻔했다. 수용소를 탈출한 이후 처음으로, 아니 수용소에 잡혀 들어갔던 이후 처음으로 안전하다는 감정이 뜨겁게 그를 가득 채웠다. 이 감정은 격렬했던 만큼 또 아주 짧게 지나갔다. 이 안은 우라지게 춥구나, 그는 혼잣말을 했다.

황혼이 깊게 내려앉으면서 창들의 색은 바래지며 꺼져버렸다. 그사이 저녁 으스름은 점점 짙어져, 대성당 안 사방 벽들은 뒤로 물러나고 둥근 궁형의 천장은 더욱 높아져, 끝없이 늘어선 지주들은 알 수 없는 불확실함 속으로 뻗어나간 듯했다. 어

쩌면 아무것도 아니고, 또 어쩌면 무한일 듯싶기도 한 불확실
함 속으로. 갑자기 게오르크는 자신이 관찰당하고 있다고 느꼈
다. 그는 몸과 영혼을 죄어오는 이 느낌과 싸우면서 세례반 아
래에서 고개를 내밀었다. 게오르크는 그에게서, 그와 가장 가
까운 기둥에서 5미터쯤 떨어진 곳에 있는 한 남자의 시선과 부
딪쳤다. 지팡이를 들고 주교관을 쓴 모습으로 그곳 자신의 묘
를 덮은 대리석 석판에 기대 있는 남자*였다. 저녁 어스름은 그
남자가 걸친 제의의 화려함을 다 흩어져 사라지게 했으나, 분
명하고 단순하며 화가 난 듯한 그의 표정까지 없애지는 못했
다. 남자의 두 눈은 자신을 지나 기어가는 게오르크를 쫓고 있
었다.

    저녁 어스름은, 평소 다른 곳에서 보던 것처럼, 바깥에서부
터 안으로 밀고 들어오지 않았다. 돌로 지어진 성당 자체가 돌
에서부터 해체되고 있는 것 같았다. 돌기둥에 새겨진 두어 개
의 포도 덩굴과 찡그린 얼굴들, 그리고 온통 모기에 물린 듯한
맨발이 모두 상상이요, 연기(煙氣)이며, 돌로 된 모든 것이 증발
하고 있는데, 오로지 게오르크만이 놀라서 돌이 되고 있는 것
같았다. 게오르크는 두 눈을 감았다. 두어 번 심호흡을 했더니
놀라움은 가라앉았다. 아니면 어스름이 더 깊어져서 그 때문에
안도하게 된 것인지도 몰랐다. 그는, 여전히 누군가에게 감시
당하고 있기라도 한 것처럼, 숨을 곳을 찾았다. 이 지주에서 저

---

*게오르크가 보고 있는 형상은 대성당 안에 묻힌 알브레히트 폰 브란덴부르크 대
주교(1490~1545)이다. 그의 치하에서 마인츠는 예술의 중심지가 되었다.

지주로 폴짝폴짝 뛰었다. 그는 몸을 움츠렸다. 그가 지금 웅크리고 앉은 곳 뒤편 기둥에는 건강한 둥근 얼굴의 남자가 기대어 서서, 자신의 묘를 덮은 대리석 판에서부터 냉담하게 게오르크를 못 본 척하며, 얼굴 가득 뻔뻔한 권력의 미소를 흘려보내고 있었다. 그 남자는, 게오르크가 알아채지 못했지만, 이쪽저쪽 손에 왕관을 들고 두 난쟁이에게 씌워주고 있었다. 두 난쟁이는 대공위 시대*에 서로 대치하던 왕들이었다. 게오르크는, 기둥들 사이의 공간이 그를 몰래 지켜보기라도 하는 것처럼, 단번에 다음 기둥으로 훌쩍 뛰었다. 그는 기둥의 남자를 올려다보았다. 그 남자의 옷자락이 어찌나 풍성했던지 게오르크는 그 속에 감길 수도 있을 것 같았다. 그러다가 게오르크는 움찔 기겁을 했다. 슬픔과 걱정에 가득 차서 그를 굽어보고 있는 한 인간의 얼굴. 아들아, 대체 무엇을 하려는 거냐? 포기하려무나. 너는 지금 종말의 시초에 서 있는 거야. 네 심장이 뛰고 있어. 네 아픈 손도 펄떡이지. 게오르크는 숨기에 딱 좋은 장소를 발견했다. 벽감이었다. 그는 신성로마제국의 여섯 대재상들**이 지켜보는 가운데, 앞발 하나를 다친 개처럼, 한 손을 옆으로 내밀어 측랑을 가로질러 미끄러졌다. 그는 제대로 몸을 앉혔다. 그러고는 딱딱하게 굳어진 아픈 손의 관절을 문질렀다. 무릎 관절

---

*중세 후기 독일 황제의 무력화로 야기된, 다시 말해 신성로마제국 황제의 추대가 제대로 행해지지 않은 1254(또는 1256년)~1273년을 말한다. 이쪽저쪽 손에 왕관을 든 남자는 지그프리트 폰 엡슈타인 3세 주교이다.
**지그프리트 폰 엡슈타인 3세, 페터 폰 아스펠트, 마티아스 폰 부헤크, 아돌프 폰 나사우 1세, 콘라트 3세, 요한 폰 나사우 2세를 말한다.

과 손가락 마디와 발가락도 문질렀다.

벌써 열이 났다. 레니에게 도착할 때까지 아픈 손이 말썽을 부리면 안 되는데. 그는 레니에게 가서 붕대를 감고, 몸을 씻고, 마시고, 잠자고 치료를 받을 생각이었다. 그러다가 그는 소스라치게 놀랐다. 무한히 지속되기를 바랐던 그 밤이 너무나 빨리 지나간 듯한 기분이 들었던 것이다. 그는 다시 한 번 레니의 모습을 상상해보려고 애를 썼다. 장소와 시간에 따라 어떨 땐 이뤄지기도 하고, 어떨 땐 이뤄지지 않는 마술. 이번에 마술은 성공했다. 가늘고 긴 두 다리의 날씬한 열아홉 살 처녀, 짙은 속눈썹 아래 거의 검은 빛깔의 푸른 눈, 연갈색의 얼굴. 그것은 수용소에서 게오르크의 꿈을 만들어주던 재료였다. 이별이 길어지면서 기억의 빛 속에서, 사실상 처음엔 거의 못생긴 것처럼 보였던 레니의 얼굴은 이제 실제와는 많이 달라져 있었다. 긴 팔과 다리로 인해 약간 날아가듯 서투르게 걸어서, 조금 우스꽝스러워 보였던 그녀의 얼굴은 이제 전설에서나 가끔 등장하는 허구의 인물이 돼 있었다. 이별 후 하루하루가 지나면서 그 얼굴은 꿈꿀 때마다 더 다정해지고, 더 날아가는 듯한 모습이 되었던 것이다. 게오르크는 지금 얼음처럼 차가운 벽에 기대어 잠들지 않기 위해 그녀에게 사랑의 말을 쏟아부었다. 그녀가 일어나 어둠 속에서 귀를 기울일 것이라고 그는 믿었다.

그들이 진실로 함께했던 그 한 번의 만남에 이어 수많은 다짐과 일어날 것 같지 않던 모험들이 뒤따랐다. 그다음 날 그는 그 도시를 떠나야 했다. 그의 귀에는 절망적으로 부르짖던 레니의 다짐이 남아 있었다. "당신이 올 때까지 여기서 기다릴게. 도망쳐야 돼. 내가 함께 갈게."

게오르크는 자신이 있는 자리에서 여전히 모서리 지주 앞의 남자를 알아볼 수 있었다. 그의 얼굴은 어둠에도 불구하고 오히려 멀리서 보니 더욱 뚜렷했다. 뒤틀린 입술 위의 가장 강력한 계명. 공포보다는 평화를, 정의보다는 자비를.

레니가 자기 언니와 함께 살고 있던―언니는 주로 일 때문에 나가 있었다―니더라트*의 작은 아파트는 그 위치로 보아 은신처로 삼거나 도피하기에 유리했다. 그것은 그때 그 순간 게오르크가 그 작은 방의 문지방을 넘어설 때 이미 했던 생각이었다. 그때 그는 다른 모든 것, 지난 연애 사건이라든가 삶의 노정 같은 것은 모두 잊어버리고, 그곳이 숨기 좋은 장소라는 생각을 했던 것이다. 수용소의 감방 벽이 뚫고 나갈 수 없는 산울타리처럼 자라났을 때에도, 위급할 경우 숨어들 곳은 레니의 아파트라는 생각이 그의 머릿속에서는 지워지지 않았다. 베스트호펜에 있을 때 누가 면회를 왔다면서 그를 감방에서 끌어냈을 때 한순간 게오르크는 저들이 레니를 적발해냈을까 봐 떨었다. 그러나 게오르크는 앞에 끌려온 여성을 처음엔 전혀 알아보지 못했다. 가장 가까운 마을에서 가장 괜찮은 농부 아가씨를 앞에 세워다 놓은 것이 아닌가 싶었다. 저들이 끌고 온 엘리는 그에게 그토록 낯설었던 것이다.

---

*1900년에 프랑크푸르트 시에 편입된 근교.

게오르크는 깜박 잠들었던 모양이었다. 그는 소스라쳐 깨어났다. 성당이 흔들리고 있었다. 한 줄기 밝은 빛이 성당 전체를 가로질러, 앞으로 뻗은 그의 두 발을 지나 날아들어 오고 있었다. 내뺄까? 아직 시간이 있을까? 어디로 가지? 문들은 빛이 흘러들고 있는 하나를 제외하고는 모두 꼭꼭 잠겨 있었다. 그는 아마 들키지 않고 측면 예배실의 한곳으로 도망칠 수 있을지도 몰랐다. 그는 아픈 손을 짚고 몸을 일으키려다 신음 소리를 내며 무릎을 꺾고 말았다. 이제 감히 빛의 띠를 피해 기어갈 생각은 할 수 없었다. 그때 성당지기의 목소리가 울려 퍼졌다. "칠칠치 못한 여자들 같으니라고. 매일 일을 만든다니까!" 그 말은 마치 최후의 심판처럼 윙윙거리며 성당을 울렸다. 성당지기의 어머니인 늙은 여자가 소리쳤다. "저기 있네. 네 가방." 뒤이어 성당지기 아내의 목소리가 승리의 부르짖음처럼 벽과 지주들에 반향되며 울려 퍼졌다. "청소하면서 신도석 벤치들 사이에 두었다고 내가 그랬잖아요. 내가 알고 있다고 했잖아요." 두 여자가 물러갔다. 그 소리는 마치 거인들이 발을 질질 끌며 나가는 소리 같았다. 성당 문이 다시 한 번 닫혔다. 그 모든 것으로부터 울림만이 뒤에 남아 서로 부딪치더니 다시 한 번 큰 굉음을 내었다. 그 굉음은 마치 그대로 사라지지 않겠다는 듯 멀리 구석진 곳까지 여운을 남기고는 계속 떨림을 남겼다. 그때쯤 게오르크는 이미 떨기를 멈추었다.

게오르크는 다시 벽에 기대었다. 눈꺼풀이 무거웠다. 이제 성당 안은 완전히 캄캄했다. 어둠 속 어디선가 흔들리고 있을

등불의 빛은 어찌나 희미했던지, 그것은 둥근 천장을 밝히지 못하고 오히려 이 어둠이 결코 뚫고 들어갈 수 없는 것임을 알려주고 있었다. 조금 전까지 어둠 외의 어떤 것도 원치 않던 게오르크는 이제 갑갑하여 무겁게 숨을 내쉬었다.

  옷을 벗어야 해, 안 그러면 나중에 너무 힘들 거야, 발라우가 충고하고 있었다. 그는 늘 발라우에게 복종했던 것처럼 순순히 시키는 대로 했다. 그러자 기진맥진한 기분이 조금 줄어들었으므로 그는 놀랐다. 발라우는 그보다 두 달 늦게 수용소에 끌려온 사람이었다. "자네가 바로 그 게오르크로군." 그 나이 많은 남자가 그를 반긴 이 네 마디 말 속에서 게오르크는 처음으로 자기 자신의 완벽한 가치를 감지했다. 먼저 석방된 감방 동료 하나가 밖에서 게오르크의 이야기를 알렸던 것이다. 즉, 베스트호펜에서 죽을 만큼 고통을 당하고 있는 동안 그의 고향 마을과 도시들에는 그에 대한 평가가 형성되어 있었다. 불멸의 묘비라는 평가. 지금 이 얼음처럼 차가운 벽에 기대어 게오르크는 생각했다. 내 인생에서 발라우 선생을 오직 베스트호펜에서 만날 수밖에 없다면, 또다시 난 모든 것을 받아들이리라. 처음으로, 아니 어쩌면 마지막으로 그의 젊은 삶 속으로 우정이 찾아온 것이었다. 뻐기거나 굴종하거나 달라붙거나, 전적으로 헌신하는 것이 아니라, 그저 자신이 누구인지를 내보이고 그것으로 사랑받는 우정.

  이제 어둠은 그의 눈에 더 이상 농밀하지 않았다. 벽의 석회가 갓 내려앉은 눈처럼 희미하게 반짝였다. 그 자신이 희미하게 부각되고 있는 것을 그는 온몸으로 느꼈다. 자리를 또 한 번 바꿔? 새벽 미사 전에 언제쯤 이곳 문이 열릴까? 그래도 그에게는 아침까지 셀 수 없이 많은 안전한 분(分)의 시간이 있었다. 예컨대 성당지기는 앞으로 살면서 수많은 주(週)의 시간을 갖게 되겠지만, 지금의 게오르크에겐 성당지기의 주만큼 많은 분이 주어져 있었다. 성당지기 역시 영원히 안전한 것은 아닐 테니까 말이다.

그가 앉은 데서 멀리 떨어진 곳에 본 제단을 마주하여 지주 하나가 눈에 띌 만큼 밝게 솟아 있었다. 그 지주에 새겨진 홈을 따라 불빛이 흐르고 있기 때문이었다. 이 밝은 지주 하나가 둥근 지붕 전체를 떠받치고 있는 것 같았다. 하지만 이 모든 것은 얼마나 차가운가! 인간의 손이나 생각이 전혀 닿지 않은 얼음장 같은 세계. 그는 마치 빙하로 빠져든 것 같았다. 그는 아프지 않은 손으로 두 발과 모든 관절을 문질렀다. 이곳은 꼭 얼어 죽기 좋은 피난처였다.

"삼중 공중제비 말이야. 그게 바로 인간의 몸으로부터 끄집어낼 수 있는 최상의 것이야." 수용소 동료 벨로니가 한 말이다. 진짜 이름이 안톤 마이어인 곡예사 벨로니는 공중그네를 타다가 체포되었다. 프랑스 곡예사 지부에서 보낸 두어 장의 편지가 그의 짐 속에서 발견되었던 것이다. 공중곡예를 보여주기 위해 벨로니는 얼마나 자주 잠자다가 끌려 나갔던가. 말이 없던 어두운 남자, 좋은 동료, 그러나 매우 낯설었던 사람. "아냐. 지금 살아 있는 곡예사 중에 그걸 할 수 있는 사람은 세 명

정도야. 그래, 이자도 저자도 어쩌다 한 번쯤 삼중제비를 넘기는 하지. 하지만 지속적으로 할 순 없어." 그는 스스로 발라우에게 접근해, 어떻든 살아서 수용소를 나가기는 영 글렀으니, 어떤 일이 있어도 탈출을 시도할 것이라고 말했었다. 그는 이 탈출을 위해 자기 몸의 유연함과 바깥 친구들의 도움에 의지한다고 했다. 돈과 의복이 필요할 경우 꼭 찾아가라고 게오르크에게 주소를 준 것도 벨로니였다. 벨로니는 예의바른 젊은이임에 틀림없었으나, 그 속마음을 제대로 알기에는 너무 낯설었다. 게오르크는 벨로니가 준 주소를 사용하고 싶지는 않았다. 그는 목요일 아침 일찍 레니를 프랑크푸르트의 옛 친구들에게 보낼 작정이었다. 만약 펠처가 그의 명석한 머리에 벨로니의 힘줄과 근육을 가졌더라면, 그는 십중팔구 살아서 뚫고 나왔으리라. 그사이 저들은 알딩거를 체포했을 것이다. 지금쯤 아마 머리칼을 잡아 뜯기며, 늙은 얼굴에 뱉어지는 침을 맞고 있을 알딩거는 저 형편없는 수용소 놈들의 아버지뻘 되는 사람이었다. 그의 농부 얼굴은, 그가 혼이 나간 것처럼 보이는 때에도 결코 위엄을 잃는 법이 없었다. 그는 이웃 마을의 시장이 오래된 집안싸움 때문에 밀고하는 바람에 끌려왔었다.

필그라베는 탈출한 일곱 중 유일하게 게오르크가 예전부터 알고 지내던 자였다. 그는 자주 자신의 상점 금고에서 1마르크를 모금 명단에 내놓곤 했었다. 그 역시 어떤 양심을 품은 일에서 벗어날 수 없어 자포자기해버렸다고 했다. 그는 곤란한 상황에 끌려들고 말았는데, 상대방에게 설득당해 결코 거부할 수 없었다는 것이었다.

보이틀러는 아마 더 이상 살아 있지 않을 것이다. 수용소에 잡혀 와서 여러 주일 내내, 외국환 사건에 연루된 자기 죄는 사소한 것이라고 맹세하면서도, 그는 모든 것을 받아들였었다. 그러다가 미친 듯이 발작을 해서 칠리히는 그를 처벌대에 넘겼다. 무딘 가슴에서 불꽃이 번득이며 타오를 때까지 보이틀러는 얼마나 무시무시하게 얻어터지며 견뎌야 했던가.

여기서는 정말 얼어 죽겠군, 게오르크는 생각했다. 사람들이 얼어 죽은 나를 발견하겠지. 아이들에게 이 벽을 가리키며 말하겠지. 저 야만의 시대에 어느 가을날 밤 얼어 죽은 한 탈주범을 바로 여기서 발견했노라고. 몇 시지? 곧 자정인가? 그는 캄캄한 어둠 속에서 생각했다. 누가 날 기억할까? 엄마가 날 기억할까? 어머니는 입에 욕을 달고 살았다. 작고 뚱뚱한 어머니는 가볍게 흔들리는 큰 가슴을 하고 아픈 두 발로 심멜 골목을 뒤뚱거리며 걸어다녔다. 다시는 엄마를 못 보겠지, 게오르크는 생각했다. 내가 살아남는다 하더라도 말이야. 어머니를 생각하면 언제나 떠오르는 것은 두 눈이었다. 비난과 속수무책으로 어두워진, 젊은 갈색의 두 눈. 어머니의 가슴이 크다는 이유로, 또 우스꽝스러운 외출복을 입는다는 이유로, 그가 석 달 동안 자신의 아내였던 엘리에게 그토록 어머니를 부끄러워했던 사실을 떠올리자, 게오르크는 자기 자신이 부끄러워졌다. 게오르크는 또 어릴 적 학교 친구 파울 뢰더도 생각했다. 그들은 10년 동안 같은 골목에서 함께 구슬놀이를 했고, 뒤이은 10년 동안은 함께 축구를 했다. 그러다가 그는 파울 뢰더를 시야에서 놓쳐버렸다. 꼬마 파울은 그대로 변치 않았으나, 그 자신은 다른 사람이 되어버렸기 때문이었다. 이제 그는 영원히 막혀버린 사랑스러운 풍경을 생각하듯이, 주근깨투성이인 파울의 둥근 얼굴을 생각했다. 그는 또한 프란츠를 떠올렸다. 그 친구는 내게 아주 잘해주었지, 게오르크는 생각했다. 내게 참 많이 애를 썼어. 고마웠네, 프란츠. 그러다가 우린 싸웠어. 무엇 때문이었더라? 그는 어떻게 되었을까? 단정하고 성실하고 조용하던 남자.

게오르크는 숨을 죽였다. 유리창 하나에 반사된 빛이 측랑을 가로지르며 비스듬히 떨어지고 있었다. 유리창은 아마도 대성당 광장 건너편 집에서 나오는 불빛에 비쳐 밝아졌거나 아니면 자동차 라이트의 불빛을 받은 것 같았다. 측랑에 떨어지고 있는 빛은 온갖 색채로 번쩍이는 이상한 양탄자였다. 밤마다 바라봐주는 사람 없이 헛되이, 텅 빈 대성당의 어둠 속에서 석판 바닥 위에 급하게 말려들어 간 양탄자. 게오르크 같은 손님은 이곳에도 천년에 한 번 찾아올까 말까 한 것이었다.

저 바깥의 불빛, 아마도 병든 아이를 달래는 어머니를, 또 어쩌면 여자와 남자의 이별을 비추었을 저 불빛은, 성당 안의 살아 있는 형체를 드러내고 있었다. 그래, 저것은 낙원에서 쫓겨난 그 두 사람이야, 게오르크는 생각했다. 그래 저건 아기 예수가 누워 있는 구유 속을 들여다보는 소들의 머리야. 아기 예수는 이 세상 어느 곳에도 누울 수가 없어 구유 속에 누우셨지. 그래 저건 최후의 만찬이야. 그때 그분은 자신이 배신당할 것을 미리 알고 계셨어. 저건 그분이 십자가에 매달리셨을 때, 창으로 그분을 찌른 병사임에 틀림없어. 게오르크는 더 이상은 알 수 없었다. 대성당 안의 많은 그림을 그는 알지 못했다. 그가 자란 곳의 성당에는 이런 그림들이 없었기 때문이었다. 혼자 있음을 잊게 해주는 모든 것은 언제나 위로가 된다. 지금, 같은 시각 나 아닌 다른 이들도 고통받고 있다는 사실만 위로가 되는 것이 아니라, 옛날에도 사람들이 고통을 이겨냈다는 사실 역시 위로가 되는 것이다.

뒤이어 바깥의 불빛은 사라졌다. 조금 전보다 더 깜깜해졌다. 게오르크는 형제들을 생각했다. 특히 고양이에게나 베풀 만한 다정함으로 자신이 키우다시피 한 어린 남동생을 생각했다. 그는 또 잠깐 한 번 보았던 자기 자신의 아이도 생각했다. 그러다가 어떤 정해진 것도 생각하지 않기로 했다. 얼굴들이 스쳐 지나갔다. 때로는 희미하게, 때로는 아주 분명하게. 어떤 얼굴들은 골목길과 함께, 어떤 얼굴들은 학교 운동장과 체육실과 함께, 어떤 얼굴들은 강과 함께, 또 어떤 얼굴들은 구름과 숲과 함께 왔다가 사라졌다. 그 얼굴들은 저절로 그에게 밀려와 그가 옛날에 좋아했던 모습에 매달릴 수 있게 해주었다. 그러더니 모든 것이 형체 없이 사라져버렸다. 그는 어머니의 얼굴도, 그 어떤 얼굴도 되불러 올 수가 없었다. 게오르크는 이 모든 것을 실제로 보기라도 한 것처럼 두 눈이 아팠다. 저 먼 곳에서, 이곳에 대성당이 있으리라고 짐작도 못할 만큼 먼 곳에서, 무엇인가 화려한 것이 번쩍였다. 바깥에서 자동차가 소리를 내며 지나가고 있었다. 그 자동차 불빛이 대성당의 유리창 하나를 맞히자, 그 반사가 대성당 안 바닥에 내려 꽂혔다. 그 빛이 벽에 부딪치고, 어둠이 뒤따랐다.

　게오르크는 귀를 기울였다. 자동차의 엔진 소리가 계속 들려오고 있었다. 작은 자동차에 꼭 붙어 앉은 것이 분명한 남자들과 여자들의 킥킥거리는 소리와 웃음소리를 그는 들었다. 그들은 지나갔다. 아주 잠깐 창들의 색이 지주들 사이에 던져지더니 다시 걷히면서 게오르크로부터 점점 멀어져 갔다. 게오르크의 머리가 가슴 위로 떨어졌다. 그는 잠이 들었다. 그러다가 아픈 손 위로 넘어졌다. 통증 때문에 그는 깨어났다. 아주 깊은 한밤은 이미 지나가 있었다. 게오르크의 앞, 벽 위의 석회가 희미하게 반짝이기 시작했다. 전날 저녁과는 정반대의 순서로 먼저 어둠이 증발하기 시작했다. 뒤이어, 마치 이 성당이 모래로 지어지기라도 한 것처럼, 지주와 벽이 끊임없이 졸졸 소리를 내었다. 창의 그림들이 아주 약한 바깥 여명을 받아 번쩍임 없이 희끄무레한 색으로 흐릿하게 드러났다. 동시에 졸졸거리는 소리는 멎었다. 그리고 모든 것이 응고되기 시작했다. 중랑 위의 거대한 둥근 천장이 굳어졌다. 호엔슈타우펜 왕조* 시절 몇몇 건축 대가의 명민함과 민중들의 지치지 않는 힘에 의해 지어졌던 바로 그 법칙을 따라서 굳어졌다. 게오르크가 기어들어 숨었던 곳, 호엔슈타우펜 왕조 시대에도 이미 존경을 받았던

---

*1138~1254년 독일 왕들과 황제를 배출한 왕가. 이 가문이 배출한 중요 인물로는 바르바로사(황제 프리드리히 1세)가 있다.

그 천장이 굳어졌다. 지주들이 굳어졌다. 그리고 기둥머리에 새겨진 모든 찌푸린 얼굴과 동물 머리들, 기둥 앞에 놓인 대리석 판 위의 주교들도 다시 굳어지면서, 죽어서도 깨어 있는 오만한 모습을 되찾았다. 대관식에서 지나치리만치 거만하게 뽐내고 있는 왕비들도 함께 깨어났다.

서둘러야 해. 게오르크는 생각했다. 그는 기어 나왔다. 아프지 않은 손과 이를 사용하여 벗어버린 죄수복 꾸러미를 묶었다. 그러고는 그것을 대리석 판과 지주 사이로 밀쳐 넣었다. 온몸을 긴장한 채, 두 눈에 불을 켜고 그는 성당지기가 문을 열 바로 그 순간을 기다렸다.

II

한편 양치기 에른스트는 가슴에서 우러나는 깊은 목소리로 넬리에게 인사를 건넸다. 그 목소리가 강아지에게 몹시 친숙한 것이어서 강아지는 기쁨으로 몸을 떨었다. "넬리야," 양치기 에른스트는 말했다. "그녀가 아직 오지 않았어. 조피 말이야. 바보 같으니. 넬리야. 그녀는 자기 행복을 어디서 찾아야 하는지 모르나 봐. 넬리, 그런데 우리 함께 잤지. 그녀도 우리 사일 떼 놓진 못해."

망골트 씨 댁에서는 아직 모든 것이 조용했다. 그러나 마르네트 씨 댁 외양간에서는 벌써 누군가가 이리저리 달그락거리고 있었다. 에른스트는 면도기와 세면도구가 든 방수 천 주머니와 타월을 들고 마르네트 씨 댁 펌프로 갔다. 그는 추위와 상쾌함에 진저리를 치면서 비누칠을 하고 목과 가슴을 문질러 씻은 다음 양치질을 했다. 그런 다음 휴대용 거울을 마당 울타리에 걸어놓고 면도를 하기 시작했다. "내게 따뜻한 물 조금 줄래?" 거울 속에서 우유 양동이를 들고 오는 아우구스테를 본 그가 물었다. "그래, 들어와." 아우구스테가 말했다. "정말이지, 너 결혼하더니 부드러워졌다, 아우구스테." 에른스트가 말했다. "예전에는 내게 무뚝뚝하게 굴었잖아."

"이른 아침부터 헛소리할래?" 아우구스테가 말했다. "아직 커피를 못 마셨어." 에른스트가 말했다. "내 보온병이 고장 났거든."

짙은 안개가 낀 저 아래쪽 마인 강변 마을들에서는 사람들의 웅얼거림과 하품 속에서 전등불들이 켜지고 있었다. 리바흐의 가장 바깥쪽에 위치한 집에서 머리를 스카프로 싸맨 열다섯 혹은 열여섯 살쯤 먹은 여자아이가 나왔다. 스카프가 어찌나 하얗던지, 그 아래로 여자아이의 섬세한 눈썹이 분명하게 드러났다. 여느 아침과 마찬가지로 자신을 기다리는 남자 친구가 어느 순간에라도 담벼락 뒤쪽 길에 나타날 것이라는 기대의 표정으로, 그리고 이 기대에는 한 치의 의심도 없다는 그런 표정으로, 여자아이는 두리번거리지 않고 똑바로 문 쪽으로 나갔다. 그리고 정말로 헬비히, 저 다레 농업학교의 프리츠 헬비히가 담벼락 뒤에서 문 안으로 들어섰다. 여자아이는 소리도 내지르지 않고, 거의 웃지도 않은 채 두 팔을 들었다. 그들은 포옹하고 입을 맞추었다. 부엌 창에서는 여자아이의 할머니와 사촌 언니, 이 두 여자가 매일 일어나는 당연한 일을 보는 것처럼, 시샘도 동조도 하지 않은 채 아이들을 보고 있었다. 두 아이는 어린 나이임에도 불구하고 약혼한 사이로 간주되고 있었다. 오늘 헬비히는 입맞춤이 끝난 후 그녀의 얼굴을 두 손으로 감쌌다. 그들은 누가 먼저 웃는지 내기를 하고 있었다. 그러나 둘에게서는 좀처럼 웃음이 나오지 않았다. 둘은 서로의 눈 속을 들여다보았다. 이 마을 거의 모두가 그렇듯이 그들 둘도 먼 친척 사이였으므로, 둘은 같은 색의 눈을 하고 있었다. 이 지역에서 흔한, 밝고 투명한 갈색 눈이었다. 지금 둘의 눈에는 깜박임이 없었다. 깊고 맑고, 그리고 사람들이 말하는 그대로 순진무구했다. 그리고 사람들의 이 말은 옳을 것이다. 이들의 눈에 들어 있는 것을 어떻게 이보다 더 잘 표현할 수 있겠는가. 어떠한 죄악도 아직까지는 이들 눈의 밝음을 흐려놓지 않았다. 앞으로 삶의 압박 속에 일어나는 온갖 일을 가슴으로 이해하지 못하면서도 관여해야 한다는 사실을, 그들은 아직 알지 못했다. 하지만 어째서 이들의 가슴은 이토록 불안하게 뛰고 있는 것일까? 결혼식을 올리기까지 아직 시간이 많이 남아 있다는 사실 외엔 아무런 고통도 없는데. 둘은 상대의 눈 속에서 자신을 잃어버릴 때까지 그 맑은 눈을 서로 들여다보았다. 갑자기 여자아이가 눈썹을 약간 움찔했다. "너 이제," 그녀가 말했다. "재킷 다시 받는 거야?" "그랬으면 좋겠어." 사내아이가 말했다. "네 재킷을 너무 망가뜨리지 않았으면 좋겠는데." 여자아이가 말했다. "있지, 그자를 마지막으로 잡았던 알빈 있지, 그는 야비한 애야."

어제저녁 인근 마을들에서는 부름스 씨 집 마당에서 잡았던 그 탈주범 얘기가 온통 화제였다. 3년여 전에 베스트호펜 수용소가 문을 열었을 때, 막사들과 벽이 세워지고, 전선이 끌어져 오고 초소가 세워졌을 때, 그리고 뒤이어 첫 죄수들의 무리가 비웃음과 발길질 속에 끌려왔을 때, 그때 이미 알빈네와, 알빈 비슷한 녀석들은 그 비웃음과 구타질에 가담했었다. 밤에 신음 소리와 비명 소리가 끊임없이 새어 나오고, 그리고 두세 발의 총성이 울렸을 때, 사람들은 모두 답답한 기분에 사로잡혔었다. 동네 사람들은 그런 이웃을 둔 것에 겁을 내었다. 길을 빙 둘러 일하러 가야 하는 사람들은 곧 수감자들이 감시를 받으며 수용소 바깥 작업에 동원된 것을 보았다. 불쌍한 작자들 같으니! 그러면서도 사람들은 그들이 무엇을 파헤치고 있는지 궁금해했다. 당시 리바흐에서 한 젊은 선원이 공개적으로 수용소를 욕하는 일이 발생했었다. 그는 곧장 끌려갔다. 그 선원은 몇 주 동안 감금당해 있으면서 그 안에서 어떤 일이 벌어지는지 목격할 수 있었다. 풀려났을 때 그는 기이한 모습이었고, 어떤 질문에도 대답하지 않았다. 그는 한 거룻배에 일자리를 구했는데, 그 후에, 아는 사람들이 전하는바, 완전히 네덜란드에 정착해 버렸다고 했다. 당시 마을 사람 모두가 듣고 놀랐던 이야기였다. 언젠가는 스물너댓 명의 죄수가 리바흐 마을을 통과해 끌려갔는데, 그들은 수용소에 넘겨지기도 전에 어찌나 망가진 모습을 하고 있었던지, 동네 사람들은 무서운 기분에 사로잡혔었다. 그리고 마을 여자 한 사람은 여러 사람 앞에서 울었다. 그러나 바로 그날 저녁, 마을의 젊은 새 촌장은 자신의 아주머니이기도 한 그 여인을 불러놓고, 그렇게 울고 짜다가는 아주머니 자신뿐 아니라 촌장 자신의 사촌이기도 한 그녀의 아들들에게까지―한 사촌은 그의 매형이기도 했는데―평생 해가 될 수 있음을 분명하게 주지시켰다. 마을의 조금 젊은 사람들, 즉 청년과 아가씨들은 부모들에게 왜 수용소가 그곳에 지어졌으며, 그것이 누구를 위한 것인지 자세하게 설명할 수가 있었다. 언제나 모든 것을 더 잘 알려고 하는 젊은이들 말이다. 단, 예전 젊은이들은 선한 것을 더 알려 했는데, 요즘 젊은이들은 악한 것을 더 잘 알게 되었다. 마을 사람들은 자기들이 수용소와 관련해 할 수 있는 일이란 아무것도 없음을 깨닫게 되었고, 마을에는 갖가지 야채와 오이 주문이 들어왔다. 교통 왕래도 수월해져서 사람들의 모임이 편해졌고, 모두 잘 먹고살게 된 것이었다.

그러나 어제 새벽 사이렌이 울부짖었을 때, 모든 길에 경비병들이 들어서고 탈출 소문이 퍼졌을 때, 뒤이어 정오경 이웃마을에서 진짜 탈주범이 붙잡혔을 때, 오랫동안 익숙해진 수용소는 새삼 방금 지어진 것인 양 생각되었다. 왜 하필 여기 우리 곁에 그것이 있단 말인가? 마을 사람들에게는 새로 벽이 설치되고 새로 전선이 쳐진 것 같았다. 최근에도 일단의 죄수들이 가장 가까운 역에서 마을 골목길로 내몰리며 지나갔었다. 왜, 왜, 왜 그래야 하는가? 그리고 약 3년 전 촌장인 조카로부터 경고를 받았던 그 여인은 어제저녁 두 번째로 사람들이 보는 앞에서 울었다. 윗동네에서 붙잡힌 탈주범이 자동차 가장자리에 꼭 달라붙어 있을 때, 이미 붙잡힌 몸인 그에게 구두 뒤축으로 손가락을 짓밟을 필요까지 있었는가 말이다. 알빈네 식구들은 예전부터 거친 사람들이었다. 이제 그들이 마을의 분위기를 장악하고 있었다. 튼튼하고 팔팔한 젊은 농사꾼들 사이에서 그 탈주범은 얼마나 창백했던가.

이 모든 것을 헬비히도 들어 알고 있었다. 그런데 그 재킷 사건 이후 그는 수용소에 대해 조금 깊이 생각하고 있었다. 수용소는 늘 그곳에 있었고, 또 왜 그곳에 있어야 하는지에 대한 모든 설명도 그는 알고 있었다. 수용소는 그가 소년일 때 지어졌고, 그는 다른 것은 알지 못했다. 그런데 거의 청년이 된 지금, 헬비히는 수용소가 흡사 다시 지어진 것 같은 기분이 드는 것이었다.

형편없는 인간 말종과 바보만 저 안에 있는 건 아니라고 사람들은 수군거렸다. 그때 저 수용소에 끌려갔다 온 그 선원도 그런 사람이 아니었다. 헬비히의 조용한 어머니도 말했다. "그런 게 아니야." 어린 헬비히는 그런 어머니를 똑바로 바라보았다. 그의 마음이 약간 불안해졌다. 어째서 오늘 저녁엔 할 일이 없는 거지? 그는 언제나 하던 대로 친구들을 만나고 싶었다. 소음에 묻혀 싸움놀이를 하고 행군을 하고 싶었다. 헬비히는 나팔과 팡파르, 만세의 외침과 행군의 발걸음이 끊임없이 몰아치는 가운데 성장했다. 그런데 이날 저녁 갑자기 2분 동안 음악과 북소리가 끊기고, 평소에는 들리지 않던 미세하고 가느다란 음향이 들려왔다. 왜 정원사 궐처 아저씨는 오늘 낮 그렇게 빤히 쳐다보았던 것일까? 많은 사람들이 헬비히를 칭찬했는데 말이다. 그가 재킷을 자세하게 묘사한 덕분에 탈주범을 발견했다고 사람들이 칭찬했는데 말이다.

헬비히는 들길을 따라 길이 구부러진 곳까지 올라갔다. 무밭 속에 있는 알빈 형을 발견하고 소리쳐 불렀다. 일하느라고 얼굴이 빨개지고 땀에 젖은 알빈 형이 그에게로 왔다. 알빈 형이 이렇게 아침 일찍 열심히 일하는 것을 생각하면, 헬비히는 마치 그를 옹호라도 해야 할 것 같은 생각이 들었다. 알빈 형은 사냥꾼이 사냥을 묘사하듯이, 모든 것을 헬비히에게 얘기해주었다. 방금 전의 알빈 형이 누구보다 일찍 밭으로 나오는 농부 알빈이라면, 지금 헬비히에게 얘기하고 있는 알빈 형은 돌격대장 알빈이었다. 알빈 형은 기회가 주어진다면 칠리히같이 될 수 있는 젊은이였다. 칠리히 역시 한때는 저 건너 마인 강변의 베르트하임에서 농사꾼으로 일했던, 지금의 알빈 형 같은 사람 아니었던가? 칠리히 역시 아침 일찍 일어났었다. 그 역시 피땀을 흘리며 일했었다. 당시 그의 코딱지만 한 마당이 경매에 붙여지는 바람에, 그의 노력이 헛수고가 되긴 했지만 말이다. 헬비히도 칠리히를 알고 있었다. 칠리히는 휴가를 받을 때면 베스트호펜에서 나와 술집에 앉아 함께 마을 일들에 대해 이야기를 나누곤 했기 때문이었다. 알빈 형에게서 탈주범을 붙잡은 이야기를 들으며 헬비히는 눈을 내리깔았다. "네 재킷 말이야," 알빈 형이 말을 맺으며 덧붙였다. "내가 뭘 아냐고? 아냐, 틀림없이 그건 다른 탈주범의 짓이야. 그자는 네 스스로 잡아야 해, 헬비히. 내가 잡은 자는 재킷 같은 건 안 입고 있었어." 헬비히는 어깨를 으쓱했다. 실망했다기보다 안도하는 기분으로 그는 학교를 향해 발걸음을 옮겼다. 황토색 페인트칠이 된 학교 정면이 들판 너머 반짝이고 있었다.

III

이날, 화요일 아침, 프랑크푸르트 소재의 하일바흐 실내장식 회사에서 30년 동안 근무해온 예순두 살의 전문 도배장이 알폰스 메텐하이머는 게슈타포로부터 소환장을 받았다.

영문을 모르는 뜻밖의 일, 익숙하지 않은 일에 부딪치게 되면, 우리는 그 파악 불가능한 일 앞에서 우선 그것이 우리의 일상생활과 부딪치는 지점을 찾아보게 된다. 그래서 메텐하이머에게 맨 먼저 떠오른 생각은 회사에 결근 연락을 해야 한다는 것이었다. 그는 지배인 지임센에게 전화를 걸어 오늘 쉬어야겠다고 말했다. 지임센은 회사에서 제일가는 이 도배장이의 결근을 이상하게 생각했다. 왜냐하면 미쿠벨 가에 있는 게르하르트 씨 소유의 집에 세입자가 이사 들어갈 수 있도록 주말까지는 도배가 끝나야 하기 때문이었다. 새로 집을 임대한 브란트 씨는 유대인을 연상시키는 모든 것을 집에서 없애달라고 요구했었다. 하일바흐사도 적극 동조한 소망이었다. 지임센은 전화통에 대고 소릴 질렀다. "무슨 일이에요?" "지금 당장은 얘기할 수 없소." 메텐하이머는 말했다. "그래도 점심 식사 후에는 올 수 있으세요?" "나도 모르겠소." 메텐하이머는 밖으로 나와, 북적이는 거리를 가로질러 일터로 가고 있는 사람들 사이를 헤집고 지나갔다. 그는 자신이 이들로부터 고립된 것처럼 느꼈다. 평소에는 그 자신도 가장 평범한 사람들 중의 하나였다. 일상의 삶 속에서 늙어가며, 일상의 기쁨과 걱정을 헤치며 살아온, 저들 모두를 대표할 수 있는 사람이었는데.

우리는 불행이 다가오는 것을 눈앞에서 보게 되면 곧장 자신이 지니고 있는 불변의 것이 무엇일까를 생각하게 된다. 즉 자신의 고정자산을 생각하게 된다. 이 불변의 자산은 어떤 이에게는 이념일 수 있고, 어떤 이에게는 신앙일 수 있으며, 또 어떤 이에게는 가족일 수도 있다. 또 어떤 이들은 아무것도 지니고 있지 않을 수도 있다. 불변의 자산을 갖지 못한 사람, 그들은 텅 빈 사람들이다. 아무런 불변의 자산을 지니지 못한 사람은, 이런 경우 공포와 함께 내면으로 밀고 들어온 외적인 삶에 굴복하게 된다.

평소에는 교회 가는 것을 아내에게 맡겨놓고 별로 신을 생각하지 않던 메텐하이머는 '신'이 아직 그곳에 계심을 재빨리 확인한 다음, 지난 며칠 동안 시내 서쪽으로 일하러 가기 위해 버스를 타곤 하던 바로 그 정류장 앞의 벤치에 앉았다.

왼손이 떨리기 시작했다. 그러나 그것은 겉으로 드러난 뒤늦은 떨림이었다. 그가 느낀 최초의 경악은 지나갔다. 이제 그는 아내와 자식들을 생각하고 있지 않았다. 그는 오로지 자기 자신만을 생각했다. 누가 왜 괴롭히는지 알지도 못하는 연약한 몸뚱이 안에서 감금당한 듯이 느끼고 있는 자기 자신을.

그는 손의 떨림이 멈출 때까지 기다렸다. 그런 다음 그는 몸을 일으켜 계속 걸어갔다. 시간은 많았다. 소환은 9시 반으로 되어 있었다. 그러나 그는 아예 먼저 그 장소에 가서 기다리고 싶었다. 이런 태도에서도 그가 기질적으로 용감한 사람이라는 사실이 드러났다.

메텐하이머는 경비 본대까지 차일 가*를 따라 걸어 내려갔다. 이제 그는 침착하게 생각했다. 소환의 이유는 결국 둘째 딸 엘리의 전 남편 게오르크와 관계된 일일 것이다. 하지만 이자는 벌써 여러 해 전부터 수용소에 들어가 있지 않은가. 옛 장인인 그 자신이 33년 말 그의 문제로 심문을 받은 이후, 무슨 새로운 일이 생겼을 리는 없었다. 33년 심문 때에 이미, 메텐하이머 자신은 이 결혼에 반대했었다는 것, 그 역시 게오르크 하이슬러에 대해서는 자신을 심문한 자들과 완전히 같은 견해임을 분명하게 드러내지 않았던가. 그때 저들은 엘리에게 이혼을 권유하라고 메텐하이머에게 충고했다. 물론 그는 그렇게 하지 않

---

*프랑크푸르트 최대의 번화가.

앉다. 이혼은 별개 문제라고, 메텐하이머는 생각했었다. 그건 또 다른 문제야.

　메텐하이머는 가장 가까운 벤치에 다시 앉았다. 8번지의 저기 저 집, 언젠가 내가 도배를 해주었지. 페인트칠을 잘했군. 남편과 아내는 꽃무늬냐 줄무늬냐, 푸른색이나 녹색이냐를 두고 다퉜어. 이 경우엔 노란색이 좋다고 내가 충고했었지. "난 당신들의 벽지를 도배해주었어. 사람들아. 난 계속 이 일을 할 거야. 난 도배장이야."

　메텐하이머에게는 이번 부활절까지 학교에 다녀야 하는 막내딸이 있었다. 게슈타포는 어쩌면 이 아이 때문에 그저 무언가를 알아내려는 것일 수도 있었다. 메텐하이머는 목사님과 신앙 문제를 토론하는 그런 아버지는 아니었다. 들창코인 리스베트는, 아버지인 그가 보기에, 교회를 위해 헌신할 그런 투사가 아니었다. 그를 살짝 떠보는 목사에게도 그는 말했었다. 딸아이는 학교가 요구하는 모든 것을 조용히 행해야 한다고, 모든 여자아이들이 가는 길을 가야 한다고. 반쯤 금지된 일을 해선 안 되고 그저 다른 아이들과 같아야 한다고. 기껏해야 중요한 축일 같은 때만 약간의 예외가 있을 뿐이라고. 그는 아내와 자기 자신을 믿었다. 현재 학교가 여학생들에게 가하고 있는 그 모든 어리석은 바보짓에도 불구하고 자기 자신과 아내가 딸 리스베트를 제대로 된 인간으로 교육시킬 수 있다고 믿었다. 심지어 그는 둘째 딸 엘리의 아이, 이 아비 없는 어린애도 자신이 올바른 인간으로 교육시킬 수 있다고 믿었다.

"당신은 집안에서 엘리라고 부르는 둘째 딸 엘리자베스의 아들 알폰스를 33년 12월부터 34년 3월까지는 내내, 34년 3월부터 오늘 현재까지는 낮 동안 당신 집에서 돌보고 있지요?"

"그렇습니다. 경감님." 메텐하이어는 대답했다. 그는 속으로 생각하고 있었다. 대체 이 어린애에게서 뭘 원하는 거야? 그것 때문에 날 소환하지는 않았을 텐데. 그런데 이 모든 걸 대체 어떻게 안 거지?

벽에 걸린 히틀러의 사진 아래 안락의자에 앉아 있는 수사관은 서른도 채 안 되어 보였다. 마치 방이 두 구역으로 나뉘어 책상 너머로는 위도가 다르기라도 한 듯, 메텐하이머가 땀에 젖어 헐떡이고 있는 데 비해 맞은편의 젊은이는 생기 있어 보였다. 수사관이 숨 쉬고 있는 공기는 확실히 신선한 것 같았다.

"당신에겐 다섯 명의 손주가 있는데, 왜 이 아이만 돌봐주는 겁니까?" "내 딸이 낮에는 사무실에서 일해야 하니까요." 대체 내게 뭘 원하는 거야? 메텐하이머는 생각했다. 저런 애송이에게 기죽지는 않을 거야. 이 방도 다른 방이랑 똑같아. 저 젊은이도 다른 젊은이랑 꼭 같아. 그는 얼굴을 닦아내었다. 젊은 경감은 젊은 회색 눈으로 주의 깊게 메텐하이머를 바라보았다. 도배장이는 배배 꼰 손수건을 손에 꼭 쥐었다.

"어린이집도 있잖습니까. 따님도 돈을 벌고요. 금년 4월 1일부터는 1백25마르크씩 월급을 받지요. 그 정도면 아이를 책임질 수 있을 텐데요."

메텐하이머는 손수건을 반대편 손으로 바꿔 쥐었다.

"어째서 생활비를 잘 벌고 있는 이 따님만 지원합니까?"

"혼자 몸이니까요." 메텐하이어는 말했다. "그 애의 남편이……."

젊은 수사관은 잠시 그를 바라보았다. 그러면서 말했다. "앉으시지요. 메텐하이머 씨."

메텐하이머는 앉았다. 그렇게 하지 않으면 다음 순간 쓰러질지도 모른다는 생각이 갑자기 들었다. 그는 손수건을 윗도리 주머니에 쑤셔 넣었다.

"당신 따님 엘리의 남편은 34년 1월 베스트호펜에 수감되었습니다."

"경감님." 메텐하이머는 소리쳤다. 그는 반쯤 뛰어 일어났다가 털썩 주저앉았다. 메텐하이머는 침착하게 말했다. "난 이 작자에 대해 아무것도 알고 싶지 않습니다. 우리 집에 영원히 오지 말라고 그에게 금지령을 내렸으니까요. 내 딸애는 결국 그와 살지 않았습니다."

"32년 봄 따님은 당신 집에 살았습니다. 같은 해 6~7월 다시 남편에게 가 살았지요. 그러다가 다시 당신 집으로 옮겨 왔습니다. 따님은 법적으로 이혼하지 않았습니다."

"그렇습니다."

"왜 안했습니까?"

"경감님." 메텐하이머는 말했다. 그는 바지 주머니에 손을 넣어 손수건을 찾았다. "내 딸은 우리 의사를 무시하고 그와 결혼했습니다."

"그런데도 아버지인 당신은 이혼을 권하지 않았습니다."

역시 이 방은 보통 방이 아니네. 이 방이 조용하고 밝다는 것, 나뭇잎들의 부드러운 그림자가 벽에 드리워 있는, 정원을 향한 보통 방이라는 사실이 바로 이 방의 가장 무서운 점이로군. 이 젊은이가 회색 눈과 금발의 보통 사람이라는 것, 그럼에도 불구하고 모든 것을 알고, 모든 것을 쥐고 있다는 바로 그것이 무서운 점이로군.

"가톨릭입니까?" "네." "그 때문에 이혼에 반대한 건가요?" "아닙니다. 하지만 결혼이란……."

"성스러운 거란 말입니까? 쓰레기 같은 자와의 결혼도 당신에겐 성스러운 건가요?"

"한 인간이 계속 쓰레기로 있을지 어떨지는 미리 알 수 없지요." 메텐하이머가 낮게 말했다.

젊은이는 얼마 동안 그를 노려보았다. 그러더니 말했다. "손수건은 왼쪽 윗도리 주머니에 넣으셨습니다." 젊은이는 갑자기 책상을 탁 하고 쳤다. 그러고는 큰 소리로 말했다. "대체 따님을 어떻게 교육시켰길래 그따위 건달과 결혼하도록 놔둔 겁니까?"

"경감님, 난 다섯 자식을 교육시켰습니다. 내 자랑거리랍니다. 큰 딸애 남편은 돌격대 부대장입니다. 장남은……."

"당신의 다른 자식들을 물은 게 아닙니다. 둘째 딸 엘리자베스에 대해 물은 겁니다. 따님이 이 게오르크란 자와 결혼하도록 방치하지 않았습니까? 당신은 지난 해 말 직접 따님과 동행하여 베스트호펜을 방문했지요?"

이 순간 메텐하이머는 깨달았다. 그래도 자기가 무엇인가를 지니고 있다는 것, 최악의 경우를 위한 마지막의, 철통 같은 자산을 지니고 있음을 깨달았다. 그는 아주 침착하게 대꾸했다. "젊은 여자 혼자 가기에는 힘든 길이었습니다." 그러면서 그는 속으로 생각했다. 이 젊은이는 내 막내 아들놈과 같은 연배겠군. 내게 말하는 것 좀 보게. 주제넘게 구는 꼴이라니. 이 젊은이는 부모를 잘못 만났군. 선생들도 잘못 만났어. 왼쪽 무릎에 놓인 그의 손이 다시 떨리기 시작했다. 그럼에도 불구하고 그는 침착하게 덧붙였다. "그건 애비로서의 내 의무였습니다."

한순간 침묵이 흘렀다. 메텐하이머는 이마를 약간 찡그리며 계속 떨고 있는 손을 내려다보았다.

"당신은 이제 더 이상 그런 의무를 행할 기회가 없을 겁니다. 메텐하이머 씨." 메텐하이머는 소스라쳐 놀라 벌떡 일어나며 소리 질렀다. "그가 죽었습니까?"

만약 심문이 이 지점을 겨냥한 것이었다면, 경감은 틀림없이 실망했을 것이다. 도배장이의 목소리에는 오인의 여지없이 정말 안심했다는 어조가 깔려 있었기 때문이다. 정말이지 그자 게오르크의 죽음은 한꺼번에 모든 것을 해결해주었을 것이다. 도배장이 메텐하이머가 삶의 결정적인 몇몇 순간 스스로 짊어졌던 이상한 의무, 그리고 또한 이 의무에서 벗어나기 위해 했던, 때로는 교활하고 때로는 고통스러웠던 시도들.

"어째서 그가 죽었다고 생각하는 겁니까? 메텐하이머 씨."

메텐하이머는 말을 더듬었다. "경감님께서 물었잖습니까. 전 아무 생각도 없습니다."

경감이 벌떡 몸을 일으켰다. 그는 책상 위로 길게 몸을 굽혔다. 그렇게 나온 그의 목소리는 대단히 부드러웠다. "메텐하이머 씨, 왜 당신의 사위가 죽었다고 받아들이는 겁니까?"

도배장이는 떨고 있는 왼손을 오른손으로 꽉 잡았다. 그는 대꾸했다. "난 아무것도 그렇게 받아들이지 않았습니다." 그의 평온하던 기분은 사라졌다. 이자 게오르크에게서 마침내 해방되고 싶다는 모든 희망을 갖가지 생각들이 부셔놓고 있었다. 떠도는 소문들이 사실이라면, 그 완강한 젊은이를 저자들이 몹시도 괴롭혔을 거라는 생각이, 그의 죽음은 상상할 수 없이 힘들었을 거라는 생각이 들었다. 그 고통스러운 목소리와 비교하자면, 경감의 쥐어짜는 빡빡한 목소리는 보잘것없는 관직에 앉아 뻐기는, 볼품없는 자의 평범한 목소리였다.

"이자, 게오르크가 죽었다고 생각할 만한 무슨 이유가 있을 것 아닙니까?" 그는 갑자기 으르렁거렸다. "여기서 잔꾀는 안 통해요, 메텐하이머 씨."

도배장이는 움찔 기겁을 했다. 그는 이를 꽉 깨물고 말없이 경감을 노려보았다. "당신 사위는 특별한 병이 없는 건장한 젊은 남잡니다. 당신이 그의 죽음을 주장하는 데는 근거가 있을 것 아닙니까?"

"난 아무것도 주장하지 않았습니다." 도배장이는 다시 침착해졌다. 떨고 있는 왼손을 그냥 내버려둘 정도였다. 지금 내 오른손으로 저 젊은이의 면상을 후려친다면, 어떻게 될까? 저자는 바로 이 자리에서 당장 나를 쏘아 죽이겠지. 새빨간 얼굴에 도배장이의 손이 닿았던 곳에만 희미한 얼룩이 진 채로 말이지. 젊은 시절 이후 처음으로 메텐하이머의 늙고 무거운 머릿속으로 이 지상에서는 실행 불가능한, 무모한 생각이 흘러갔다. 그는 속으로 생각했다. 그래, 가족만 없다면. 그는 혀로 콧수염을 핥으며 터져 나오려는 웃음을 눌렀다. 경감이 그를 노려보았다. "이제 잘 들으시오. 메텐하이머 씨. 우리의 관찰을 확인시켜 준, 나아가 몇몇 사항에서는 우리의 관찰을 보충해준 당신의 진술을 근거로 우리는 당신에게 경고합니다. 당신을 위해, 메텐하이머 씨, 또 당신 가족을 위해—그 가장이 당신이지요—당신 딸 엘리자베스 하이슬러의 남편이었던 자와 관련된 어떤 발걸음도, 발언도 삼가시오. 만약 어떤 의구심이 든다든지, 충고가 필요하다면, 당신 아내나 가족 누구에게 의논한다든지 혹은 종교적인 도움을 구할 것이 아니라, 우리 본부에 즉각 연락하시오. 18호실을 바꿔달라 하시오. 알겠습니까? 메텐하이머 씨?"

"알았습니다. 경감님." 메텐하이머는 말했다. 그러나 그는 한 마디도 알아듣지 못했다. 그는 무엇에 대해 경고받았던 것일까? 무엇이 확인되었단 말인가? 무슨 의구심이 생긴단 말인가? 방금 그가 따귀를 올려붙이고 싶었던 그 젊은 얼굴은 갑자기 화강암으로 만들어진, 뚫고 들어갈 수 없는 권력의 초상이 되었다.

"이제 가도 좋습니다. 메텐하이머 씨. 거주지가 한자 골목 11번지, 직장은 하일바흐 사지요? 히틀러 만세!"

얼마 후 그는 길에 서 있었다. 도시 위에는 따스하고 헐거운 가을빛이 놓여 있어서, 봄에나 있음직한 축제 같은 유쾌함을 사람들에게 선사하고 있었다. 그는 아무 생각 없이 사람들 속에 섞여 들었다. 저들이 정말 내게 원한 게 무엇이었을까? 대체 뭐 때문에 날 심문한 거지? 어쩌면 엘리의 아이 때문일까? 들리는 말로는 저들이 자녀 양육권을 뺏어 갈 수도 있다던데. 갑자기 그는 씩씩한 기분이 되었다. 어떤 관청이 어떤 공적인 일 때문에 어떤 무엇인가를 자기에게 물어본 것이라고, 그는 그렇게 생각하기로 했다. 뭐 그따위 일로 그렇게 심란해질 필요가 있겠는가? 정말이지 그는 조금도 그 일로 골치를 썩이고 싶지 않았다. 그는 도배장이 작업복 가운 속에 기어 들어가 도배 풀 냄새를 맡고 싶었다. 누구의 눈에도 띄지 않게 깊숙이 정상인의 삶 속으로 들어가고 싶었다. 그때 29번 버스가 왔다. 그는 사람들을 밀치고 훌쩍 뛰어올랐다. 그러면서 바로 뒤에서 뛰어오른 남자와 부딪쳤다. 새 펠트 모자에 머리를 밀어 넣었다기보다 머리에다 모자를 살짝 올려놓은 듯한 둥근 얼굴의 남자였다. 메텐하이머 자신보다 약간 나이가 덜 든 남자였다. 그는 내기 경주라도 한 것처럼 숨을 헐떡였다. "우리 나이에는," 메텐하이머가 말했다. "그렇게 뛰는 건 바보 같은 짓이라오." 상대방은 화난 어조로 "아, 그럼요." 하고 말했다.

메텐하이머가 공사 현장에 도착하자 지임센이 인사를 했다.

"메텐하이머 영감님, 이렇게 금방 오실 줄은 몰랐네요. 영감님 집에 불이 났거나, 마나님이 마인 강에 빠진 줄 알았잖아요."

"그저 공적인 일 때문이었소." 메텐하이머가 말했다. "몇 시요?"

"10시 반."

메텐하이머는 작업 가운 속으로 몸을 밀어 넣었다. 그의 입에서 금방 욕이 터져 나왔다. "너희들은 또 가장자리를 먼저 풀칠했구나. 대체 이 꼴이 뭐냐? 뚜렷해 보이지가 않잖아. 너희들은 벽지가 밀릴까 봐 겁나는 거지. 그러니 언제나 조심해야 하는 거야. 그건 더 아래쪽으로 가야지. 그렇게 하면 다 아무짝에도 쓸모없게 돼." 그는 투덜거렸다. "내가 지금이라도 온 게 다행이지." 그는 마치 다람쥐처럼 이 사다리에서 저 사다리로 뛰어다녔다.

IV

게오르크는 성공했다. 그는 성당 문이 열리자마자 새벽 기도에 나온 신자 행세를 했다. 그는 많은 여신도들 가운데 몇 명 안 되는 남신도 중의 하나였다. 성당지기는 그를 알아보았다. 휴, 어제 급히 내빼던 자로군. 성당지기는 흡족해했다. 문 닫기 바로 3분 전까지 있던 자야. 게오르크는 꽤 시간을 들여 몸을 일으켜 세웠다. 그러고는 힘들게 다리를 끌며 성당을 나갔다. 저러다간 이틀도 못 배기겠는걸, 성당지기 도른베르거는 생각했다. 길에 나가면 쓰러질 것 같아. 무슨 죽을병에 걸렸는지, 얼굴이 회색이었어.

재수 없이 손이 더 악화되지 않아야 하는데! 언제나 아주 작은 것이 모든 것을 망치는 법이거든. 손 다친 게 언제 어디서였더라? 대략 24시간 전 유리 파편들이 박힌 담벼락 위에서였지. 대성당에서 나오는 사람들이 게오르크를 좁은 골목길로 밀어내었다. 그는 벌써 불을 켜고 있는 낮은 상점들 사이를 가로질러, 안개 때문에 끝이 없어 보이는 넓은 광장으로 몸을 내밀었다. 안개에도 불구하고 광장과 골목들은 붐비고 있었다. 광장에는 노점 좌판들이 펼쳐져 있었다. 대성당 문 앞으로도 진한 커피와 갓 구운 케이크 냄새가 흘러왔다. 바로 옆이 제과점이기 때문이었다. 진열창의 사과 케이크와 슈트로이젤 케이크는 이제 막 미사에서 나오는 사람들의 시선을 잡아끌었다.

습기 있는 차가운 공기가 얼굴을 때리자 게오르크는 더 이상 견딜 수가 없었다. 두 다리가 휘청거려 그는 포석 위에 쪼그려 앉았다. 독신으로 늙은 자매인 듯한 두 늙은 여인이 대성당에서 나왔다. 한 노파가 억지로 5페니히를 게오르크의 손에 쥐어 주자, 곁의 다른 여인이 욕설을 했다. "너, 그거 금지된 거잖아." 젊은 쪽이 입술을 깨물었다. 그녀는 50년 동안 욕을 먹어 왔으니까.

게오르크는 미소 짓지 않을 수가 없었다. 삶이란 얼마나 사랑스러운가. 그는 삶의 모든 것을 사랑했다. 슈트로이젤 케이크 위에 얹힌 그 달콤한 토핑 덩어리, 전쟁 중 빵 속에 구워 넣은 왕겨조차도 그는 사랑했다. 도시들, 강들, 온 나라와 사람들, 그의 아내 엘리, 로테와 레니, 카테리나와 어머니, 그리고 남동생. 사람들을 일깨우던 구호들, 민속 기타에 맞춰 부르는 작은 노래들, 그의 이전 삶을 무너뜨린, 프란츠가 읽어주던 위대한 사상의 문장들, 늙은 여인네들의 수다조차도 그는 사랑했다. 그 전체는 얼마나 좋은가. 그저 개개 부분들이 잘못된 것일 뿐. 지금도 여전히 모든 것이 그에게는 사랑스러웠다. 이제 막 안개 속 가로등들 아래 펼쳐지고 있는 장터를 보며, 그는 굶주리고 비참한 채로 벽에 몸을 의지하여 기운을 차리고 벌떡 일어섰다. 그의 가슴이 뜨겁게 요동쳤다. 어쩌면 아마도 마지막일지 모르지만, 그 모든 것에도 불구하고 마치 모두로부터, 모든 것으로부터 사랑을 되돌려 받는 것 같은 기분이었다. 어찌해 볼 길 없는 고통스러운 사랑을 되돌려 받는 기분. 그는 제과점을 향해 두어 걸음을 떼었다. 50페니히의 잔돈은 비상금으로 지니고 있어야 했다. 그는 작은 동전들을 카운터에 올려놓았다. 상점 여자는 종이 위에다가 찌그러진 양파 빵 부스러기와 너무 타버린 케이크의 가장자리 조각들을 가득 담아주었다. 잠깐 여자의 시선이 이런 식사를 하는 사람에겐 너무 고급인 듯싶은 그의 재킷에 가 닿았다.

여자의 시선에 게오르크는 정신이 번쩍 들었다. 그는 상점 밖으로 나와 빵 부스러기를 입안에 쑤셔 넣었다. 그는 아주 천천히 씹으면서 광장의 가장자리를 따라 다리를 질질 끌며 걸어갔다. 가로등들이 아직 켜져 있었지만, 그것은 이제 별 필요가 없었다. 가을 아침 안개 속으로 저편에 늘어선 집들이 보였다. 그는 뒤엉킨 골목들을 자꾸 걸어갔다. 그러나 골목들은 마치 방사(紡絲) 그물처럼 장터를 빙 둘러 감고 있어서 그는 결국 다시 장터로 나오게 되었다. 그러다가 게오르크는 간판 하나를 발견했다. 헤르베르트 뢰벤슈타인 박사. 저자야. 저자가 날 도와야만 해. 그는 계단을 올라갔다.

얼마 만에 밟아보는 집의 계단인가. 마루 널빤지의 삐걱거리는 소리에 그는, 마치 도둑질이라도 하러 가는 사람처럼 놀랐다. 여기서도 커피 냄새가 났다. 집들의 문 뒤에서는 하품을 하고 아이들을 깨우고 커피 원두를 가는 일상의 하루가 시작되고 있었다.

그가 대기실로 들어서자 순간 조용해졌다. 모두가 그를 쳐다보았다. 환자들은 두 그룹이었다. 창문 곁 소파에는 한 여자와 어린아이 그리고 우비를 입은 꽤 젊은 남자가 앉아 있었다. 탁자 앞에는 한 늙은 농부와, 어린아이를 데리고 온 상당히 나이 든 도시 남자가 앉아 있었다. 그리고 이제 게오르크까지. 농부가 하던 말을 이었다. "지금 다섯 번째 여기 오는 거라오. 여기 의사가 날 도와주진 못했어요. 하지만 확실히 통증은 가라앉았지, 통증은. 군에 있는 우리 마르틴이 집에 와 결혼할 때까지는 더 나빠지지 않아야 하는데." 그가 내뱉는 단조로운 어조에서 그의 고통을 엿들을 수 있었다. 그러나 그는 말하는 즐거움을 놓치지 않으려고 그 고통을 감수했다. 그가 물었다. "그런데 당신은?" "난, 나 때문에 여기 온 게 아니오." 상대방은 아주 건조한 어조로 말했다. "저 아이 때문에 온 거라오. 쟤는 내 하나밖에 없는 여동생의 외아들이지. 그런데 애 아비가 얘를 뢰벤슈타인 선생에게 데려가는 걸 금지했지 뭐요. 그래서 내가 나서서 이리 데려온 거요!" 상대방 늙은이가 말했다(그는 자신의 통증이 들어앉은 배를 두 손으로 움켜쥐고 있었다). "다른 의사는 없는 것처럼 이리로 왔구려." 상대가 태연하게 말했다. "당신도 여기 와 있지 않소." "나 말이오? 난 이미 다른 의사 여러 명한테 가보았다오. 슈미트 박사, 바겐자일 박사, 라이징거 박사, 하르트라우프 박사에게 다 가보았오." 그는 갑자기 게오르크에게 몸을 돌렸다. "당신은 왜 여기 왔소?" "손 때문에요." "여긴 손 치료하는 데가 아니오, 내장을 다루는 데지." "속도 좀 안 좋아요." "자동차 사고요?" 진료실 문이 열렸다. 늙은이는 통증으로 완전히 정신이 없어져서 탁자에 그리고 게오르크의 어깨에 몸을 기댔다. 공포심뿐만 아니라, 어린아이같이 통제하기 어려운 불안이, 저기 노란 얼굴의 사내아이처럼 어렸을 때 진찰실에서 겪었던 것과 같은 불안이 게오르크의 마음을 가득 채웠다. 어린아이 때처럼 그는 소파 팔걸이의 가장자리를 자꾸 잡아 뜯고 있었다.

복도 쪽 문에서 벨소리가 났다. 게오르크는 소스라쳐 놀랐다. 하지만 다음 환자가 들어온 것이었다. 반쯤 등이 굽은 검은 머리의 소녀였다. 그녀는 탁자를 스쳐 지나갔다.

마침내 게오르크는 의사 앞에 섰다. 의사는 이름, 주소, 직업 등을 물었다. 게오르크는 이렇게 저렇게 둘러대었다. 사방 벽이 흔들리고 있었다. 게오르크는 흰색과 유리와 니켈로 된 심연으로 미끄러져 들어온 것 같았다. 완벽하게 순수한 심연. 이 심연으로 미끄러져 들어올 때 사람들은 그에게 의사가 유대 종족이라고 주의를 주었었다. 요오드를 바르고 붕대를 감을 때 풍기는, 모든 심문의 막후극을 연상시키는 이 냄새. "앉으시지요." 의사가 말했다.

이 환자는 무지하게 반갑잖은 인상이네. 게오르크가 문턱에 들어섰을 때 의사는 생각했다. 의사는 이런 환자의 징후를 알고 있었다. 갈라 터진 상처도 아니고, 종양도 아닌데, 눈 위와 눈 밑에 아주 미세하고도 가느다랗게 밀집해 있는 흐릿한 그늘. 뭐가 잘못된 걸까? 의사는 그동안, 병이 아주 깊어진 마지막 순간에, 마치 옛날 사람들이 몰래 마녀에게 가듯이, 이웃이 눈치채지 못하도록 이른 아침 그에게 달려오는 환자들에게 익숙해져 있었다. 그는 붕대로 감은 천 쪼가리를 풀기 시작했다. 사고인가요? 네. 철저한 의사인 뢰벤슈타인은 모든 상처와 병이 그를 이끌고 들어가는 강력한 마력에 사로잡힌 채, 이 남자를 바라보는 것만으로도 조금 전보다 더 마음이 갑갑해지는 것을 느꼈다. 대체 무슨 붕대가 이 꼴이란 말인가? 재킷의 안감으로 된 붕대라니. 그는 아주 천천히 붕대를 풀었다. 대체 어떤 사람일까? 늙은이인가? 젊은이인가? 그의 불안은 점점 커졌다. 환자를 치료해오는 19년 동안 결코 느껴보지 못할 정도로 죽음이 가까이 온 것처럼, 그는 목이 졸리는 것을 느꼈다.

뢰벤슈타인은 자기 앞에 놓인 손을 내려다보았다. 그것은 확실히 잘못 처치돼 있었다. 그러나 손의 상태가, 이 남자의 눈과 이마에 나타난 징후를 정당화시켜 줄 만큼, 잘못 처치된 것은 아니었다. 무엇 때문에 이 남자는 이리도 지쳐 있는 것일까? 그는 손 때문에 나에게 왔어. 그러나 이 남자는 틀림없이 자기 자신도 알지 못하는 어떤 병을 앓고 있는 거야. 이제 유리 조각들을 뽑아내야 해. 주사도 맞아야 해. 안 그러면 더 나빠질 거야. 자동차 정비공이라고 했지. "2주 후면," 의사는 말했다. "다시 일하실 수 있을 겁니다." 남자는 아무런 대꾸도 하지 않았다. 그가 주사를 참아낼까? 하지만 이 낯선 남자의 심장은, 완전 정상은 아니지만, 그렇다고 주사를 못 맞을 만큼 나쁜 건 아니야. 대체 이 남자의 뭐가 잘못된 걸까? 왜 이 남자의 병을 찾아내고 싶다는 자신의 충동을 따르지 못하는 걸까?

왜 이 남자는 사고 후 곧장 가까운 병원으로 달려가지 않았던 걸까? 밤사이 나쁜 것들이 상처에 들어갔을 텐데. 핀셋을 상처에 가까이 대면서, 의사는 남자의 관심을 손으로부터 돌리기 위해, 그렇게 묻고 싶었다. 그러나 남자의 시선이 그것을 막았다. 의사는 멈추고, 다시 한 번 자세히 손을 들여다보았다. 뒤이어 잠깐 남자의 얼굴을, 그의 재킷을 그리고 남자를 바라보았다. 남자는 입술을 약간 삐뚜름하게 내밀더니 의사를 비스듬히 그러나 단호하게 마주보았다.

의사는 천천히 몸을 돌렸다. 그러면서 입속까지 창백해지는 것을 느꼈다. 세면대 위의 거울을 보자 그 자신의 얼굴에도 거무스름한 기색이 놓여 있었다. 의사는 눈을 감았다. 그는 비누로 문지르며 아주 천천히 손을 씻었다. 수돗물을 잠그지도 않았다. 내겐 처자식이 있어. 어째서 이 남자는 내게 왔단 말인가? 벨이 울릴 때마다 몸을 떨어야 하다니. 매일매일 사람들이 내게 해대는 짓이라니.

게오르크는 의사의 하얀 등을 바라보았다. 그는 속으로 생각했다. 당신 혼자만 그런 건 아니라오.

의사는 물이 세면대 밖으로 넘칠 때까지 두 손을 담그고 있었다. 사람들이 내게 하는 짓을 더 이상 견딜 수가 없군. 이 남자까지 말이야. 이렇게 참아야 하나. 있을 수 없는 일이야.

수돗물이 샘물처럼 틀어져 나오는 동안 게오르크는 두 눈썹을 찡그리며 생각했다. 당신 혼자만 그런 건 아니라오.

그때 의사가 수도꼭지를 잠갔다. 의사는 새 타월로 손을 닦았다. 그는 처음으로, 자신의 진료실에서 나는 클로로포름 냄새를 맡았다. 보통 때는 환자들만 의식하던 그 냄새를. 대체 이 남자는 왜 내게 온 것일까? 하필이면 내게? 왜?

의사는 다시 수도꼭지를 틀었다. 두 번째로 손을 씻었다. 저 남자가 왜 네게 왔는지는 너하고 상관없는 일이야. 그저 손 하나가, 아픈 손 하나가 네 진료실로 찾아왔을 뿐이야. 그 손이 악당의 소맷자락에 걸린 것이든, 수호천사의 날개 아래 있는 것이든, 너하곤 상관없는 일이야. 그는 다시 수도꼭지를 잠그고 손을 말렸다. 그런 다음 주사 놓을 준비를 했다. 게오르크의 소매를 걷어 올리면서 의사는 이 남자가 재킷 아래에 셔츠를 입고 있지 않음을 알아차렸다. 그것도 나하고 상관없어. 그는 자기 자신에게 말했다. 나와 상관있는 건 손이야.

게오르크는 붕대로 싸맨 손을 재킷에 집어넣었다. 그리고 말했다. "대단히 고맙습니다." 의사는 치료비 얘기를 하려고 했으나, 남자는 마치 공짜로 치료받는 것이 당연하다는 어투로 감사를 표했다. 남자는 진료실을 나가면서 비틀거렸지만, 의사는 이제야 그의 가장 큰 병은 다친 손이었다는 생각이 들었다.

게오르크가 계단을 다 내려왔을 때, 맨 아래 층계참에 셔츠 소매를 걷어붙인 작은 남자가 앞을 가로막고 섰다. "3층에서 내려오는 거요?"

게오르크는 사실과 거짓 중 어느 것이 더 나을지 생각해볼 겨를이 없었으므로 재빨리 거짓말을 했다. "4층이요." "아, 그래요." 건물 관리인 작은 남자가 말했다. "난 또 뢰벤슈타인에게서 오는 줄 알고."

거리로 나왔을 때 게오르크는 두 집 건너 문간에 병원 대기실에서 보았던 그 늙은 농부가 서 있는 것을 보았다. 농부는 장터를 뚫어지게 바라보고 있었다. 안개는 걷히고 없었다. 노점들 위에 버섯 모양으로 솟은 차양들 위로 가을빛이 놓여 있었다. 별로 꾸미지 않은 채 꽤 잘 정돈된 소박한 화단처럼 놓여 있는 과일들과 야채가 맛있어 보였다. 농부 아낙네들이 자기들의 들과 마당을 온통 다 여기 장터로 옮겨다 놓은 것 같았다. 대성당이 어디 있더라? 3층, 4층 건물들과 장터의 차양들, 말(馬)들, 짐차들, 그리고 여자들 뒤에서 대성당은 사라져버리고 없었다.

　게오르크는 고개를 완전히 뒤로 젖히고서야 성당 종탑의 꼭대기를 보았다. 그 황금빛 꼭대기에 올라서면 온 도시를 위로 끌어올릴 수도 있을 것 같았다. 아까의 그 농부를 지나—농부는 게오르크의 등을 노려보았다—두어 걸음 계속 걸어가자, 말에 탄 채 외투를 찢고 있는 성자 마르틴*이 지붕들 위로 높이 솟아 있는 것이 보였다. 게오르크는 빽빽한 사람들 사이로 밀고 들어갔다. 장터 위의 모든 사과와 포도와 꽃양배추가 그의 눈앞에서 춤을 추었다. 처음에 그는 얼굴을 좌판들에 들이박고 다 베어 먹고 싶을 정도로 심한 식탐에 시달렸다. 그러다가 구역질을 느꼈다. 그는 이제 가장 위험스러운 상태에 돌입해 있었다. 지쳐서 어지러운 데다 생각을 가다듬기엔 너무 약해져서, 그는 좌판 앞들 사이를 이리저리 비틀거리며 걸어갔다. 마침내 그는 생선 좌판에 이르렀다. 광고가 덕지덕지 붙은 원형기둥에 기대어 그는 상인이 큰 잉어의 비늘을 긁고 내장을 끄집어내는 것을 보았다. 상인은 그것을 신문지에 말아 싸더니 어떤 아가씨에게 건네주었다. 뒤이어 그는 국자로 통에서 작은 튀김용 생선을 건져 올려 재빠른 손놀림으로 잘게 토막을 내더니 한 움큼을 저울 위로 던졌다. 게오르크는 구역질이 났지만 보고 있는 수밖에 도리가 없었다.

　병원 대기실의 그 늙은 농부는 멍하니 게오르크를 바라보다

---

*성자 마르틴(약 316~397): 로마 호민관의 아들. 병사였을 때 자기 외투의 절반을 거지에게 주었다 한다. 마인츠 대성당은 그에게 봉헌되었다.

가 시야에서 놓쳐버렸다. 농부는 얼마 동안 더, 가을 햇빛 속에 뒤엉켜 가고 있는 사람들을 바라보았다. 통증 때문인지, 온 장터가 그의 눈앞에서 캄캄해졌다. 그의 상체가 이리저리 흔들리고 있었다. 이까짓 걸 치료라고 해주고 그 의사 놈은 10마르크를 뺏어갔지, 그는 생각했다. 라이징거 의사보다 한 푼도 덜 받지 않아. 그런데 라이징거와는 다투지 말아야 해. 그는 자기 아들을 시켜서라도 저 유대인 의사 놈을 감시할 자야. 농부는 지팡이에 높게 몸을 갖다 대었다. 그는 장터를 가로질러, 자동판매기로 뷔페 음식을 먹을 수 있는 음식점 안으로 다리를 질질 끌며 들어갔다. 식당 안의 창을 통해 손에 새 붕대를 감고 광고기둥에 기대어 있는 게오르크가 보였다. 농부는 게오르크가 음식점 창 쪽으로 고개를 돌릴 때까지 오랫동안 바라보았다. 게오르크는 어떤 불쾌감을 느꼈다. 사실상 그가 앉은 자리에서는 뷔페 음식점 창 안쪽에 있는 것이 보이지 않았다. 그럼에도 불구하고 그는 벌떡 몸을 세워 생선 좌판을 지나 라인 강쪽을 향해 걸어갔다.

이 시각 프란츠는 벌써 수백 장의 판형을 프레스로 찍어낸 후였다. 체포된 통나무 대신 아주 어린 녀석이 와서 금속 먼지를 털고 청소하는 일을 하고 있었다. 통나무에게 익숙해 있던 터라, 모두 처음에는 그 어린 녀석을 보고 멈칫했다. 그러나 이 꼬마는 대단히 대담하고 쾌활한 성격이어서 곧 별명을 얻었다. '후추과자'였다. 이제 통나무, 통나무 대신 후추과자, 후추과자

하는 소리가 들렸다.

어제저녁과 오늘 아침 탈의실에서 사람들은 통나무의 체포보다, 프레스로 찍어내야 하는 알루미늄 판의 할당 수량이 그리 잘 이해되지 않는 이유로 갑작스럽게 껑충 뛰어오른 사실에 더 흥분해 있었다. 그날, 일을 해나가는 가운데 왜 그렇게 되었는지가 분명해졌다. 기계의 어떤 부분에 무엇인가를 교체해 넣어서, 1분에 레버를 세 번 내리누르는 대신 네 번 내리누르도록 해놓았다고, 누군가가 설명을 했다. 다시 말해, 작은 알루미늄 판들은 하나하나 매번 새로 돌리는 것이 아니라, 여러 장을 한 번 넣고 나면 레버로 누를 때마다 저절로 돌아가기 때문이라는 거였다. 누군가는 결국 무엇보다 임금 인상이 가장 중요한 일이라고 말했다. 뒤이어 좀 더 나이 든 세 번째 사람이 어제저녁처럼 그렇게 심하게 녹초가 된 적은 없었노라고 대꾸했다. 그러자 두 번째 사람이, 월요일 저녁엔 언제나 몹시 피곤하기 마련이라고 말했다.

이런 대화, 이런 대화를 나누게 된 원인, 그리고 대화를 이끌어가는 사람들의 억양 등은 평소 같았으면 프란츠에게 오랜 시간 깊이 생각할 거리를 제공해주었을 것이다. 일련의 작은 과정들을 낳는 저 기본 과정, 어쩌면 기본 과정보다 더 중요할 수도 있는 작은 과정들, 대화를 나누며 벗겨지는 인간 모습들, 섬광처럼 번득이며 내비치는 그들의 진정한 얼굴—이런 모든 것들 말이다. 그러나 이번에 프란츠는 실망했다. 아니, 밤낮없이 그를 몰두케 하는 그 탈출 사건이 사람들의 메마른 일상에 스며들지 않고 있다는 사실이 그를 심란하게 했다.

그냥 엘리에게 가서 물어볼 수 있다면, 프란츠는 생각했다. 그녀가 다시 친정집에 와 살고 있을까? 아냐, 그런 위험한 짓을 할 순 없어. 어디에선가 우연히 그녀와 마주친다면 좋으련만.

그래도 그는 엘리가 다시 친정에 돌아와 있는지 조심스럽게 동네에 가서 알아보기로 결심했다. 어쩌면 엘리는 더 이상 이 도시에 살지 않을지도 몰랐다. 그렇다. 상처는 여전히 남아 있었다. 우둔함 때문에, 혹은 장난으로 그때 그에게 가해졌던 상처는 아직 남아 있었다. 하지만 그 상처는 나쁘지 않았다. 전체 삶을 놓고 보자면.

모두 쓸데없는 생각이야. 엘리는 틀림없이 살이 찌고 뚱뚱해졌을 거야. 프란츠는 생각했다. 그런 그녀를 한 번 보았더라면, 난 그때 게오르크가 날 해방시켜 준 것을 감사하게 생각했을 거야. 게다가 그녀는 이제 나완 아무 상관없어.

프란츠는 일을 교대한 후 자전거로 프랑크푸르트까지 가보기로 했다. 한자 골목에 있는 상점에서 무엇을 사면서 메텐하이머 씨 가족에 대해 물어볼 수 있을 것이었다. 후추과자가 그에게 다가오더니 그의 팔꿈치 아래로 손을 밀어 넣었다. 프란츠는 아래팔을 약간 들어 올려야 했으므로 그의 판형은 못 쓰게 되고 말았다. 놀라서 다음 판도 어그러졌다. 세 번째 것도 무디게 구멍이 나버렸다. 프란츠는 얼굴이 빨개졌다. 그는 그 어린 녀석에게 달려들고 싶었다. 녀석은 그에게 얼굴을 찡그려 보였다. 후추과자의 동그란 얼굴은 눈부신 전깃불 아래 밀가루처럼 하얬다. 건방지게 번득이는 두 눈 주위로 피곤해서 생긴 푸른 원이 나타나 있었다.

갑자기 프란츠는, 5주 전 자신이 처음 이곳에 들어섰던 첫 순간 보았던 것처럼, 자신이 속한 부서를 보고 그 소리를 들었다. 머릿속을 뚫고 들어오는 윙윙거리는 벨트의 소리를 새삼 그는 의식했다. 그러나 그의 생각을 가로지르는 벨트의 윙윙거림은 레일 속의 금속 밴드가 마찰하며 내는 미세한 소음을 능가하지는 못했다. 그는 똑같은 강도의 전등 불빛 아래 몹시 앙상해 보이는, 그리고 레버가 눌러지는 3초마다 움찔움찔거리는 얼굴들을 바라보았다. 레버가 눌러져야만 움찔거리는군, 프란츠는 생각했다. 프란츠는 바로 조금 전만 해도 자신의 판형을 못 쓰게 만들었다는 이유로 후추과자에게 달려들고 싶어 했던 사실을 잊어버렸다.

프란츠와 그리 멀지 않은 곳, 자전거로 달려 약 반 시간쯤 떨어진 프랑크푸르트 중앙역 가까이 어느 번화한 거리에, 사람들이 운집해 있었다. 사람들은 목을 길게 빼고 있었다. 고급 사보이 호텔이 속한 구역의 어느 건물에서 도둑을 잡으려는 추격전이 한창 진행 중이었다. 이 추격전에 대규모 경찰뿐 아니라 친위대까지 투입된 것을 이상하게 여기는 사람은 없었다. 이 도둑은 이미 수차례 잽싸게 도망쳐서 잡히지 않았는데, 이번에 호텔 방에서 현행범으로 적발되었다는 것이었다. 그는 반지 한 쌍과 진주 목걸이를 가져가려 했다고 한다. "진짜 영화 같군."

사람들은 말했다. "그레타 가르보*만 없다 뿐이지." 사람들의 얼굴에는 놀랍다는 그리고 약간 재미있다는 미소가 번져 있었다. 한 소녀가 비명을 질렀다. 그녀는 저 위 호텔 지붕 가장자리에서 무엇인가를 보았다. 아니 보았다고 믿었다. 구경꾼은 점점 빽빽하게 늘어나고, 긴장은 점점 높아갔다. 매 순간순간 사람들은 진기한 구경거리를, 유령도 아니고 새도 아닌 그 중간의 무엇이 나타나기를 기대했다. 이제 소방차까지 사다리와 그물을 가지고 도착해 있었다. 동시에 호텔 뒤쪽에서는 대혼란이 일어나고 있었다. 한 젊은이가 지하 술집의 입구에서 뛰어나오더니 사람들을 팔꿈치로 밀치며 헤쳐 나가려고 했다. 그러나 오랜 기다림으로 인해, 그리고 위험한 도둑 사건을 보면서 그를 잡으려는 거친 흥분 상태에 있던 군중들은 그 젊은이를 둘러싸 가둬버렸고, 젊은이를 때려 상처를 입히고는 가까운 초소로 끌고 갔다. 그러나 그 젊은이는 전차를 타러 가려던 식당의 보조 웨이터임이 밝혀졌다.

   진짜 쫓기는 사람은 이미 사보이 호텔 지붕 위 굴뚝 뒤에 앉아 있었다. 그는 일상생활에서 안톤 마이어라 불리던 벨로니였다. 그러나 어디로 가버린 것일까, 그의 일상생활은? 아마도 단정한 젊은이가 틀림없었음에도 불구하고 게오르크와 동지들에게 끝까지 낯설었던 곡예사 벨로니. 그가 게오르크에게 낯

---

*그레타 가르보(1905~1990): 스웨덴 출신으로 할리우드에서 활동했던 유명 영화배우. 이 소설의 배경이 되는 시기, 그녀는 〈안나 카레니나〉(1935)와 〈춘희〉(1937)에 주인공으로 출연했다.

선 인물이라는 사실을 벨로니 자신도 알고 있었다. 서로 신뢰를 주고받기까지는, 더 오래 함께 지내야 했을 것이다. 벨로니는 지금 그가 앉은 장소에서 가까운 주변을 볼 수 없었다. 안달하면서 이 사냥감을 쫓으며 함께 사냥하고파 못 견뎌하는 사람들로 꽉 찬 골목길을 내다볼 수 없었다. 그에게는, 경사진 지붕의 낮은 쇠 격자 너머, 오직 땅의 가장 바깥쪽 끝자락만이 보였다. 서쪽으로는 새도 없고 구름도 없이 조용하게 반짝이는 연푸른색 하늘이 보였다. 아래쪽에서 사람들이 기다리고 있는 동안 지붕 위의 벨로니도 침착하고 대담하게 기다리고 있었다. 이 침착함과 대담함은 그가 어린아이 때부터 깨우쳐온 것이었다. 이 침착함 덕분에 그는 자기 직업에서 사람들을 매혹시킬 수 있었다. 그 단순한 곡예를 매력적으로 만드는 것이 무엇인지 사람들은 이해하지 못했지만 말이다. 벨로니는 너무 오랫동안 이 위에서 기다려왔다는 생각이 들었다. 저 추적자들이 그의 흔적을 쫓고 있다면, 이제 그를 찾아내 몰아낼 때가 되었다고 생각이 들 만큼 오래.

 세 시간 전 벨로니는 옛 친구의 어머니 소유인 아파트에서 체포당할 뻔했다. 이 친구는 곡예 현장 사고로 그만둘 때까지 같은 곡예단 소속이었다. 경찰은 한 번이라도 그와 함께 일한 적이 있는 모든 곡예단원들의 명단을 작성해놓고 있었다. 이 관계망을 감시하는 것은 두어 블록의 집을 봉쇄하는 것보다 어렵지 않았다. 벨로니는 아파트의 창으로 뛰어내렸다. 두어 개의 골목을 지나 중앙역이 있는 구역으로 도망쳤다. 도중에 그는 하마터면 두 번 멈춰 세워질 뻔했으나, 회전문을 통해 호텔로 들어갔다. 도망치는 처지임에도 불구하고 전날 구한 새 옷을 입은 벨로니는 어찌나 침착하게 잘 처신했던지, 사람들은 그가 홀을 지나가도 막지 않았다. 벨로니는 약간의 돈을 갖고 있었다. 그는 기차를 타고 멀리 달아날 수 있을 거라는 희망을 품었었다. 그것이 지금부터 겨우 반 시간도 채 되기 전의 일이었다. 벨로니는 이제 아무 희망도 갖고 있지 않았다. 그러나 이 마지막 한 조각의 길에서, 희망 없는 마지막 한 조각의 길에서, 그는 자신의 자유를 지키고 싶었다. 그러기 위해서 이제 그는 지붕을 타고 내려가야만 했다. 조심스럽게 그리고 침착하게 그는 경사진 지붕을 타고, 쇠창살에 꼭 붙어서, 1, 2미터 아래로 내려가 벽으로 둘러쳐진 작은 굴뚝에까지 이르렀다. 그는 자신이 아직 발견되지 않았다고 생각했다. 그러나 쇠창살 아래로 빼꼼히 내려다본 그는 그 블록을 에워싸고 있는 검은 무리의 사람들을 보았다. 그는 자신이 이제 가망 없음을 깨달았다. 자기 같은 탈주범의 탈출을 불가능하게 만들기 위해 사람들이 골목길에 빽빽하게 몰려와 있었다. 벨로니는 이제 도시 전체를 멀리까지 내다볼 수 있었다. 마인 강 너머를, 휙스트 공장들과 타우누스 언덕을 볼 수 있었다. 도시 전체의 도로들과 골목들을 기준으로 보면, 몇몇 집들의 블록을 둘러싼 봉쇄는 그저 하나의 작고 검은 동그라미에 불과했다. 끝없이 깜박이는 공간은 마치 그에게, 지금 이 자리에서 공연할 수 없는 곡예를 하라고 부추기는 듯 했다. 추락을 시도할까? 그냥 기다릴까? 둘 다 무의미했다. 공포의 행동 역시 용기의 행동과 마찬가지로 무의미했다. 그러나 만약 이 두 개의 무의미 가운데 후자를 선택하지 않는다면 그것은 벨로니가 아닐 것이었다. 그는 끌어당겼던 다리를 아래로 뻗었다. 두 발이 창살에 닿을 때까지 뻗었다.

 벨로니는 두 번째 굴뚝 뒤에 앉은 후 이미 발각되어 있었다. "발을 쏘지." 이웃 건물의 지붕 가장자리 광고판 뒤에 숨어 있던 두 남자 중 하나가 말했다. 다른 남자가 조준을 하더니 쏘았다. 그는 가벼운 구역질과 흥분을 극복하면서, 첫 번째 남자가 명령한 대로 따른 것이다. 뒤이어 두 남자는 민첩하고 대담하게 호텔 지붕으로, 벨로니의 뒤로 기어갔다. 벨로니는 통증에도 불구하고 늘어지지 않고 더 바짝 달라붙었다. 굴뚝들 사이를 지나, 지붕의 구석을 가로질러 그는 몇 발자국을 더 갔다. 그러다가 그는 창살을 향해 굴렀다. 그는 한 번 더 온 힘을 끌어모았다. 벨로니는 두 남자가 그를 잡아채기 전에 낮은 창살 위로 방향을 틀었다.

 벨로니가 추락한 곳은 호텔 안마당이었다. 그래서 구경꾼들은 별것도 구경하지 못한 채 물러가야만 했다. 할 일 없는 사람들의 추측 속에서, 여인네들의 흥분한 보고 속에서 벨로니는 몇 시간 더 지붕 위에 떠돌았다. 반쯤은 유령으로, 반쯤은 새가 되어서. 정오쯤 병원에서 그가 죽었을 때—즉, 그는 곧장 죽지 않았다—이곳에도 그를 두고 상의를 하는 한 쌍이 있었다. "그저 사망 증명서만 발부해주면 될 겁니다." 젊은 의사가 조금 나이 든 의사에게 말했다. "발이 무슨 상관입니까. 그 상처로 죽은 것도 아닌데요." 가벼운 구역질을 참으면서 조금 나이 든 의사는 젊은 의사가 지시한 것을 실행했다.

V

오전 10시 반이었다. 성당지기의 아내는 마인츠 대성당의 관리 예산에 자세히 규정된 대로, 한 무리의 청소부 아낙네들을 지휘하고 있었다. 규정된 계획에 따라 한 해에 한 번 대성당 전체를 대청소해야 할 차례였다. 물론 일반 청소부 아낙네들에게는 석판 바닥, 벽, 계단, 신도석 등의 일정 구역들을 맡겼다. 성당지기네 여자들, 즉 성당지기의 아내와 어머니만이 품질 좋은 빗자루와 복잡한 청소 도구들을 들고 독일 민족의 국가 성물(聖物)들을 다루었다.

따라서 어느 대주교가 묻힌 무덤 석판 뒤에서 작은 꾸러미를 발견한 것은 성당지기의 아내였다. 게오르크가 그것을 어느 신도석 벤치 아래 밀어 넣었더라면 좋았을 것을. "이거 좀 봐요." 그녀가 막 성구실에서 나오는 성당지기 도른베르거에게 말했다. 성당지기는 그 습득물을 보고 잠깐 생각하더니 아내에게 호통을 쳤다. "이리 주고 일해, 이리 내라고!" 그는 그 꾸러미를 들고 마당을 가로질러 주교 관할의 박물관으로 들어갔다. "자이츠 신부님," 그가 말했다. "이거 좀 보세요." 성당지기와 마찬가지로 60세인 자이츠 신부는 유리 진열장 위에 그 꾸러미를 펼쳐놓았다. 유리 진열장 안에는 벨벳 밑받침 위에 번호와 날짜가 기입된 세례 십자가 수집품들이 놓여 있었다. 성당지기가 들고 온 꾸러미는 더러운 천 조각이었다. 자이츠 신부가 고개를 들었다. 두 사람은 서로 눈을 마주 보았다. "도른베르거 씨, 왜 이 더러운 옷 쪼가리를 내게 가져온 겁니까?" "제 집사람이," 성당지기는 자이츠 신부가 생각할 시간을 갖도록 하기 위해 약간 천천히 말했다. "이걸 막 지그프리트 폰 엡슈타인 주교님* 무덤 뒤에서 발견했지 뭡니까." 신부는 몹시 놀라면서 그를 바라보았다. "말해봐요, 도른베르거 씨." 그는 말했다. "여기가 습득물 보관소입니까, 아니면 성물 박물관입니까?" 성당지기는 신부에게 바짝 다가섰다. 그는 낮은 목소리로 물었다. "제가 이걸 경찰에 가져가야 하지 않을까요?" "경찰에요?" 자이츠 신부가 몹시 놀라면서 되물었다. "신도석 밑에서 발견한 울 장갑도 모두 경찰에 가져다줍니까?" 성당지기는 우물거렸다. "오늘 아침 사람들이 얘기들을 하길래요." "얘기, 얘기. 사람들은 아직도 얘기들을 다 못한 겁니까? 아마 내일도 사람들은 얘기하겠지요. 성당 안의 우리가 옷을 입고 벗는다고요? 그런데 이건 좀 악취가 나는군요. 도른베르거 씨, 그래요, 무엇인가를 집어 올 수도 있지요. 이건 내가 불태워 없애버릴게요. 그런데 내 부엌 아궁이에 넣고 싶진 않군요. 냄새가 역겹네요. 지금 바로 여기다 넣어버리죠 뭐."

*117쪽 각주 참조.

쇠 난로에는 10월 1일부터 불이 지펴져 있었다. 도른베르거는 그 물건을 밀어 넣었다. 그는 방을 나갔다. 헝겊 조각이 불에 타는 냄새가 났다. 자이츠 신부는 창을 약간 열었다. 그의 얼굴에서 조금 전의 장난기는 사라졌다. 그의 얼굴은 진지해졌다. 아니 어두워졌다. 벌써 또 무슨 일이 일어났군. 저 창문 틈으로 가볍게 휘발돼 날아가 버릴 일, 아니면 뒤늦게 사람들을 목 졸라 죽이는 무시무시한 싸움질로 번질 수도 있는 일이.

피가 밴 그의 죄수복이 가느다란 한 줄의 연기로 날아오르는 동안—자이츠 신부에게는 그 연기가 너무 천천히 또 너무 역겹게 창문 틈으로 사라지는 듯했는데—게오르크는 라인 강으로 내려가는 길을 발견했다. 그는 이제 차도를 건너 라인 강 아래쪽을 향해 모래 깔린 산책로를 걷고 있었다. 예전에 풋내기 소년이던 시절, 게오르크는 가끔 이 지방에 왔었다. 마인츠 서쪽의 마을과 도시들에서는 보트나 나룻배를 타고 이곳으로 쉽게 건너올 수가 있었다. 수용소에서, 특히 밤에 이런 것을 생각할 때면 그는 모든 것이 무의미해 보였었다. 수천 개의 우연에 매달려 있는 텅 빈 희망 같아 보였었다. 그러나 자신의 두 다리로 우연들의 사이를 이리저리 헤집으며 가고 있는 지금, 위험의 한가운데서도 가능성들 사이를 이리저리 헤집으며 가고 있는 지금, 그에게는 이 모든 것이 그리 절망적으로 보이지는 않았다. 강물에는 다리 밑을 통과하기 위해 굴뚝을 눕힌 증기 예인선이 떠가고, 건너편 강둑은 밝은 모래 띠가 놓인 위쪽으로 낮은 집들이 일렬로 늘어서 있었다. 그 멀리 뒤편으로 타우누스의 언덕들, 이 모든 것이 게오르크에게는 너무나 또렷했다. 그러나 이 풍경이 지금 그에게 아무리 또렷하게 눈에 들어온다 하더라도, 만약 이 풍경의 윤곽이 모든 것을 몰아내고 그의 눈에 심하게 진동하는 것처럼 보이게 된다면, 그것은 위험 신호가 될 것이었다. 그는 이 풍경과 전투를 치를 수밖에 없을 것이었다. 아까 장터에서 게오르크는 그의 체력이 강둑으로 올 만큼도 되지 못할까 봐 두려웠었다. 그러나 이제 가능한 한 빨리, 적어도 세 시간 안에 이 도시를 벗어나 라인 강 하류로 가려고 계획하고 나니, 기운이 약간 났다. 그가 딛고 서는 땅도 좀 단단해지는 것 같았다. 그는 지난 시간들을 돌아보며 생각했다. 혹시 누가 나를 본 건 아닐까? 누가 나를 관찰하고 있는 건 아닐까? 이 살아 있는 풍경의 원 안으로 들어오면서, 그는 벌써 반쯤 실패한 것 같은 생각이 들었다. 다른 모든 것을 덮어버리는 한 가지 느낌, 그것은 공포였다. 어떤 눈도 그를 겨냥하지 않는 이 조용한 길 한가운데에서 그에게 날벼락이 떨어질지 모른다는 공포! 그 공포는, 간격이 점점 길어지긴 해도 그래도 열이 올랐다 내렸다 하는 말라리아처럼 그를 다시 엄습하고 있었다. 게오르크는 난간에 몸을 기댔다. 몇 초 동안 하늘과 물이 깜깜해졌다. 그러다가 그것은 저절로 지나갔다. 그 상태가 지나고 나자 게오르크는, 보상이라도 받은 듯이, 이 세상을 어둡다거나 너무 또렷하다고 보지 않게 되었다. 그는 평소와 다름없는 일상의 광채 속에서 그 모든 것을 보았다. 고요한 물과 갈매기들, 갈매기의 끼욱거리는 울음소리는 고요함을 해치는 것이 아니라, 이 고요함을 비로소 완벽하게 만들어주는 것이었다. 가을이로구나, 게오르크는 생각했다. 갈매기들이 있어.

그의 옆에 역시 난간에 기대 있는 사람이 있었다. 게오르크는 이 이웃을 유심히 살펴보았다. 암청색 스웨터를 입은 선원이었다. 이런 장소에서 난간에 몸을 기대면, 그리 오래 혼자 있을 수가 없다. 사람들이 모여드는 것이다. 휴가 중인 선원, 낚시꾼—비록 지금은 낚시하고 싶은 사람이 없는 모양이지만—늙은이들, 흘러가는 강물, 갈매기 떼, 배에 짐을 싣고 부리는 일, 이 모든 것이 좋은 눈요기인 것이다. 그 선원 옆에는 이런 사람들이 대여섯 명쯤 더 서 있었다. "그런 재킷은 얼마나 하오?" 선원이 물었다. "20마르크쯤이요." 게오르크가 대답했다. 그는 이곳을 떠나려고 했다. 그러나 이 질문이 그의 머릿속에 어떤 생각을 들게 만들었다.

난간 아래쪽에서 차도를 건너 거의 대머리인 뚱뚱한 선원이 오고 있었다. "이봐, 이봐!" 위쪽에서 누군가가 그 대머리를 향해 소리를 질렀다. 대머리는 올려다보더니 소리 내어 웃었다. 그는 위에 있는 선원의 두 다리를 잡았다. 위쪽의 선원은 몸을 꼿꼿하게 세웠다. 뚱보 선원은 뚱뚱한 몸집에도 불구하고 그의 큰 대머리 통을 위쪽 선원의 두 다리 사이로 밀어 넣고는 하나, 둘 만에 폴짝 위로 올라왔다. "어떻게 지내? 잘 지내?" "그럼." 새로 온 자가 말했다. 그 억양에서 그가 네덜란드인임을 알 수 있었다. 그러자 시내 쪽에서 낚시 도구와 어린애들이 모래놀이 할 때 쓰는 양동이를 든 키 작은 남자가 오는 것이 보였다. "저기 매기꼬리가 오는구먼." 뚱뚱이가 말했다. 그는 크게 소리 내어 웃었다. 낚싯대와 장난감 양동이를 든 이 매기꼬리는, 마치 이 도시의 문장(紋章)에 바퀴가 들어 있는 것이 당연한 것처럼, 이 낚시터에 당연히 있어야 할 인물이기 때문이었다. "히틀러 만세!" 매기꼬리가 소리쳤다. "매기꼬리 만세!" 네덜란드인이 소리쳤다. "자네 우리에게 딱 걸렸어." 주먹 한 방에 코가 비뚜름히 돌아간 듯한, 그러나 지금 당장 보는 데 지장은 없는 듯한 또 다른 작자가 말했다. "자네 그 잔챙이 생선들을 시장에서 산 거잖아." 그러자 그가 네덜란드인에게 말했다. "큰 세상에선 뭐 새로운 게 있어?" "그럼, 언제나 무슨 일이 있지." 네덜란드인이 말했다. "그렇지만 자네들 있는 데서도 여러 일이 일어났잖아." "그럼, 우리 있는 데선 모든 일이 척척 잘 돌아가지." 코가 옆으로 돌아간 작자가 말했다. "모든 게 기름칠한 듯 매끄럽게 돌아간단 말이야. 우린 사실 더 이상 총통이 필요 없어." 모두가 깜짝 놀라 빤히 그를 쳐다보았다. "우린 이미 한 분이 계시잖아. 그래서 전 세계가 우릴 부러워하는 거라고." 엄지손가락으로 코를 누르고 있는 그 작자를 제외하고 모두가 큰 소리로 웃었다. "18마르크 어떻소?" 그 선원이 게오르크에게 말했다. "20마르크라고 했는데요." 게오르크가 말했다. 그는 눈썹을 내리깔았다. 눈빛만으로도 마음속을 들킬 것 같았기 때문이었다. 선원은 재킷의 천을 만져보았다. "어때, 입을 때 느낌이 좋아요?" 그가 물었다. "그럼요." 게오르크가 말했다. "단, 이 물건이 그리 따뜻하진 않아요. 당신이 입은, 그런 털로 된 스웨터가 더 따뜻하지요." "내 약혼녀가 때마다 털실로 짜주는걸 뭐." "그래요. 그런 건 정성이 깃든 거죠." 게오르크가 말했다. "바꾸겠소?" 게오르크는 생각해본다는 듯 두 눈을 감았다. "이리 벗어 주시지!" "그럼 화장실로 갑시다." 게오르크가 말했다. 그는 주변의 사람들이 웃게 내버려두었다. 그가 재킷 아래 아무것도 걸치고 있지 않다는 사실을 그들이 눈치채서는 안 되었다.

물물교환이 끝났을 때 게오르크는 라인 강 하류 쪽으로 걸어간다기보다 달려갔다. 선원은 새 재킷 안에서 몸을 꼿꼿이 펴고 화장실에서 난간으로 되돌아갔다. 옷을 바꿔 또 한 번 상대방을 속여먹었다는 자부심을 넓적한 얼굴에 담고, 한 팔을 엉덩이에 대고 또 한 팔은 들어 올려 사람들에게 인사를 했다. 그걸 그대로 입고 있었더라면 위험했을 거야, 게오르크는 생각했다. 바꿔 입는 것도 위험하긴 마찬가지지만 말이야. 이젠 지나간 일이지 뭐. 갑자기 그의 곁에서 누군가가 소리쳤다. "이보시오!" 양동이와 낚싯대를 든 매기꼬리가 어린 사내아이처럼 발걸음도 가볍게 깡충깡충 그를 뒤따라오고 있었다. "어디로 가는 거요?" 그가 물었다. 게오르크는 똑바로 앞을 가리켰다. "계속 라인 강을 따라가요." "이곳 출신 아니오?" "아니에요." 게오르크는 말했다. "이곳 구빈원에 있었는데, 친척 집에 가는 겁니다." 매기꼬리가 말했다. "우리 일행이 마음에 들었는지 모르겠구려. 난 사람 사귀기를 아주 좋아하는 사람이라오."

게오르크는 침묵했다. 그는 다시 한 번 매기꼬리를 옆에서 살펴보았다. 게오르크는 어릴 때부터, 어떤 사람에게서 무언가 이상한 느낌을 받을 경우, 누군가가 지력이나 영혼에 독특함을 갖고 있거나 혹은 신체적인 결함이 있을 경우, 그 사람에 대한 강한 불쾌감과 싸워야 했다. 발라우가 수용소에서 비로소 그런 결벽증으로부터 그를 치유해주었다. "게오르크, 지금 여기 한 인간이 어찌하여 그리될 수 있는지 예를 보고 있다고 생각하게." 게오르크는 이 길에서 다시 한 번 발라우를 생각했다. 억제할 수 없는 비애가 그를 사로잡았다. 지금의 내가 있는 건 순전히 발라우 선생 덕분이야. 오늘 당장 죽는다 하더라도 말이지. 게오르크는 생각했다. 매기꼬리는 대놓고 수다를 떨었다. "얼마 전 여기 큰 축제에 와봤소? 굉장히 우스웠다오. 예전 점령지 시대*에도 와봤소? 그들이 백마를 타고 시내를 돌아다니던 모습이라니. 붉은 외투를 걸친 모로코 부대원들 말이오. 모든 게 참 우스웠지. 프랑스인들, 그들이 이 도시 모습을 좀 바꿔놓았지. 회청색 안개 같은 톤을 넣어주었으니까. 그런데 좀 물어봐도 괜찮다면, 왜 그리 달리듯 하시오? 오늘 중에 네덜란드에라도 가려는 게요?" "저 아래쪽으로 계속 가면 됩니까?" "그럼요. 우선 아스파라거스가 자라는 몸바흐가 나와요. 당신 친척들이 그곳에 사는 거요?" "더 아래쪽이오." "부덴하임이오? 하이데스하임이오? 친척들이 농부요?" "일부는요." "일부라." 매기꼬리는 말을 되뇌었다. 이자를 떨쳐버려야 할 텐데, 게오

---

*마인츠는 1919부터 1930년까지 프랑스의 점령지였다.

르크는 속으로 생각했다. 어떻게 떼어내지? 빌어먹을! 아냐, 그래도 둘이서, 여럿이서 가는 게 나아. 그건 어디 소속되어 있다는 것을 보여주는 거거든. 그들은 뗏목들이 드나드는 부두 위에 걸린 작은 회전교를 통과했다. "맙소사, 함께 있으면 이렇게 시간이 잘 간다니까." 마치 시간을 흘러가게 하는 의무라도 지고 있는 것처럼, 매기꼬리가 확인했다. 게오르크는 라인 강 너머 먼 곳을 바라보았다. 저 건너편 바로 가까이 한 섬 위에 야트막한 하얀 집이 세 채 바싹 붙어 서 있었다. 그 집들은 강물에 반사되고 있었다. 가운데 집은 물레방앗간 같아 보였는데, 게오르크에게는 이 집들이 아주 친밀하게 자신을 잡아끄는 것처럼 생각되었다. 마치 사랑스러운 누군가가 그곳에 살고 있기라도 한 것처럼. 그 섬 위로는 멀리 떨어진 강둑까지 이어지는 철교가 놓여 있었다. 두 사람은 보초가 서 있는 교두를 통과했다. "그 옷 입으니, 좋아 보이네." 매기꼬리가 칭찬을 했다. 게오르크는 이 키 작은 남자를 따라 길을 벗어나 풀밭으로 들어섰다. 그자는 멈춰 서더니 코를 킁킁거렸다. "호두나무로군." 그는 몸을 굽히더니 두세 개의 호두를 양동이에 모았다. 게오르크도 서둘러 호두를 찾아 돌 위에 놓고 신발 뒤축으로 으깼다. 매기꼬리가 웃기 시작했다. "호두에 아주 미치시는구먼!" 게오르크는 정신을 가다듬었다. 그는 지쳐서 땀을 흘리고 있었다. 이 빌어먹을 매기꼬리와 영원히 함께 달릴 수는 없었다. 이자가 어디선가는 낚시질을 시작하겠지. 게오르크가 낚시에 관해 슬쩍 물어보자 그자는 "좀 기다리면서 차나 마십니다" 하고 말했다. 버들 숲이 시작되자, 게오르크는 베스트호펜이 연상되었다. 그의 불쾌감은 더욱 커졌다. "자아." 매기꼬리가 말했다.

게오르크는 똑바로 앞을 노려보았다. 그들은 어느 뾰족한 땅끝에 와 있었다. 그들 앞과 좌우로 라인 강이 놓여 있었다. '더 이상의 길'은 없었다. 매기꼬리는 게오르크의 당황한 얼굴을 지켜보며 큰 소리로 웃기 시작했다. "아이고, 당신을 좀 속여먹었지, 아이고, 좀 골려먹었어. 너무 급히 서두는 것 같았거든, 그렇잖아? 그걸 몰랐지?" 그는 낚싯대와 양동이를 내려놓더니, 넓적다리를 문질렀다. "어쨌든 함께 잘 왔수다." 매기꼬리가 말했다. 그자는 바로 1초 전 자신이 얼마나 인생의 종말에 가까이 갔었는지 눈치채지 못하고 있었다. 게오르크는 몸을 돌려 다치지 않은 손으로 얼굴을 덮었다. 그는 무진 참고 애쓰며 말했다. "그래, 또 봅시다." "히틀러 만세!" 매기꼬리가 말했다. 그러나 바로 이 순간 버드나무 잎들이 양편으로 갈라지면서, 경관 한 명이 나타나 느긋하게 말했다. 입술 위에 콧수염을 기르고 이마에 머리카락 몇 올이 내려온 경찰이었다. "히틀러 만세, 매기꼬리 씨. 낚시 증명서 좀 내놔보시지." 매기꼬리가 말했다. "아니, 전 낚시를 전혀 안 했는데요." "그럼 그 낚싯대는 뭡니까?" "늘 제가 갖고 다니는 거죠. 군인이 총을 갖고 다니듯이 말입죠!" "그럼 그 양동이는?" "들여다보세요. 호두 세 개밖에 없어요." "매기꼬리 씨, 매기꼬리 씨!" 경관이 말했다. "그런데, 당신, 당신은 신분증 있소?" "이 사람은 내 친구입니다." 매기꼬리가 말했다. "그럼 됐소." 경관이 말했다. 아니, 그렇게 말

제2장 173

하려고 했다. 게오르크는 우연인 것처럼 이미 두어 걸음 천천히 풀밭 안으로 들어섰다. 그는 발걸음을 빨리했다. 가지들을 헤치며 몸을 구부린 채 달리고 또 달렸다. "멈춰!" 경관이 외쳤다. 그 목소리는 더 이상 느긋하지 않고 농담기 없이 완전히 경찰관다웠다. "멈춰! 멈춰!"

경관과 매기꼬리 둘 모두 게오르크를 뒤쫓아 달려왔다. 게오르크는 옆으로 비켜서서 둘이 지나가게 내버려두었다. 이 모든 것이 얼마나 베스트호펜의 냄새를 풍기는가. 희미하게 빛나는 웅덩이 물과 풀밭과 호루라기까지. 그리고 그의 심장은 또 얼마나 뛰고 있었던지, 그 소리 때문에 그는 발각될 것만 같았다. 저 건너편 가까운 강둑에 수영장이 하나 있었다. 수면에 뜬 각목들 위로 물이 흘러 넘쳤고 각목들 사이에 부표가 하나 떠 있었다. "저기 있다." 매기꼬리가 소리쳤다. 호루라기 소리는 이제 강둑 전체에 울려 퍼졌다. 사이렌 소리만 없었다. 무엇보다 안 좋은 것은 빌어먹게도 그가 자꾸 가라앉고 있는 것 같다는 사실이었다. 무릎이 마치 종이로 만든 것처럼 가라앉고, 그 또한 비현실 속으로 가라앉고 있었다. 도저히 한 인간에게 일어날 수 없는 일이 일어나고 있으며, 이 모든 것이 한꺼번에 꿈을 꾼 것처럼 여겨졌다. 그럼에도 불구하고 그는 달리고 또 달렸다. 그러다가 게오르크는 벌렁 나자빠졌다. 그의 생각에 그는, 선로 위에 가로누운 것 같았다. 게오르크는 강둑에서 도망쳐 나와 공장 구역으로 들어온 것이었다. 벽 뒤에서 윙윙거리는 소리가 단조롭게 들리고 있었지만, 호루라기 소리나 사람 목소리는 들리지 않았다. "끝났군." 이 말이 무엇을 의미하는 것인지, 그의 힘이 다했다는 것인지 아니면 그의 허약한 상태가 끝났다는 것인지, 스스로도 알지 못한 채 게오르크는 이렇게 말했다. 그는 얼마간 아무 생각 없이 외부의 도움을, 아니면 그저 깨어나기를, 혹은 어떤 기적을 기다렸다. 그러나 기적은 일어나지 않았다. 외부의 도움 역시 오지 않았다. 게오르크는 몸을 일으켜 계속 걸어갔다. 그는 복선 선로가 깔려 있는 넓은 길로 나왔다. 그러나 그곳은 집들로 둘러싸인 주거지가 아니라 몇몇 공장뿐인 지역이어서 사람 없이 한적했다. 이제 강둑이 통제되고 있으리란 생각이 들었으므로 그는 다시 시내 쪽으로 향했다. 여러 시간을 낭비했군! 그녀가 지금쯤 기다리고 있어줘야 할 텐데, 그는 생각했다. 그러다가 레니는 아무것도 모를 테니 기다릴 수 없을 것이라는 생각이 들었다. 아무도 도와주지 않고, 아무도 기다리지 않아. 여기 날 기다려줄, 날 도와줄 사람이 아무도 없단 말인가? 짚고 넘어졌던 손이 다시 아파왔다. 가제 천이 더러워져 있었다.

 큰 시장의 지점쯤 되는 작은 광장에 노점들이 차려 있었다. 한 주점 앞에 트럭이 한 대 서 있었다. 그는 주점 안으로 들어갔다. 아껴뒀던 50페니히를 깨기로 하고, 한 잔의 맥주 앞에 앉았다. 그의 심장이, 그 안에 거대하게 큰 공간이 있는 것처럼, 쿵쾅쿵쾅 뛰었다. 심장은 쿵쾅거리는 소리와 자꾸 부딪쳤다. 더 이상 계속하진 못하겠어. 그는 생각했다. 아마 몇 시간쯤은 괜찮겠지, 하지만 며칠은 못하겠어.

옆자리의 사람이 날카롭게 그를 바라보았다. 오늘 저 남자를 만난 적이 있었던가? 이제 난 미친개처럼 이리저리 부딪쳐야 해. 도움이 되는 건 아무것도 없어. 아무 소용이 없어. 게오르크를 위해, 건배!

주점 안과 밖에는 제법 많은 사람들이 있었다. 손님들과 시장 사람들이었다. 게오르크는 모든 것을 자세히 살펴보았다. 한 젊은이가 트럭에 짐을 싣는 꽤 나이 든 여인네를 도와주고 있었다. 그 젊은이가 트럭을 떠나 바구니들 있는 데로 갔을 때, 게오르크는 그에게 다가갔다. "이봐요! 저 트럭 위에 있는 여자분의 이름이 뭔가요?" "머리를 동여맨 저 여자 말인가요? 빈더 부인이요." "그렇군." 게오르크는 말했다. "저분에게 전해야 할 게 있어서 말이죠."

게오르크는 엔진 시동이 걸릴 때까지 바구니들 옆에서 기다렸다. 뒤이어 그는 트럭에 다가섰다. 그는 위쪽 운전대를 향해 물었다. "빈더 부인이신가요?" "무슨 일이에요? 무슨 일이야?" 여자는 놀라 미심쩍어하며 물었다. 게오르크는 단단히 그녀를 그의 시선에 옭아매었다. "잠깐 날 좀 올라가게 해주세요." 그는 말했다. "타고 가면서 할 얘기가 있어요. 나도 오래 타고 가야 해요." 자동차가 움직이기 시작했다. 게오르크는 단단히 달라붙었다. 아주 천천히, 아주 장황하게 그는 구빈원에 대해, 먼 친척들에 대해 아귀를 맞춰가며 이야기하기 시작했다. 그사이 주점 안에서 옆자리에 있던 남자가 밖으로 나와 게오르크와 얘기를 나눴던 젊은이에게 갔다. "방금 저자가 당신에게 뭘 물어보았소?" 그는 물었다. "저 부인네가 빈더 부인이 맞냐고요."
젊은이는 이상하게 여기면서 대답했다.

VI

도배장이 메텐하이머 영감은 일터가 그리 멀지 않으면 집으로 식사를 하러 갔다. 그러나 오늘은 식당으로 점심을 먹으러 갔다. 그리고 돼지갈비와 맥주를 주문했다. 그는 꼬마 견습공에게 완두콩 수프를 사주었다. 뒤이어 견습공에게도 맥주를 주문해주고, 두어 명의 아들을 키워본 남자의 확고한 태도로 그에게 이것저것을 물었다. 누군가 들어와 앉더니 작은 맥주 한 잔을 주문했다. 방금 들어온 이의 새 펠트 모자를 보고 메텐하이머는, 그가 이날 아침 함께 29번 버스를 탔던 그 남자임을 알아보았다. 한순간 그는 자신도 의식하지 못하는 가벼운 불쾌감을 느꼈다. 그는 견습공과 수다 떨던 것을 그만두고 마지막 술을 입에 털어 넣었다. 메텐하이머는 아침 지각으로 인해 지연되었다고 생각되는 것을 따라잡기 위해 서둘러 공사장으로 돌아왔다. 그는 심문에 대해 아내에게는 한마디도 하지 않았다. 그는 나중에도 아무 말 않을 작정이었다. 메텐하이머는 이 취조, 이 미친 심문 자체를 잊어버리고 싶었다. 그래도 그는 정신이 혼란스러웠다. 아마 이런 경우 제대로 정신을 차릴 수 있는 사람은 없을 것이다. 저들은 틀림없이 자주 사람들을 골라내 심문

할 것이었다. 이 도시의 사람들 가운데 자기 같은 사람도 적지 않을 것이었다. 지목당한 사람들, 그들은 그저 아무에게도 얘기를 하지 않을 뿐이었다. 메텐하이머 영감은 사다리 위에서 아래쪽을 향해 욕을 했다. 돌출된 창의 테두리를 잘못 풀칠해 놓았기 때문이었다. 그는 1층에서 오른쪽을 살펴보기 위해 사다리에서 내려오려고 했다. 그때 갑자기 어지러워진 그는 쪼그린 채 앉아 있어야 했다. 견습생을 놀리고 있는 칠장이들의 웃음소리, 말재주가 좋은 견습생의 밝은 목소리가 통풍이 잘 되는 텅 빈 집을 가로질러 들려왔다. 이 집에 살았던 사람들이나 살게 될 사람들의 목소리는 집기와 양탄자와 가구들에 부딪쳐 둔해지겠지만, 지금 칠장이들과 견습생의 목소리는 그 목소리들보다 훨씬 분명하고 또렷하게 울려 퍼졌다. 도배장이는 사다리 위에서 비틀거렸다. 그때 계단실에서 어느 목소리가 외쳤다. "일 끝났어요!" 도배장이는 되받아 소리 질렀다. "지금까지 내 일 끝내는 건 내가 정했어!"

29번 버스 정류장에서 메텐하이머는 그날 아침 일찍 그를 뒤쫓아 와 버스에 올라타고, 뒤이어 같은 음식점에서 맥주를 마셨던 펠트 모자의 작은 남자와 또 마주쳤다. 저자도 여기 볼 일이 있는 모양이로군. 메텐하이머는 생각했다. 그도 29번 버스에 올랐다.

메텐하이머는 그에게 고개를 까닥했다. 그러다가 자기가 오늘도 아내에게 줄 털실 꾸러미를, 공사하는 집 수위실에 놓고 온 것이 생각났다. 그는 어제도 이 일 때문에 아내에게 실컷 욕을 얻어먹었었다. 그는 버스에서 내려 몸을 돌렸다. 털실 꾸러미를 가지고 온 후엔 다음 번 29번 버스를 놓치지 않으려고 서둘렀다. 이제 아주 피곤해진 그는 저녁을 먹게 된 것이, 집에 가게 된 것이 기뻤다. 갑자기 그의 심장이 냉랭한 불쾌감으로 오그라들었다. 아까의 29번 버스에 두고 내렸던 그 새 펠트 모자의 남자가 이번에도 29번 버스의 승강장 앞쪽에 서 있었던 것이다. 도배장이는 자신의 눈을 믿을 수 없었으므로 서 있던 자리를 바꾸었다. 그는 잘못 본 것이 아니었다. 메텐하이머는 그 남자의 모자를, 면도한 목덜미를, 짧은 두 팔을 분명히 알아보았다. 메텐하이머는 버스를 갈아타지 않고 계속 가서 마지막 얼마간은 걸어갈 생각이었다. 그러나 이제 생각을 바꾸어 경비 본대 앞에서 17번으로 갈아타려 했다. 혼자가 된 그는 숨을 내쉬었다. 그러나 17번 버스의 승강장에 서자마자 그는 등 뒤에서 서두르는 발걸음 소리를, 갑자기 뛰면서 내는 헐떡거림을 들었다. 펠트 모자를 쓴 남자의 시선이 잠깐 그를 스쳤다. 그 시선은 아주 무심하면서 동시에 아주 엄밀했다. 그는 메텐하이머가 버스에서 내리며 그를 스쳐 가자 등을 돌렸다. 메텐하이머는 이제야 깨달았다. 이 남자가 아까의 버스에서 내린 것은 그를 뒤쫓기 위한 것임을, 그리고 이 남자에게서 벗어나는 것은 불가능한 것임을. 그의 가슴이 심한 공포로 요동쳤다. 오래전 말라 건조해진 셔츠가 다시 땀에 젖고 있었다. 저자는 내게서 뭘 원하는 거야? 메텐하이머는 생각했다. 내가 무슨 짓을 했길래? 내가 대체 무슨 짓을 할 건데? 그는 다시 한 번 몸을 돌리고 싶은 유혹을 뿌리칠 수가 없었다. 때늦은 여름 모자, 때 이른 펠트 모자 등 오늘 저녁에 사람들이 쓴 많은 모자들 가운데 그 펠트 모자의 남자는, 도배장이가 오늘 저녁 더 이상 예상 밖의 도약을 하지 않으리란 사실을 미리 알고 있다는 듯, 적당히 서두르며 따라왔다. 도배장이는 길을 건넜다. 그는 집의 문으로 들어서기 전에 갑자기 용기를 내어 재빨리 다시 몸을 돌렸다. 그것은 필요할 경우 자신을 보호할 준비를 가슴 한구석에 갖추고 있는 사람이 낼 수 있는 용기였다. 추적자의 얼굴이 바싹 그의 뒤에 와 있었다. 이가 좋지 않은, 통통하고 활기 없는 얼굴이었다. 새 모자만 뺀다면 그의 의복은 상당히 초라했다. 어쩌면 모자 역시 새것은 아니고 그저 초라함이 덜한 것일지도 몰랐다. 그 남자 자체에서 상대를 당황하게 만드는 것은 없었다. 메텐하이머를 당황스럽게 만든 것은 그 남자의 완강한 추적과 완벽하게 무심한 태도 사이의 설명할 길 없는 모순이었다.

현관에 들어선 메텐하이머는 털실 꾸러미를 계단에 내려놓은 후, 낮 동안 복도 벽에 갈고리로 고정시켜 열어두었던 문을 닫으려 했다. "왜 그러세요, 아버지?" 막 계단을 내려오던 딸 엘리가 물었다. "바람이 들어오는구나." 메텐하이머가 큰 소리로 말했다. "위로 올라가시면 괜찮을 텐데요." 엘리가 말했다. "8시에 벌써 문을 닫으시게요." 도배장이는 딸을 바라보았다. 좁은 길 건너 저편에 그 남자가 딱 버티고 서서 자신과 딸을 감시하고 있다는 사실을 그는 온 피부로 느끼고 있었다.

속마음을 말하자면, 엘리는 그가 가장 아끼는 딸이었다. 건너편에서 감시하고 있는 남자도 아마 알고 있을 것이었다. 저 자는 그의 어떤 비밀스러운 반응을 적발하려는 것일까? 어떤 드러난 악행을 급습하려는 것일까? 어떤 아버지가 자기 집에서 나오는 것을 악마에게 내주겠는가? 메텐하이머는 가족에게, 아니 자기 자신에게도 엘리가 자신의 가장 사랑하는 자식임을 감추어왔다. 왜 그랬는지는 알지 못했다. 아마 두 가지 상반된 이유에서일 것이다. 그녀가 예뻤기 때문이고, 또 그녀가 언제나 걱정을 끼쳤기 때문이리라. 다 자란 자식들이 집으로 찾아올 때면 그는 기뻤다. 그러나 엘리가 집에 오면 그의 가슴은 기쁜 바로 그곳에서 고통스럽게 욱신거렸다. 그는 상상 속에서 이 딸을 위해 여러 채의 화려한 집에 도배를 해주었다. 상상 속의 딸은 빈 방들을 가로질러 걷고 있었다. 남편으로부터 앞으로 살 집을 안내받고 있는 저 매정하고 무뚝뚝한 귀부인들 못지않은 우아한 모습으로. 엘리가 도배장이의 팔을 살짝 건드렸다. 귀밑과 목 있는 데서부터 곱슬곱슬한 숱 많은 머릿결 속에 어린아이처럼 어려 보이는 그녀의 얼굴에는 슬픔과 다정함이 함께 어려 있었다. 그녀의 마음속에는, 아버지가 베스트호펜에 있는 음식점의 벤치에서 자신의 머리를 아버지에게 기대게 하고 실컷 울라고 무뚝뚝하게 말하던 그날이 떠올랐다. 부녀는 그 이후 한 번도 그날을 입에 올리지 않았다. 하지만 아마도 두 사람은 볼 때마다 그날을 생각했으리라. "털실 뭉치를 지금 가져갈래요." 엘리가 말했다. "바로 뜨기 시작해야겠어요." 건너편 길의 남자가 이 꾸러미를 뚫어지게 노리고 있음을 느끼는 도배장이는 이제 딸이 재앙을 불러올 그 무엇을 장바구니에 넣고 있는 듯한 느낌까지 들었다. 장바구니 안에 들어가는 것이 여러 색깔의 털실뭉치 두어 개인 것을 그가 알고 있었음에도 불구하고 말이다. 그녀의 얼굴이 다시 밝아졌다. 머릿결과 마찬가지로 금빛 갈색인 그녀의 눈에서 나온 따뜻한 빛이 얼굴 전체로 퍼졌다. 그 작자 게오르크는 눈도 없단 말인가? 아버지는 생각했다. 이런 딸을 내버리다니. 엘리의 쾌활함이 그의 마음을 에는 듯이 아프게 했다. 메텐하이머는, 그 자신이 덫에 걸린다 하더라도, 어떤 자의 시선도 딸을 다치지 못하도록 그녀 앞에 막아서고 싶었다. 메텐하이머는 생각했다. 이 아이는 죄가 없어. 그러나 엘리는 키가 크고 그보다 강했으며, 그는 작고 쪼그라든 늙은이였다. 그가 그녀를 숨겨줄 수는 없는 일이었다. 그녀가 등을 곧추 세우고 경쾌하게 장바구니를 흔들며 밖으로 나가자 메텐하이머는 긴장해서 거리를 내다보았다. 그는 숨을 내쉬었다. 감시자는 비누 상점의 진열창 쪽으로 막 몸을 돌린 참이었다. 엘리는 들키지 않고 지나갔다. 그러나 도배장이는 비누 상점 옆의 음식점에서 콧수염을 기른 젊은 남자가 날쌔게 뛰어나와 펠트 모자와 가볍게 팔꿈치를 부딪치며 지나간 사실은 알지 못했다. 두 감시자의 시선은 진열창의 유리 속에서 짧게 부딪쳤다. 같은 물의 같은 고기를 노리는 두 낚시꾼처럼 두 남자는 유리창 속에서 마주 놓인 도로의 양면과 도배장이 집 대문과 도배장이를 한꺼번에 보았다. 메텐하이머도 생각했다. 당신은 내가 내 가족을 불행으로 끌고 갈 거라 생각하는가? 그런 일은 없을 거야. 갑자기 자기 자신에게 안도하면서 그는 계단을 올라갔다. 펠트 모자는 콧수염 젊은이가 뛰쳐나간 음식점 안으로 들어갔다. 그는 창가에 앉았다. 교대한 다른 감시자는 약간 흔들거리는 긴 보폭으로 가볍게 엘리를 따라잡았다. 그러면서 이 젊은 여인의 두 다리와 엉덩이가 자신의 지루한 임무를 즐겁게 해준다고 혼잣말을 했다.

메텐하이머는 거실 바닥에서 집짓기 놀이를 하고 있는 엘리의 아이에 걸채여 비틀거렸다. 엘리가 이날 밤 아이를 친정에 맡겼다는 것이었다. 대체 왜 맡겼대? 아내는 어깨를 으쓱했다. 아내의 얼굴에서 가슴에 쌓인 말이 많음을 알았으나, 남편은 아무것도 묻지 않았다. 평소 저녁 같았으면 그는 손자를 보고 즐거워했을 것이다. 그러나 이제 그는 이렇게 물었다. "대체 엘리는 왜 방을 얻어 나가 있는 거야?" 손자가 그의 검지를 잡으며 웃었다. 그는 웃을 기분이 아니었다. 아침의 심문에서 그가 들었던 낱말 하나하나가 생각났다. 그는 이제 더 이상 꿈꾼 것 같은 기분이 들지 않았다. 그의 가슴은 납처럼 무거웠다. 그는 창가로 다가갔다. 맞은편 비누 상점에는 셔터가 내려져 있었다. 메텐하이머는 속아 넘어가고 싶지 않았다. 음식점 창에 비친 희미한 그림자들 가운데 하나가 자신의 집에 눈독을 들이고 있다는 사실을 그는 알고 있었다. 아내가 저녁 먹으라고 그를 소리쳐 불렀다. 아내는 식탁에서 늘 하던 말을 또 했다. "대체 우리 집은 언제 도배를 해줄 거예요?"

한편 공장에서 곧장 이리로 온 프란츠는 한자 골목 조금 못 미쳐 자전거에서 내렸다. 이제 어느 상점에 들어가서 메텐하이머 씨네 가족들에 대해 물어봐야 하나 결정하지 못한 채 그는 자전거 바퀴를 밀고 있었다. 이때 그가 바랐던, 그리고 두려워했던 일이 일어났다. 그는 엘리와 마주쳤다. 그는 자전거 바퀴에 꼭 매달렸다. 엘리는 완전히 생각에 잠겨 있어서 그를 보지 못했다. 그녀는 조금도 변하지 않은 모습이었다. 그녀의 조용한 동작에는 약간의 애수가 배어 있었다. 그때, 우울해할 이유가 없던 옛날에도 그랬었다. 여전히 귀걸이도 하고 있었다. 그것은 좋은 징조였다. 풍성한 갈색 머리카락 속의 귀걸이는 몹시 그의 마음에 들었다. 만약 프란츠가 자신의 감정에 대해 정확한 말을 찾을 줄 아는 사람이었다면, 그는 아마 이렇게 말했을 것이다. 그의 기억 속에 있는 엘리보다 오늘 저녁의 엘리가 훨씬 더 그녀답다고. 엘리가 그를 보지 못했음에도 불구하고, 아니 보아서는 안 되었음에도 불구하고, 그녀가 스쳐 지나갈 때 그의 마음은 얼마나 아팠던가. 처음 만났던 우체국에서 그녀를 보고 생각했던 것처럼, 그는 그녀를 두 팔에 안고 입 맞추고 싶었다. 내게 정해진 것이 왜 내 것이어서는 안 된단 말인가? 그는 생각했다. 프란츠는 자기 자신을 망각했다. 자신이 활기 없이 빈약하고 답답해 보이는, 그저 그런 용모의 보잘것없는 사람이라는 사실을 그는 잊어버렸다.

프란츠는 엘리가 지나가게 내버려두었다. 콧수염을 기른 젊은이도, 엘리와 관계가 있다는 건 알지 못한 채, 그냥 지나가게 했다.

뒤이어 그는 자전거를 돌렸다. 그녀가 아이와 함께 재임대해서 살고 있는 집에 다다를 때까지 약 10분 정도 그는 그녀의 뒤를 따라갔다.

프란츠는 엘리를 집어삼킨 그 집을 위에서부터 아래까지 살펴보았다. 그런 다음 주변을 둘러보았다. 엘리의 집 대문은 한 제과점과 비스듬히 마주 놓여 있었다. 그는 제과점 안으로 들어가 앉았다.

제과점 안에는 손님이 한 사람밖에 없었다. 콧수염을 기르고 상당히 깔끔하게 차려입은 날씬한 남자였다. 그 남자는 창가에 앉아 밖을 내다보고 있었다. 프란츠 역시 그에게 주의를 기울이지 않았다. 무턱대고 엘리의 집으로 불쑥 쳐들어가지 않을 정도의 이성은 아직 그에게 남아 있었다. 하지만 이날 하루가 아직 완전히 끝난 것은 아니니, 어쩌면 엘리는 다시 나올지도 몰랐다. 어쨌든 프란츠는 여기 죽치고 앉아서 기다릴 작정이었다.

그사이 엘리는 위층 자기 방에서 옷을 갈아입었다. 머리에 빗질을 하고, 옷에 솔질을 하고, 기다리는 손님이 와서 저녁을 함께 먹고 또 어쩌면—엘리는 이 가능성 역시 배제하지 않았는데—내일 아침까지 머무르게 될 경우 필요하다고 생각되는 모든 것을 준비했다. 마지막으로 그녀는 갈아입은 옷 위에 앞치마를 걸쳤다. 그런 다음 주인집의 부엌으로 가, 노크를 하고 두 개의 슈니첼*에 소금을 뿌린 후 프라이팬에 기름을 두르고 양파를 넣고는, 벨이 울리면 곧장 불 위에 올려놓을 준비를 했다.
　생의 모든 활기찬 표현을 좋아하고 또 어린아이를 좋아하는, 전혀 나쁘달 수 없는 쉰 살의 주인 여자가 미소를 지으며 그녀를 보고 있었다. "잘하는 일이에요, 하이슬러 부인." 그녀가 말했다. "젊음도 한때지요." "뭘 잘한다는 건가요?" 엘리가 물었다. 그녀의 얼굴빛이 변해 있었다. "당신이 집안 식구 말고 다른 사람을 저녁 식사에 초대한 것 말이에요." 엘리는 자칫하면 이렇게 말할 뻔했다. 전 혼자 먹는 게 훨씬 더 좋답니다. 그러나 그녀는 아무 말도 하지 않았다. 현관문이 닫히고 단단한 발걸음이 계단에 오르길 기다리고 있음을, 그녀 스스로 느끼고 있었던 것이다. 그렇다. 그녀는 기다리고 있었다. 그러나 그녀는 또한 그사이 무슨 일인가가 일어나기를 바라고도 있었다. 푸딩도 만들어야겠다고 생각한 그녀는 우유를 꺼내 외트커** 푸딩 가루를 솔솔 부어 넣고 저었다. 그가 온다면, 좋지, 그녀는 갑자기 생각했다. 오지 않는다면, 그것도 좋아.
　엘리는 사실 약간 기다리고 있었다. 그러나 그녀가 예전에 알던 기다림과 비교한다면 이 얼마나 초라한 기다림인가.
　밤이면 밤마다 게오르크의 발걸음을 기다리던 그때 그녀는 자신의 젊은 인생을 텅 빈 밤에다 걸려고 했었다. 오늘 그녀는 느끼고 있었다. 그때의 기다림이 무의미하거나 우스꽝스러운 것이 아니라, 빈둥빈둥 살아가는 지금의 삶보다 훨씬 낫고 자

---
*독일어 문화권에서 커틀릿을 뜻하는 요리.
**상표 이름이다.

랑스러운 것이었다고. 이제 그녀는 기다림의 힘을 상실해버렸다. 이제 난 다른 사람들과 마찬가지야. 그녀는 슬픈 마음으로 생각했다. 더 이상 어떤 것도 그리 중요하지 않아. 그래, 설사 남자 친구가 오지 않는다 해도 그녀는 이 밤을 기다림으로 허비하지는 않을 것이었다. 그녀는 하품을 하고 잠들 것이었다.

게오르크가 그녀에게 더 이상 자신을 기다릴 필요가 없다고 처음 선언했을 때, 그녀는 그의 말을 믿지 않았었다. 그녀는 친정으로 돌아갔지만, 그건 기다림의 장소를 바꾼 것에 불과했다. 만약 기다림이란 놈이 그 기다림의 대상을 그녀 앞에 데려다 놓는 효과를 갖고 있는 것이라면, 게오르크는 그때 그녀에게 돌아왔어야 했다. 그러나 기다림에는 어떤 마력도 숨어 있지 않았다. 기다림은 상대방에게 아무것도 행할 수 없으며, 그저 기다리는 사람의 것일 뿐이었다. 바로 그렇기 때문에 기다림에는 용기가 필요했다. 기다림의 가운데에서 엘리가 느끼는 조용한 슬픔은 결코 말로 드러나지는 않았지만, 그것은 때로 그녀의 젊은 얼굴을 예기치 않게 아름답게 만들어주었다. 그저 그럴 뿐, 기다림은 엘리에게 아무런 이득도 가져다주지 않았다. 요리하는 엘리를 지켜보는 안주인도 엘리가 아름답지만 슬퍼 보인다고 생각하고 있었다. "슈니첼을 다 먹을 때쯤이면." 안주인은 위로하듯이 말했다. "만들어놓은 푸딩이 식을 거예요."

그녀의 기다림이 짐스럽다고, 이제 더 이상 기다려선 안 된다고, 불쾌한 어조는 아니지만 단호하고 확고하게 게오르크가 그녀에게 마지막으로 선언했을 때, 또 침착하고도 능숙한 말로 결혼이란 성스러운 것이 아니며, 태어날 아기조차도 불가피한 운명은 아니라고 말했을 때, 그때서야 엘리는 몰래 집세를 지불해오던 두 사람의 방을 해약했다.

그러나 그녀는 계속 기다렸다. 아이가 태어나던 그날 밤에도 기다렸다. 갑자기 돌아오기에 그보다 더 좋은 밤이 어디 있겠는가? 이리저리 며칠을 수소문한 후, 도배장이는 이 못돼먹은 인간을 잡아끌고 오는 데 성공했다. 그러나 이별 후의 딸을 바라보면서 도배장이는 후일 그 일을 후회했다. 메텐하이머는 처음에는 딸의 결혼을, 후에는 이혼을 말렸지만, 이제 어쨌든 딸이 더 이상 기다려선 안 된다는 것을 깨닫고 있었다. 그는 딸이 결혼한 지 두 해째 되던 해 말에 사위를 찾으려고 해당 관청에 갔었다. 사위의 가족조차 그가 어디 처박혀 있는지 알지 못했다. 저물어가던 그해는 1932년이었다. 엘리는 제야의 딱총알이 터지는 소리와 1933년을 축하하는 건배 소리 때문에 잠이 깬 아이를 달래었다. 여전히 게오르크의 행방은 알 수 없었다. 너무 적극적으로 찾는 것이 꺼려진 것인지, 아니면 아이가 주는 기쁨에 엘리가 만족하게 된 것인지, 게오르크를 찾는 일은 그냥 흐지부지되었다. 기다림을 멈추던 그날 아침을 엘리는 아직도 기억하고 있었다. 전날 밤이 끝나갈 무렵 그녀는 자동차 경적 소리에 잠이 깨었다. 어쩌면 게오르크의 것일지도 모를 길 위의 발자국 소리들을 엘리는 들었다. 그 소리들은 그냥 스쳐 지나갔다. 발걸음 소리가 점점 약해지는 것과 함께 엘리의 기다림도 약해져 갔다. 마지막 울림과 함께 엘리의 기다림도 소진돼버렸다. 통찰도, 결단도 그녀에겐 찾아오지 않았다. 나이 든 이들의 말이, 그녀 어머니의 말이 어디까지나 옳았다. 시간이 모든 것을 해결해준단다. 달궈졌던 쇠도 서서히 식는 법이다. 그날 그녀는 금방 잠이 들었다. 다음 날은 일요일이었다. 그녀는 정오까지 잤다. 건강해진 새로운 엘리는 붉고 싱싱한 얼굴로 식사 시간에 맞춰 거실에 나타났다.

1934년 초 엘리는 심문을 받았다. 남편이 체포돼, 베스트호펜에 수감돼 있다는 것이었다. 그녀는 아버지에게 말했다. 마침내 그이가 나타났어요. 이혼소송을 제기할 수 있겠어요. 아버지는, 갑자기 결점이 생긴 진기하고 아름다운 물건을 바라보듯, 의아한 표정으로 그녀를 쳐다보았다. "지금 말이냐." 그는 이렇게만 말했다. "왜 지금이면 안 되나요?" "그건 그 안에 들어 있는 그자에게 타격이 될 거야." "제겐 이미 여러 가지가 타격이었어요." 엘리는 말했다. "그래도 결국은 네 남편이잖니." "그건 끝났어요, 영원히요." 엘리는 말했었다.

"당신이 부엌에 계속 있을 필요 없어요." 집주인 여자가 말했다. "벨이 울리면 내가 슈니첼을 올려놓을게요."

엘리는 자기 방으로 올라갔다. 그녀 침대 발치의 아기 침대는 오늘 비어 있었다. 그녀가 초대한 손님은 벌써 왔어야 했다. 그러나 엘리는 스스로를 기다림에 빠지게 두지 않았다. 그녀는 꾸러미를 풀었다. 털실의 촉감을 느끼면서 코를 뜨기 시작했다. 그녀가 지금 그리 열렬하지는 않지만 약간은 기다리고 있는 그 남자, 하인리히 퀴블러는 우연히 알게 된 사람이었다. 우연이란 놈은 우리가 그것을 그대로 내버려두게 될 때, 사람들이 수군대듯 맹목적으로 작용하는 것이 아니라, 대단히 교활하고 재치 있게 작용한다. 우연이란 놈에 간섭하고 거들게 되면 졸렬한 것이 생겨나게 되고, 그러면 우리는 우연에 그 책임을 돌리게 되는데, 이는 잘못이다. 우연이란 놈에게 조용히 모든 힘을 내맡기고 완벽하게 귀 기울인다면, 그놈은 대부분 제대로 된 것을 만들어낸다. 그것도 빠르고 거칠게, 그리고 단도직입적으로.

사무실의 한 여자 동료가 엘리에게 춤추러 가자고 권했다. 엘리는 처음에는 함께 간 것을 후회했다. 그녀 뒤에서 한 웨이터가 유리잔을 떨어트렸다. 그녀는 뒤를 돌아보았다. 마침 그때 막 홀을 가로질러 가던 퀴블러도 몸을 돌렸다. 그는 키가 크고, 강한 이를 가진 검은 머리의 남자였다. 그의 태도와 미소에 담긴 게오르크와 약간 닮은 점이 엘리의 얼굴을 아름답게 빛내주었고, 그래서 퀴블러는 그녀를 발견하고 주춤하면서 다가왔다. 그들은 다음 날 아침까지 춤을 추었다. 물론 가까이서 보면 그는 게오르크와 전혀 닮은 점이 없었다. 그는 착실한 사람이었다. 그녀를 자주 춤추는 곳으로 데려갔고, 일요일이면 타우누스 산으로도 데려갔다. 그들은 입을 맞추고, 서로 만족해했다.

엘리는 언뜻 지나가는 것처럼 남편 얘기를 했다. "난 운이 없었나 봐요." 그녀는 이제 이런 표현을 썼다. 퀴블러는 그만 게오르크를 놓아주라고 엘리를 설득했다. 그녀는 이 문제를 처리하기로 결심했다.

어느 날 엘리는 베스트호펜 수용소 방문증을 손에 넣었다. 그녀는 아버지에게 달려갔다. 오래전부터 아버지에게 충고를 청하지 않고 있던 그녀로서는 오랜만의 일이었다. "그래, 가봐야지." 도배장이는 말했다. "내가 함께 가마." 엘리가 방문 허가를 요청했던 것은 아니었다. 수용소 방문은 그녀에겐 달갑잖은 일이기도 했다. 방문증은 다른 동기에서 발급된 것이었다.

때려도 짓밟아도, 굶겨도 어둠 속에 가두어도 게오르크에게서 아무것도 얻어내지 못하자, 수용소 측에서 그의 아내를 데려와야겠다는 생각을 하게 된 것이었다. 처자식, 그것은 대부분의 사람들에게서 효과를 이끌어내는 것이니까.

엘리는 사무실에, 메텐하이머 영감은 회사에 휴가를 얻었다. 그들은 가족에게 이 괴로운 여행을 숨겼다. 기차를 타고 가는 동안 엘리는 퀴블러와 타우누스 초원에 누워 있다면 얼마나 좋을까 생각했다. 메텐하이머는 도배를 하고 있다면 얼마나 좋을까 생각했다. 기차에서 내려 국도를 건너 나란히 걸어가고 있을 때, 두어 개의 포도 마을을 뒤로 하면서 엘리는, 꼬마 소녀로 줄어든 것처럼, 아버지의 손을 꼭 잡았다. 그 손은 건조했고 흐물거렸다. 둘 다 답답한 기분이었다.

그들이 베스트호펜의 첫 집들 사이를 지날 때, 사람들은 대개 동정한다는 표정으로 그들의 뒤를 바라보았다. 마치 그들이 구빈원이나 묘지에 가기라도 한다는 듯이 바라보았다. 포도 마을들의 그 분주함, 즐겁고도 들뜬 듯한 분위기가 부녀를 고통스럽게 했다. 왜 그저 여기에 속하지 못한단 말인가? 어째서 저 커다란 포도주 통을 길 건너 함석장이에게로 굴려 보내선 안 된단 말인가? 어째서 저 창문턱에서 체를 문질러 닦고 있는 저 여인네처럼 될 수 없단 말인가? 포도 압착기가 설치되기 전에 마당을 깨끗이 물로 씻어내는 일을 도와선 왜 안 되는가? 어째서 그렇게 하지 못하고, 모든 길을 가로질러 이 평범치 않은 길을, 견딜 수 없이 답답한 마음으로 가야 한단 말인가. 아직 여름인 듯 머리를 다 민, 넓적한 머리통을 한, 농부라기보다 선원처럼 보이는 녀석이 그들에게 다가서더니 진지하고도 조용하게 말했다. "저 위를 돌아서 밭을 가로질러 담장 있는 데까지 가야 합니다." 아마도 그의 어머니인 듯싶은 늙은 여자가 창밖을 내다보면서 고개를 끄덕였다. 저들이 날 위로하려는 건가? 엘리는 생각했다. 정작 게오르크는 내게 신경 쓰지도 않는데. 그들은 밭을 따라 올라갔다. 유리 파편들이 박힌 담벼락을 따라 걸어갔다. 왼쪽에 작은 공장이 있었다. '마티아스 프랑크네 아들들 공장'이라는 간판이 붙어 있었다. 이제 초소가 지키고 있는 정문이 보였다. 정문은 국도 앞에, 정확히 말해 뾰족한 모서리에 놓여 있었고, 소위 안쪽 수용소의 두 벽이 그 모서리의 넓적다리 모양처럼 형성돼 있었다. 즉 안쪽 수용소는 정문과 함께 국도와 닿아 있었다. 그 뒤 어딘가에 라인 강이 놓여 있다고 사람들은 알고 있었으나 강을 볼 수는 없었다. 김 서린 갈색 땅 여기저기에 고인 물이 번쩍이고 있었다.

메텐하이머는 음식점에서 엘리를 기다리기로 했다. 이제 그녀 혼자 가야 했다. 엘리는 겁이 났다. 그러나 자기는 이제 게오르크와 더 이상 아무 상관이 없다고 스스로에게 다짐했다. 그의 특별한 상황이나 그의 친숙한 얼굴, 시선, 미소, 그 어떤 것으로부터도 이제 더 이상 흔들리고 싶지 않았다.

엘리가 면회를 온 그때는 게오르크가 이미 수용소에 들어온 지 꽤 지난 시기였다. 수십 번의 심문을 겪었고, 너무나 힘든 고통과 고문을 당한 후였다. 그것은 종족 전체가 감당해야 할 전쟁이나 재앙에 비견할 만한 고통과 고문이었다. 고문은 매일, 매 순간 더 심해져 갔다. 죽음만이 그를 도울 수 있으리라는 것을, 그때 게오르크는 알았다. 자신의 젊은 삶 위에 던져진 무시무시한 힘을 그는 알고 있었다. 그러나 그 자신의 힘 또한 그는 알고 있었다. 자신이 누구인지 그때 게오르크는 깨달았다.

게오르크를 처음 본 순간, 엘리는 사람을 잘못 데려온 줄 알았다. 그녀는 양손을 귀에 갖다 대었다. 귀걸이가 단단히 걸려 있는지 확인하곤 하는 그녀 특유의 행동이었다. 뒤이어 그녀의 팔이 내려갔다. 엘리는 두 명의 돌격대 경비병 사이에 앉은 그 낯선 사내를 빤히 쳐다보았다. 그녀의 아버지만큼 작은 키였던 게오르크는 무릎을 굽히고서도 훌쩍 커져 있었다. 그녀는 뒤이은 그의 미소에서 그를 알아보았다. 그것은 오인의 여지없이 친숙한 웃음이었다. 맨 처음 만났을 때도 보았던, 기뻐하는 듯도 하고 경멸하는 듯도 한 그 웃음. 물론 이제 그것은 친한 친구를 배신하게 만든 젊은 여인에게 짓던 것과는 다른 웃음이었다. 게오르크는 번민으로 가득 찬 머릿속에서 생각을 정리하려고 애썼다. 대체 무엇 때문에 이 여자를 데려온 것일까? 무엇을 노린 것일까? 그는 자신의 피폐함으로 인해, 신체적인 고통으로 인해 중요한 것을 놓치게 될까 봐 두려웠다. 이건 속임수인가?

게오르크는 엘리를 멍하니 바라보았다. 그가 그녀에게 이상하게 비쳤듯이, 그녀 역시 그에게 이상해 보였다. 가장자리를 위로 젖혀 올린 작은 펠트 모자, 곱슬곱슬한 머릿결, 그녀의 귀걸이. 그는 그녀를 관찰했다. 예전에 자기와 무슨 관계가 있었던가를 집중해 생각해내려 했으나, 여의치 않았다. 지난번 주먹으로 얻어맞아 아직 일그러져 있는 그의 얼굴에 나타나는 모든 움직임을 대여섯 쌍의 눈이 감시하고 있었다. 이 남자에게 무슨 말이든 해야 해, 엘리는 생각했다. 그녀는 말했다. "아이는 잘 있어요." 게오르크는 귀를 기울였다. 그의 시선이 날카로워졌다. 저게 뭘 말하는 거지? 틀림없이 무언가 특별한 걸 의미할 텐데, 아마도 무슨 임무를 띠고 왔을 텐데. 그는 자신이 너무 허약해져 있어서 그 의미를 제대로 파악하지 못할까 봐 겁이 났다. 그는 묻는 듯이 대답했다. "그래?" 그녀는 그의 시선에서 예전의 그를 다시 알아차렸다. 그는, 처음 만난 것처럼, 반쯤 벌어진 그녀의 입술에 강렬하고 뜨겁게 매달렸다. 다시 한 번 그의 삶을 힘과 긴장으로 가득 채워줄 어떤 소식이 그녀의 입에서 흘러나올 것인가? 아마도 적당한 말을 찾느라 고

심했을 고통스러운 긴 침묵 끝에 그녀가 말했다. "애가 곧 유치원에 가요." "그래." 게오르크가 말했다. 물러터진 머리로 재빨리 그리고 예리하게 생각을 해야 한다는 것은 얼마나 고통스러운가. 애가 유치원에 가다니, 뭘 말하려는 것일까? 애는 잘 있고, 유치원에 간다고 했지. 아마도 그건, 마지막 연결책이 체포되고 난 후 넉 달 전 끌려온 하게나우어가 얘기했던 조직의 개편과 관련된 것일까. 그의 미소가 강렬해졌다. 엘리가 물었다. "아이 사진 볼래요?" 그녀는 핸드백 안을 이리저리 헤집어 사진을 찾았다. 그 핸드백으로 게오르크의 눈을 제외한 경비병들의 눈이 꽂혔다. 그녀는 마분지 위에 붙인 작은 사진을 꺼냈다. 딸랑이를 들고 있는 아이의 사진이었다. 게오르크는 사진 위로 허리를 굽혔다. 그러면서 그는 중요한 무언가를 알아채려고 긴장하여 미간을 찡그렸다. 그는 얼굴을 들고, 엘리를 바라보다가 다시 사진을 바라보았다. 그는 어깨를 으쓱했다. 그는 흡사 엘리가 자기를 웃음거리로 만들기라도 했다는 듯이, 음울하게 그녀를 바라보았다. 경비가 소리쳤다. "면회 시간 끝." 두 사람은 어깨를 으쓱했다. 게오르크가 재빠르게 물었다. "내 어머니는 어떠셔?" 엘리가 소리쳤다. "잘 계세요." 엘리는 그녀에게 언제나 낯설었던, 거의 혐오스럽기까지 한 그 여인을 일 년 반 전부터 만난 적이 없었다. 게오르크가 소리쳤다. "내 남동생은?" 게오르크는 갑자기 깨어난 것처럼 보였다. 그의 온몸이 경련하고 있었다. 그가 갑자기 순간순간 인간의 모습을 띠어가는 것이 엘리에게는 적지 않게 무섭게 비쳤다. 게오르크가 다시 소리쳤다. "어떻게……." 좌우에서 경비병들이 그를 꽉 잡아채더니 돌려세워 끌고 나갔다.

엘리는 그녀가 어떻게 아버지에게로 돌아왔는지, 정신을 차릴 수가 없었다. 아버지가 그녀의 머리를 감싸 안았던 것, 식당 주인 부부와 또 다른 두 명의 여인이 그곳에 서 있었던 것, 그리고 그런 건 아무래도 상관없다고 생각했던 사실만을 그녀는 기억하고 있었다. 한 여인네는 그녀의 어깨를 몇 번 토닥였고, 또 다른 여인네는 그녀의 머릿결을 쓰다듬어 주었다. 음식점 여주인이 그녀의 모자를 바닥에서 주워 먼지를 털었다. 아무도 말이 없었다. 말을 나누기에는 수용소 담벼락이 너무 가까이 있었다. 그녀의 비탄이 말 없는 것인 만큼, 위로 또한 말이 없었다.

집으로 돌아온 엘리는 앉아서 퀴블러에게 편지를 썼다. 이제 사무실에 데리러 오지 말라고. 다시는 오지 말라고 썼다.

그럼에도 불구하고 퀴블러는 사무실 앞에서 그녀를 기다렸다. 그는 이 게오르크라는 자가 다시 그녀에게 깊은 인상을 준 것인지, 그녀가 그를 다시 사랑하게 된 것인지, 그녀가 그를 동정하는 것인지, 그가 석방되면 다시 그를 원하는지 꼬치꼬치 캐물었다. 엘리는 깜짝 놀라면서 이 모든 말을 들었다. 혼자만 실상을 알고 있는 일에 대한, 제3자의 의미 없고 몽롱한 상상력을 놀란 기분으로 들었다. 그녀는 조용히 대답했다. 아니, 그녀는 더 이상 게오르크를 사랑하지 않는다고. 그녀는 결코 그에게 돌아가지 않을 것이라고. 그가 자유로워진다 해도 돌아가지 않을 것이라고. 영원히 그럴 것이라고. 그러나 그녀는 게오르크를 면회하고 온 후 갑자기 퀴블러와 함께 있는 것이 즐겁지 않았다. 그저 그를 만나고 싶지 않았다. 그것이 전부였다.

여러 해 전 게오르크가 그녀를 채어 갔을 때 프란츠가 그랬던 것처럼, 퀴블러는 그녀의 길을 막아섰다. 퀴블러는, 그 자신이 그리 진지한 사람이 아니었으므로, 엘리의 거절이 지닌 결정적인 진지함을 믿지 않았다. 그 거절이 무슨 의미가 있단 말인가? 그녀가 아직도 게오르크를 사랑하고 있다 한들. 그게 뭐 대순가! 그녀가 혼자 이렇게 사는 것이 게오르크에게 무슨 도움이 될 것인가. 게오르크는 이런 것을 알지도 못할 텐데. 후일 그녀가 게오르크에게 얘기할 기회가 온다 한들, 게오르크는 그녀의 정절을 믿지도 않을 텐데. 대체 무엇 때문에 일을 어렵게 만든단 말인가.

이 모든 것 또한 거의 일 년 전의 일이었다. 오늘 저녁 엘리는 퀴블러를 초대했다. 그를 위해 슈니첼을 요리하고 그를 위해 푸딩을 저었다. 그를 위해 단장을 했다. 어떻게 또다시 이런 일이 생기게 된 것일까? 엘리는 생각했다. 어째서 내가 다시 그를 원하게 된 것일까. 어떤 결심이 필요하지도 않았고, 어려운 결정도 아니었다. 일 년이 제법 길다는 사실 외에 특별한 일이 생긴 것도 아니었다. 매일 저녁 혼자 지내는 것은 따분한 일이었다. 엘리가 특별히 그런 일에 적합한 사람도 아니었다. 당연하게도, 그녀는 여자였다. 퀴블러가 어디까지나 옳았다. 이미 낯설어진 남자를 위해 무엇 때문에 그런단 말인가? 한 해가 지나가는 동안, 주먹으로 맞아 일그러졌던 그 무시무시했던 얼굴도 약간 희미해졌다. 어머니의 말이, 나이 든 사람들의 말이 맞았다. 시간이 모든 걸 해결해준단다. 달궈졌던 쇠도 식는 법이다.

 엘리의 가슴 밑바닥에는 퀴블러가 나타나지 않았으면 좋겠다는 희미한 희망이 아직 남아 있었다. 어쨌든 그를 초대했으니, 이 일로 무엇이 달라질 것인지는 그녀 자신도 말할 수 없었다.

프란츠는 아래쪽 제과점에 앉아 밖을 내다보고 있었다. 가로등이 켜졌다. 낮에는 몹시 따뜻했었다. 그러나 지금은 여름이 지나갔다는 것을 속일 수가 없었다. 작은 제과점 안에는 드문드문 불이 켜져 있었다. 주인 여자가 카운터에서 크게 덜컹덜컹 소리를 내며 움직이고 있었다. 그녀는 틀림없이 두 질긴 손님이 가주기를 원하고 있었다. 갑자기 프란츠는 두 손으로 탁자를 꽉 잡았다. 그는 자신의 두 눈을 믿을 수가 없었다. 가로등 사이로 엘리 집 현관을 향해 게오르크가 걸어오고 있었다. 손에는 두어 송이의 꽃을 들고서. 프란츠의 몸속에 있는 모든 것이 미친 듯 소용돌이를 그리며 돌기 시작했다. 이 소용돌이 속에는 모든 것이 들어 있었다. 놀람과 기쁨, 분노와 공포, 행복감과 질투심. 그러나 그 남자가 가까이 오자 그 상태는 지나갔다. 프란츠는 자신을 진정시키며 스스로를 나무랐다. 이 남자는 그저 멀리서 볼 때만 아주 조금 게오르크와 닮았을 뿐, 또 그 닮았다는 것도, 게오르크를 염두에 두고 볼 때만 그럴 뿐이었다.

    제과점 여주인은 그사이 적어도 한 손님으로부터는 놓여났다. 젊은 남자는 돈을 휙 던지더니 뛰쳐나갔다. 프란츠는 커피와 슈트로이젤 케이크 한 조각을 또 주문했다.

현관문이 울렸을 때, 엘리의 얼굴은 빛났다. 조금 뒤 퀴블러는 엘리의 방에 서 있었다. 그는 손에 카네이션을 들고 있었다. 퀴블러는, 특별히 그를 기다리지는 않았던, 침대 가장자리에 앉은 젊은 여인을 상당히 어색해하며 바라보았다. 그녀는 무릎에 놓인 형형색색의 털실 뭉치에 걸려 잘 일어서지 못하고 있었다. 엘리는 얼굴을 들고 털실 가방에 손을 뻗더니 난처해서 그러는지, 지나치게 느리게 털실 꾸러미와 도구를 가방 속에 집어넣었다. 그녀는 몸을 일으키더니 퀴블러의 손에서 카네이션을 받아들었다. 부엌에서는 벌써 고기 굽는 냄새가 풍겨 오고 있었다. 마음씨 좋은 메르클러 부인의 솜씨였다. 엘리는 미소 짓지 않을 수 없었다. 그러나 퀴블러의 얼굴이 몹시 엄숙했으므로 그녀는 미소를 거두었다. 그녀는 그의 단호한 시선으로부터 얼굴을 돌렸다. 퀴블러는 그녀의 어깨를 잡았다. 그녀가 다시 고개를 들고 그를 똑바로 바라볼 때까지 점점 세게 잡았다. 엘리는 이 순간 다른 모든 것을 잊어버린 채, 이 남자가 와주어 다행이라고 생각했다. 이때 계단과 현관문에서 목소리와 발걸음 소리가 들렸다. 누가 실제로 소리를 지른 것일까 아니면 그저 누군가가 생각만 한 것일까. "게슈타포다!" 퀴블러의 두 손이 아래로 늘어지면서 그의 얼굴도 굳어졌다. 막 기뻐하며 뜨거워졌던 엘리의 얼굴 역시 굳어졌다. 결코 미소 지어 본 적이 없고, 더 이상 미소를 지을 수 없는 것처럼 굳어졌다.

생각 속에서 서서히 추론한 것이긴 했지만, 프란츠는 그가 제과점에 앉아서 보게 된 것들을 어느 정도 끼워 맞출 수가 있었다.
　작고 조용한 길에는 아주 잠깐 사이, 사람들의 눈에 띄진 않았지만, 상당히 여러 대의 자동차가 몰려들었다. 먼저 짙은 청색의 큰 승용차가 가장 가까운 길모퉁이에 멈춰 섰다. 동시에 엘리의 집 현관문 앞에 승합차 한 대가 정차했다. 거의 동시에 또 다른 승합차가 와서 앞차를 추월하지 않고 잠깐씩 브레이크를 밟으며 앞 승합차를 바짝 뒤따랐다.
　그사이 첫 승합차에서, 흔히 길에서 볼 수 있는 복장의 세 젊은이가 내리더니 잠깐 집 안에 들어갔다가 네 번째 사람을 잡아끌고는 다시 올라탔다. 프란츠는 이 네 번째 남자가 잠깐 동안 그가 게오르크와 혼동했던 그 남자라고 단언할 수는 없었다. 그를 끌고 가는 사람들이, 우연이든 고의든, 자동차 문과 집 현관문 사이의 시야를 가로막았기 때문이었다. 그러나 이 네 번째 사람이 그저 얌전하게 따라가지 않고, 끌고 가려는 사람들이 잡아끄는 사이사이 마치 취객이나 병자처럼 행동한다는 사실을 프란츠는 알아차렸다. 그사이 시동을 끄지 않고 있던 자동차에 탄 그들이 떠나자, 두 명이 집 안으로 달려 들어가더니 가운데에 여자를 끼고 되돌아 나왔다. 엘리의 집 문 앞에 잠시 머물렀던 두 번째 승합차도 천천히 엘리의 집 앞을 떠나 갔다.

두어 명의 행인들이 잠깐 멈추어 섰다. 아마도 두어 개의 창에서 사람들이 내다보았을 것이다. 그러나 가로등 아래 엘리의 집 앞 포석은 훼손되지 않은 채 그대로 깨끗했으며, 어떤 사고의 조짐도 없고, 피가 튀지도 않았다. 사람들은 사태를 추측해 보고는 자기 가족의 품으로 돌아갔다.

프란츠는 매 순간 자기도 들키지 않을까 하고 가슴을 졸였다. 그러나 무사히 자전거를 타고 그 지역을 빠져나왔다.

그러니 게오르크도 탈주범들 중 한 명이로군. 프란츠는 혼잣말을 했다. 저들이 그의 친척들을 감시하고 있어. 그의 아내를, 틀림없이 그의 어머니도 감시할 거야. 저들은 그가 여기 시내에 있다고 추측하는 거야. 어쩜 게오르크가 정말 여기 숨어 있는지도 몰라. 어떻게 그가 빠져나가지?

베스트호펜에서 풀려나온 저 동료 수감자의 이야기에도 불구하고 프란츠는, 엘리가 게오르크를 면회했던 때와 비슷하게, 지금의 게오르크 모습을 상상할 수가 없었다. 그러나 옛날 게오르크에 대한 추억이 급격하게, 동시에 아주 자세하게 그를 덮쳐왔다. 그는 너무나 분명하게 자기 앞에 있는 게오르크를 보았으므로 소리라도 지를 것 같았다. 지금과 마찬가지로 어두운 시대였던 지난 수백 년 동안에도 사람들은 길거리의 혼잡 속에서, 혹은 귀를 먹먹하게 만드는 축제의 혼잡 속에서, 갑자기 그들에게 금지되었던 기억을, 그러나 동시에 그들의 양심인

기억을 일깨워주는 단 한 사람을 보았다고 생각될 때 비명을
내질렀었다. 프란츠는 게오르크의 젊은 얼굴을 보았다. 뻔뻔하
면서도 슬픈 그의 눈길을, 정수리에서부터 아름답게 흘러내린
촘촘한 검은 머리카락을 프란츠는 보았다. 그는 두 손에 받쳐
진 게오르크의 머리를 보았다. 두 어깨 위에 걸린 머리, 물건으
로서의 머리, 현상금으로서의 머리. 프란츠는 자신이 위협받고
있기라도 한 것처럼 미친 듯이 자전거를 몰았다.

아주 심란하고 뒤집힌 마음으로—다행히 약간 거칠고 무거
운 그의 표정에는 이것이 잘 드러나지 않았다—그는 헤르만의
집에 도착했다. 그러나 그는 가득 찬 마음을 비워낼 수가 없었
다. 헤르만은 일이 끝났는데도 아직 집에 돌아와 있지 않았다.
"행사가 있댔어요." 심란해하는 프란츠를 둥근 눈으로 바라보
며 엘제가 말했다. 그 눈은 호기심에 차 있으면서도 순수했다.

무슨 일인지는 모르지만 위로를 해야겠다는 생각에 엘제는
상자 갑에서 감초 과자를 내놓았다. 남편 헤르만은 자주 그녀
에게 달콤한 것들을 사다 주었다. 맨 처음 그녀에게 선물을 했
을 때, 별것 아닌데도 불구하고, 그녀의 작은 얼굴이 활짝 빛나
면서 그를 감동시켰기 때문이었다. 엘제를 그저 어린애로만 생
각해온 프란츠는 그녀의 머리를 쓰다듬으려다 곧 후회했다. 그
녀가 깜짝 놀라며 얼굴을 붉혔기 때문이었다. "그래, 그가 아직
안 왔군." 프란츠는 생각에 잠긴 채 거의 절망적으로 말했다.
그의 가슴에서 작은 한숨이 새어 나왔다. 엘제는 그가 길 아래
로 자전거를 밟아나가는 뒷모습을 지켜보았다. 어린아이같이

순진한 그녀는 프란츠의 고통을 이해할 수는 없었지만 그 고통에 깊이 감염돼 있었다.

마르네트 씨 댁 식구들은 프란츠를 조금 기다리다가 식사를 시작했다. 양치기 에른스트가 프란츠의 자리를 차지하고 앉아 있었다. 이제 에른스트는 넬리에게 뼛조각을 갖다 주려고 다시 한 번 집 앞으로 나갔다. 뜨겁고 퀴퀴한 부엌에서 들판으로 나서자 그의 얼굴은 달라졌다. 그는 숨을 내쉬었다. 오늘 안개는 두텁지 않았다. 넓은 구역의 여러 마을과 도시들, 철로들, 획스트의 공장들과 오펠 뤼셀스하임 공장의 불빛들이 보였다. 한 손은 엉덩이께에 받치고, 다른 한 손엔 뼈다귀를 든 채 에른스트는 조용히 주위를 둘러보았다. 그의 얼굴은 즐거운 듯하면서도 거만한 표정이 되었다. 마치 어두운 선사시대로부터 바로 오늘 족장이 되어 이곳에 온 것처럼, 그리하여 마침내 정벌한 땅을, 강을, 백만 개의 불빛을 관찰하는 정복자처럼, 그렇게 꼼짝 않고 서 있었다. 그는 정말 어두운 선사시대로부터 족장의 우두머리로서 이곳에 온 것이 아니던가? 땅과 황야와 강들을 굴복시키지 않았던가?

에른스트는 몸을 움직였다. 밭 뒤에서 무엇인가 끼익 하는 소리를 들은 것이다. 그것은 프란츠가 밀고 올라오는 자전거 소리였다. 방금 전까지 맑고 숭고해 보이기까지 했던 양치기의 얼굴에는 호기심에서 생긴 끈질기고도 교활한 장난기가 어렸다. 어째서 프란츠는 이렇게 늦은 시각, 어째서 이쪽 방향에서 오는 것일까? "다 먹어치웠는데." 에른스트가 말했다. 건방지고 날카로운 눈으로 그는 벌써, 프란츠가 그리 기분이 좋지 않음을 알아차렸다. 에른스트를 사로잡은 것은 동정심이 아니었다. 단순한 호기심이었다. 그의 얼굴에는 이렇게 말하는 듯한 표정이 어렸다. 어이 프란츠, 너를 물어뜯은 그 벼룩이 애초엔 정말이지 작았단다.

말을 주고받진 않았지만 프란츠는 이자가 자신을 밀쳐내는 것을 느꼈다. 평소 재미있게 생각하던 그의 냉소적인 차가움에 자신이 밀려나는 것을 느꼈다. 에른스트의 무관심이 프란츠는 역겨웠다. 한 그릇의 수프를 먹기 위해 이제 만나야 하는 사람들의 무관심이, 그의 바로 머리 위에 떠 있는 별들의 무관심이 프란츠는 역겨웠다.

VII

게오르크는 밤 속으로 걸어 들어갔다. 안개 낀 밤이 어찌나 조용한지, 그는 자기가 영원히 발견되지 않을 것 같은 기분이 들었다. 발걸음을 내디딜 때마다 그는 혼잣말을 했다. 다음 발걸음이 마지막이야. 그러나 모든 발걸음 뒤에는 내디뎌야 할 다음 발걸음이 있었다. 몸바흐를 지난 직후 그는 시장의 트럭에서 내려야 했다. 이곳에는 더 이상 다리가 없었으나, 마을마다 선착장이 있었다. 게오르크는 선착장을 차례차례 뒤로했다. 아직 배로 건너야 할 순간은 아니었다. 모든 것이 그에게 경고하고 있었다. 인간의 모든 힘이 한 곳에 집중될 때면 언제나 그러한 것처럼, 그의 본능과 이성은 하나가 되어 있었다.

그는 어제저녁 때처럼 시간 감각을 잃어버렸다. 안개를 경보하는 무적(霧笛) 소리가 라인 강에서 울려왔다. 라인 강을 따라 낮은 댐 위를 달리는 국도에는 몇몇 자동차 불빛이 윙윙 소리를 내며 지나갔다. 그 소리의 간격은 점점 길어졌다. 바짝 가까이 밀치고 온, 숲으로 이뤄진 섬 하나가 강을 막으며 시선을 차단했다. 갈대숲 뒤에서 농장의 불빛이 반짝였으나, 그 불빛은 게오르크에게 공포를 심어주거나, 그를 안심시키지는 않았다. 그것들은 도깨비불 같았다. 그만큼 이 지역은 인적이 드물었다. 그의 시선을 막은 섬은 길게 뻗어 있거나 아니면 길의 끝인 것 같았다. 아마도 불빛들은 배에서 오는 듯했다. 아니면 숲으로 된 섬이 아니라 안개 때문에 시야가 막힌 저 건너편 강둑에서 오는 것인지도 몰랐다. 이곳에서도 피곤 때문에 간단히 파멸할 수 있었다. 지금 발라우와 2분만 함께 있을 수 있다면, 어떤 지옥이라 할지라도…….

만약 발라우가 라인 강변 어느 도시에 닿는 데 성공한다면, 그곳에서 그는 국외로 탈출할 수 있을 것이다. 그곳에서 기다리고 있던 사람들이 탈출의 다음 단계를 준비해놓았을 것이다.

발라우가 두 번째로 수용소에 수감되었을 때, 그의 아내는 남편을 다시 보지 못하리라는 것을 알았다. 그녀의 면회 요청이 위협과 함께 단호하게 거부당했을 때—그녀는 지금 살고 있는 만하임에서 베스트호펜까지 갔었다—그녀는 어떤 일이 있어도 남편을 구해내겠다고 결심했다. 그녀는 일단, 일이 성사될지 어떨지를 따져보려는 분별력 혹은 분별력의 일부를 배제시켰다. 그러고는 실행 불가능한 계획에 매달리는 여성 특유의 사로잡힌 집념으로 이 결심을 쫓았다. 발라우의 아내는 보고 들은 경험담에 매달리지 않았다. 주변에 흘러 다니는 정보에도 매달리지 않았다. 그녀는 성공한 탈출 신화 두세 개에 매달렸다. 다하우에서 탈출한 바임러*나, 오라니엔부르크에서 탈출한 제거**의 전설에 매달렸다. 그리고 전설들에는 확실한 정보도, 확실한 경험도 다 숨겨져 있었다. 그녀는 또한 알고 있었다. 남편이 깨어 있는 인간의 온 힘을 다하여 살고 싶어 한다는 것, 계속 살고 싶어 한다는 것을, 그리고 남편이 자신의 어떤 하찮은 암시라도 이해하리라는 것을. 일의 성공을 위해 가능한 것과 불가능한 것을 구분하지 않으려는 그녀의 태도가 그녀로 하여금 여러 세부 사항에서 영리하게 처신하는 것을 방해하지는 않았다. 그녀는 연결점들을 이어 붙이고 소식들을 전하는 데 있어 두 아들을 이용했다. 특히 예전에 아버지로부터 철저하게 학습받은, 그리고 이제 어머니의 계획을 듣고 완전히 빠져버린 큰아들을 이용했

---

*독일 공산당 소속의 제국 의회 의원이었던 한스 바임러(1895~1936)는 1933년 4월 체포되어 다하우 강제수용소에 수감되었으나 탈출에 성공, 1936년 스페인 내전에서 전사했다. 작가 제거스는 이 바임러에서 주인공 게오르크 하이슬러의 모습을 따왔다고 한다.
**사민당(SPD) 소속 제국 의회 의원이었던 게르하르트 하인리히 제거(1896~1967) 역시 1933년 오라니엔부르크 강제수용소에서 탈출하는 데 성공했다.

다. 이 아들은 히틀러 청소년단의 제복을 입고 있긴 했으나, 감당하기 벅찬 불꽃으로 가슴이 밝아졌다기보다, 그 불에 가슴이 타고 있는, 검은 눈동자의 강인한 소년이었다.

두 번째 날 저녁인 지금, 발라우 부인은 수용소 탈출이 성공했음을 알았다. 그러나 그녀는 남편이 언제쯤 돈과 옷이 준비돼 있는 보름스의 헛간에 도착할 것인지, 아니면 이미 지난밤 그곳을 통과해 갔는지는 알 수가 없었다. 이 헛간은 바흐만 씨 가족의 소유였다. 바흐만 씨는 전차 차장이었다. 발라우 부인과 바흐만 부인 두 여인은 30년 전 함께 학교에 다닌 사이였으며, 그들의 부친들도 친구였다. 나중에는 남편들도 친구가 되었다. 두 여인은 일상적 삶의 짐을 함께 져왔으며, 지난 3년 동안은 비정상적인 삶의 짐도 함께 져온 사이였다. 바흐만 씨도 1933년 초에 잠깐 체포된 적이 있었으나, 그 이후 별다른 성가심 없이 일하고 있었다.

발라우 부인이 그녀의 남편을 기다리고 있는 지금, 바흐만 부인은 전차 차장인 자신의 남편을 기다리고 있었다. 두 손이 움찔움찔 경련하는 데서 알 수 있듯이 마음의 갈피를 못 잡고 불안해하면서, 바흐만 부인은 단 10분이면 시내 아파트로 돌아올 수 있는 그 헛간에 간 남편을 기다리고 있었다. 어쩌면 남편 역시 발라우를 도와주어야 할지도 모르지. 그렇다면 11시경에는 돌아오겠지. 바흐만 부인은 아이들을 돌봐주면서 스스로 마음을 가라앉혔다.

절대 무슨 일이 일어날리 없어, 바흐만 부인은 수천 번도 더 혼잣말을 했다. 아무것도 드러날 건 없어. 설사 무엇인가 드러난다 하더라도, 그 누구도 어떤 것도 증명할 수는 없어. 돈과 옷은 발라우가 훔칠 수 있는 거지. 우린 여기 시내에 살고 있고, 우리들 중 누구도 몇 주 전부터 그 헛간에 간 사람은 없는 거야. 그 옷과 돈이 아직 거기 있는지 알 수 있다면……. 그녀의 생각은 이어졌다. 참 견디기 힘들구나. 발라우 부인이 일을 잘 끝내야 할 텐데!

그녀, 바흐만 부인은 그때 발라우 부인에게 말했었다. "있지, 힐데, 그동안 남자들이 변했어. 우리 남편들도 변했어." 발라우 부인은 이렇게 대꾸했었다. "어떤 것도 발라우를 변하게 하지 않았어." 그녀, 바흐만 부인은 또 이렇게 말했었다. "정말 죽음을 깊이 들여다보았다면, 별수가 없어." 발라우 부인이 말했었다. "말도 안 되는 소리. 우리가? 내가? 큰 놈이 태어날 때 나도 거의 죽을 뻔했지. 그다음 해에 또 하나를 낳았고." 그녀, 바흐만 부인이 말했었다. "게슈타포들은 상대에 대해 모든 걸 알고 있대." 발라우 부인이 말했었다. "그건 과장이야. 저들은 사람들이 말하는 것만 알 뿐이야."

조용히 혼자 있게 된 지금 바흐만 부인의 사지는 다시 경련하기 시작했다. 그녀는 바느질거리를 찾아 가져왔다. 조금 안정이 되었다. 아무도 우리에게서 뭘 증명할 순 없어, 그녀는 스스로에게 말했다. "그건 무단 침입인 거야."

남편이 계단을 올라오고 있었다. 이제 오는구나. 그녀는 몸을 일으켜 그의 저녁 식사를 준비했다. 그가 아무 말 없이 부엌으로 들어왔다. 그를 향해 몸을 돌리기도 전에 아내는, 남편의 등장으로 방의 온도가 2~3도 내려간 것 같다는 느낌을 마음으로뿐만 아니라 온 피부로 느꼈다. "어떻게 됐어요?" 그녀는 남편의 얼굴을 보면서 물었다. 남편은 아무 대꾸도 하지 않았다. 그녀는 수프가 가득 담긴 접시를 그의 양 팔꿈치 사이에 놓았다. 남편의 얼굴로 수프의 김이 피어올랐다. "여보, 오토," 그녀가 말했다. "어디가 안 좋아요?" 그 질문에도 역시 그는 대꾸하지 않았다.

아내는 무서워 죽을 것 같았다. 그러나, 그녀는 생각했다. 헛간하고는 상관없는 일일 거야. 남편이 여기 와 있지 않은가. 이 일 때문에 그냥 괴로운 거야. 이 일이 빨리 지나가야 할 텐데. "좀 더 들지 않을래요?" 그녀가 물었다. 남편은 아무 대꾸도 하지 않았다. "그 생각에 너무 매달리지 마요." 아내가 말했다. "그 생각만 하다 보면 미칠 거예요." 남편의 반쯤 감은 두 눈으로부터 고뇌의 빛이 뿜어져 나왔다. 아내는 다시 바느질을 시작했다. 고개를 들어보니 남편은 두 눈을 완전히 감고 있었다. "무슨 일이에요?" 아내가 물었다. "뭐예요?" "아무것도 아니오." 남편이 말했다.

하지만 남편이 그 말을 내뱉는 모습이라니! 마치 아내가 그에게, 당신 정말 이 세상에 아무것도 가진 게 없냐고 물어본 것처럼, 그리고 그가 '이제 아무것도 없어'라고 거짓 없이 진실을 말한 것처럼. "여보, 오토," 그녀가 말했다. 그러면서 바느질을 계속했다. "아무래도 무슨 일이 있었던 거죠." 그러나 남편은 공허하게 그리고 조용하게 대꾸했다. "전혀, 전혀 아무 일 없었소." 남편의 얼굴을 보면서, 재빨리 바느질감에서 시선을 돌려 남편의 두 눈을 들여다보면서 그녀는 깨달았다. 남편이 이제 진실로 아무것도 가지지 않았음을, 그가 지금까지 갖고 있던 모든 것을 잃어버렸음을.

아내는 오싹해졌다. 그녀는 어깨를 움츠리고 비스듬히 앉았다. 마치 남편이 식탁 끝에 앉아 있지 않은 것처럼, 그녀는 깁고 또 기웠다. 아무것도 생각하지 않고 아무것도 묻지 않았다. 물었다가는 그녀의 인생을 파멸시킬 대답을 들을 수도 있을 테니까.

무슨 이런 삶이 다 있단 말인가! 물론 빵과 아이들 양말을 얻기 위해 일상적인 투쟁을 해야 하는 보통의 삶인 것에는 틀림없었다. 그러나 동시에 모든 체험할 가치가 있는 것에 뜨겁게 참여하는 강렬하고 대담한 삶이기도 했었다. 바흐만 부인과 발라우 부인, 그녀들이 한 골목에 사는 두 명의 머리 많은 소녀였을 때, 그들 방의 네 벽에 메아리치지 않은 것은 아무것도 없었다. 그들은 하루 열 시간, 아홉 시간, 여덟 시간의 노동을 위한 투쟁에 대해 들었다. 뿐만 아니라 아버지들은, 그녀들이 양말에 뚫린 고약한 구멍을 깁고 있는 동안 여자인 그녀들에게도, 베벨*부터 리프크네히트**에 이르기까지, 리프크네히트***

---

*아우구스트 베벨(1840~1913): 1869년의 독일 사민당 창당인 중의 한 명. 1867~1913년 제국 의회 의원. 저서로 《여성과 사회주의》(1883)가 있다.
**빌헬름 리프크네히트(1826~1900): 런던에서 엥겔스의 친구였으며, 베벨과 함께 사민당 창당에 참여했다. 1874~1900년 제국 의회 의원.

부터 디미트로프****에 이르기까지 연설문들을 낭독해 들려주었었다. 그들의 할아버지들도 파업하고 데모한 이유로 감금당했었다고, 아버지들은 자랑스레 아이들에게 얘기해주었었다. 물론, 그 당시에는 그런 일로 집안이 뿌리째 파멸하거나 죽음을 당하지는 않았었다. 숨길 것 없는 삶이었다. 그런데 이제는 하나의 질문 때문에, 그래, 하나의 생각 때문에 사라져야 하고 배신당해야 하는 것이다. 그러나 일은 이미 저질러져 있었다. 남편은 뭐가 잘못된 걸까? 바흐만 부인은 단순한 여자였다. 그녀는 남편을 좋아했다. 서로 사랑하면서 오랜 세월 함께해왔다. 그녀는 늘 배우고자 하는 발라우 부인과는 달랐다. 지금 식탁 끝에 앉아 있는 남자는 전혀 그녀의 남편 같지가 않았다. 그는 낯설고 기이한, 초대받지 않은 손님 같았다.

남편은 대체 어디서 오는 걸까? 어째서 이렇게 늦은 걸까? 남편은 심란해 보였다. 그는 오래전부터 변해 있었다. 그때 갑자기 석방되고 나서부터, 그는 변했어. 그때 남편이 석방되었을 때, 그녀가 기뻐서 소리 질렀을 때도 그의 얼굴은 공허하고 지쳐 있었지. 그렇담 넌 남편이 발라우처럼 되길 바라는 거야? 아냐, 바흐만 부인은 생각하고 싶지 않았다. 그러나 그녀보다

***카를 리프크네히트(1871~1919): 빌헬름 리프크네히트의 아들이다. 1912년부터 사민당 소속 의원. 1918년 공화국을 선포하고, 독일 공산당 창당에 참여했다. 로자 룩셈부르크와 함께 의용군 장교에게 살해당했다.
****게오르기 디미트로프(1882~1949): 불가리아의 사민주의자이자 공산주의자. 1935년 공산주의 인터내셔널(Komintern) 사무총장. 1946년 불가리아 수상직에 올랐다.

훨씬 연륜이 깊고 동시에 젊은, 그녀 마음속의 또 다른 목소리가 대답하고 있었다. 그래, 그게 더 나을 거야. 난 남편의 저런 얼굴은 견딜 수가 없어. 그녀는 생각했다. 마치 아내의 말을 엿듣기라도 한 것처럼, 남편은 몸을 일으켜 창가로 갔다. 상점의 셔터들이 내려져 있었음에도 불구하고 그는 방 쪽으로 등을 돌린 채 서 있었다.

게오르크는 두어 개의 창고를 비틀거리며 지나친 후 결국 한 곳으로 들어갔다. 그 안에는 사용되지 않아 썩은 냄새를 풍기는, 버들가지로 엮은 바구니 더미 외에는 아무것도 없었다.

   제발 좀 잤으면, 잠을 자고 싶어. 게오르크는 생각했다. 잠들어 영원히 깨어나지 않았으면. 그는 창고의 구석으로 기어 들어 갔다. 기어가면서 층층이 쌓여 있던 바구니를 건드리는 바람에, 그것들이 와르르 무너져 내렸다. 그는 놀라서 다시 한 번 정신이 말짱해졌다. 안개는 사라지고 없었다. 빈 문틈 사이로 드러난 바닥에, 눈처럼 조용히, 달빛이 비치고 있었다. 오래전에 찍힌 발자국들과 게오르크의 새 발자국이 뚜렷이 구별되었다.

   게오르크는 사실상 잠을 잔 것이 아니었다. 기껏해야 2분쯤 깜빡 졸았을 것이다. 그사이 그는 꿈을 꾸었다. 레니에게 도착해 있는 꿈이었다. 그는 레니의 머리카락 속으로 손가락을 집어넣었다. 그녀의 머리카락은 뻣뻣했고 와삭거렸다. 그는 그녀의 머리카락에 얼굴을 파묻고 숨을 내쉬었다. 이 모든 것이 꿈이 아니고, 진짜 현실인 것 같았다. 다시는 레니가 그에게서 도망가지 못하도록 그는 그녀의 머리카락을 손목에 돌려 감았다. 그의 발에 무엇인가가 부딪쳤다. 유리 파편 같은 것이 쨍그랑 소리를 내었다. 그는 놀라서 다시 번쩍 깨어났다. 그래, 정말이야, 그동안 한 번도 그 일을 생각해본 적 없다는 사실에 놀라면서 게오르크는 생각했다. 그때도 내가 무엇인가를 쓰러뜨렸었지. 램프였어. 그때 그녀의 웃음소리는 약간 쉬어 있었지. 술 취한 상태로 고집스럽게 내게 다짐하던 그 목소리. 저게 우리에게 행운을 가져다줄 거야. 게오르크, 저게 그래도 우리에게 행운을 가져다줄 거야.

머릿속에 날카롭게 찌르는 듯한 고통이 느껴졌으므로 그는 자기도 모르게 피가 나는 것이 아닌가 하고 머리를 만졌다. 자고 싶은 생각은 사라져버렸다. 그는 생각했다. 이때쯤이면 그녀에게 가 있을 거라 믿었는데……. 그의 생각은 어디로 향하든 어찌할 바를 모르고 되돌아왔다. 그의 텅 빈 머릿속은 이제 절망 그 자체가 되어 있었다.

멀리 떨어진 곳에서 무엇인가가, 사람 혹은 동물이 들판을 지나왔다. 그리 크지 않은 그 소리는 가볍고 짧은 발자국이 되어 부드러운 흙을 밟고 점점 가까이 왔다. 게오르크는 부대 자루나 바구니나 무엇이든 자기 앞으로 끌어당겼다. 그러나 너무 늦었다. 문틈에 무언가가 막아서더니 캄캄해졌다. 어떤 여자의 그림자였다. 치맛단에서 그걸 알 수 있었다. 그녀는 낮게 속삭였다. "게오르크?" 게오르크는 소리를 지르려고 했다. 그러나

숨이 막혀 말이 나오지 않았다.

"게오르크." 그 소녀는 약간 실망한 음성으로 말했다. 뒤이어 소녀는 창고 안쪽 문 앞의 바닥에 앉았다. 게오르크는 그녀의 단화와 두터운 양말을, 그리고 약간 벌어진 두 무릎을 덮은 거친 천의 스커트를 볼 수 있었다. 그녀의 두 손은 스커트 위에 놓여 있었다. 그의 가슴이 어찌나 쿵쾅거리며 뛰었던지 그는 그녀가 이 소리에 놀라 벌떡 일어날지도 모른다는 생각이 들었다. 그러나 그녀는 다른 곳에 귀를 기울였다. 단단한 발걸음이 들판을 가로질러 오고 있었다. 그녀는 기뻐하면서 말했다. "게오르크." 그녀는 무릎을 오므리고 무릎 위로 스커트를 잡아당겼다. 게오르크는 이제 그녀의 얼굴도 보았다. 몹시 아름다워 보였다. 이 빛 속에 그리고 사랑의 기대 속에 어떤 얼굴인들 아름답지 않으랴.

또 다른 게오르크가 문을 통해 들어와 고개를 숙이더니 바로 그녀 옆에 앉았다. "응, 너로구나. 너 여기 있었구나." 그가 말했다. 그는 만족한 듯 덧붙였다. "나도 왔어." 그녀는 조용히 그 또 다른 게오르크를 포옹했다. 그녀는 얼굴을 또 다른 게오르크의 얼굴에 갖다 대었다. 입은 맞추지 않았다. 아마 입 맞추고 싶은 생각도 없는 듯했다. 둘은 아주 낮게 소근거렸으므로 게오르크는 그 말을 알아들을 수가 없었다. 마침내 또 다른 게오르크가 소리 내어 웃었다. 그러고는 다시 조용해졌다. 그래서 게오르크는 또 다른 게오르크가 손으로 그녀의 머리를 쓰다듬는지 옷 위를 쓰다듬는지 분간할 수가 있었다. 그러면서 또 다른 게오르크가 말했다. "내 사랑." 그는 이렇게도 말했다. "이 세상에 있는 내 모든 것." 소녀는 "그건 사실이 아니야"라고 말했다. 또 다른 게오르크는 그녀에게 정열적으로 입 맞추었다. 게오르크의 앞에 있던 바구니만 빼고, 쌓여 있던 바구니들이 서로 뒤엉켜 무너져 내렸다. 소녀는 이전과 다른 밝은 목소리로 말했다. "내가 얼마나 널 사랑하는지 네가 안다면." "그래, 정말?" 또 다른 게오르크가 말했다. "그럼, 누구보다 널……. 아냐." 갑자기 그녀가 소리쳤다. 또 다른 게오르크가 소리 내어 웃었다. 소녀는 화가 나서 말했다. "아냐, 게오르크. 이제 가버려." "그래 갈게." 또 다른 게오르크가 말했다. "너 이제 날 완전히 놓아줘야 할걸." 소녀는 당황해서 물었다. "어째서?" "다음 달에 난 입대해야 하거든." "맙소사." "왜 그래? 그건 그리 나쁘지 않아. 매일 훈련을 받아야 하고, 더 이상 자유로운 시간이 없다는 거지." "몹시 괴롭힘을 당할 거 아냐." "그건 다른 문제야." 또 다른 게오르크가 말했다. "마침내 제대로 군인이 된다는 거지. 지금까지는 그저 병정놀이였거든. 알가이어도 그렇게 말하더라고. 너 있지, 말해봐, 지난겨울 알가이어와 함께 하이데스하임에 춤추러 가지 않았어?" "왜 아냐? 갔었지." 소녀가 말했다. "그땐 널 알지 못했거든. 지금과는 달랐잖아." 또 다른 게오르크가 소리 내어 웃었다. "그랬어?" 그가 말했다. 그는 그녀를 꼭 잡고 있었다. 소녀는 아무 말도 하지 않았다. 한참이 지나 그녀는, 마치 애인이 폭풍에 휩쓸려 갔거나, 어둠 속에서 실종이라도 된 것처럼 슬프게 말했다. "게오르크." 또 다른 게오르크가 아주 만족스럽게 대답했다. "그래."

이어 그들은 다시 처음과 같은 자세가 되었다. 소녀는 무릎을 곧추 세우고, 남자의 한 손을 자신의 두 손으로 꼭 쥐었다. 그들 둘은 완전히 일치된 마음으로 밖을 내다보았다. 그들은 들판과 조용한 밤과 하나가 된 것 같았다. "있지, 우린 저편에서 온 거야." 또 다른 게오르크가 말했다. "난 이제 집에 가야 해." 소녀가 말했다. "네가 떠나가면 난 무서워." "아직 전쟁에 나가는 건 아니잖아." 남자가 말했다. "군인이 된다는 거지." "내 말은 그게 아냐." 소녀가 말했다. "내 말은, 네가 내게서 떠나는 것 말이야, 지금 당장." 또 다른 게오르크가 소리 내어 웃었다. "맹꽁이 같으니라고. 내일 다시 올 건데 뭐. 제발 울부짖지는 마." 또 다른 게오르크는 그녀의 눈 위에, 얼굴에 입을 맞추었다. 그가 말했다. "그래, 이제 웃는구나." 소녀가 말했다. "내게는 웃음과 울부짖음이 같은 거라고."

뒤이어 또 다른 게오르크가 들판을 가로질러 떠나고, 이미 더 이상 은빛이 아니라 우윳빛으로 변한 희미한 불빛 속에서 소녀가 그의 뒷모습을 바라볼 때, 게오르크는 깨달았다. 그녀가 전혀 아름답지 않고, 그저 둥글고 평평한 얼굴을 하고 있다는 사실을. 그리고 그는 또 다른 게오르크가 내일 다시 올까 봐, 소녀를 염려했다. 허락만 받았더라면, 그, 게오르크가 왔을 텐데. 소녀의 얼굴에도 공포의 기미가 어려 있었다. 자신과 멀리 떨어진 곳에서 작고 단단한 장소를 찾아내려는 듯, 얼굴을 찡그렸다. 그녀는 한숨을 쉬더니 몸을 일으켰다. 게오르크는 약간 몸을 움직였다. 문 앞의 공간에는 이제 아주 가느다란 달빛밖에 없었다. 그것도 이미 없어지려 하고 있었다. 날이 밝아오고 있었다.

제3장

I

하인리히 퀴블러는 바로 그날 밤 대질심문을 받기 위해 베스트호펜으로 이송되었다. 처음에 그는 완전히 얼이 빠져서 엘리의 집에서 아무 말 없이 끌려 나왔다. 그러나 이송 도중 그는 아주 난폭해졌다. 그는, 강도에게 습격당한 건장한 남자라면 누구나 그러하듯, 주변 사람들을 마구 치고받고 때렸다.

　무시무시하게 구타당해 곧 제압당한 그는 반쯤 의식을 잃고 손목이 묶인 채, 자신의 상태에 대한 그 어떤 설명도 찾을 길 없이, 차를 타고 가는 동안 내내 무감각하게 마치 자루 부대처럼 경비병들의 팔과 무릎에 비틀거리며 매달려 있었다. 수용소에 도착한 그를 맞기 위해 돌격대에게 경계가 내려졌을 때, 그리고 잡혀 온 자가 이미 흠씬 두들겨 맞은 것을 보았을 때, 돌격대원들은 잡혀 온 자를 심문 전에 손대서는 안 된다는 경감의 명령이 이자에게는 적용될 수 없음을 알았다. 그 명령은 손상 없이 도착한 죄수에게나 적용되는 것이었다. 한순간은 아주 조용했다. 이어 잠시 곤충이 내는 것 같은 윙윙거리는 소리— 이 소리가 언제나 먼저였다—그러다가 그 남자의 날카로운 비명 소리, 뒤이어 몇 분간 미쳐 날뛰는 소리, 그러다가 아마도 다시 정적. '아마도'라고밖에 말할 수 없는 것은 심문 현장에 아직 누군가가 들어가 보지 않았기 때문이며, 또 그 장면을 보는 사람이 심장의 쿵쾅거림 없이는 도저히 그 장면을 제대로 묘사할 수 없기 때문이었다.

하인리히 퀴블러는 알아볼 수 없을 정도로 두들겨 맞아 마지막 순간 의식을 잃은 채 끌려 나왔다. 파렌베르크는 이렇게 보고를 받았다. 네 번째 탈주범, 게오르크 하이슬러를 끌고 왔습니다.

이틀 전 그의 삶에 덮쳐온 불행한 사건 이후 파렌베르크 역시 탈주범들만큼이나 잠을 이룰 수 없었다. 머리카락은 하얗게 세기 시작하고, 얼굴도 오그라들어 있었다. 자신이 어떤 위험에 처해 있는지 생각할 때마다, 자신이 무엇을 잃어버렸는지 분명히 알려고 할 때마다, 그는 허우적거리며 신음을 토해내었다. 그는 풀리지 않는 실타래의 덤불 속에서, 쓸모없는 전화 통화를 위한 꼬인 전선줄의 더미 속에서 몸을 비틀었다.

두 창문 사이에는 총통의 사진이 걸려 있었다. 그는, 당연히 그래야 하는바, 총통으로부터 권력을 위임받은 자였다. 완전한 전권은 아니지만 거의 그것에 맞먹는, 사람들의 육체와 영혼을 지배하는 주인이 된 것이었다. 삶과 죽음을 관장하는 권력, 그것은 작은 것이 아니었다. 그의 앞에 끌려온 힘센 남자들을 빠르게 혹은 서서히 파멸시킬 수도 있었고, 똑바로 곧추선 그들의 육신을 네 다리로 기게 만들 수도 있었다. 조금 전만 해도 대담하고 건방지던 그들은 죽음의 공포로 얼굴이 하얘져서 말을 더듬었다. 많은 이들이 끝장을 보았고, 더러는 변절자가 됐으며, 또 더러는 기세와 의지가 완전히 꺾인 채 석방되기도 했다. 대체로 권력의 맛은 그 자체로 완벽했다. 그러나 가끔씩은 그 사이에 무언가가 끼어들어 훼방을 놓기도 했다. 몇몇 심문의 경우, 특히 게오르크 하이슬러의 경우가 그러했다. 그 미끈거리는 연약한 물건, 그것은 손댈 수 없이, 잡을 수 없이, 죽일 수 없이, 상처 낼 수 없이 손가락 사이로 빠져나갔다. 그렇기 때문에 그것은 결국 권력의 맛 전부를 잃게 만들 수 있는 물건이었다. 도마뱀처럼 미끈거리는 작고 야비한 짐승. 심문을 받을 때도 언제나 그대로이던 게오르크 하이슬러의 시선과 미소—아무리 때리고 또 때려도 그의 입술 위에는 희미한 비웃음이 남아 있었다. 이제 게오르크 하이슬러가 잡혀 왔다는 보고를 받은 파렌베르크는 미친 사람의 상상 속에서나 가능한 꼼꼼함으로, 두어 번의 삽질로 흙 묻은 게오르크의 얼굴에서 웃음기가 사라지는 것을, 그 얼굴이 흙으로 뒤덮이는 것을 그려 보았다.

    칠리히가 들어왔다. "소장님." 그는 헉헉거렸다. 그만큼 당황해하고 있었다. "뭐야?" "사람을 잘못 끌고 왔습니다." 파렌베르크가 달려들 기세였기 때문에 칠리히는 몸이 굳어졌다. 설사 파렌베르크가 달려들어 때렸다 해도, 칠리히는 꼼짝 않고 그대로 서 있었을 것이다. 파렌베르크는 무슨 이유에선지, 칠리히에게 아무 비난도 하지 않고 있었다. 그러나 비난받진 않았어도, 죄책감과 절망감의 흐릿한 감정이 칠리히의 땅딸막하고 힘센 몸의 목덜미까지 가득 채우고 있었다. 그는 숨을 쉬려고 애를 썼다. "어제저녁 프랑크푸르트에 있는 게오르크 마누라의 집에서 그자를 붙잡았는데, 그자는 게오르크가 아닙니다. 혼동한 것입니다." "혼동했다고?" 파렌베르크는 이 말을 되풀이했다. "그렇습니다. 혼동, 혼동했습니다." 칠리히 역시 이 말을 되풀이했다. 마치 둘의 혀가 이 단어를 즐기기라도 하는 것 같았다. "그 여편네를 위로해주던 작자인 모양입니다. 제가 보았습니다. 탈출한 진짜 녀석은 아가리가 떨어져 나갔다 해도 제가 언제라도 알아볼 수 있습니다." "혼동이라." 파렌베르크가 말했다. 그는 갑자기 무엇인가 깊이 생각하는 것처럼 보였다. 칠리히는 무거운 눈꺼풀 아래 꼼짝 않고 서서 그를 바라보았다. 뒤이어 파렌베르크의 분노가 발작처럼 터져 나왔다. 그는 울부짖었다. "여기 조명이 대체 왜 이따위야? 머리통들을 부셔놔야 알겠나? 저기 전등 하나 갈 사람이 없단 말이야? 우리들 중에 아무도 없단 말이야? 저 바깥은? 대체 몇 시야? 무슨 안개가 이따위람. 빌어먹을, 또 안개로군. 매일 아침 이 모양이야." "가을이지 않습니까, 소장님." "가을이라고? 저 빌어먹을 나무들, 저 나무들을 잘라버려. 밖의 저것들을 없애라고. 빨리, 빨리."

5분 후 소장의 막사 안과 밖에서는 분주하게 작업이 진행되었다. 두어 명의 수감자들이 나치 돌격대의 감독을 받으며 3동 막사 앞에 있는 플라타너스 나무들의 꼭대기를 잘랐다. 전직 전기 기사였던 한 수감자 역시 돌격대의 감독 아래 소장실의 전등을 두어 개 교체했다. 가지들을 잘라내는 탁탁 소리와 톱이 끼익거리는 소리가 밖에서부터 새어 들어오는 가운데 전기 기사였던 그 수감자는 소장실 바닥에 엎드려 전기 스위치를 이리저리 만져보고 있었다. 한 번 눈을 들던 그는 파렌베르크의 눈과 딱 마주쳤다. "그런 시선은," 그는 2년 후 털어놓았다. "내 평생 본 적이 없었어. 저 작자가 내게 달려들어 허리뼈를 부러뜨리지 않나 싶었지. 그러나 소장은 내 엉덩이를 한 번 걷어차더니 말했어. '빨리, 빨리, 빨리.' 마침내 내가 만지던 전등을 다 점검해보고, 불을 켰다가는 다시 껐지. 플라타너스 나무들의 꼭대기는 다 잘렸고, 날이 훤히 밝아 있었어."

　여전히 실신 상태인 하인리히 퀴블러는 그사이 치료를 받기 위해 수용소 의사에게 옮겨졌다. 이 남자는 절대 게오르크 하이슬러가 아니라는 칠리히의 주장을 피셔와 오버캄프는 수긍했지만, 그러나 알아볼 수 없을 정도로 얻어터진 그를 살펴본 후 미심쩍어하며 어깨를 으쓱하는 사람도 더러 있었다. 오버캄프 경감은 끊임없이 가늘고 짧은 휘파람을 뱉어내고 있었다. 휘파람이라기보다는 그저 거품을 내뱉는 것 같았는데, 그것은 욕설로 성에 차지 않을 경우 그가 자기 자신을 가라앉히는 방식이었다. 피셔는, 수화기를 머리와 어깨 사이에 끼운 채, 오버캄프의 휘파람이 그치기를 기다리고 있었다. 오버캄프는 빛의 필요를 느끼지 않는 사람이었다. 그들의 취조실은 늘 밤이었다. 덧창을 내린 채 책상 위의 전등만 켜두었다. 때로 특별 심문을 할 때에만, 흔들거리는 수백 개 작은 촛불 모양의 전등이 필요했다. 피셔는 상사인 오버캄프가 거품 휘파람을 그치도록 상사의 얼굴에 전등을 비추고 싶은 강렬한 충동을 억눌렀다. 그때 보름스에게서 전화가 걸려 와, 상사의 거품 휘파람은 저절로 끝났다. 피셔가 외쳤다. "저쪽에서 발라우를 잡았답니다." 오버캄프는 수화기를 받아 들고 끄적거리며 통화를 했다. "그래요. 모두 넷입니다." 그가 말했다. 그는 말을 이었다. "집은 봉쇄되었고," 뒤이어 그는 이렇게 말했다. "데려오시오." 그런 다음 그는 피셔에게 읽어주었다. "즉, 그제 해당 도시들에서 본 사건을 조사한 결과, 발라우의 식구 외에도 상당수의 사람들이 의심스러웠음. 이 사람들 모두 어제 심문받음. 마지막 남은 자들 가운데 두 번째 심문에서 골라낸 다섯 명 중—물론 이제는 다 떨어져 나갔지만—바흐만이라는 자가 의심스러웠음. 전차 차장, 1933년 두 달 동안 수용소 수감. 석방 후 감시당함—작년, 자네도 기억하지, 비일란트 사건 때, 아를스베르크 위장 주소의 꼬리가 밟힌 것도 이 감시 덕분일세. 이자는 그 뒤 정치적인 활동을 안 했는데, 첫 번째와 두 번째 심문에서 모든 것을 부인하더니, 협박에 몰리자 어제 누그러졌음. 발라우의 아내가 보름스 인근의 자기 헛간에다가 물건들을 갖다 두었지만, 자기는 무엇 때문에 무엇을 갖다 놓았는지 전혀 몰랐노라고 주장한다고 함. 감시를 붙여 귀가 조치. 계속 연락을 하는지 감시하도록 함. 이 헛간에서 23시 20분에 발라우 체포. 그는 현재까지 모든 진술을 거부. 바흐만은 현재까지 집을 떠나지 않음. 6시 근무에 나가지 않았음. 자살 위험 있음. 가족으로부터 아직 그런 보고는 없음. 끝!"

그는 피셔에게 이 뉴스를 신문과 라디오에 넘기도록 명령했다. 마침 아침 뉴스에 내보내기 적합한 시간이었다. 언론 보도를 두고 오버캄프는 상반된 의견과 싸워야 했다. 그 반대 의견이란 이러했다. 만약 두 명, 기껏해야 세 명이 탈출한 경우, 다시 말해 탈주범 숫자가 납득할 만하고 또 탈출 상황이 협조를 구할 만한 것일 때에는, 그래서 언론 보도가 국민감정에 호소할 수 있을 때에는, 광범위한 협조를 위해 즉각 발표하는 것이 목적 달성에 도움이 된다. 그러나 지금같이 규모가 큰 탈출을 공개적으로 발표하는 것은 수색에 도움이 안 된다는 것이었다. 왜냐하면 일곱이라는 숫자는 보다 큰 숫자를 추측하게 하는 여지를 남길 뿐 아니라, 억측을 낳고 사람들의 감정을 건드려 의심과 소문을 만든다는 것이었다. 그러는 사이 반대 의견은 쓸모가 없어져 버렸다. 발라우의 체포로 납득할 만한 숫자라는 의견이 타당하게 된 것이다.

"헬비히, 너 들었니?" 남자아이가 마당 문으로 들어서자마자 소녀는 인사도 하지 않고 물었다. 소녀는 특별한 태양 아래, 특별한 풀 위에서 색이 바랜 듯한 새 스카프로 머리를 감싸고 있었다. "무얼 말이야?" 사내아이가 물었다. "아까 라디오에서 말한 거." 여자아이가 말했다. 사내아이가 대꾸했다. "라디오? 요즘 난 아침마다 들볶이잖아. 파울은 아빠랑 포도밭에 가고, 엄만 우유 배달 가고, 난 엄마 대신 외양간으로 가야 하잖니. 모든 걸 7시 반 전에 해야 한단 말이야. 그놈의 고물 라디오가 뭐라고 하는지 알 수 없지." "그런데 오늘," 여자아이는 말을 이었다. "베스트호펜하고 관련된 얘기가 나오더라고. 탈주범 세 명 얘기 말이야. 그들이 돌격대원 디이틀링 씨를 삽으로 내려쳤대. 보름스에서는 무단으로 가택침입을 했다가, 세 방향으로 뿔뿔이 흩어졌대."

사내아이는 조용히 말했다. "이상하네. 어제 저들 둘이, 수용소의 로마이어 씨와 마테스 씨 말이야, 카르펜 식당에서 얘기하는 걸 들었어. 삽으로 혼쭐이 난 그 사람은 운이 좋았다던데. 눈 위를 비스듬히 맞아서 그냥 반창고만 붙이면 된대. 너, 세 사람이라고 그랬지." "유감이야." 여자아이가 말했다. "그들이 네 재킷 가져간 사람을 아직 못 잡아서." "아, 그 사람은 이미 내 재킷 안 갖고 있을 거야." 헬비히가 말했다. "그 사람이 그리 바보는 아닌 것 같거든. 내 옷을 가져간 그 사람은 이제 그걸 입고 돌아다니지 않을 거야. 자기가 입은 옷이 공개되었을 거라고 짐작하겠지. 그 사람은 아마 내 재킷을 헐값에 팔아치웠을 거야. 지금쯤 어느 상점 옷걸이에 걸려 있겠지. 아니면 주머니에다 돌을 넣어 라인 강에 버렸을지도 모르고."

여자아이는 놀란 표정으로 그를 바라보았다. 헬비히는 설명했다. "처음엔 나도 화가 났어." 그는 덧붙였다. "이젠 괜찮아."
그는 이제야 소녀에게 바짝 다가섰다. 헬비히는 오늘 아침 아직 하지 않은 행동을 하려고 했다. 그는 소녀의 어깨를 잡고 약간 흔들더니 소녀에게 짧게 입 맞추었다. 잠깐 동안 그는 소녀를 꼭 붙잡고 있었다. 그는 속으로 생각했다. 만약 붙잡히면 다시는 살아 나오지 못한다는 것을 그 사람은 알고 있을 거야. 헬비히가 생각하는 그 사람이란 모든 탈주범 가운데 자기와 상관 있는 그 한 사람을 의미했다. 어젯밤 꿈에 헬비히는 알가이어 씨네 마당을 지나갔다. 그러다가 울타리 뒤 과일나무들 사이에 서 있는 허수아비를 보았다. 허수아비는 두어 개의 막대기 위에 검은색 낡은 모자를 쓰고, 헬비히의 벨벳 재킷을 입고 있었다. 지금은 아주 우습게 생각되지만 헬비히는 밤에 이 꿈 때문에 소스라치게 놀랐다. 지금도 이 꿈이 떠오르자 그의 두 팔은 늘어졌다. 그에게 말없이 기대어 있는 여자아이의 머리 스카프에서 희미하게 냉랭한 냄새가 흘러왔다. 갓 표백한 천에서 나는 냄새였다. 헬비히는 처음으로 이 냄새를 맡았다. 그의 세계 안으로 무엇인가가 밀고 들어온 것 같았다. 그 냄새가 그의 세계를 구성하고 있는 거칠고 또 섬세한 요소들을 더욱 분명하게 만들어주는 것 같았다.

그로부터 10분 후 학교에서 정원사와 부딪쳤을 때, 정원사가 물었다. "아직 새로운 얘기는 없니?" "무슨 새로운 얘기요?" "네 재킷 말이다. 라디오에 나오던데." "그 재킷이요?" 프리츠 헬비히는 깜짝 놀라 물었다. 그의 여자 친구는 재킷 얘기는 안

했던 것이다. "그 옷을 입은 자를 최근에 본 사람이 있대." 정원사는 말을 이었다. "네 재킷은 지금쯤 겨드랑이 있는 데가 땀으로 다 젖었을걸." "아, 절 좀 내버려두세요." 남자아이는 소리를 질렀다.

자전거에 올라타기 전 잠깐 커피를 들이켜기 위해 프란츠가 마르네트 씨 댁 부엌에 들어섰을 때, 양치기 에른스트는 화덕 앞에 앉아 빵에 과일 잼을 바르고 있었다. 에른스트가 말했다. "프란츠, 들었어?" "뭘 들어?" "여기 근처에 있던 그자 말이야." "누구? 어디에 말이야?" 프란츠는 물었다. "라디오를 안 들으면," 에른스트가 말했다. "세상이 어떻게 돌아가는지 영 알 수가 없는 거지." 벌써 두 번째로 큰 부엌 식탁에 둘러앉아 커피를 마시며 쉬는 가족들에게로 에른스트는 몸을 돌렸다. 식구들은 이미 두어 시간 사과 추려내는 일을 하고 난 후였다. 많은 양의 사과를 주문한 두 명의 구매자가 내일 아침 일찍 프랑크푸르트 시장으로 가져다 달라고 요청을 해온 터였다. "그 사람을 갑자기 이 집 창고에서 발견한다면 어떻게 하겠어?"

"창고를 잠가버리지, 뭐." 마르네트 씨의 사위가 말했다. "전화기로 달려가, 경찰을 불러와야지." "경찰을 불러올 필요 없어." 마르네트 씨의 아들이 말했다. "그런 자를 재갈 물리는 일쯤은 우리도 할 수 있으니까. 그런 다음 그자를 획스트로 데려가는 거야. 어때? 에른스트." 양치기 에른스트는 빵 위에 잼을 너무 두껍게 발라서 그것은 빵에 과일 잼을 발랐다기보다 과일 잼에 빵을 얹은 것 같았다. "난 내일 여길 떠나." 에른스트가 말했다. "저쪽 메서 씨 댁 근처에 있을 거야." "그자가 메서 씨네 창고에도 들어앉아 있을 수 있거든." 사위가 말했다. 프란츠는 궁지에 몰린 사람처럼 꼼짝 않고 서서 그들의 얘기를 들었다. "물론 어디에도 앉아 있을 수 있지." 에른스트가 말했다. "속이 빈 나무에도, 낡은 창고에도 어디든지. 그렇지만 내가 들여다보는 곳에는, 앉아 있지 않아. 틀림없어." "어째서?" "내가 들여다보지 않을 거니까 그렇지." 에른스트가 말했다. "그런 건 전혀 구경꺼리가 아니거든." 침묵. 모두가 에른스트를 바라보았다. 에른스트의 입에는 크게 베어 문 과일 잼 빵이 마치 재갈처럼 물려 있었다. "자넨 그렇게 할 수 있겠지, 에른스트." 마르네트 부인이 말했다. "자넨 마당도 없고 도대체 가진 게 없잖아. 그렇지만 만약 어떤 불쌍한 작자가 내일 체포당해서 전날 밤에 어디 있었는지 말한다면, 그것만으로도 집주인은 감옥에 갈 수 있어." "감옥에 간다고?" 아내와 같은 삶을 살고—아내는 이 삶을 자랑스러워했다—같은 음식을 먹으면서도 아주 마른 과묵한 농사꾼 마르네트 씨가 말했다. "감옥이 아니라, 강제수용소에 갈 수가 있어. 그러면 다시는 못 나와. 그럼 자네 잡동사니들은 어떻게 되겠나? 온 가족이 불행의 구렁텅이에 빠지는 거지."

"전 그렇게 판단하지 않아요." 에른스트가 말했다. 그는 믿을 수 없으리만치 길고 유연한 혀로 입술을 깨끗이 핥았다. 아이들이 놀라서 그 모습을 쳐다보았다. "제겐 오버우르젤의 어머니에게서 받은 가구가 몇 점 있어요. 예금통장도 있지요. 전 아직 가족이 없습니다. 양들만 있어요. 이런 점에서 전 우리 총통님과 같아요. 아내도 없고 아이도 없으니까요. 강아지 넬리만 있지요. 하지만 총통님은 예전에 가정부를 두고 계셨다고 하더군요. 그녀의 장례식에도 직접 가셨다고 어디선가 읽었어요." 그때 갑자기 아우구스테가 끼어들었다. "나 한 가지만 말할게. 에른스트, 난 망골트 씨네 조피에게 너에 대해 숨김없이 다 말해줬어. 너 어떻게 네가 보첸바흐의 꼬마 마리와 약혼했다고 그녀에게 사기 칠 수가 있어? 너 지지난 일요일엔 엘라에게도 구혼했지?" 에른스트가 말했다. "그런 종류의 구혼은 말이지, 정말이지 꼬마 마리에 대한 내 감정과는 상관이 없어." "그렇지만 그건 엄연히 이중 구혼이야." 아우구스테가 말했다. "절대 그렇지 않아." 에른스트가 말했다. "그건 내가 물려받은 기질이라고." "맞아, 그건 자기 애비에게서 물려받은 거지." 마르네트 부인이 말했다. "쟤 아버지가 전사했을 때, 그의 모든 아가씨들이 에른스트의 모친과 함께 울었단다." 에른스트가 물었다. "마르네트 아주머니, 아주머니도 우셨어요?" 마르네트 부인은 그녀의 홀쭉한 농사꾼 남편에게 눈길을 주었다. 그녀는 대꾸했다. "한 방울쯤 떨어지려는 걸 참았지."

프란츠는 숨죽인 채 사람들의 말을 들었다. 부엌에 모인 사람들의 생각과 말이, 지금 그가 염원하는 그 대목, 탈주범 이야기에 머물기를 기대라도 하는 것처럼. 그러나 그의 염원은 자취도 없이 사라졌다. 사람들의 생각과 말은 즐겁게 그 주제를 뛰어넘어 다른 방향으로 흘러갔다. 프란츠는 창고에서 자전거를 끌어내었다. 그는 어떻게 획스트 공장까지 타고 왔는지 알지 못했다. 그를 둘러싼 주변의 바퀴들 소리, 좁은 골목길을 울리는 자전거 브레이크의 날카로운 급제동 소리도 그저 공허하게 들릴 뿐이었다.

"자네 그치 몰라?" 탈의실에서 누군가가 물었다. "자네도 옛날에 그곳에 있었잖아." "그치라니," 프란츠가 말했다. "이름만 봐서는 모르겠어." "자세히 좀 들여다봐." 누군가 신문을 그의 코밑에 들이밀었다. 프란츠는 세 명의 남자들 사진을 내려다보았다. 게오르크를 다시 본다는 것, 그것은 벼락을 맞는 기분이었다. 수배 사진 속의 게오르크가 육신을 가진 실제 게오르크와 그의 기억 속 게오르크 사이에서 별로 현실성을 띠고 있지 않다 하더라도, 그 사진과의 만남 역시 재회는 재회였다. 게오르크 좌우의 낯선 얼굴들 역시 그에게 충격을 주면서, 그가 자기 친구 한 사람만을 생각하고 있었음을 부끄럽게 만들어주었다. "아니," 그는 말했다. "이 사진으론 아무것도 모르겠군. 맙소사. 요즘 생기는 일들이라니!" 신문은 십여 명의 손을 거쳐 온 것이었다. "우린 모르는 사람들이야." 사람들이 수군거리고 있었다. 아이고, 한꺼번에 세 명이라니. 어쩜 더 많을지도 모르지. 왜 도망친 거야? 왜 그랬는지 물어봐. 삽으로 내리쳐 죽였대지. 아무런 가망이 없는 거야. 어째서? 탈출했잖아. 얼마나 오래가겠어? 난 저들처럼 되고 싶진 않아. 이 사람은 아주 늙었네. 좀 봐. 이 사람은 내가 아는 사람 같은데. 이들은 어쨌든 끝난 거야. 더 이상 잃을 것도 없지. 어디선가 한 목소리가 조용하게 말했다. 간이 옷장 위에 몸을 굽히고 있거나 아니면 신발 끈을 매고 있어서 약간 눌린 듯한 목소리였다. "만약 전쟁이 터지면, 수용소들은 어떻게 되는 거지?" 차가운 한기가 서로 부딪치며, 서두르는 사람들을 덮쳤다. 이 목소리는 같은 억양으로 덧붙였다. "그때는 대체 국내 안전이 무슨 소용이냐고?"

대체 누가 이런 말을 한 것일까? 허리를 굽히고 있어서 그 얼굴을 볼 수는 없었다. 그래도 그것은 사람들이 알고 있는 목소리였다. 그는 대체 무엇을 말한 것인가? 그가 말한 것이 금지된 것은 아니었다. 짧은 침묵. 그리고 두 번째 사이렌이 울렸을 때 움찔하고 놀라지 않은 사람은 아무도 없었다. 그들이 마당을 가로질러 갈 때, 프란츠는 자기 뒤에서 누군가가 묻는 것을 들었다. "알베르트는 여전히 그 안에 있는 거야?" 다른 누군가가 대답했다. "내 생각에, 그래."

의사 뢰벤슈타인의 진료실에 왔던 늙은 농부 빈더는 아내에게 라디오를 끄라고 막 호통을 치려던 참이었다. 마인츠에서 돌아온 후 그는 방수 천 소파 위에서 뒹굴고 있었다. 이전보다 더 아프군, 빈더는 생각했다. 바로 그때 그는 입을 다물지 못하고 귀를 기울였다. 자신의 몸 안에서 치고받으며 싸우는 삶과 죽음을 그는 잊어버렸다. 그는 윗도리를 입고 구두 신는 일을 도우라고 아내에게 호통을 쳤다. 아들의 자동차에 시동도 걸라고 시켰다. 자신의 병을 고쳐주지 못한 의사에게 보복이라도 하려 한 것일까? 어제 붕대 감은 손을 하고 조용히 자신의 길을 간

환자에게 복수하려 한 것일까? 막 라디오에서 들은바, 그 길은 농부 자신의 것과 마찬가지로 죽음이 정해진 길이었다. 아니면 농부 빈더는 이런 처신을 함으로써 살아 있는 사람들과 더욱 잘 섞일 수 있다고 믿은 것일까?

II

그사이 게오르크는, 자신을 발견하는 위험이 누군가에게 닥치기 전에, 숨어 있던 창고에서 기어 나왔다. 그는 몹시도 비참한 기분이 들어, 한 발 한 발 내딛는 것이 무의미하다고 생각될 지경이었다. 그러나 아침은 밤의 공포를 몰아내고, 기다려온 모든 사람을 그 활기 속에 끌어넣고 있었다. 젖은 아스파라거스의 새싹들이 그의 정강이를 휘감았다. 바람이 한 줄기, 안개를 약간 흩뜨릴 정도로 가볍게 불어왔다. 게오르크는 안개에 막혀 아무것도 볼 수 없었음에도 불구하고, 그를 쓰다듬는, 그리고 만물을 쓰다듬는 새로운 아침을 느꼈다. 아스파라거스 새싹들 사이에 심어진 작은 딸기들이 낮게 떠 있는 햇빛 속에서 반짝이기 시작했다. 안개 서린 강둑 뒤에서도 희미하게 무엇인가가 반짝이고 있었다. 게오르크는 처음에 그것이 해라고 생각했다. 그러다가 가까이 가보고는 그것이 좁고 길쭉한, 혀 모양의 곶 위에서 타고 있는 불임을 알아차렸다. 서서히, 하지만 눈에 띄게 안개가 걷히고 있었다. 그는 혀 모양의 곶 위에 서 있는 두어 채의 평평한 건물과, 보트들이 둘러싸고 있는 곳의 뾰족한 끝 부분을, 그리고 탁 트인 물을 보았다. 그의 앞에 펼쳐진 들판 한가운데에, 국도에서 강둑으로 이어지는 길 앞에 지난밤 꿈에 그 연인들이 찾아왔을지도 모르는 창고가 놓여 있었다. 갑자기 곶 쪽으로부터 소용돌이치는 북소리가 울려와서 그는 이가 덜덜 떨렸다. 몸을 숨기기에는 너무 늦었으므로, 그는 모든 것을 각오하고 똑바로 걸어갔다. 그러나 주위는 여전히 조용했다. 농가에선 아무것도 움직이지 않았고, 곶이 있는 곳에서는 어린아이들의 목소리만이 들려왔다. 아이들의 목소리는, 어른의 목소리가 아니라는 이유만으로도, 게오르크에게 지극히 아름답고 천사처럼 맑게 들렸다. 이제 좁고 길쭉한 곶에서 보이던 불이 꺼지고, 노 젓는 찰랑거리는 소리가 강둑을 향해 오고 있었다.

발라우가 가르쳐준 적이 있었다. 어쩔 수 없이 사람들을 피할 수 없을 땐 말이지, 그들을 향해 똑바로 걸어가는 거야. 그들 한가운데로.

그가 지금 빠져나갈 수 없이 맞닥뜨린 사람들은 이십여 명의 사내아이들이었다. 아이들은, 적군 부족의 사냥터를 습격하는 인디언처럼 거친 소리를 내지르며, 보트에서 뛰어내렸다. 그러고는 자기들의 배낭을, 요리 도구와 물통을, 방수포 텐트와 깃발을 육지로 가져다 놓았다. 이 혼란이 가라앉고 나자 아이들은 두 패로 나뉘었다. 게오르크가 보아하니, 연한 금발의 깡마른 소년이 눈을 내리깔고, 그러나 여전히 어린애 같은 목소리로 이성적인 지시들을 무뚝뚝하게 내뱉고 있었다. 두 사내아이가 식기들과 대야를 고리에 걸고, 냄비 손잡이들을 막대기에 꿰어서 들고, 농가 쪽을 향해 떠나갔다. 무겁게 짐을 진 네 명의 동료 소년들과 북을 치는 두 명의 소년들이 그들을 호위하고, 깃발을 든 아홉 번째 소년이 앞장서고 있었다. 게오르크는 모래 위에 앉아 그들을 바라보았다. 자신의 유년시절이 너무 훌쩍 지나가 버렸다는 그런 기분이 아니라, 지금 막 유년시절을 도둑맞은 듯한 기분으로 바라보았다. "너희들도 움직여!" 그사이 '모여!' 자세로 서서 점호를 하고 있던 나머지 아이들에게 깡마른 소년이 명령했다. 깡마른 소년은 그제야 게오르크의 존재를 알아차렸다. 일부 소년들은 평평한 조약돌을 찾았다. 그들이 강물 위에 물수제비를 뜨는 소리가 들려왔다. 다른 소년들은 게오르크로부터 조금 떨어진 잔디 뗏장 위에 앉은 갈색 더벅머리의 작은 소년을 둘러쌌다. 그 작은 소년은 무릎에다 무엇인가를 놓고 조각하고 있었다. 게오르크는, 자기 자신을 거의 잊은 채, 아이들이 그 작은 소년에게 이래라 저래라 충고하고 간섭하는 소리에 귀를 기울였다. 또 다른 몇몇 아이들은 자리를 잡고 앉아, 왠지 모르게 이끌리는 어떤 어른에게 관찰당하고 있음을 분명 의식하는 말투로 이야기를 주고받고 있었다.

갈색 더벅머리 소년이 벌떡 일어나더니 게오르크 옆을 지나갔다. 소년은, 진지하고도 긴장된 얼굴로, 넓게 팔을 벌려 막 조각한 그 물건을 공중에 던져 올렸다. 그것은 중력의 법칙에 속하는 모든 것이 그러하듯, 소년의 발 앞으로 떨어졌다. 그것은 소년을 몹시 실망시킨 모양이었다. 그는 그 물건을 집어 들더니, 이마에 주름을 잡으며 들여다보고 다시 앉아 다듬었다. 친구들의 호기심은 경멸로 변했다. 게오르크는 이 모든 것을 바라보면서 미소 지으며 말했다. "너 부메랑을 만들려는 거지." 소년은 강렬하고도 조용한 시선으로 게오르크를 똑바로 바라보았다. 그 눈길이 게오르크의 마음에 들었다. "손을 다쳐서 널 도와줄 순 없구나." 그는 말했다. "하지만 설명을 해줄 순 있단다." 게오르크의 얼굴이 어두워졌다. 저런 어린애들이 어제 부헤나우에서 펠처를 찾아내지 않았던가? 조용하고 아름다운 눈길을 한 저 소년, 저 소년 같은 애가 마당 문 앞에서 북을 치지 않았던가? 갈색 더벅머리 소년은 눈을 내리깔았다. 나머지 아이들은 나무에 조각을 새기던 그 소년보다는 게오르크의 주변으로 더 밀치고 들어왔다. 별로 한 일도 없이 게오르크는 이미 한 무리의 소년들에게 완전히 둘러싸여 버렸다. 그는 전설의 쥐잡이*처럼 피리를 불 필요도 없었다. 아이들은 때 묻지 않은 예민한 감각으로, 이 남자에게 모험 혹은 특별한 불행 혹은 운명 같은 것이 달라붙어 있음을 냄새 맡고 있었다. 물론 아이들

---

*'하멜른의 쥐잡이'라는 전설을 말한다. 국내에서는 '하멜른의 피리 부는 사나이'로 더 잘 알려져 있다. 전설에 따르면, 하멜른의 쥐잡이는 1284년 피리를 불어 쥐들을 불러 모아 강으로 끌고 가서 익사시켜, 쥐 떼에 시달리던 이 도시를 구했다. 그러나 하멜른 시가 그에게 약속했던 보상금을 거부하자 사냥꾼으로 변장하고 다시 돌아와, 부모들이 예배를 보는 사이 시의 모든 아이들을 피리로 불러내어 산으로 끌고 들어가 버렸다 한다.

에게 이 모든 것이 딱히 분명하지는 않았다. 그들은 게오르크의 곁으로 바짝 밀치고 와 수다를 떨면서, 그의 붕대감은 손을 곁눈질했다.

이 시각 오버캄프는 베스트호펜에서 게오르크 하이슬러의 신병 자체는 아니지만 그가 마지막으로 걸쳤던 껍데기, 즉 지퍼 달린 맨체스터 벨벳 재킷이 당국의 수중에 들어왔다는 보고를 앞에 두고 있었다. 어제저녁 그 선원은 바꿔 입은 재킷을 들고 중고 옷 가게에 갔었다. 그것을 팔아 퍼마시기 위해서였다. 그의 약혼녀는 그에게 털실 스웨터를 많이 짜주었다. 그래서 맞바꾼 재킷은 그가 마음대로 써도 좋은 그의 몫이었다. 그런데 그 중고 옷 가게 주인은 그동안 자주 금지된 장물들을 구입한 전력 때문에, 경찰로부터 이번에 범인 수배서를 건네받으면서 대단히 엄중하게 경고를 받은 터였다. 그의 가게는 이미 한 차례 수색을 당한 후였다. 선원은 이 근사한 물건을 경찰에 넘겨줘야 한다는 말을 듣고 처음에는 푸념을 했다. 그러다가 손해를 배상해주겠다고 하자 진정이 되었다. 그는 자기 신분을 쉽게 증명할 수 있었고, 교환 현장을 본 대여섯 명의 증인도 있었다. 증인들은 그 교환의 상대방이 또 다른 한 사람과 함께 페터스아우 방향으로 간 것 같다고 했다. 심문을 하자 함께 간 자의 이름은 매기꼬리임이 즉각 밝혀졌다.
   매기꼬리는 당장 데려올 수 있었다. 오버캄프는 선원의 진술로 알게 된 사실들을 토대로 지시를 내렸다. 그는 궁지에 빠져 있던 사건에 신선한 기운이 스며들고 있다는 인상을 받았다. 들어온 신고들 중, 바이제나우에서 온 빈더라는 자의 진술이 특히 눈에 띄었다. 이자는 어제 아침 의사 뢰벤슈타인의 대기실에서 의심스러운 남자를 보았다고 주장했다. 지명 수배서의 인상착의에 들어맞는 그 남자는 그날 아침 새 붕대로 손을 싸매고 라인 강을 향해 갔다는 것이었다. 이들 모두가 즉각 소환되어 왔다. 이들의 진술을 통해 어제 정오까지의 게오르크 하이슬러의 행적을 추적해볼 수가 있었다. 또 이로부터 앞으로의 길을 추론하는 것도 가능해졌다.

어느새 아이들은 앉아 있던 풀밭에서 모래 위의 게오르크에게로 바짝 밀쳐 와 있었다. 그래서 그 더벅머리 부메랑 조각가는 혼자 떨어져 앉은 꼴이 되었다. 갑자기 섬 있는 쪽에서 보트 한 척이 오는 소리에 그들은 모두 고개를 돌렸다. 배낭을 멘 남자와 키가 훌쩍 큰 남자아이가 내렸다. 그 남자아이의 길쭉한 밝은 얼굴에는 더 이상 소년답지 않은 대담한 표정이 어려 있었다. "이리 내." 그는 곧장 부메랑 조각가에게 말하고 앞으로 나서더니 침착하고도 특이한 동작으로 그 물건을 휙 하고 던져버렸다. 그 물건은 소용돌이쳐 돌면서, 이 사내아이의 몸도 휘청거리게 만들었다.

   그사이 농가로 떠났던 무리의 소년들도 돌아와 있었다. 교사는 모든 것을 제대로 빠르게 처리해놓은 그 깡마른 소년을 무뚝뚝하게 칭찬했다. 다시 정돈과 점호가 이어졌다. 그들이 출발했다. 게오르크 역시 몸을 일으켰다. "선생님, 아주 훌륭한 학생들을 두셨군요." 그는 말했다. "히틀러 만세." 교사는 뒤늦게 소리쳤다. 그는 햇볕에 그을린 아주 젊은 얼굴을 하고 있었는데, 그러나 그 얼굴은 긴장으로 굳어져 있어 약간 딱딱한 느낌을 주었다. "네, 우리 반 아이들이죠." 게오르크가 더 이상 아무 말 하지 않았음에도 불구하고 그는 이렇게 덧붙였다. "아이들이 지닌 기반이 좋았죠. 전 할 수 있는 한 아이들에게서 끄집어내는 거고요. 운 좋게도 지난 봄 학기에 이 반을 다시 맡아 올라갔죠." 이 학급을 맡은 것이 이 남자의 인생에 큰 역할을 한 모양이라고, 게오르크는 생각했다. 게오르크는 긴장할 필요 없이 이 남자와 조용히 얘기를 주고받았다. 어젯밤 일이 갑자기 까마득하게 느껴졌다. 일상의 삶은 그토록 담담하게 다가와 한 발자국 한 발자국 내딛는 그를 데려가고 있었다. "선착장까지는 멉니까?" "20분도 안 걸립니다." 교사가 말했다. "우리 모두 그리로 갑니다." 이자가 날 강 저편으로 데려다 줘야 해, 게오르크는 생각했다. 이자가 날 데려갈 거야. "앞으로, 앞으로." 교사가 소년들에게 말했다. 그러면서도 교사는 이 낯선 남자에게서 풍겨 나오는 마력을 알아채지 못하고 있었다. 이미 그 마력에 빨려들었기 때문이었다. 교사와 함께 보트를 타고 왔던 그 껑충한 녀석이 여전히 교사 곁에 붙어 있었다. 교사는 그 녀석의 어깨에 손을 올려놓았다. 그러나 만약 게오르크에게 이 소년들 가운데 함께 길동무할 동행을 고르라고 한다면, 그는 교사 옆의 잘생긴 소년도 영리한 이마를 한 깡마른 녀석도 아닌 부메랑 꼬마를 고르고 싶었다. 부메랑 꼬마는 다른 아이들보다 더 자주 게오르크를 보고 있는 듯, 그의 맑은 눈길이 자꾸 그에게 와 닿았다. "지난밤 야영하신 건가요?" "네," 교사가 말했다. "저 목초지에 우리 합숙소가 있답니다. 그렇지만 훈련도 할 겸, 저 집 옆에서 밤을 보냈지요. 어제저녁과 오늘 아침엔 불을 피우고 음식을 해먹었답니다. 또 어제는, 세부 지도를 보면서 오늘날 어떤 수단으로 저 건너편 언덕을 정복할 수 있을까, 연구하기도 했지요. 그러다 보니, 옛날 기사단이 어떻게 했는지, 로마인들이 어떻게 했는지 점점 더 옛날 역사로 거슬러 올라가게 되더군요." "선생님의 수업에 들어가 보고 싶군요." 게오르크가 말했다. "훌륭한 선생님이십니다." "좋아서 하는 일이니 잘하는 거겠죠." 그 남자가 말했다.

이제 그들은 곶을 따라 강둑 앞을 걸어 내려가고 있었다. 그들 옆으로 맑은 강이 흐르고 있었다. 두어 개 덤불과 나무들로 덮여 감춰진 그 저지대의 초지는 이제 보니 강가에 튀어나온 수많은 돌출부와 초지들 가운데 하나인 작고 좁은 삼각주에 불과했다. 게오르크는 생각했다. 저편으로 건너가면 오늘 중 레니에게 닿을 수 있겠군.

"참전하셨더랬습니까?" 교사가 물었다. 거의 동년배인 이 교사가 자기를 훨씬 나이 든 늙은이로 간주하고 있음을 게오르크는 알아차렸다. 그는 말했다. "아니요." "아쉽네요. 참전하셨더라면, 우리 반 애들에게 좋은 얘기를 해주실 수 있었을 텐데요. 전 모든 기회를 이용하고 싶거든요." "얘기했다 하더라도 실망하셨을 겁니다." 게오르크는 말했다. "전 애길 잘하지 못해요."
"제 아버님을 봐서 압니다. 아버지도 결코 전쟁 얘기를 하지 않으셨어요." "저 아이들이 건강하게 잘 컸으면 좋겠네요." 교사가 대답했다. "그랬으면 합니다." 그러면서 힘주어 덧붙였다. "저 애들이 참전을 피하면서 사지를 멀쩡하게 지키라는 말은 아니고요." 게오르크의 가슴이 뛰기 시작했다. 선착장의 기둥들과 계단이 눈에 들어왔던 것이다. 하지만 이미 습관이 된, 타인에게 영향을 미치려는 욕구가 그의 마음속에서 어찌나 강렬했던지 그는 이렇게 대답하고 있었다. "선생님은 교사로서 몸과 마음을 다해 일하고 계십니다. 그것 역시 전쟁에 나가는 것과 다를 바 없지요."

"그런 걸 말하는 게 아닙니다." 그 남자가 대꾸했다. 그의 말은 자기 옆에서 똑바로 걷고 있는 소년을 염두에 두고 하는 것이었다. "전 생과 사를 두고 몸 바치는 극단적인 전력투구를 말하는 겁니다. 어떻게든 꼭 뚫고 나가야 하는 그런 일 말입니다. 그런데 어쩌다 이런 얘기를 하게 됐지요?" 그는 낯선 동반자를 다시 한 번 바라보았다. 함께 가는 길이 조금만 더 길었더라면, 교사는 게오르크에게 설득당해 자기의 생각을 포기했을 것이다. 마음을 터놓지 않는 이 미지의 남자에게 교사는 여기까지 오는 동안 얼마나 많은 것을 털어놓았던가. "자, 여깁니다. 괜찮으시다면 두어 명의 아이들을 함께 데리고 건너주시겠습니까?" "그럼요. 물론이죠." 게오르크는 대답했다. 심장이 목 있는 데까지 올라와 뛰고 있는 듯했다. "제 반 아이들이 저편 모래밭에 내리면 먼저 가 있던 제 동료가 자기 반 아이들과 함께 데리고 있기로 약속돼 있습니다. 전 나머지 아이들과 함께 다음 보트가 올 때까지 기다려야 하니까요." 어쩌면 저 작은 부메랑 녀석하고 함께 가겠군. 게오르크는 생각했다.

그러나 이제 세 번째로 조를 짜고 점호를 했을 때, 어린 부메랑 소년은 유감스럽게도 교사의 그룹으로 배정되었다.

매기꼬리는 이미 베스트호펜으로 소환되어 있었다. 알고 보니 그는 아주 정확하고도 익살스럽게 묘사할 줄 아는 사람이었다. 별 할 일 없이 빈둥거리는 그 같은 사람들은 비상하게 관찰력이 발달하는 법이다. 그들은 결코 행동에까지 이르는 법이 없기 때문에, 그들의 머릿속에는 관찰한 것들이 마치 보물처럼 남아 있게 된다. 따라서 그들은 가끔 경찰의 비범한 하수인이 되기도 한다. 매기꼬리는 경감들 앞에서, 어제 그 길동무가 페터스아우 초지의 끝에 도달했을 때 얼마나 소스라치게 놀랐던가를 세세하게 보고했다. "그의 붕대는 새것이었어요." 그는 말했다. "눈처럼 하얀 가제였다니까요. 페르질* 광고에 나오는 것 같이요. 적어도 이가 다섯 개쯤은 없는 것 같았어요. 아마도 위에 세 개, 아래 두 개요. 위쪽 구멍이 아래쪽보다 더 컸거든요. 그리고 입 한쪽이," 매기꼬리는 자신의 검지를 구부려 입으로 가져갔다. "찢어져 있었어요. 아니면, 어떻게 표현해야 하나."

*독일의 유명한 세제 상표. 우리나라에서도 '퍼실'이라는 이름으로 판매되고 있다.

마치 누가 그의 주둥이를 왼편 귀 있는 데까지 늘려놓은 것 같았다니까요."

　매기꼬리는 '히틀러 만세'의 인사와 감사하다는 소리를 들으며 풀려났다. 재킷을 확인하는 일이 남아 있었다. 뒤이어 모든 역과 교두, 모든 경찰서와 초소, 모든 선착장과 합숙소들에 전국적인 연결망을 통해 새로운 인상착의서가 하달되었다.

　"헬비히, 헬비히." 다레 학교에서는 그의 이름을 부르는 소리가 들리고 있었다. "네 재킷이 발견되었어!" 그 말을 듣자 헬비히는 온몸이 빙빙 도는 듯했다. 그는 밖으로 달려 나갔다. 헛간 뒤에서는 밭을 고르는 일이 끝나 있었다. 헬비히는 온실을 들여다보았다. 정원사 퀼처 씨가 온실을 가득 채운 베고니아 꽃에서 씨를 받고 있었다. 그는 곧 그것들을 분류할 참이었다. "제 재킷을 찾았대요." 정원사는 뒤돌아보지 않고 말했다. "그래. 그렇담 그자를 아주 바짝 뒤쫓고 있는 모양이로구나. 그래, 넌 좋겠구나."

　"좋아요? 생판 모르는 사람의 땀에 젖고, 더러워지고, 침 묻은 옷이요!" "잘 살펴보렴. 아마 전혀 더럽지 않을지도 몰라."

　"저기 온다." 아이들이 외쳤다. 조용한 공기를 가르는 모터 엔진 소리가 들려왔다. 나머지 강물보다 색깔이 약간 밝은, 물살을 가로지르는 보트 뒤의 흔적은 보트가 물가 강둑에 닿을 때까지 계속되었다. 아침 햇살이 보트를 모는 사람의 목 수건에, 날고 있는 한 마리 새에, 강둑의 하얀 담에, 저 멀리 언덕의 교회 첨탑에 내리꽂히고 있었다. 마치 이 서너 가지 물건이 깊이 그리고 영원히 각인돼야 할 가치라도 있는 사물들인 것처럼 그렇게, 햇살은 눈부시게 비쳤다. 이제 두어 개의 돌계단을 내려 선착장으로 가야 할 차례였다. 그러나 아직 보트가 충분히 가까이 오지는 않았으므로 그러기에는 일렀다. 사람들의 내면에서는 멀리멀리 계속 가고 싶은 마음과 여전히 머물러 떠나고 싶지 않은 마음이 나뉘는 것 같았다. 어떤 마음은 큰 강물과 함께 밀려가고 싶어 하는가 하면, 또 다른 마음은 강변에 달라붙어 이 마을과 강둑의 벽과 포도밭에 매달리고 싶어 하는 듯했다. 사내아이들도 모두 조용해졌다. 왜냐하면, 한 번 정적이 찾아오면 그것은 북소리나 호각 소리보다 더 깊이 사람의 마음을 파고드는 것이니까.

게오르크는 건너편 선착장 위의 경비 초소를 바라보았다. 경비가 서 있는 것인가? 이 게오르크 때문에? 소년들이 그를 둘러싸고 계단 아래로 끌어내려서는 보트에 밀어 넣으려 했다. 그러나 게오르크는 경비 초소 쪽만 엿보고 있었다.

"애들아, 머리 좀 비켜. 나 좀 지나가자. 내가 뛰어오를게. 뛰어오르다가 잘못돼도 그리 나쁘지 않아." 그는 고개를 들었다. 저 멀리 뒤편으로 타우누스 산이 보였다. 예전에 자주 갔던 곳이었다. 한번은 사과 딸 때 누군가와 함께 갔었지. 누구였더라? 프란츠였구나. 이제 또다시 사과가 한창이겠지. 봐, 가을이잖아. 세상에 더 아름다운 것이 있는가? 하늘은 안개도 없고, 구름 한 점 없는 회청색이었다.

그러자 아이들도 수다를 멈추고 이 남자가 유심히 바라보는 쪽을 보았다. 그러나 그들은 아무것도 볼 수 없었다. 아마도 그 새는 날아가 버린 모양이었다. 이제 보트 주인의 아낙이 요금을 걷었다. 그들은 이미 강 한가운데에 와 있었다.

보초는 꼼짝 않은 채, 와 닿는 보트를 보고 있었다. 게오르크는 보초에게서 눈을 떼지 않으면서 물속에 손을 담갔다. 그러자 소년들도 모두 따라서 물에 손을 담갔다. 아, 이 모든 것이 환영 같구나. 만약 저들이 날 끌고 가 넘기고 고문한다면, 그러면 이토록 간단하게 가질 수 있었던 이 모든 것을 나는 슬퍼하게 되겠지.

다레 학교에서 베스트호펜 수용소까지는 자동차로 채 5분도 걸리지 않았다. 프리츠 헬비히는 베스트호펜이라는 말에서 지옥과도 같은 어떤 것을 상상했었다. 그러나 그곳의 막사들은 깨끗했다. 깨끗하게 빗질된 넓은 광장, 두어 개의 초소들, 꼭대기가 잘려나간 두어 그루의 플라타너스 나무들, 그리고 가을 아침의 태양이 있었다.

"자네가 헬비히인가? 히틀러 만세! 자네의 재킷을 찾았다네. 저기 놓여 있어." 헬비히는 탁자 위로 비스듬히 눈길을 주었다. 그곳에 그의 재킷이 놓여 있었다. 갈색의 새것으로, 그가 상상했던 것처럼 더럽거나 피가 묻어 있지는 않았다. 다만 한쪽 소매 깃에 검은 얼룩이 있었다. 헬비히는 경감에게 묻는 듯한 시선을 던졌다. 그는 미소를 지으며 헬비히에게 고개를 끄덕였다. 헬비히는 탁자로 다가갔다. 소매를 건드려보고는 손을 빼냈다.

"괜찮아, 이제, 자네 옷이야." 피셔가 말했다. "어때? 입어보게!" 헬비히가 여전히 망설이자 피셔 경감은 미소 지으며 말했다. "자," 피셔가 큰 소리로 말했다. "이 재킷이 아니야?" 헬비히는 눈을 내리깔았다. 그는 낮게 말했다. "아닙니다." "아니라고?" 피셔가 말했다. 그의 말에 사람들이 당황해하는 가운데 헬비히는 세차게 고개를 흔들었다. "좀 자세히 봐." 피셔가 말했다. "왜 이게 자네 재킷이 아닌가? 그 차이를 아나?" 헬비히는 눈을 내리깔고 처음에는 멈칫거리면서, 뒤이어는 장황하게 왜 그것이 그의 재킷이 아닌지를 설명하기 시작했다. 그의 재킷은 왼쪽 호주머니에 지퍼가 있는데, 여기 이것은 단추가 있다고. 여기 안감이 온전한 곳에는 그가 연필로 뚫은 구멍이 있어야 한다고. 여기 이 옷은 호주머니에 회사 상표가 박음질돼 있는데, 자기 옷은 그 박음질 상표가 잘 뜯어져서 어머니가 양쪽 소매에 상표를 박음질로 달아주었다고. 말을 해나갈수록 그는 점점 많은 차이가 떠올랐다. 재킷을 잘 묘사해나갈수록 그의 마음도 편안해졌다. 마침내 그는 거칠게 발언을 중단당한 후 돌려보내졌다. 학교에 돌아온 그는 선언했다. "그건 내 옷이 아니었어." 모두들 의아하게 생각하면서 웃었다.

그사이 게오르크는 이미 한참 전에 보트에서 내려 아이들에게 둘러싸인 채 경비 초소를 지났다. 아이들과 작별한 그는 엘트빌레*에서 비스바덴으로 이어지는 자동차 길을 따라 걸어갔다.

한편 오버캄프는 입으로 계속 예의 그 휘파람을 불어대다가 맞은편 책상 앞의 피셔가 손을 떨기 시작하자 그 짓을 멈추었다. 그 어린 녀석이 그토록 징징대며 한탄하던 재킷을 기뻐하며 거머쥘 줄 알았는데, 그래도 그 녀석이 정직해서 재킷을 거부한 게 다행이지. 이 재킷은 이제 훔친 것이 아니니 재킷을 교환한 자도 우리가 찾는 그자는 아니겠군. 뢰벤슈타인을 붙잡아 온 것도 별 소득 없는 일이 아닌가. 의사가 어제 붕대를 감아준 그 남자가 재킷을 교환한 바로 그자가 맞다 한들, 우리하곤 아무 상관없는 일이지.

갑자기 수용소 전체가 소동에 휘말리지 않았더라면 오버캄프는 몇 시간도 더 입으로 거품 휘파람을 불었을 것이다. 누군가가 넘어질 듯이 급히 돌진해 들어왔다. "발라우가 끌려옵니다."

훗날 누군가는 이날 아침의 일을 이렇게 이야기했다. "발라우 선생이 잡혀 왔다는 소식은 우리 수감자들에게, 바르셀로나의 함락이나 프랑코의 마드리드 입성, 그 비슷한 사건이었어요.** 적이 이 세상의 힘을 모두 가져가 버린 듯한 그런 사건이요. 일곱 명의 탈출은 우리 수감자 모두에게 무시무시한 악영향을 미쳤습니다. 음식과 덮을 것이 줄어들고, 강제 노동이 심해지고, 구타와 위협 아래 수 시간 동안 심문이 계속돼도 우린, 침착하

---

*마인츠 근처. 포도주 양조장과 샴페인 양조장들이 있다.
**스페인 내전(1936~1939) 중 마드리드는 1939년 3월 프랑코 군에 함락되었다. 공화군은 또 인민전선의 정부가 있던 바르셀로나를 1939년 1월 포기했다.

게, 네, 때로 경멸하면서 참아냈답니다. 우린 우리의 흥분을 감출 수가 없었고, 그건 더욱 고문자들을 자극했지요. 우리 대부분은 이 탈출자들을 우리 자신의 일부로 여기고 있었습니다. 우리가 그들을 내보낸 것처럼 말이죠. 사전에 그 계획을 전혀 몰랐음에도 불구하고, 우린 우리 자신이 아주 대단한 것을 이뤄낸 것 같은 생각이 들었어요. 적이 그토록 막강한 권한을 가진 것처럼 여겨졌었거든요. 대단한 세력가들도 인간인 까닭에 실수를 하지요. 하지만 실수를 해도 별 잃을 것이 없어요. 심지어 그들의 실수는 그들을 인간적으로 만들어주기도 합니다만, 반면 기댈 곳 없이 혼자 헤쳐 나가야 하는 사람은 실수를 해서는 안 됩니다. 왜냐하면 전부 아니면 전무, 둘 중 하나이기 때문이지요. 아무리 허튼 짓거리라도 막강한 적에 대항하여 이루어진 거라면, 그건 모든 것을 이룬 것과 같습니다. 이러한 우리의 감정은 탈출했던 동료들이 비교적 빠르게 하나씩 끌려 들어오자, 또 우리 보기에, 별 저항 없이 냉소적인 태도로 끌려오자, 곧장 공포로, 절망으로 바뀌었답니다. 처음 이틀 낮밤 동안 우리의 관심은 저들이 과연 발라우 선생을 잡아 올까 하는 것이었어요. 우린 발라우 선생을 잘 알지는 못했습니다. 그는 잡혀 온 후 두어 시간 우리 곁에 있다가 끌려 나가 심문을 받았습니다. 그런 심문을 받고 나온 모습을 두세 번 보았지요. 약간 비틀거리면서 한 손은 배에다 대고, 다른 한 손으로는 미세한 동작을 해 보였습니다. 마치 이 모든 게 궁극적인 것은 아님을 나타내려는 듯, 우리 스스로를 위로할 사람은 우리 자신밖에 없다고 말하려는 듯이요. 그런 발라우 선생이 붙잡혀 다시 끌려오자 많은 이들이 어린아이처럼 울었습니다. 다른 동지들을 죽였던 것처럼 그들이 이제 발라우 선생도 살해할 수 있을 테니 말이죠. 히틀러가 집권하고 나서 첫 달에 벌써 저들은 전국 각지에서 우리 지도부 수백 명을 살해했어요. 매달 많은 동지들이 죽었습니다. 일부는 공식적으로 처형당했고, 일부는 수용소에서 고문당하다 죽었어요. 한 세대를 완전히 말살한 겁니다. 발라우 선생이 잡혀 들어오던 그 무시무시한 날 아침에 우린 이 모든 걸 생각했답니다. 그리고 이 일들을 소리 내어 서로 얘기했지요. 우리가 이렇게 근절을 당했으니, 이렇게 초토화되었으니, 우린 후손도 없이 헛되이 죽어야 하나 보다고, 처음으로 소리 내어 얘기했습니다. 인류 역사에서 그때까지 없었던 일, 하지만 우리 민족에게 일어난 일, 한 민족에게 일어날 수 있는 가장 무시무시한 일, 그 일이 바로 우리에게 닥치고 있다고 말이죠. 세대와 세대 사이에 무인 지대가 생겨, 앞 세대의 경험이 다음 세대로 전해질 수도 없게 되었다고 말입니다. 한 사람이 투쟁하다 쓰러지면, 다른 이가 깃발을 물려받아 싸우다 쓰러지지요. 그러면 그다음 사람이 그 깃발을 받아서 싸우다 또 쓰러집니다. 그것이 자연스러운 흐름입니다. 우리에게 공짜로 주어지는 것은 없으니까요. 그런데 그 의미를 모르기 때문에, 아무도 그것을 받아 쥐려 하지 않으면 어떻게 되겠습니까? 그래서 우린 발라우 선생을 데려올 때 양쪽으로 늘어서서 그에게 침을 뱉고 쳐다보던 그 젊은이들이 딱했습니다. 나치는 이

나라에서 자라난 최상의 것을 다 뽑아내 버린 겁니다. 아이들에게 그걸 잡초라고 가르치면서요. 저 바깥의 사내아이들과 여자아이들은 모두 히틀러 청소년단을 거치고 근로봉사와 군대를 거치면서, 짐승에게 양육받아 자기를 낳아준 친어머니를 발기발기 찢어 먹은, 저 전설* 속의 아이들과 같아졌던 것입니다.

III

이날 아침도 메텐하이머는 여느 때와 마찬가지로 정시에 작업장으로 갔다. 무슨 일이 있더라도 첫째 의무인 일 외에는 다른 아무것도 걱정하지 않기로, 마음속으로 굳게 결심한 터였다. 어제의 심문도, 딸 엘리도, 오늘도 어김없이 발뒤꿈치에 따라붙는 뻣뻣한 모자 그림자도, 그 어떤 것도 그의 직업 수행을 방해해서는 안 되었다. 갑자기 위협받는다고 느끼게 되고 사방에서 염탐을 당하면서, 언제고 도배 일을 뺏길지도 모른다는 위험에 처하게 되고 보니, 그는 손으로 하는 이 도배 일을 새로운 눈으로 보게 되었다. 그것은 인간에게 소명을 주시는 그분이 뒤죽박죽인 이 세상에서 그에게 부여한, 거의 숭고하기까지 한 일로 비쳤다.

*로마를 창건했다고 일컬어지는 로물루스와 레무스의 전설을 말한다. 이 전설에 따르면 로물루스와 레무스는 암사자의 젖을 먹고 자랐는데, 자신들의 아버지를 살해하고 왕관을 탈취했던 삼촌 아물리우스를 때려죽인 후 할아버지를 다시 왕위에 앉혀 로마를 창건했다고 한다.

어제 놓친 것을 따라잡기 위해 제시간에 오려고 열심히 서둘렀기 때문에, 또 오늘 아침에는 아무것도 듣지 못하고 읽지 못했기 때문에, 메텐하이머는 그가 도착하자 칠장이들이 자기네들끼리 주고받은 시선을 알아차리지 못했다. 말없이 서두르는 가운데—그는 연달아 그르렁대며 지시를 하여 이 침묵을 깨트렸다—오늘은 모두가 전에 없이 자진하여 그를 도왔다. 그러나 그는 도무지 그것을 알아차리지 못했다. 물론 사람들도 그가 입술을 깨물고 완강하게 일하는 열성에서, 직업에 대한 그의 숭고한 생각을 전혀 알지 못했다. 그들은 가족의 괴로운 불행에 타격받은 늙은 남자의 타고난 위엄을 보고 있었다. 이제 막 그에게 손을 빌려준 가장 친한 동료 슐츠가 이 늙은이의 딱딱하게 굳은 작은 얼굴을 곁눈질하고 나더니 갑작스럽게 말했다. "어디에서나 생길 수 있는 일이지요 뭐, 메텐하이머 영감님." "뭐가 말이오?" 메텐하이머가 말했다. 메텐하이머의 감정에 적합한 말을 찾을 수 없었기 때문에, 슐츠는 약간 과장된, 그러나 진정이 담긴 어조로, 상대를 위로할 때 쓰는 관습적인 말을 덧붙였다. "그건 오늘날 어떤 독일 가정에서나 일어날 수 있는 일이라고요." "뭐가 어떤 독일 가정에서나 일어날 수 있는 일이라는 거요?" 메텐하이머가 물었다. 그것이 슐츠에게는 너무 심한 듯이 생각되었다. 슐츠는 화가 났다. 이 빈집에서는 이 순간 열두어 명이 인테리어 공사에 열중해 있었다. 이 중 절반이 장기간 이 회사에서 고정 작업조를 이뤄 일해온 사람들이었고, 슐츠는 이들 중 한 명이었다. 이 같은 공동체에서는 각자의 사는 형편이 오래 비밀로 남을 수 없게 된다. 메텐하이머에게 두세 명의 예쁜 딸이 있다는 것, 그중 가장 예쁜 딸이 이 늙은이의 뜻을 거스르고 잘못된 결혼을 했다는 것은 모두가 알고 있었다. 그때 메텐하이머 영감은 도배 일을 힘들어했었다. 사람들은 딸과 헤어진 사위가 강제수용소에 있다는 사실도 모두 알고 있었다. 그리고 오늘 아침 라디오와 신문에서 그들은 이 늙은이의 딱딱한 표정이 확인해주는 많은 것을 기억해내었던 것이다. 그, 슐츠 앞에서 메텐하이머가 이렇게까지 감출 필요는 없는 일이었다. 그들 모두 가운데 메텐하이머 자신이 이 사건에 대해 가장 적게 알고 있는 사람이라는 생각은 슐츠의 머리에 떠오르지 않았다.

점심시간이 되자 두어 사람은 음식을 데우러 관리인의 부엌으로 내려갔다. 그들은 좀 과장되게 졸라대면서, 메텐하이머도 초대했다. 메텐하이머는 서둘러 나오느라 빵 챙겨 오는 것을 잊은 데다, 식당에는 가고 싶은 생각이 없었으므로, 동료들의 어조가 평소와 다르다는 데에는 별로 주의를 기울이지 않은 채 그 초대를 받아들였다. 스파이의 그림자도 여기까지는 따라오지 않았다. 젊고 늙은 칠장이들의 친밀한 동아리가 점심을 먹기 위해 찾아낸 계단실의 구석 자리는 안전했다. 그들은 꼬마 견습공을 놀려먹으면서, 때로는 소금을 가지러 오라며 관리인 아내에게 보내는가 하면 때로는 맥주를 사 오라고 식당으로 보내는 등, 그리 힘들지 않게 이리저리 몰아대었다. "저 애한테도 이제 먹으라고 하지." 메텐하이머가 말했다.

함께 일하는 열두어 명의 사람들 가운데는 국가를 하일바흐 회사 같은 일종의 사기업으로 생각하는 사람들이 두엇 있었다. 이런 자들은 자기들의 일이 제대로 평가받고, 자기들 생각에 제대로 보수를 받고 있다고 느끼면, 다른 것은 아무래도 좋은 인간들이었다. 이런 자들은 자신들이 여전히 보잘것없는 보수를 받으며 주문받은 집을 도배하고 있다는 단순한 사실을 불평하는 데서 그치지 않고, 별도의 문제, 가끔은 특별한 문제, 예를 들어 종교 문제 같은 것에 대해 불평을 했다. 반면 메텐하이머를 위로하려고 애썼던 슐츠는 처음부터 그리고 꾸준히 국가에 반대 입장을 취해온 사람이었다. 그는 일에서의 공정한 경쟁과 게으른 눈속임의 차이를 구분할 줄 알았고, 또 무엇이 일의 목적에 합당한지를 알고 있는 사람이었다. 또한 일의 목적을 따르는 것은 손으로 하는 그 일 자체뿐 아니라, 그 일을 하는 당사자에게도 도움이 된다는 사실을 잘 알고 있었다. 미끼를 한 입 베어 물면 언제나 유혹에 넘어가게 된다는 것도 잘 알았다. 슐츠가 한결같은 마음을 지니고 있다고 느끼는 동료들은 그에게 의지했다. 물론 마음속에 든 중요한 생각을 행동으로 옮기느냐 아니면 비밀스러운 지점에 묻어두느냐 하는 것에는 아주 큰 차이가 있어서, 슐츠 같은 사람을 한결같다고 부를 수는 없을지도 모른다. 하지만 사람들 가운데는 슈팀베르트같이 미쳐 날뛰는 나치도 있었다. 모두들 슈팀베르트를 스파이나 밀고자로 간주했다. 그러나 그 사실이 생각만큼 사람들을 괴롭힌 것은 아니었다. 사람들은 그를 조심하면서 피했다. 따져보자면 그와 별반 다르지 않은 견해를 가진 사람들도 그러했다. 모두가 그를, 저학년 학급에서 시작해 모든 종류의 공동체 어디서나 볼 수 있는, 저 혼자 잘난 사람, 특이한 사람으로 간주했다. 병적인 고자질쟁이나 아니면 무섭게 살찐 뚱보를 보듯이 바라보았다.

그러나 지금 계단실에서 점심을 먹고 있는 사람들이 만약 이 순간 슈팀베르트가 메텐하이머를 관찰하는 그 비열하고 병든 얼굴을 보았더라면, 그들은 아마 틀림없이 그에게 덤벼들어 적당히 두들겨 패주었을 것이다. 그러나 그들은 먹고 마시는 일을 끝내면서 모두 메텐하이머만을 보고 있었다. 메텐하이머는 우연히 주변에 놓여 있던 신문을 집어 들었다. 그는 어떤 지점을 응시하더니 얼굴이 하얘졌다. 그가 이제야 진실을 알게 된 것을 모두가 눈치챘다. 모두가 숨을 죽였다. 신문지 뒤에서 메텐하이머의 얼굴은 완전히 일그러졌고 그는 천천히 얼굴을 들어 올렸다. 그의 두 눈에는 마치 지옥에라도 던져진 듯한 표정이 어려 있었다. 그가 눈을 들었을 때 주변에는 그를 둘러싼 칠장이들과 도배장이들이 있었다. 꼬마 견습공도 먹기 시작했다가 멈추었다. 미친 슈팀베르트가 메텐하이머의 머리 위에서 야비하게 미소를 지었다. 그러나 다른 모든 이들의 얼굴에는 근심과 존경의 표정이 나타나 있었다. 메텐하이머는 숨을 들이쉬었다. 그는 지옥에 내던져진 것이 아니었다. 그는 여전히 여러 사람들 속에 섞인 한 사람이었다.

같은 점심시간, 프란츠는 공장 식당에서 사람들의 말에 귀를 기울이고 있었다. "난 오늘 저녁 프랑크푸르트의 올림피아 영화관에 갈 거야." 누군가가 말했다. "무슨 영화를 하는데?" "크리스티네 여왕." "난 그레타 가르보보다 내 귀여운 아가씨가 더 좋더라."* 또 다른 누군가가 말했다. 맨 처음 말을 꺼냈던 사람이 대꾸했다. "둘은 완전히 다른 일이지. 남녀가 시시덕거리는 것과 그걸 보는 건 말이야." "너희들은 그게 재미있을지 모르지만," 세 번째 사람이 말했다. "난 집보다 더 좋은 게 없거든." "이렇게 일에 내몰리는데 뭐가 위안이 되겠어? 바로 영화 표지." 프란츠는 겉으로는 조는 척하며 속으로는 터질 듯한 마음으로 귀를 기울였다. 그에게는 모든 것이 다시 가라앉은 듯이 보였는데, 그래도 오늘 아침에는 돌파구 같은 한순간이 있었다. 그는 갑자기 움찔했다. 이 올림피아 영화관이 아침 내내 그를 목 조를 듯 괴롭히던 생각으로 다시 그를 이끌었다. 그가 무사히 엘리를 만날 수 있는 길은 그녀의 친정집을 통해서일 것이다. 직접 올라가 봐? 집 대문이 감시당하고 있지나 않을까? 편지를 보내는 것 역시 그렇겠지? 일 끝나고 자전거로 건너가 봐야겠다. 그는 속으로 생각했다. 극장표 두 장을 사야지. 어쩌면 내 계획이 성공할지도 몰라. 실패한다 해도 다치는 사람은 없어.

게오르크는 비스바덴 국도를 계속 걸어갔다. 구름다리가 나올

---

*영화 〈크리스티네 여왕〉(1933)에서 그레타 가르보는 17세기 실존 인물인 크리스티네 여왕을 연기했다.

때까지만 걸어갈 생각이었다. 거기를 목적지로 삼은 데 특별한 이유는 없었다. 다만 10분에 한 번씩 새로운 목적지를 세워야 했던 것이다. 그는 상당히 많은 자동차를 세우지 않고 그냥 스쳐 보냈다. 상품을 실은 화물차, 군인들을 태운 차, 비행기 부품을 떼어내 실은 차, 본, 쾰른, 비스바덴 등지에서 오는 승용차, 오펠 사의 자동차, 그가 알지 못하는 새 모델의 차. 어떤 자동차에 손짓을 해야 할까? 저기 저 차? 어떤 차에도 손짓을 하지 말까? 그는 먼지를 씹으면서 계속 걸어갔다. 어떤 외제 자동차의 운전석에 상당히 젊은 남자가 앉아 있었다. 게오르크는 손을 들었다. 차는 곧 멈췄다. 운전자는 얼마 전부터 게오르크가 걷고 있는 것을 보았었다. 지루함과 외로움이 뒤섞인 가운데 어떤 사람에게 미리부터 끌리는 것 같은 기분, 운전자는 자기가 게오르크의 손짓을 기다린 듯이 생각되었다. 그는 덮개용 담요와 비옷 그리고 잡동사니들을 치워 옆자리를 내주었다. "어디로 가십니까?"

그들은 서로 잠깐 마주 보았다. 그 외국인은 키가 크고 말랐으며 얼굴은 약간 창백했다. 그의 머릿결도 윤기가 없었다. 광택 없는 속눈썹 뒤의 조용하고 푸른 두 눈에는 특별한 표정도 없었다. 진지함도 즐거움도 없었다. 게오르크가 말했다. "획스트 쪽으로요." 그 말이 나오자 운전자는 놀랐다. "아," 그는 말했다. "난 비스바덴으로 가는데. 하지만 상관없어요. 상관없어. 추우세요?" 그는 다시 한 번 차를 세웠다. 운전자는 체크무늬의 모포를 게오르크의 어깨에 둘러주었다. 게오르크는 그 안에 단단히 몸을 감쌌다. 그들은 마주 보고 미소 지었다. 차가 출발했다. 게오르크의 두 눈은 씹고 있는 껌으로 불룩한 그의 옆얼굴에서 핸들 위의 두 손으로 옮아갔다. 윤기 없는 지느러미 같은 두 손이 얼굴보다 많은 것을 말해주고 있었다. 그는 왼손에 두 개의 반지를 끼고 있었다. 하나는 결혼반지겠지, 게오르크는 생각했다. 그러다가 그는 운전자의 손 움직임에서 그 반지가 거꾸로 끼어져 있는 것을 알아챘다. 노란빛을 띤 평평한 돌이 손바닥 쪽에서 반짝이고 있었다. 게오르크는 모든 것을 그토록 자세히 관찰하게 되는 것이 괴로웠다. 그러나 어쩔 수가 없었다. "여기서 좀 돌아서 올라갑니다." 그 외국인 운전자가 말했다. "더 아름답거든요." "어째서요?" "위는 숲길이니까요. 여기 가까이는 먼지가 많아요." "올라가요, 올라가!" 게오르크가 말했다. 그들은 옆길로 방향을 틀었다. 처음에는 거의 눈에 띄지 않게 들판 사이로 올라갔다. 그러나 게오르크는 언덕이 다가오는 것을 일종의 공포심으로 바라보았다. 그는 곧 숲의 냄새를 맡았다. "오늘 날이 좋겠네요." 외국인 운전자가 말했다. "이 나무들 이름이 뭔가요? 아니, 저기 숲 전체요, 아주 붉은 숲이요." 게오르크가 말했다. "너도밤나무요." "너도밤나무라. 좋네요. 너도밤나무. 에버바흐 수도원*을 아세요? 뤼데스하임**, 빙엔***, 로렐라이****는요? 참 아름답지요." 게오르크

---

*엘트레빌에 위치한 수도원으로, 영화 〈장미의 이름〉의 촬영 장소이기도 하다.
**독일 헤센-나사우 소재의 도시.
***라인 강 중류의 도시.
****라인 강 중류의 바위산.

가 대꾸했다. "우리에겐 그런 이름 있는 곳보다 여기 이곳이 더 마음에 든답니다." "아 그래요. 뭘 좀 마시겠어요?" 그는 또다시 차를 세우더니 꾸러미에 손을 넣어 이리저리 꼼지락거렸다. 그러더니 병 하나를 들어 올렸다. 게오르크는 병에 입을 대고 한 모금 마셔보고는 얼굴을 찡그렸다. 외국인 운전자는 소리 내어 웃었다. 그의 치아가 어찌나 크고 반짝거렸던지, 잇몸이 심하게 드러나지 않았더라면, 가짜 이라고 생각했을 정도였다.

약 10분 정도 그들은 상당히 가파른 길을 올라갔다. 온몸을 마비시키는 듯한 숲 냄새를 맡으며 게오르크는 눈을 감았다. 위의 숲 가장자리에서 자동차는 벌채로 생긴 숲 속 길로 들어섰다. 외국인 운전자는 이리저리 고개를 돌리며 "와"와 "아"를 연발하면서 게오르크에게도 경치를 보라고 다그쳤다. 게오르크는 고개를 돌렸으나 눈은 계속 감고 있었다. 저곳을 건너다본다는 것, 저 물과 저 들판과 저 숲을 내다본다는 것, 그것을 지금은 견딜 수가 없었다. 그들은 얼마간 벌채로 생긴 숲 속 길을 달리다가 방향을 틀었다. 너도밤나무 숲을 통해 황금 다발 같은 아침 햇빛이 쏟아져 들어왔다. 이 솜뭉치 같은 빛은 가끔씩 바스락거렸다. 나뭇잎이 떨어지기 때문이었다. 게오르크는 몸을 꼿꼿하게 세웠다. 거의 울음이 터질 지경이었다. 그는 그만큼 마음이 약해져 있었다. 차는 숲을 따라 평지로 들어섰다. 외국인 운전자가 말했다. "당신네 나라, 참 아름답습니다." "네, 우리나라요." 게오르크가 말했다. "어째 그러냐고요? 숲이 많고, 길들이 좋습니다. 사람들도 좋고요. 매우 깨끗하고 잘 정돈

돼 있어요." 게오르크는 침묵했다. 외국인은 가끔 게오르크를 흘끔거렸다. 다른 나라를 여행하는 외국인이 대개 그러하듯이, 이 운전자도 차에 올라탄 게오르크를 독일인의 대표쯤으로 받아들이고 있었다. 게오르크는 더 이상 외국인을 쳐다보지 않았다. 그의 손만 바라보았다. 이 힘센, 그러나 핏기 없는 두 손이 그는 약간 혐오스러웠다.

 그들은 숲을 벗어나, 풀을 다 베어낸 들판을 지나 포도밭 지대를 지나고 있었다. 완벽한 정적의 한가운데를 지나려니까, 그토록 나무와 식물이 빽빽하게 심어져 있음에도 불구하고, 경치는 너무 인적이 없어 오히려 좀 황량한 느낌을 주었다. 외국인이 게오르크를 곁눈질했다. 그러고는 아래쪽 자신의 손에 날카롭게 가 꽂히는 게오르크의 시선을 알아차렸다. 게오르크는 소스라치게 놀랐다. 그 괴짜 외국인은 다시 차를 세우더니 보석이 위쪽으로 나오게 반지를 돌려 끼었다. 그는 보석을 게오르크에게 내보였다. "맘에 드십니까?" "아, 네." 게오르크가 머뭇거리면서 말했다. "마음에 들면 가지세요." 외국인이 입술을 뒤로 당긴 듯한 미소와 함께 조용히 말했다. 게오르크는 아주 단호하게 대꾸했다. "아니, 아닙니다." 외국인이 곧장 손을 거두지 않았으므로, 게오르크는 흡사 강요라도 당한 듯, 강하게 말했다. "아닙니다. 아니에요." 저 반지를 저당 잡힐 수 있다면, 그는 속으로 생각했다, 저 반지를 알아보는 사람은 아무도 없을 텐데. 하지만 때는 늦었다.

 게오르크의 가슴이 점점 심하게 뛰고 있었다. 2, 3분 전 그들이 계곡을 지나 숲을 벗어났을 때부터, 정적 속에 이곳을 지나고 있을 때부터 그의 머릿속에는 한 가지 생각, 그 생각의 싹이 자라나 있었다. 그것이 어떤 것인지 그는 아직 딱히 알지는 못했다. 그러나 그의 심장은, 이성보다 가슴이 빨리 그것을 파악한다는 듯, 뛰고 또 뛰었다. "햇빛이 좋습니다." 외국인이 말했다. 그는 시속 50킬로미터의 속력으로 달리고 있었다. 내가 눈 딱 감고 저질러버린다면, 게오르크는 생각했다, 딱 좋을 텐데. 하지만 이 작자가 아무리 변변치 못해 보여도, 마분지로 만들어진 물건은 아닐 테지. 저 두 손도 마분지로 만든 것은 아니니, 당연히 반항하겠지. 게오르크는 천천히, 천천히 어깨를 구부렸다. 손가락으로 오른편 구두 옆에 놓여 있는 크랭크를 만져보았다. 이걸로 저자의 머리를 내리치고는 창밖으로 던져버리는 거야. 저자는 이곳에 오래 누워 있겠지. 그가 날 만난 건 그의 재수가 없는 탓이야. 다 시대를 잘못 만난 탓이지. 한 사람이 죽어 다른 사람을 구한다면, 그것도 가치 있는 일이 아닌가. 사람들이 저자를 발견할 때까지 난 이 자동차로 썰매를 타듯 달려 이 나라를 빠져나가는 거야. 그러나 게오르크는 팔을 뒤로 빼내었다. 오른쪽 구두로 그 쇠뭉치를 밀어놓았다. "이곳 포도주는 이름이 뭔가요?" 그 외국인이 물었다. 게오르크는 쉰 목소리로 대답했다. "호흐하이머요." 너 제발 그렇게 흥분하지 마, 게오르크는 자기 자신의 심장에게 타일렀다. 양치기 에른스트가 그의 강아지에게 하는 것처럼 타일렀다. 난 그런 짓 절대 안 해. 저리 가. 진정하라고. 좋아, 네가 그렇게 하려고 한다면, 난 바로 여기서 내려버릴 거야.

    포도밭에서 국도로 길이 굽어드는 곳에 이정표가 서 있었다. 획스트, 2킬로미터.

하인리히 퀴블러의 심문은 여전히 시작되지 않고 있었다. 그러나 그는 붕대로 싸매고 일으켜 세워진 후, 진짜 게오르크인지 아닌지 검열을 받았다. 이를 위해 불려 온 증인들은 그의 곁을 지나가면서 그를 빤히 쳐다보았다. 퀴블러 역시, 온전한 제정신이었다 하더라도 결코 알아보지 못할 이 증인들을, 빤히 맞받아 쳐다보았다. 성가신 모자 할아범, 농부 빈더, 의사 뢰벤슈타인, 선원, 매기꼬리—이들은 신의 섭리대로라면 그의 인생길에서 결코 부딪치지 않았을 사람들이었다. 성가신 모자 할아범은 느긋하게 말했다. "그자가 맞는 것 같기도 하고 아닌 것도 같네요." 매기꼬리 역시, 퀴블러가 탈주범이 아님을 정확하게 알고 있었음에도 불구하고, 꼭 같이 말했다. 사건 당사자가 아니면서 불려 온 사람들은, 일이 극단으로 치닫지 않으면, 어쩐지 좀 아쉬워하게 되는 것이다. 빈더는 거의 음울한 어조로 단언했다. "아닙니다. 비슷해 보일 뿐이지요." 뢰벤슈타인이 가장 결정적인 증거를 들이댔다. "저 사람은 손이 멀쩡하잖습니까." 정말이지, 끌려온 자에게 단 하나 온전하게 남아 있는 것은 손뿐이었다.

    뒤이어 증인들은, 뢰벤슈타인을 제외하고, 모두 국가의 비용으로 출발지로 돌아갔다. 성가신 모자 할아범은 식초 공장 앞에서 내려달라고 했다. 빈더는 통증으로 자욱한 세계를 통과하여 아무 성과 없이 바이제나우의 집으로 돌아와 방수 천 소파에 다시 누웠다. 베스트호펜으로 출발하기 전과 다름없이, 그가 죽게 되리라는 사실에는 변함이 없었다. 매기꼬리와 선원은 어제 재킷 교환이 일어났던 마인츠의 그 선착장에서 내렸다.

바로 뒤이어, 집과 신병을 계속 감시하되 엘리를 심문에서 풀어주라는 지시가 내려졌다. 어쩌면 진짜 게오르크 하이슬러가 그녀와의 접촉을 꾀할지도 모른다는 판단에서였다. 퀴블러는 지금 이 상태에서는 석방시키기가 곤란했다.

 감방에 끌려온 엘리는 처음에는 완전히 굳어 있었다. 저녁이 오고 딱딱한 나무 침상에 몸을 눕히는 것이 허용되자, 그녀의 마비 상태는 풀렸다. 그녀는 이 사건들 속에서 의미를 찾아내려고 애썼다. 그녀는 알고 있었다. 하인리히 퀴블러는 착실한 젊은이였다. 그는 좋은 가정의 아들이었고, 그녀를 속인 일이 없는 사람이었다. 게오르크와 같은 그런 일을 그도 꾸민 것일까? 그래, 그는 가끔씩 세금에 대해, 갖가지 모금에 대해, 깃발 게양에 대해, 일요일에 냄비 요리*를 먹어야 하는 데 대해 욕을 하기는 했었다. 그러나 모든 사람이 하는 것보다 더 심하게 욕을 한 것도, 더 적게 욕을 한 것도 아니었다. 아버지도 꼭

---

*겨울 구조단의 모금 행위의 일부. 나치 당국은 주민들에게 10월부터 다음 해 3월까지 첫째 주 일요일에는 간단한 냄비 요리를 해먹고 절약한 돈을 기부하도록 요구했다. 냄비 요리란 찌개처럼 모든 재료를 냄비에 넣고 끓인 간소한 일품요리를 말한다. 겨울 구조단에 대해서는 66쪽 각주 참조.

해야 할 일이 제대로 되지 않으면 욕을 했다. 친위대 대원인 형부 역시, 아버지가 욕한 그 일이 마음에 들어도 그 일이 완벽하지 않으면 욕을 했다. 어쩌면 퀴블러는 누군가의 집에서 금지된 방송을 들었을지도 모른다. 또 어쩌면 누군가에게서 금지된 책을 빌렸을지도 모른다. 그러나 퀴블러는 라디오에도 책에도 열을 내는 타입이 아니었다. 그는 늘 말하곤 했다. 공적 생활을 하는 사람은—그의 이 말은 자기 자신도 함께 운영하는 아버지의 모피 공장을 의미했는데—곱절로 신중해야 한다고.

수년 전 엘리를 버린 게오르크는 아이만을 남겨준 것—아이는 지금까지 잘 자라주었다—이 아니었다. 또 일부는 아물고, 일부는 아직 쓰라린 두어 개의 추억만을 남겨준 것도 아니었다. 그는 당시 그, 게오르크의 삶을 만들고 있던 모든 것에 대한 두어 개의 어두운 표상도 함께 남겨주었다.

감방에서 첫 밤을 보내는 대부분의 사람들과 대조적으로, 엘리는 쉽게 잠이 들었다. 그녀는, 겪지 않아도 될 것을 너무 많이 겪어버린 어린아이처럼, 지쳐 있었다. 다음 날 그녀는 아버지를 생각하자 좀 걱정이 되었다. 그녀는 제대로 정신을 차릴 수가 없었다. 정신을 차리기에는 모든 것이 너무나 불가해했다. 그녀는 반쯤은 무슨 일이 일어날 것인지 예견해보려 하고, 또 반쯤은 무슨 일이 있었던가를 기억해내려 하는 비현실적인 상태에 들어가 있었다. 엘리는 공포심은 갖지 않았다. 아이는 친정에 가 있으니 안전했다. 그런 생각을 하자 그녀는, 자기 자신도 의식하지 못했지만, 모든 것을 각오하게 되었다.

그래서 이른 오후 감방에서 끌려 나오자 엘리는 일종의 용기를 갖추고 대비했다. 그 용기라고 하는 것 속에는 아마도 드러나지 않는 우울함이 자리하고 있었겠지만.

친정아버지의, 그리고 집주인 여자의 진술로부터 엘리와 퀴블러의 관계는 상당히 분명하게 드러나 있었다. 그녀의 석방은 이미 지시되어 있었다. 왜냐하면 탈주범이 그녀에게 다가가려 할 경우, 그녀를 바깥에 풀어놓는 것이 훨씬 유리할 것이며, 또 옛 남자에게서 벗어나 새 남자를 취하려는 그녀가 옛 남자를 보호해주지는 않을 것이기 때문이었다. 뒤이어 짧은 심문이 있었다. 엘리는 과거에 대한 질문에, 전남편과의 관계를 묻는 질문에 머뭇거리며 옹색하게 답변을 했다. 그녀가 교활하거나 영악해서 그런 것이 아니라, 그녀의 천성이 그러했고, 또 남편과 함께한 삶에 대해 이제는 거의 기억이 없기 때문이었다. 신혼 초에는 더러 친구들이 찾아오기도 했었다. 그러나 그들은 모두 이름으로 불려서 성(性)을 알 수가 없었다. 그러나 별 의미가 없었던 이 방문조차 곧 뜸해지고 말았었다. 게오르크는 바깥에서 저녁을 보내는 일이 많아졌다. 어디서 게오르크 하이슬러를 알게 됐느냐는 질문에 그녀는 "길에서요"라고 답했다. 프란츠 생각은 떠오르지도 않았다.

탈주범 게오르크 하이슬러와 관련하여, 만약 당국에 알리지 않고 행동을 취하거나 신고를 소홀히 할 경우, 그래서 다시 체포돼 올 때는, 그때는 아이도 부모도 다시 볼 수 없음을 각오하라는 경고와 함께 엘리는 집에 가도 좋다는 얘기를 들었다.

석방된다는 얘기에 엘리의 입이 벌어졌다. 그녀는 귀에다 손을 갖다 대었다. 바로 뒤이어 햇빛 아래 섰을 때, 그녀는 마치 여러 해 동안 고향 도시를 떠나 있었던 것 같은 기분이었다.

집주인인 메르클러 부인은 말없이 엘리를 맞아주었다. 엘리의 방은 구제할 길 없는 혼란이었다. 방바닥에는 털실 뭉치와 아이 물건들과 쿠션 등이 이리저리 나뒹굴고 있었다. 퀴블러가 들고 왔던 카네이션 꽃다발이 유리병 속에서 강렬한 냄새를 풍겼다. 엘리는 침대에 걸터앉았다. 집주인 여자가 들어왔다. 그녀는 화난 얼굴로 다짜고짜 11월 1일 자로 방을 비워달라고 통고했다. 엘리는 아무 대꾸도 하지 않았다. 엘리는 자기에게 언제나 잘해주었던 이 여자를 그저 멍하니 바라보았다. 집주인 여자로서는 이 통고가, 심하게 협박당하고 또 심하게 자책도 하면서 오랜 시간 골똘히 생각한 후, 그녀의 외아들을 고려하여 고통스럽게 내린 결정이었다. 어쩔 수 없는 타협이었다.

그사이 오후가 지나가고 있었다. 획스트에 도착한 게오르크는 공장의 교대 시간이 되어 골목길과 술집들이 시끌벅적하게 될 때를 절박하게 기다렸다. 지금 그는 획스트에서 출발한 만원 전차 안의 사람들 사이에 끼어 서 있었다.

집주인 여자 메르클러 부인은 엘리의 방에 미적거리며 서 있었다. 이 젊은 여인을 위로해줄 말이 저절로 머리에 떠오르기를 기대하면서, 자신이 늘 좋아했던 이 젊은 여인을 달래려 하고 있었다. 그러나 그녀는 적당한 위로의 말도 찾지 못했고, 순수한 선의 계명을 지켜내지도 못했다.

"이봐요, 엘리 부인." 마침내 그녀가 말했다. "날 너무 나쁘게 생각 마요. 인생이 그런 거라우. 내 마음이 어떤지 알아주었으면 좋겠네." 엘리는 여전히 아무 말도 하지 않았다. 그때 현관에서 벨소리가 났다. 두 여자는 너무 놀란 나머지 거칠게 서로를 노려보았다. 두 여자 모두 문을 부수며 침입하는 떠들썩한 외침과 소음을 예상했다. 그러나 벨은 가늘고 단정하게 다시 울렸다. 메르클러 부인이 화들짝 몸을 일으켰다. 그녀는 곧 안심한 목소리로 복도 너머로 소리쳤다. "아버님이에요. 엘리 부인."

메텐하이머는 한 번도 이 집에 찾아온 적이 없었다. 자신의 집이 화려하거나 넓지는 않았지만, 어쨌든 이 방이 딸에게 부적절한 거처로 생각되었기 때문이었다. 메텐하이머는 그사이 엘리가 체포되었다는 불확실한 소문을 들었던 터라, 딸이 건강한 모습으로 자기 앞에 서 있는 것을 보자 기쁜 나머지 얼굴이 창백해졌다. 그는 딸의 두 손을 자신의 두 손에 잡고 힘주어 누르며 쓰다듬었다. 이 역시 그가 하지 않던 행동이었다. "우리가 뭘 어쩌겠니." 그가 말했다. "우리가 뭘 어쩌겠어?" "아무것도 못하죠, 뭐." 딸이 말했다. "우리가 할 수 있는 건 아무것도 없어요." "하지만 그가 찾아온다면 어떡할래?" "누가요?" "그 인간 말이야. 네 전 남편." "그 사람은 우리한테 올 리 없어요." 엘리는 슬픈 어조로 조용하게 말했다. 아버지가 들어올 때, 그래도 이 세상에 혼자가 아니라는 생각에 부풀었던 그녀의 기쁜 마음은, 아버지가 자기보다 훨씬 더 무력한 것을 보자 사라져버렸다. "하지만," 메텐하이머가 말했다. "사람은 곤경에 처하면 무슨 일이든지 하게 된단다." 엘리는 머리를 흔들었다. "엘리야, 그래도 그가 온다면 말이야, 엘리야. 네가 마지막에 우리 집에 살았으니까, 우리 집으로 올 거다. 그런데 우리 집은 감시당하고 있어. 여기 네 집도 마찬가지고. 내가 나중에 거실 창가에 라도 서 있을 때, 만약 그가 오는 것을 보게 된다면, 애 엘리야, 어떡하냐? 그냥 올라오게 해? 덫으로 끌려 들어가? 아니면 그자에게 손짓이라도 해줘야 할까?" 그녀는 완전히 혼이 나간 아버지를 바라보았다. "아뇨. 제가 알아요." 엘리는 애처롭게 말했다. "그는 절대 오지 않아요."

도배장이는 침묵했다. 그의 얼굴에는 지워지지 않는 양심의 고뇌가 생생히 나타나 있었다. 엘리는 놀라면서도 다정하게 아버지를 바라보았다. "하늘에 계신 아버지." 도배장이는 진심 어린 기도의 어조로 이렇게 내뱉었다. "그가 오지 않기만 바라야겠구나! 그가 온다면, 우린 끝장이야." "끝장이라니, 어째서요, 아버지?" "너 내 말을 못 알아듣는구나. 좀 생각해봐라. 그가 나타날 때 내가 신호를 보낸다고 치자. 경고의 신호 말이야. 그러면 나는, 우리 가족은 어떻게 되겠니? 또 생각해봐, 그가 올 때 내가 그를 보고도 아무 신호도 안 한다고 쳐. 그가 내 아들이기를 하니? 남이지. 아니 남보다 더 못하지. 그래서 내가 가만있는다고 치자. 그럼 그는 잡히게 되겠지? 그런데 사람이 그럴 수 있겠니?"

엘리가 말했다. "진정하세요. 아버지. 그는 오지 않아요."

"그런데 그자가 네게 온다면? 엘리야. 어떤 수를 써서 그가 네 지금 주소를 알아냈다면 어떡하냐?"

이 질문을 받자 비로소 엘리에게 분명해진 사실, 즉 어떤 대가를 치르더라도 자기는 그를 도와야만 한다고 그녀는 대답하려 했다. 그러나 아버지를 안심시키기 위해 다시 이렇게만 말했다. "그는 안 와요."

도배장이는 골똘히 혼자 생각에 잠겼다. 불행이, 그 인간이 내 집 앞을 그냥 지나치게 해주소서. 그의 탈출이 빨리 성공하게 해주소서. 아니, 오히려 그 전에 잡히는 게 나을까? 아니, 아니야. 메텐하이머는 자신의 적인 사람도 그렇게 되는 건 원치 않았다. 하지만, 대체 어째서 하필이면 감당할 수도 없는 이런 질문에 시달려야 한단 말인가? 따져보면 이 모든 것은 어리석은 한 처녀가 한 남자에게 마음을 뺏긴 탓에 생겨난 일이었다. 그는 몸을 일으키면서 조금 전과 다른 어조로 물었다. "그 작자, 어제저녁 네 방에 있던 그 작자는 대체 누구냐?"

복도에서 메텐하이머는 한 번 더 몸을 돌렸다. "여기 너한테 온 편지다."

이 편지는 바로 조금 전 도배장이 집의 부엌문에 밀어 넣어져 있었다. 엘리는 겉봉을 살펴보았다. 엘리에게, 라고만 씌어 있었다. 아버지가 밖으로 나가자 엘리는 봉투를 뜯었다. 아무것도 씌어 있지 않은 종이에 영화 표 한 장이 들어 있었다. 엘제가 보낸 걸까. 이 친구는 가끔 그녀에게 싼 좌석의 표를 마련해주곤 했다. 어쩌면 이 초록색 극장표는 하늘에서 떨어진 것인지도 몰랐다. 이 영화 표가 아니었다면 그녀는 아마 양손을 무릎 사이에 끼우고, 밤 늦게까지 침대 모서리에 앉아 있었을 것이다. 가도 괜찮을까? 그녀는 생각했다. 나처럼 불행에 깊이 처박힌 사람이 영화관에 가도 괜찮을까? 그건 아마 어울리지 않는 일일지도 몰라. 무슨 바보 같은 소리. 바로 이런 때 가라고 영화관이 있는 거야. 지금이 그런 때야.

"어제 만든 슈니첼 여기 있어요. 식었지만." 주인 여자였다. 지금이 그런 때야, 엘리는 다시 한 번 혼잣말을 했다. 이 슈니첼은 마치 러시아 가죽처럼 질기네. 하지만 독이 든 건 아니잖아. 메르클러 부인은, 조용히 식탁 의자에 앉아 두 개의 차가운 슈니첼을 차례차례 먹어치우는 이 연약하고 애처로운 젊은 여인을 당황해하며 바라보았다. 지금이 바로 그런 때라고, 엘리는 생각했다. 그녀는 자기 방으로 건너가 몸에 걸치고 있던 옷을 벗고는 머리끝에서부터 발끝까지 깨끗이 씻고, 가장 좋은 속옷과 겉옷을 입은 후 머리를 빗질했다. 머릿결이 반짝이면서 부드러워졌다. 예쁜 곱슬머리 엘리야. 거울 속에서 슬픈 갈색 눈이 그녀를 마주 보고 있었다. 그녀는 인생을 약간 더 가볍게 참아낼 수 있을 것 같았다. 아버지의 주장대로, 저들이 정말 날 감시한다면, 좋아, 그렇게 하라지. 내게선 아무것도 알아내지 못할 테니까.

"모두 괜한 소리야." 집에 돌아온 메텐하이머는 심란해하는 아내에게 말했다. "엘리는 자기 집에 있어. 아주 건강해." "왜 걔를 안 데려왔우?" 아직 두 늙은이의 지붕 아래 살고 있는 메텐하이머 가족이 막 저녁 식탁에 둘러앉은 참이었다. 아버지와 어머니, 엘리의 막내 여동생인 들창코 리스베트, 엘리의 아이인 손자까지 모두 자리에 앉았다. 리스베트는 집에서 먹는 식구끼리의 저녁 식사에도 옷을 갈아입고 앉아 있었다. 그녀 역시 두 언니처럼 상냥하고 예뻤다. 배 위에 방수 천 앞치마를 두른 손자는 식탁 위의 침묵에 약간 기가 죽어, 대접 위에 피어오르는 김에다가 큰 숟가락을 갖다 대며 이리저리 휘두르고 있었다.

메텐하이머는 아내의 질문을 피하기 위해 접시에 시선을 못 박은 채 천천히 먹었다. 그는 아내가 그들에게 닥친 이 재앙을 파악할 만한 충분한 지력을 지니지 못한 것에 대해 하느님께 감사했다.

사실상 게오르크는 메텐하이머 씨네 집에서부터 걸어서 반시간 걸리는 곳에 있었다. 그는 시내 전차에서 내렸다. 뒤이어 그는 니더라트 쪽으로 전차를 타고 갔다. 목적지에 접근해 갈수록, 그녀가 그의 음식과 침상을 준비해놓고 기다려주기를 기대하는 감정도 점점 강해졌다. 지금쯤 그녀는 계단 쪽으로 귀를 기울이고 있을 거야. 그러나 전차에서 내리자 절망감 비슷한 긴장감이 그를 채웠다. 그의 심장은, 꿈속에서 수없이 다녔던 그 길을 그가 실제로 걸어가는 데 저항이라도 하는 것 같았다.

정원들이 늘어선 두어 개의 조용한 거리를 그는 기억을 건너가듯 걸어 지났다. 그의 마음속에서 현실감이 사라지면서 위험에 대한 의식도 사라져버렸다. 그때도 저 길 끝에서 낙엽이 바스락대지 않았던가? 그는 낙엽 하나를 발로 걸어차면서 그

감촉을 느끼지도 못한 채, 혼자 묻고 있었다. 심장이 이토록 곤두박질을 치는데, 과연 그 집 안으로 들어갈 수 있을까! 그것은 이제 심장의 고동이라고 말할 수 없었다. 그것은 광포한 진동이었다. 그는 계단 밑의 창에 몸을 기댔다. 여러 가옥의 정원과 마당이 서로 붙어 있었다. 벽 윗부분에 수평으로 돌출해 있는 벽 돌림띠와 포석으로 된 발코니에는 큰 밤나무에서 쉼 없이 떨어지는 나뭇잎들이 쌓여 있었다. 몇몇 창에는 이미 불이 밝혀져 있었다. 그 광경에 그는 마음을 진정시키고 계단을 올라갔다. 문에는 레니 언니의 이름이 적힌 옛 문패가 그대로 붙어 있었다. 그리고 그 밑에는 알지 못하는 새 이름이 새겨져 있었다. 벨을 누를까? 그냥 두드릴까? 그건 어린애들 놀이가 아닌가? 누를까요? 두드릴까요? 그는 가만히 문을 두드렸다. "누구세요?" 소매 달린 줄무늬 앞치마를 두른 젊은 여자였다. 그녀는 빼꼼히 문을 열고 내다보았다.

"레니 양 집에 있나요?" 게오르크는 하려고 했던 만큼 낮은 소리를 낼 수 없었다. 목이 쉬어 있었기 때문이었다. 여자가 빤히 그를 쳐다보았다. 그녀의 건강한 얼굴에, 동그랗고 푸른 유리구슬 같은 두 눈에 경악의 표정이 떠올랐다. 그녀는 문을 닫으려 했다. 게오르크는 얼른 그 사이로 발을 들이밀었다. "레니 양 집에 있냐고요?" "여기 안 살아요." 여자는 잠긴 목소리로 말했다. "저리 가세요. 안 돼요." "레니," 게오르크는 조용하고 단호하게 말했다. 마법을 걸어서라도, 앞치마를 걸친 이 뻣뻣하고 평범한 지금의 레니를 자신을 위한 옛날의 레니로 되돌려놓으려는 듯. 그러나 마법은 이뤄지지 않았다. 이 여자는, 마법에 걸려 변해버린 자가 변치 않고 그대로인 사람을 바라볼 때의 그 수치심 모르는 공포 속에서 게오르크를 노려보았다. 그는 재빨리 문을 밀치고 여자를 안으로 밀어 넣고는 등 뒤로 문을 닫았다. 여자는 열린 부엌문을 통해 뒷걸음질을 쳤다. 그녀는 한 손에 구둣솔을 들고 있었다. "레니. 내 말 좀 들어봐. 나야, 나. 날 모르겠어?" "몰라요." 여자가 말했다. "뭣 땜에 그렇게 놀라는 거야?" "지금 당장 나가지 않으면." 여자는 갑자기 뻔뻔스럽고 오만하게 돌변했다. "무슨 일을 당할지 몰라요. 내 남편이 언제 돌아올지 몰라요."

"저게 남편 거야?" 게오르크가 물었다. 작고 길쭉한 나무 평상 위에는 검은 칠이 번쩍거리는, 무릎까지 오는 긴 부츠가 한 켤레 놓여 있었다. 그 곁에 여성용 단화. 그 곁에는 구두약 통이 열린 채 두어 개의 헝겊 조각과 함께 놓여 있었다. 그녀가 말했다. "물론이죠." 여자는 부엌 식탁을 방패 삼아 그 뒤로 숨었다. 그녀는 소리쳤다. "셋까지 세겠어요. 그 안에 나가요. 그러지 않으면······." 그는 소리 내어 웃었다. "그러지 않으면 뭐?" 그는 손에서 양말을 벗겨내었다. 오는 도중 어디선가 발견하고 붕대를 감추기 위해 상처 난 손에 덧씌운 검은색 양말이었다. 그녀는 입을 헤 벌리고 바라보았다. 그는 식탁을 돌아갔다. 여자는 팔로 얼굴을 가렸다. 그는 한 손으로 그녀의 머리칼을 잡고, 다른 손으로는 그녀의 팔을 끌어내렸다. 그는 사람이었다가 변해버린 두꺼비에게, 그러나 그 두꺼비가 예전에는 사람이었음을 알고 있는 상대방이 두꺼비에게 말하는 그런 어투로 말했다. "그만해, 레니. 날 봐. 나 게오르크야." 그녀의 두 눈이 똥그래졌다. 그는 여자의 손을 돌려 구둣솔을 뺏으려 하면서, 자신의 상처 난 손이 아픈데도 불구하고, 그녀를 단단히 잡았다. 그녀는 애원했다. "난 당신을 몰라요." 그는 여자를 놓아주었다. 그는 말했다. "좋아. 그럼 돈과 옷을 내놔." 여자는 한순간 잠자코 있더니, 다시 뻔뻔스럽고 오만하게 말했다. "우린 모르는 사람에겐 아무것도 안 줘요. 겨울 구조단*에 직접 내놓죠."

게오르크는 레니를 똑바로, 조금 전과는 다른 감정으로 바라보았다. 손의 통증은 누그러져 있었다. 대신 자신에게 일어나고 있는 이 모든 일에 대한 고통스러운 자각이 찾아왔다. 손에서 다시 피가 솟고 있음을 그는 희미하게 느끼고 있었다. 푸른 체크무늬 식탁보가 덮인 식탁 위에 두 벌의 식기가 놓여 있었다. 목조의 냅킨 링에는 서투른 솜씨로 나치의 십자 휘장**이 새겨져 있었다. 어린아이 같은 솜씨였다. 식탁에는 얇게 썬 소시지, 래디시 무, 그리고 치즈가 파슬리와 함께 산뜻하게 준비되어 있었다. 거기다 두 개의 열린 상자 안에는 유기농 식품점에서 산 것으로 보이는 검은 호밀 빵과 단단하게 구운 츠비박***이 들어 있었다. 그는 다치지 않은 손으로 식탁 위를 이리

---

*66쪽 각주 참조.
**나치의 상징. 갈고리가 교차하고 있는 모습이어서 독일어로 하켄크로이츠(Hakenkreuz, 갈고리 십자가라는 뜻)라고 한다.
***빵을 잘라 두 번 구워 만든 비스킷.

저리 다니며 손가락 사이에 잡히는 것을 주머니에 쑤셔 넣었다. 여자의 유리구슬 눈이 그의 행동을 뒤쫓았다.

게오르크는 문고리에 손을 대고 다시 한 번 몸을 돌렸다.

"붕대를 새것으로 감아주지 않을래?" 여자는 두어 번 아주 진지하게 고개를 흔들었다.

계단을 내려온 게오르크는 아까의 그 창에 다시 몸을 기댔다. 그는 팔꿈치를 괴고 손 위에 양말을 덧씌웠다. 저 여자는 두려워서 남편에게 아무 말 못할 것이다. 저 여자는 날 알았던 적이 있어선 안 되는 것이다. 이제 거의 모든 창에 불이 들어와 있었다. 이 나뭇잎들이 모두 저 밤나무에서 떨어진 거구나, 그는 생각했다. 마치 가을이 이 나무 안에 살아 있는 것 같네. 온 도시를 잎으로 덮을 만큼 충분하게 말이야.

게오르크는 발을 끌며 천천히 길 가장자리를 걸어 내려갔다. 그는 길 저쪽 끝에서 레니 같은 여자가 긴 걸음걸이로 나는 듯이 오고 있는 모습을 상상하고 싶었다. 그러자 그가 이제 다시는 레니에게 갈 수 없다는 사실이, 더 나쁜 것은 레니에게 가려는 꿈조차 꿀 수 없다는 사실이 비로소 분명해졌다. 그 꿈은 이제 뿌리째 뽑혀버렸다. 그는 벤치에 주저앉아 아무 생각 없이 츠비박 한 조각을 씹기 시작했다. 그러나 날이 쌀쌀하고 어둑어둑한 데다 이곳에 앉아 있는 것은 너무 눈에 띄기 쉬웠으므로, 그는 곧장 일어나 전차 선로를 따라 계속 걸어갔다. 이제는 전차표를 살 돈도 없었다. 밤은 다가오는데, 어디로 가야 한단 말인가?

IV

오버캄프는 발라우를 심문하기 전 잠깐 혼자 있고 싶어, 등 뒤로 문을 닫았다. 그는 메모들을 정리했다. 발라우의 진술을 꼼꼼히 살펴보고 분류하여 밑줄을 그었다. 나름의 일정한 체계에 따라 메모들을 정리했다. 그의 심문은 유명했다. 오버캄프는 죽은 시체에서도 유용한 진술을 끌어낼 거라고, 피셔가 말할 정도였다. 심문을 위한 그의 구상은 작곡가의 총보에나 비유할 만하다는 거였다.

오버캄프는 문밖에서 들쑥날쑥 가볍게 소리가 나는 것을 들었다. 거수경례를 주고받는 소리였다. 피셔가 들어오더니 등 뒤로 문을 닫았다. 그의 얼굴에는 화난 표정과 재미있다는 표정이 어우러져 있었다. 그는 곧장 오버캄프 옆으로 와서 앉았다. 오버캄프는 눈썹을 들어 올리는 것으로 문 앞에 보초가 서 있음을, 그리고 창문에도 틈이 벌어져 있음을 경고해주었다.

"또 시작했나?" 피셔는 겨우 알아들을 수 있을 정도로 목소리를 낮추어 얘기하기 시작했다. "이놈의 탈출 사건이 파렌베르크 소장의 골수에 들어가 박힌 모양입니다. 틀림없이 이 일 때문에 미칠 거예요. 이미 미친 건지도 모르지요. 어찌 됐든 소장은 곧 잘릴 겁니다. 위에서 밀어붙일 테니까요. 방금 어떤 일이 일어났는지 들어보십시오.

잡혀 온 세 명을 위해 우리가 이곳에 강철로 별도의 방을 만들어 가둘 수는 없잖습니까. 그들을 위한 특별 감방 말입니다.

아무튼 소장은 탈주범을 모두 잡아들일 때까지는 이 세 명에게 손끝 하나 대지 않겠다고 우리와 약속하지 않았습니까. 그런데 그자는, 우리끼리 얘기지만, 정말 죄수들로 소시지 속이라도 채울 사람입니다. 방금 그 셋을 다시 불러들였더라고요. 저기 막사 앞에 세워진 그 나무들 있잖습니까. 이제 나무라고도 할 수 없는 그것들 말입니다. 보니까 오늘 아침 일찍 꼭대기는 다 잘렸더군요. 그 나무들 앞에다 붙잡혀 온 셋을 세웠더라고요. 이렇게.” 피셔는 두 팔을 옆으로 쫙 펼쳐 보였다. “그 나무들에는 못을 박아놔서 몸을 기댈 수도 없습니다. 그러고는 재소자들을 모두 차렷 자세로 정렬시킨 다음 일장 연설을 했다네요. 그거 참 들어보셨어야 하는데. 오버캄프 경감님, 소장은 이번 주가 가기 전에 저 일곱 나무가 모두 주인을 찾게 하겠다고 맹세했다네요. 제겐 뭐라 했는지 아십니까? ‘내 약속은 꼭 지킬 테니, 두고 보쇼. 놀라지나 마쇼.’” “얼마나 더 저렇게 세워둘 거라 하나?” “그 때문에 저랑 좀 다퉜습니다. 한 시간, 또 한 시간 반 저렇게 서 있고 나면 우리에게 심문받을 수가 있겠습니까? 그래요. 소장이 매일 저들을 나무 앞에 세워둔다 하자고요. 그 즐거움은 베스트호펜에서 그의 마지막 즐거움이 될 겁니다. 제 생각엔 말이죠, 소장은 일곱 명을 모두 잡아들이면 계속 이곳에 남을 것으로 잘못 생각하는 것 같습니다.”

오버캄프가 말했다. “파렌베르크는 말이지, 지금 사다리에서 떨어지면 엄청나게 큰 소리를 내겠지만, 곧 또 새 사다리를 타고 올라갈걸세. 두어 개의 디딤판을 한꺼번에 올라갈지도 몰라.”

"제가," 피셔가 말했다. "발라우를 세 번째 나무에서 떼어 오라고 해놓았습니다." 그는 갑자기 몸을 일으켜 창문을 열었다. "벌써 데려오네요. 죄송하지만, 오버캄프 경감님, 한마디 말씀 드리자면." "뭔가?" "직원 식당에서 비프스테이크를 날것으로 가져오라 하시죠." "뭐 하러?" "지금 끌려오는 자한테서 진술을 받아내는 것보다는 그 비프스테이크에게서 받아내기가 더 쉬울 테니까요."

피셔의 말이 맞았다. 끌려온 남자가 앞에 와 섰을 때 오버캄프는 즉각 그것을 알았다. 그는 책상 위의 메모 쪽지들을 말없이 찢어버리고 싶었다. 이자의 성채는 난공불락이겠군. 작고 지친 이 남자, 못생긴 얼굴, 이마에 흘러내린 지저분한 검은 머리카락, 짙은 눈썹, 눈썹 사이를 가르고 있는 굵은 세로 주름, 충혈되어 작아진 눈, 코는 약간 뭉툭한 데다 넓었고, 아랫입술은 하도 깨물어서 완전히 으깨어져 있었다.

오버캄프는 이 얼굴에 시선을 고정시켰다. 그것은 이제부터 그가 상대해야 할 장소였다. 그는 이 요새로 뚫고 들어가야 하는 것이다. 사람들이 말하는 것처럼, 정말 이 요새가 공포에도, 온갖 위협에도 끄떡없다면, 허기지고 피로에 절은 이 요새를 불시에 습격할 또 다른 방법들이 있었다. 오버캄프는 이 방법들을 알고 있었고, 또 그것을 조종할 줄도 알았다. 발라우 편에서도, 자기 앞의 이 남자가 그 모든 방법의 명수라는 것을 알았다. 이제 저자는 질문을 시작할 것이다. 우선 요새의 가장 약한 장소부터 헤집으며 간단한 질문부터 시작할 것이다. 저자는 네 생년월일부터 물을 거야. 대답을 하면 이미 네 출생의 별을 배신하는 거지. 오버캄프는 지형을 살피듯, 이 남자의 얼굴을 살펴보았다. 발라우가 들어설 때의 첫 느낌을 오버캄프는 잊어버렸다. 그는 자신의 기본 원칙으로 되돌아갔다. 난공불락의 성채란 없는 법이라는 원칙으로. 그는 이 남자에게서 시선을 거두고 메모 쪽지를 하나 바라보았다. 그러고는 연필로 한 단어 뒤에 점을 찍고 다시 발라우를 바라보았다. 그는 정중하게 물었다. "에른스트 발라우 씨 맞습니까?"

발라우는 대답했다. "이제부터 묵비권을 행사하겠소."

뒤이어 오버캄프. "이름이 발라우지요? 이제부터 당신의 침묵을 내 질문에 대한 긍정으로 간주한다는 점을 분명히 해두겠습니다. 당신은 1894년 10월 8일 만하임 출생이지요."

발라우는 침묵했다. 그는 이미 자신의 마지막 말을 내뱉었던 것이다. 그의 죽은 입술에 거울을 갖다 댄다면, 그 거울에는 입김 하나 서리지 않을 것이었다.

오버캄프는 발라우를 눈에서 놓지 않았다. 그 역시 잡혀 온 사람과 마찬가지로 꼼짝하지 않았다. 발라우의 얼굴이 약간 더 창백해졌다. 이마를 가르고 있는 세로 주름도 더 짙어졌다. 그의 시선은 똑바로 고정되어 있었다. 그것은 세상의 사물들을 뛰어넘고, 오버캄프를 뛰어넘고, 널빤지 벽과 밖의 경비 초소를 뛰어넘어, 갑자기 유리처럼 투명해진 이 세계의 핵심을 뛰어넘었다. 핵심은 이제 투명함을 잃고 죽어가는 자의 시선을 견뎠다. 취조실에서 함께 꼼짝 않고 있던 피셔는 발라우의 눈길이 가는 방향으로 고개를 돌렸다. 그러나 피셔가 본 것은 불투명하고 핵심도 없는 팽팽하고 상스러운 세계였다.

"부친 성명은 프란츠 발라우, 모친은 엘리자베스 발라우, 모친의 친정 성은 엔더스."

꽉 깨문 입술로부터는 대답 대신 침묵이 왔다. 옛날 한 사내가 있었어. 에른스트 발라우라고 했지. 이 사내는 죽었어. 그의 마지막 말을 들은 증인들도 있어. 그 사내에게는 이러저러한 이름의 부모님도 계셨어. 이제 그 아버지의 묘석 옆에 아들 것을 세울 수도 있겠네. 당신이 정말 시체에서도 진술을 짜낼 수 있다면, 난 당신이 죽인 모든 시체를 합친 것보다 더 죽은 상태야.

"모친의 거주지는 만하임. 마리엔 골목 8번지. 결혼한 딸 마르가레테 볼프의 집에 거주. 아니 잠깐 거주했음. 모친은 오늘 아침 안 데어 블라이헤 6번지의 양로원으로 옮겨졌음. 탈출 방조 혐의로 딸과 사위가 체포된 후 마리엔 골목 8번지의 딸네 집은 폐쇄됨."

나 아직 살아 있었을 때, 내게도 어머니와 누이가 있었어. 누이와 결혼한 매제는 내 친구가 되었지. 살아 있는 사람이라면 온갖 관계, 온갖 친지와 연고자들이 있겠지. 그러나 이 사내는 죽었어. 나 죽은 후 이 괴상한 세계에서 내 가족 친지에게 무슨 일이 일어난다 한들, 그건 나와는 무관한 일.

"당신 처의 성명은 힐데 발라우, 친정 쪽 성은 베르거. 처와의 사이에 자녀 두 명. 두 아들의 이름은 카를과 한스. 내가 당신의 침묵을 긍정으로 간주한다는 점을 다시 한 번 환기시켜 드립니다." 피셔가 손을 뻗어 발라우의 얼굴을 비추고 있는, 백 개의 양초 모양으로 된 램프의 갓을 약간 밀쳤다. 그 얼굴은 희미한 저녁 빛 속에 있던 그대로 꼼짝 않고 있었다. 아무리 수천 개 양초 모양의 전등을 비추더라도, 죽은 자의 최종 얼굴에서 고통이나 공포, 혹은 희망의 흔적을 찾아낼 수는 없으리라. 피셔는 전등갓을 제자리로 돌려놓았다.

나 아직 살아 있었을 때 내게도 아내가 있었어. 자식들도 있었어. 우린 공동의 믿음 속에 아이들을 키웠어. 부모의 가르침이 자식에게 뿌리내리는 것을 보는 것이 얼마나 큰 기쁨인지. 첫 야외 행군에서 그 작은 다리로 성큼성큼 걸어가던 모습이라니. 주먹 속에 쥔 무거운 깃발이 뒤집힐까 봐 그 작은 얼굴에 나타나던 근심 어린 표정, 그리고 자부심! 나 아직 살아 있었을 때, 히틀러의 집권 초기, 내 삶의 목적을 위해 그 모든 일을 했을 때, 그때 나는 걱정하지 않고 아들들에게 내 은신처를 알려 줄 수 있었어. 다른 아들들은 자기 아버지를 밀고하던 그 시절에 말이지. 그러나 이제 나는 죽었어. 고아 자식들을 데리고 어떻게 헤치고 갈지는, 어미가 알아서 하겠지.

"당신 처도 탈출 방조죄로 어제 당신 누이와 같은 시각에 체포되었습니다. 당신의 두 아들은 국가사회주의* 국가의 정신으로 재교육받기 위해 오베른도르프 교화원에 수용되었고요."

---

*국가를 통하여 사회주의를 실현하려는 사상 및 운동으로, 여기서는 독일 나치를 지칭한다.

이 아들들의 아버지인 사람이 아직 살아 있었을 때, 그는 자기 방식대로 자식들을 돌보려고 애썼어. 내 돌봄이 어떤 가치가 있었는지는 곧 드러나겠지. 그런데 아이들보다도 못하게, 변절해버린 자들도 있어. 거짓말은 그토록 강하고 진실은 또 그토록 건조하지. 강한 남자들이 자신들의 삶을 부정해버렸어. 바흐만이 날 배신했어. 내 두 아이가 어떨지도 곧 드러나겠지. 아이들 역시 비켜갈 순 없어. 결말이 어떻든지 간에, 어쨌든 나의 아버지 노릇은 끝났어.

"당신은 세계대전에 참전, 전선에 배치됐었습니다."

나 아직 살아 있었을 때, 난 전쟁에도 나갔었어. 세 번 부상당했지. 솜 전투*와 루마니아와 카르파티아 전투에서. 부상당했지만 건강하게 귀향했어. 지금 난 죽었지만, 세계대전에서 전사한 것은 아니야.

"당신은 스파르타쿠스단**에 입당했습니다."

아직 살아 있었던 그 사내는 1918년 10월 스파르타쿠스단에 입당했었어. 그게 지금 어쨌다는 거야? 저들이 리프크네히트를 심문대에 세운다면, 그 역시 꼭 같이 크게 대답할 거야. 죽은 자들 스스로 자기 주검을 묻게 해달라고.

"이제 말해보시오, 발라우. 지금도 당신의 신념을 고수합니까?"

---

*프랑스 북서부 지역에 위치한 솜은 1차 세계대전 최대 혈전지 중의 하나다.
**1916년 카를 리프크네히트, 로자 룩셈부르크, 프란츠 메링, 클라라 체트킨 등에 의해 만들어진 사민당 내의 한 분파. 1918년 12월 31일 공산당으로 개칭했다.

그건 어제 물어봤어야지. 오늘은 대답할 수 없어. 어제 난 목청 높이 외쳤겠지만 오늘은 침묵할 거야. 오늘은 다른 사람들이 나 대신 대답하겠지. 내 민족의 노래를, 후손들의 판단을.

그의 주변이 서늘해졌다. 피셔는 오한이 나는 것을 느꼈다. 그는 이 소용없는 심문을 중단하라고, 오버캄프에게 암시하고 싶었다.

"발라우, 당신은 이 수용소에서 특별 노역대에 배치되고 나서 탈출 계획을 꾸몄습니다. 맞습니까?"

살아 있던 동안 난 자주 적들로부터 도망쳐야만 했어. 가끔은 성공하고 가끔은 실패했지. 한번은 아주 안 좋게 끝났어. 베스트호펜을 탈출했을 때 말이야. 그러나 이젠 됐어. 난 벗어났거든. 개들이 내 자취를 킁킁거리며 찾아다니지만, 내 자취는 무한 속으로 사라져버렸어.

"그러다가 당신 계획을 게오르크 하이슬러에게 알려주었지요?"

내가 살던 삶에서 아직 살아 있는 인간이었을 때, 난 마지막으로 게오르크라는 젊은이를 만났어. 난 그가 몹시 좋았어. 우린 고통도 기쁨도 함께 나눴지. 그는 나보다 훨씬 젊었어. 이 젊은 게오르크가 가진 모든 것이 내게는 소중했어. 내가 삶에서 소중히 여기던 모든 것을 난 이 젊은이에게서 다시 발견했었지. 그렇지만 이제 그와 나와의 관계도 산 자와 죽은 자의 관계 외에는 아무것도 아닌 게 되었군. 때로 시간이 나면, 그는 날 기억해줄 거야. 하지만 인생이란 게 빡빡해서, 그럴 시간이

날까 몰라.

"게오르크 하이슬러와는 수용소에 와서 알게 됐습니까?"

남자의 입에서 말은 터지지 않고, 침묵만이 흐르고 있었다. 문밖에서 엿듣고 있던 경비병들조차도 답답해져서 어깨를 으쓱했다. 아직 심문하는 거야? 저 안에 세 명이 있는 것 맞아? 남자의 얼굴은 더 이상 창백하지 않고 밝았다. 오버캄프는 갑자기 몸을 돌렸다. 그는 연필로 점을 찍다가 연필심을 부러트렸다.

"앞으로 일어나는 결과는 전적으로 당신 책임이오, 발라우."

한 무덤에서 다른 무덤으로 던져지는 시체에게 무슨 결과가 있을 것인가? 무덤에 세운 묘비가 집채만큼 높다 한들, 죽은 자에게는 아무 소용 없는 것을.

발라우는 끌려 나갔다. 사방 벽에 침묵이 남아 물러가려 하지 않았다. 피셔는 죄수가 아직 그곳에 있기라도 한 듯, 꼼짝 않고 의자에 앉아, 그가 있던 자리를 노려보았다. 오버캄프는 연필심을 뾰족하게 갈았다.

그사이 게오르크는 말(馬) 시장 거리에 이르렀다. 발바닥이 타는 듯이 아팠지만, 그는 걷고 또 걸었다. 그는 사람들로부터 고립되어서는 안 되었다. 아무 데나 주저앉아서도 안 되었다. 그는 이 도시를 저주했다.

가볼까 말까를 결정짓기도 전에 그는 실러 가에 연결된 작은 골목길에 서 있었다. 예전에도 와본 적이 없는 곳이었다. 그는 벨로니의 제안을 수용하기로 갑자기 결심했다. 그렇게 하라고 발라우의 목소리가 충고하고 있었다. 진지한 얼굴의 그 작은 곡예사는 이제 게오르크에게 더 이상 불투명한 존재가 아니었다. 불투명한 것은 오히려 그를 스쳐 지나가는 사람들이었다. 이 도시와 비교하자면 그 지옥은 얼마나 친숙한가!

벨로니가 일러주었던 아파트 앞에 섰을 때, 게오르크는 앞서 벨로니에게 지녔던 불신감이 되살아나는 것을 느꼈다. 대체 이 무슨 이상한 냄새란 말인가! 지금까지 어디에서도 그 비슷한 냄새를 맡아본 적이 없었다. 얼굴빛이 노랗고 정수리가 구두약처럼 새까만 늙은 여자는 게오르크를 말없이 뜯어보았다. 벨로니의 할머니인가? 게오르크는 생각했다. 그러나 여자와 벨로니가 닮은 것은 친척이어서가 아니라, 같은 직업에서 나온 것이었다.

"벨로니가 보냈습니다." 게오르크가 말했다. 마렐리 부인은 고개를 끄덕였다. 그녀는 게오르크의 말에서 특별한 낌새를 챈 것 같지는 않았다. "여기서 잠시 기다려요." 부인이 말했다. 방은 온갖 형태와 색깔의 옷가지들로 뒤덮여 있었다. 복도에서보다 더 강한 냄새가 게오르크를 거의 마비시킬 것 같았다. 마렐리 부인은 그를 위해 의자를 하나 치웠다. 부인은 옆방으로 들어갔다. 게오르크는 방을 둘러보았다. 그의 시선은 검은 스팽글로 반짝이는 스커트에서부터 조화 꽃 화환으로, 토끼 귀 모양의 후드가 달린 외투에서부터 연보라색 비단 부채로 이어졌다. 이곳의 분위기를 제대로 파악하기에 게오르크는 너무 지쳐 있었다. 그는 양말 낀 자신의 손을 내려다보았다. 옆에서 소곤거리는 소리가 들린 것 같았다. 게오르크는 움찔했다. 누가 자기를 움켜잡는 순간을, 찰칵하고 수갑이 채워지는 소리를 그는 예상했다. 그러고는 화들짝 놀라 일어났다. 마렐리 부인이 돌아와 있었다. 양팔에 겉옷과 속옷가지들을 잔뜩 안고 있었다. 부인이 말했다. "자, 옷을 갈아입어요." 게오르크는 머뭇거리며 말했다. "셔츠를 안 입고 있는데요." "여기 하나 있네요." 부인이 말했다. "손이 왜 그러오?" 부인이 갑자기 묻더니 뒤이어 이렇게 말했다. "아, 이 손 때문에 곡예단을 그만뒀군요." 게오르크는 말했다. "피가 배어 나와서요. 아닙니다. 됐어요. 붕대를 풀진 않겠습니다. 거기 천 조각을 하나 주세요." 마렐리 부인은 손수건을 가져다주었다. 그리고 위서부터 아래까지 게오르크의 치수를 쟀다. "맞네요. 벨로니가 당신 치수를 미리 알려줬어요. 그는 재단사 같은 눈썰미를 지니고 있지요. 당신은 참 좋은 친구를 두셨어요. 참 괜찮은 사람이죠." "그렇습니다." "두 사람, 함께 일했나요?" "네." "벨로니가 잘 견뎌야 할 텐데요. 이번에는 어째 감이 안 좋아요. 그런데, 당신은 무슨 일로?" 부인은 고개를 흔들면서 게오르크의 비쩍 마른 몸을 훑어보았다. 그것은 한 무더기의 아들을 출산해본 적이 있는, 그래서 몸과 관련된 것이든, 영혼에 관한 것이든 이 세상에서 일어나는 거의 모든 사건을 측정할 줄 아는 어머니의 호기심 같은 것이었다. 이런 종류의 여인네들은 심지어 악마까지도 진정시킬 수 있는 것이다. 부인은 게오르크가 옷 갈아입는 것을 도와주었다. 부인의 검은 반짝이 눈이 여전히 그에게는 뚫고 들어 갈 수 없는 것처럼 비치긴 했지만, 그래도 그는 앞서의 불신감을 잊어버렸다.

"하늘은 내게 자식을 허락하지 않았지요." 마렐리 부인이 말했다. "그래서 당신들 옷가지를 바느질할 때면, 더욱 당신들을 생각하게 된다우. 당신에게도 말해야겠구려. 조심해서 어떻게든 뚫고 나가야지. 당신네 둘은 좋은 친구잖아요. 자, 거울 한번 보겠우?" 부인은 게오르크를 옆방으로 이끌었다. 부인의 침대와 재봉틀이 놓인 그곳에도 역시 괴상한 옷가지들이 널려 있었다. 부인은 거의 화려하다고 할 만한, 삼면 대형 거울의 양쪽 날개를 조절했다. 게오르크는 이제 중산모자를 쓰고 노란빛 외투를 입은 자신의 모습을 측면에서, 정면에서 그리고 뒷모습까지 볼 수 있었다. 지난 몇 시간 동안 아주 이성적으로 잠자코 있던 그의 심장이 이 모습을 보는 순간 미친 듯이 뛰기 시작했다.

"이제 좋아 보이네. 겉이 초라해 보이면 아무것도 얻지 못한다우. 겉모습이 좋아야 사람들이 따르는 거지. 이제 당신이 입고 왔던 옷 나부랭이를 꾸려야겠네." 게오르크는 부인을 따라 첫 번째 방으로 되돌아왔다. "내 여기 계산서를 만들었어요." 마렐리 부인이 말했다. "벨로니는 그럴 필요 없다고 하지만, 따져서 계산하는 건 내게도 거슬리는 일이라우. 예를 들어 이 외투에 딸린 토끼 두건을 봐요. 이거 만드는 데 거의 세 시간이 걸려요. 하지만 내 어떻게, 단 하룻밤 토끼 의상이 필요한 사람에게서 그가 받는 출연료의 사분의 일을 빼앗겠어요? 자, 봐요. 내 이미 벨로니에게서 20마르크를 받았다우. 일반 평상복이라 맡지 않으려 했지만. 난 평상복은 특별한 경우에만 수선해요. 내 생각에, 따져 계산해 12마르크면 되지 않나 싶어요. 여기 8마르크요. 벨로니를 만나면 안부 전해주구려." "정말 고맙습니다." 게오르크가 말했다. 게오르크는 계단실에서 다시 한 번 집 대문이 감시당하고 있을지 모른다는 의심이 들었다. 그가 거의 아래층에 다다랐을 때, 마렐리 부인이 옷 꾸러미를 놓고 갔다고 소리쳤다. "이봐요, 이봐요." 그녀가 소리쳤다. 게오르크는 뒤돌아볼 생각도 않고 길로 뛰쳐나왔다. 길은 조용했고 텅 비어 있었다.

"프란츠는 오늘 도대체 올 것 같지가 않네." 마르네트 씨 집에서 식구들이 얘기하고 있었다. "그의 팬케이크를 아이들에게 나눠 줘."

"프란츠 오빠는 예전 같지가 않아요." 아우구스테가 말했다. "저 아래 획스트에서 일하기 시작한 후로 달라졌어요. 집안일에 손 하나 까닥 안 하잖아요."

"피곤해서 그렇겠지." 프란츠를 아주 좋아하는 마르네트 부인이 말했다. "피곤하다고." 쪼글쪼글 말라빠진 농사꾼인 남편이 말했다. "나 역시 피곤해. 나도 그저 정해진 시간에만 일한다면 좋겠어. 난 하루 18시간 일한다니까." "나 참, 생각 좀 해봐요." 마르네트 부인이 말했다. "전쟁 전 당신이 벽돌 공장에 다닐 때, 그때 당신도 저녁마다 얼마나 녹초가 되었던지를 말예요."

"그러니, 프란츠 오빠도 녹초가 되도록 일했으니까, 오지 않는 거라고?" 아우구스테가 말했다. "아니 그 반대일걸. 틀림없이 프랑크푸르트나 획스트에 오빠를 꾀어내는 것이 있을 거야." 이런 허튼소리를 하기 전, 콧구멍을 벌름거리며 마지막 팬케이크에 설탕을 치고 있는 아우구스테에게 모두의 눈길이 꽂혔다. 그녀의 어머니가 물었다. "걔가 무슨 귀띔이라도 했니?" "내게 직접 하진 않았어요." "난 항상 말이야," 아우구스테의 오빠가 말했다. "조피가 프란츠에게 맘이 있지 않나 생각했어. 그렇담 프란츠는 안성맞춤인 침대에 몸을 눕힐 텐데 말이야." "조피가 프란츠 오빠에게?" 아우구스테가 말했다. "프란츠 오빠에 비하면 조피는 너무 불 같아. 불 같다고!" 마르네트 씨 식구 모두가 놀랐다. 이웃집 마당에 조피 망골트의 기저귀가 빨랫줄에 나부끼던 것은 22년 전의 일이었다. 그런데 그녀 친구 아우구스테의 주장에 따르면, 그녀가 불 같다는 것이다. "그 애가 불이라면," 농부가 눈을 번득이며 말했다. "불쏘시개가 필요하겠구나." 그래 당신 같은 불쏘시개 말이지, 남편을 도대체 한 번도 좋아해본 적 없는 마르네트 부인은 속으로 생각했다. 그렇다고 해서 그녀의 결혼 생활이 불행했던 것은 아니었다. 오히려 누군가를 좋아하게 되면 그때 불행이 시작되는 거라고, 부인은 결혼 전의 딸에게 가르쳤다.

사촌 아우구스테가 그의 팬케이크를 눈어림하여 절반으로 나누고 있을 때, 프란츠는 캄캄한 올림피아 영화관에 들어서고 있었다. 그가 이미 자리에 앉은 사람들 사이를 서투르게 밀고 들어갔으므로, 순간 주간 뉴스를 놓쳐버린 관객들이 툴툴거렸다.

프란츠는 자기 자리를 찾으면서 옆자리에 앉아 있는 사람을 보았다. 그는 엘리의 얼굴을 알아차렸다. 눈을 크게 뜬, 굳어 있는 하얀 얼굴을. 주간 뉴스를 보면서 프란츠는 팔꿈치를 움츠렸다. 함께 쓰는 팔걸이에 엘리의 팔이 올라와 있기 때문이었다.

왜 지난 세월을 지워버리고 자신의 손을 그녀의 손목에 포개선 안 되는가? 프란츠는 그녀의 팔을, 어깨를, 목선을 따라 그녀를 바라보았다. 왜 그는 그녀의 숱 많은 머리를 쓰다듬어선 안 되는가? 그 머리카락은 지금 그것을 필요로 하고 있는 듯 보이는데. 그녀의 두 귀에는 붉은 점이 반짝이고 있었다. 그사이 아무도 그녀에게 다른 귀걸이를 선물하지 않았단 말인가? 프란츠의 이마에 주름이 잡혔다. 그는 엘리에 대해 아무리 말하고, 아무리 생각해도 충분치 않을 것 같았다. 그가 나중에 휴식 시간에 우연히 옆자리에 앉게 된 예쁜 여자에게 말을 붙인다 한들, 그건, 설사 엘리가 영화관에서 감시당하고 있다 해도, 뭐 그리 눈에 띄는 일은 아닐 것이다. 프란츠는 갑자기 자기 머리와 가슴이 이렇게 뒤죽박죽 혼란스러운 것이 부끄러웠다. 급작스럽게 활짝 열렸다가 닫히는 문처럼, 사람들에게 던져지는 순간적인 이 세상의 그림들, 주간 뉴스의 영상은 평소의 저녁이라면 프란츠의 생각을 가득 채워주기에 충분했을 것이다. 그러나 오늘 저녁은 게오르크의 탈출이 다른 모든 것을 덮고 있었다. 마치 손바닥이 해를 가린 것처럼. 다른 모든 것이란, 프란츠 자신의 삶도 함께 흔들어놓은, 전쟁으로 뒤흔들린 세상일들이리라. 주간 뉴스에 나오는, 저 마을 도로에 포개져 누운 두 구의 시체는 프란츠 자신과 게오르크의 것일 수도 있었다.

불이 들어와 실내가 밝아졌을 때 그는 생각했다. 군밤을 사와야겠군. 그는 엘리 앞을 지나갔다. 엘리는 그를 알아차리지 못한 채 모르는 사람이라는 듯 그를 바라보았다. 엘제가 아직 오지 않은 모양이네, 하고 엘리는 생각했다. 정말 엘제가 표를 보낸 게 맞는 거야? 아마도 내 옆자리의 늙은 부인은 엘제의 어머니일 거야. 어찌 됐건 여기 극장에 앉아 있는 건 운이 좋은 거지 뭐. 휴식 시간이 지나면 다시 어두워지겠지.

프란츠가 자리로 돌아왔을 때, 엘리는 그를 보았다. 어렴풋이 그를 알아본 듯, 그녀의 안색이 변했다. 그녀를 슬프게 하는 것인지 기쁘게 하는 것인지, 그녀 자신도 이제는 알지 못하는 막연한 추억들. "엘리," 프란츠가 불렀다. 그녀는 놀라면서 눈을 크게 뜨고 그를 바라보았다. 프란츠에 대해 제대로 생각해보기도 전에, 그녀는 위로받는 느낌이었다. "어떻게 지내?" 프란츠가 물었다. 그녀의 얼굴이 어두워졌다. 그녀는 대답하는 것조차 잊어버렸다. 그가 말했다. "벌써 알고 있어. 다 알고 있다고. 날 보지 마, 엘리. 내가 하는 말을 잘 들어. 계속 군밤을 꺼내 먹어. 나 어제 당신 집 앞에서…… 날 좀 봐, 그리고 웃어."

그녀는 아주 민첩하게 처신했다. "먹어, 계속." 프란츠는 낮은 목소리로 빠르게 말했다. 그녀는 그저 '네, 아니요'만 말하면 되었다. "그의 친구들을 좀 생각해봐. 내가 모르는 그의 친구들을 당신은 알고 있을지도 모르지. 그가 이곳에서 알고 지내던 사람들이 누구인지 생각 좀 해봐. 어쩌면 그는 이 도시로 오고 있을지도 몰라. 자, 날 보고 좀 웃어. 우린 영화 끝나고 함께 있음 안 돼. 내일 아침 일찍 큰 시장으로 와. 내가 우리 아주머니를 돕고 있을 테니, 거기서 사과를 주문해. 내가 사과를 배달해주면, 그때 얘기를 나눌 수 있을 거야. 내 말 다 알아들었어?" "알았어요." "날 좀 봐." 그녀의 어린애 같은 두 눈에 신뢰감이, 편안함이 담겨 있었다. 아니, 어쩌면 저 눈에 담긴 건 다른 것일지도 몰라, 하고 프란츠는 생각했다. 그녀는 억지로 웃어 보였다. 그녀는 극장 안이 어두워지자 재빨리 다시 한 번 진지한 얼굴로 그를 바라보았다. 지금 엘리는 그녀 편에서 먼저 그의 손이라도 잡고 싶었다. 설사 그저 불안해서라 할지라도.

프란츠는 빈 군밤 봉지를 손 안에서 눌러 구겼다. 그러자 프란츠는, 게오르크가 국내에 남아 있는 한 엘리와 자기 사이에는 어떤 일도 있을 수 없다는 생각이 들었다. 그 자신이나 그녀를 위태롭게 하지 않으면서 그녀를 잠시나마 다시 한 번 볼 수 있다면, 프란츠는 그것으로 행복할 것 같았다.

지금 엘리는 그의 곁에 앉아 있었다. 그녀는 살아 있고, 그 역시 살아 있었다. 그를 짓누르는 모든 것보다 더 강렬하게 지금 그를 덮쳐 오는 것은, 비록 희미하고 약하긴 했지만 행복감의 분출이었다. 프란츠는 혼자서 물어보았다. 엘리는 저 크게 뜬 눈으로 정말 몰두해서 영화를 보고 있는 것일까. 엘리가 눈 내린 풍경 속을 내달리는 화면 속의 저 거친 기병대를, 만사를 잊어버린 채 온 마음을 다해 쫓고 있는 줄 알았더라면, 프란츠는 실망했을 것이다. 프란츠는 더 이상 영화를 보고 있지 않았다. 그는 엘리의 팔을 내려다보고, 가끔 재빨리 그녀의 얼굴을 바라보았다. 영화가 끝나고 극장 안이 밝아졌을 때 그는 화들짝 놀랐다. 사람들 속에 섞여 헤어지기 전 그들의 손이 살짝 부딪쳤다. 함께 놀기를 금지당한 아이들의 손처럼.

V

게오르크는 노란빛 외투 속에서 긴장이 풀어지면서도 스스로 낯설게 느껴졌다. 나, 자네에게 많은 것을 빚졌네, 벨로니. 그런데 이제 어떻게 하지? 길들은 곧 텅 비게 될 테고, 카페와 영화관에서 나온 사람들은 집으로 돌아가겠지. 밤이 심연처럼 그의 앞에 놓여 있었다. 그는 그 심연에서 잠잘 곳을 찾아야 했다. 게오르크는 피곤에 지쳐 무의식적으로 걸었다. 깃털 하나가 이끌어도 움직일 것 같은, 잘 치장한 허수아비. 그의 원래 계획은, 다음 날 레니를 옛 친구 중 하나인 볼란트에게 보내는 것이었다. 이제 그는 직접 볼란트에게 가야만 했다. 다른 방법은 없었다. 다행히 그는 새 옷을 입고 있었다. 게오르크는 그가 취할 수 있는 가장 빠른 길을 생각해내려 애썼다. 잠자고 싶은 욕망만이 가득한 머리로, 이리저리 얽히고설킨 길들을 기억해 내다는 것은 실제로 그 길을 걸어가는 것과 마찬가지로 힘들었다. 그는 10시 반 직전에야 볼란트의 집 앞에 도착했다. 대문은 열려 있었다. 이웃 여인 둘이 장황하게 인사말을 주고받으며 작별하는 중이었다. 4층의 밝은 창이 볼란트의 집이었다. 여기까지는 모든 것이 순조로웠다. 집은 열려 있었고, 사람들은 깨어 있었다. 그는, 볼란트가 최적의 인물임을 의심하지 않았다. 볼란트는 가능한 인물들 중에 최고였다. 월등히 최고였다. 그것에 대해서는 더 생각할 필요도 없었다. 그가 제일 적임자야, 게오르크는 계단에서 다시 한 번 자신에게 말했다. 심장의 고동이 조용해졌다. 아마도 이제 더 이상 쓸데없는 경고에 신경 쓸 필요가, 이번에는 정말이지 아무것도 조심할 필요가 없기 때문일 것이었다.

그는 볼란트의 아내를 알아보았다. 그녀는 젊지도 늙지도, 예쁘지도 못생기지도 않은 여자였다. 그녀가 언젠가 파업 때 어떤 아이를 자신의 집에 받아들였던 생각이, 게오르크에게 떠올랐다. 아버지가 감옥에 갇혀 있어 부모가 없는 것과 같았던 그 아이를 사람들은 저녁에 술집에 데려갔었다. 그때 볼란트는 아내에게 물어본다면서 아이를 데리고 자기 집으로 올라갔는데, 아이 없이 술집으로 돌아왔었다. 그날 밤 늦게까지 그들은 행진을 위한 의논을 했었다. 그사이 그 아이는 부모를, 형제자매를, 그리고 저녁을 얻었던 셈이다. "남편은 지금 없어요. 저 건너편 술집에 가보세요." 그녀는 약간 놀랐으나, 의심하지는 않았다. "여기서 좀 기다려도 될까요?" "정말 미안합니다만, 안 되겠어요." 그녀는 화난 목소리는 아니나, 단호하게 말했다. "너무 늦어서요. 집에 아픈 아이가 있답니다."

그를 꼭 만나야 하는데, 게오르크는 생각했다. 그는 내려가서 계단에 앉았다. 지금 집 대문이 닫힌다면? 볼란트가 오기 전에 이 집에 들어오는 누군가가 날 발견하고 물어볼 수도 있어. 볼란트가 누구와 함께 집으로 올 수도 있지. 길에서 기다려 볼까, 그냥 술집에 들어가 볼까. 그의 아내는 날 알아보지 못한 모양이야. 오늘 아침 만났던 젊은 교사도 날 자기 아버지 연배로 생각하지 않았던가. 그는 여전히 작별 수다 중인 이웃 여자들 사이를 미끄러지듯 빠져 밖으로 나왔다.

아마도 저곳이 그때 그 아이를 데려갔던 술집일 거야. 술집에서는 그곳에 앉은 사람들 모두가, 약간 취한 상태로, 막 크게 웃음을 터뜨리고 있던 참이었다. 그 웃음소리가 어찌나 컸던지 창 앞에 앉은 사람들이 '쉿' 하고 주의를 주었다. 두 남자만이 사복 차림일 뿐, 거의 모두가 나치 돌격대의 제복을 입고 있었다. 사복 차림 중 하나가 볼란트였다. 볼란트 역시, 소리 없이 기분 좋게 웃고 있었다. 그는 예전과 같아 보였다. 술집에서 나온 볼란트는 다른 사람들과 헤어진 후 두 제복 사이에서 걸어갔다. 그들 셋은 이제 크게 웃지 않고, 간혹 낄낄대고 있었다. 그들 셋은 같은 건물에 살고 있음이 틀림없었다. 왜냐하면 한 사람이 대문을 열자 두 사람이 뒤따라 들어갔던 것이다. 그러고는 정말로 문이 닫혔다.

볼란트와 함께 섞여 있는 이 사람들이 볼란트 자신에게 아무 의미가 없다는 것을 게오르크는 알고 있었다. 또 볼란트가 갈색 제복과 함께 걸었다는 사실 역시 별 의미가 없다는 것도 알았다. 게오르크도 수용소에서 충분히 들어 알고 있었다. 사람들의 삶이 변했다는 것을, 사람들의 외양과 교제 형태, 투쟁의 방식이 변했다는 것을 그도 알고 있었다. 게오르크가 옛날과 다름없음을 볼란트가 알듯이, 볼란트 역시 그렇다는 것을 게오르크도 모르지 않았다. 게오르크는 이 모든 것을 알고는 있었으나, 실감하지는 못했다.

게오르크는 지난 수년간 베스트호펜 수용소에서 느꼈던 그대로 느끼고 있었다. 어째서 볼란트와 동행하던 두 사람이 나치 제복을 입고 있는지, 또 볼란트에게 이 동행자들이 무엇을 의미하는지, 그는 지금 자신을 납득시킬 시간이 없었다. 게오르크는 그들을 보는 순간 오직 베스트호펜에서 느꼈던 감정만을 느꼈다. 또 볼란트라고 해서 이마 위에 그를 다른 이들과 구별시켜 주는 표지를 달고 있는 것도 아니었다. 볼란트는 믿을 만한 사람일 것이다. 게오르크가 당장 그렇게 느끼지 못했을 뿐이다. 볼란트는 믿을 수 있는 사람일 수도, 아닐 수도 있었다.

이제 어떻게 해야 하나? 게오르크는 생각했다. 그러나 그는 벌써 행동하고 있었다. 그는 볼란트의 집이 있는 거리를 벗어나고 있었다. 도시가 다시 한 번 살아나고 있었다. 밤이 깊어지기 전 여기저기서 들리는 마지막 소음이었다.

"보름스의 바흐만 부인도 체포했답니다." "뭣 때문에?" 오버캄프는 거칠게 물었다. 그는 바흐만 부인의 체포에 반대했었다. 그것이 이웃 주민들의 쓸데없는 호기심과 흥분만 일깨운다고 생각했기 때문이었다. 그러지 말고 경찰 편에서 공공연하게 보호해준다면, 바흐만 가족은 이웃들로부터 저절로 고립될 것이었다. "목매단 남편을 다락방에서 끌어내렸을 때, 그 마누라는 악을 쓰며 울부짖었다네요. 남편이 심문받기 전, 어제 그랬어야 했다고요. 목매단 빨랫줄도 아깝다고요. 남편 시체를 끌고 나갔는데도 그 마누라는 진정이 안 됐답니다. 온 동네를 시끄럽게 만든 모양이에요. 자기는 죄가 없다고 고래고래 소릴 질렀답니다." "그래서 주변 사람들은 어떤 반응을 보였다던가?" "이런 사람도, 저런 사람도 있었답니다. 보고서를 만들어 올리라고 할까요?" "아니 아니, 됐네." 오버캄프가 말했다. "그건 우리하곤 상관없는 일이지. 보름스 동료들의 관할이야. 그런 거 아니라도 우린 할 일이 많아."

게오르크는, 아무리 그러고 싶어도, 공기가 되어 사라질 수는 없었다. 그는 생각했다. 맨 처음 만나는 여자를 따라 자러 가자.
   그러나 포르바흐 가의 화물역 창고 뒤에서 나온 여자는 전혀 괜찮은 여자가 아니었다. 자신이 꿈꾸던 괜찮은 밤 상대와는 거리가 멀었으므로, 그는 손가락 하나도 대고 싶지 않았다. 길쭉한 머리통에서 살집이 흐물거리는 것 같았다. 적갈색 머리 다발이 진짜 머리카락인지, 아니면 모자에 장식으로 기워 붙인 것인지도, 희미한 가로등 불빛으로는 알 수 없었다. 게오르크는 웃기 시작했다. "이거 당신 머리카락이야?" "그래, 내 머리예요." 그녀는 불안한 듯 그를 바라보았다. 그러자 해골 같던 그녀의 얼굴에 한 가닥 인간다운 기운이 떠올랐다. "상관없지 뭐." 그는 크게 말했다.

그녀는 다시 한 번 게오르크를 곁눈질했다. 그러다가 토르만 가 모퉁이에서 멈춰 섰다. 그녀는 쭈뼛쭈뼛하면서 얼굴을 매만지고, 틀어진 브래지어를 바로잡으려 했다. 그것은 그녀 생각대로 잘 되지 않았다. 그러자 그녀는 한숨까지 내쉬었다. 게오르크는 속으로 생각했다. 이제 어디로든 가야 하는데. 사방 벽이 있는 곳으로, 자물쇠로 문을 닫는 곳으로. 그는 다정하게 그녀의 팔짱을 끼었다. 그들은 재빨리 그곳을 떠났다. 달만 가 모퉁이에서 먼저 경찰을 발견한 것도 그녀였다. 그녀는 게오르크를 성문 안으로 밀어 넣었다. "요즘 단속이 심해요." 그녀가 말했다. 그들은 팔을 끼고 조심스럽게 경비 초소를 피하면서 두어 개의 거리를 지나갔다. 마침내 그들은 도착했다. 모나지도 둥글지도 않은 공터, 그러나 아이가 그려놓은 원처럼 모나기도 하고 둥글기도 한 장소. 이곳, 그리고 서로 얽혀들 듯 붙어 있는 슬레이트 지붕들이 게오르크에게는 지독히도 잘 아는 것처럼 생각되었다. 언젠가 여기서 프란츠와 함께 살지 않았던가.

층계에서 그들은 한 무리의 남녀를 지나가야 했다. 두 명의 사내와 두 명의 아가씨였다. 그중 한 아가씨는 자기보다 머리

두 개는 작은 사내에게 목도리를 매주고는 그 끝을 손으로 잡아 위로 끌어당기고 있었다. 그 작은 사내는 곧 그녀를 아래로 끌었고, 그러면 여자가 다시 그를 위로 잡아끌었다. 다른 사내는 말끔하게 면도한 얼굴에 약간 사팔눈이었고, 대단히 잘 차려입고 있었다. 검은색 긴 원피스를 입은 두 번째 아가씨는 놀랍도록 예뻤다. 옅게 반짝이는 황금빛 구름 같은 머리카락 속에 창백하고 작은 얼굴을 하고 있었다. 그러나 게오르크는 여자를 바꿀 수는 없었다. 생각할 수 없는 일이었다. 또 이러나저러나 마찬가지였다. 게다가 어쩌면 그 비상한 아름다움은 순전히 게오르크의 상상일지도 몰랐다. 게오르크는 다시 한 번 뒤돌아보았다. 네 명도 그를 똑바로 날카롭게 응시했다. 정말이지, 그 아가씨는 갑자기 덜 예뻐 보였다. 코가 너무 뾰족했다. 남자 중 하나가 외쳤다. "잘 자. 이쁜이." 게오르크의 아가씨도 그에게 되받아 소리쳤다. "잘 자. 사팔뜨기 멋쟁이." 여자가 방문을 열자 층계의 작은 남자가 소리쳤다. "잘해봐." 여자가 되받았다. "입 닥쳐. 꼬마 괴벨스."

"저게 침대라는 거야?" 게오르크가 말했다. 그러자 여자는 무섭게 욕을 퍼붓기 시작했다. "여기가 카이저 가*의 엥글리셔 호프 여관이라도 되는 줄 알아요!" "조용히 하시지," 게오르크가 말했다. "내 말 잘 들어. 난 무슨 일에 걸려 있어. 당신과는 상관없는 일이야. 순전히 내 걱정거리니까. 그 일 후로 난 눈

*프랑크푸르트의 유명 환락가.

한 번 붙이지 못했어. 날 좀 잠들게 내버려둔다면, 내게서 좀 얻을 게 있을 거야. 내가 갖고 있는 걸 주겠다고." 여자는 놀라서 게오르크를 바라보았다. 그녀의 두 눈이 이글거렸다. 마치 해골의 머리통에서 빛이 번쩍이는 것 같았다. 그녀는 아주 단호하게 선언했다. "좋아요."

문 바깥쪽에서 쾅 하고 부딪치는 소리가 났다. 예의 그 키 작은 남자가 머리를 쑥 들이밀고 들어왔다. 그는 뭘 남겨놓고 가기라도 한 것처럼 방 안을 두리번거렸다. 여자가 그에게 달려가 욕설을 퍼부었다. 그러더니 욕설 소리가 갑자기 뚝 멈췄다. 남자가 여자에게—그저 눈썹으로—나가자는 표시를 했기 때문이었다.

게오르크는 그 다섯 명이 문 뒤에서 소곤거리며 주고받는 소리를 들었다. 긴장하여 낮게 속삭이는 그 소리들은 그만큼 날카롭게 들렸다. 그럼에도 불구하고 게오르크는 한마디도 알아들을 수가 없었다. 쉿 하는 소리가 나더니 그들의 대화는 갑자기 끊어졌다. 게오르크는 자신의 목을 잡아보았다. 방이 갑자기 좁아졌단 말인가? 사방 벽이, 천장과 바닥이 서로 밀고 들어왔단 말인가? 그는 생각했다. 여기서 나가야 해.

그때 여자가 돌아왔다. 여자가 말했다. "그렇게 짜증스럽게 보지 마요."

여자는 손가락으로 그의 턱을 톡톡 쳤다. 그는 여자의 손을 뿌리쳤다.

그러나 뒤이어, 이 얼마나 기적인가. 게오르크는 정말로 잠이 들었다. 몇 시간을 잤을까? 아니 단 몇 분일까? 뢰벤슈타인이 이러지도 저러지도 못하고 절망적으로, 수도꼭지를 세 번째 틀었던가? 게오르크의 의식이 서서히 되살아났다. 의식이 살아남과 함께 미칠 것 같은 통증도 찾아왔다. 몸의 대여섯 군데는 욱신거리는 것 같았다. 그러나 그는 놀랍도록 상쾌하게, 벌써 다 나은 듯이 느끼고 있었다. 그는 정말로 잠을 잤던 것이다. 저 여자에게 내 가진 것 전부를 주어야겠다고, 그는 생각했다. 그런데 대체 무엇 때문에 잠이 깼을까? 전등은 꺼져 있었다. 안마당에 켜진 외등 불빛이 작은 창을 통해 들어와 침대 머리맡에 떨어지고 있었다. 게오르크가 일어나 앉자, 그의 그림자도 맞은편 벽에 거대한 모습으로 일어나 앉았다. 그는 혼자였다. 그는 귀를 기울이고 기다렸다. 계단에서 무슨 소리가 나는 것을 들은 것 같았다. 맨발이 가볍게 삐걱거리는 소리거나, 고양이가 지나가는 소리 같았다. 게오르크는 거인같이 천장에 자라나 있는 자기 자신의 그림자에 말할 수 없이 마음이 죄어드는 것을 느꼈다. 마치 게오르크에게 달려들려는 듯, 갑자기 그 그림자가 움찔했다. 그의 머릿속으로 번개같이 스쳐 가는 생각. 아까 이 방으로 올라올 때 그의 등 뒤에 꽂히던 네 쌍의 날카로운 눈. 문틈으로 들이밀던 키 작은 사내 녀석의 머리통, 그들이 눈썹으로 주고받던 신호, 계단에서의 속삭임. 게오르크는 벌떡 침대에서 일어나 창문에서 안마당으로 뛰어내렸다. 마당에 쌓아놓은 양배추 더미에 떨어진 그는 마구 양배추들을 짓밟으며 허우적거렸다. 그러다가 그는 양배추 하나를 박살내고 말았다. 그러지 않았더라면 빗장을 훨씬 빨리 열 수 있었을 텐데. 뒤이어 그는 방해가 되는 무엇인가를 냅다 후려쳤는데, 잠시 후 깨달았다. 그것은 어떤 여자였다. 게오르크는 그 여자의 얼굴과 쾅 하고 부딪쳤던 것이다. 게오르크 자신의 두 눈을 빤히 바라보는 두 개의 눈, 그의 입을 향해 울부짖는 여자의 입. 그들은, 마치 두려움에 서로 뒤엉켜 붙은 것처럼, 땅바닥에 함께 나뒹굴었다. 그는 지그재그로 달려 나와 공터를 지나 어느 골목으로 숨어들었다. 바로 몇 해 전 그가 행복하게 살았던 바로 그 골목이었다. 마치 꿈을 꾸듯이 그는, 그 골목길에 깔린 돌들을, 구둣방 위에 걸린 새장을 알아보았다. 여기 이 문을 밀치면 안마당으로 들어서고, 그것을 통해 다른 집들의 안마당으로 들어갈 수가 있으며, 그곳에서는 또 발트빈스 골목으로 빠져나갈 수가 있었다. 그렇지만 만약 여기 이 문이 닫혀 있다면, 그때는 모든 것이 끝이다. 그는 생각했다. 문은 닫혀 있었다. 그러나 크게 문제될 것은 없었다. 그는 등 뒤에 있는 것에 몸을 받치고 담을 넘어 안마당으로 들어섰다. 그것은 옛날 습관에 따라 본능적으로 떠오른 것이었다. 그는 이웃집 안마당들을 통과하여 어떤 집 대문에 기대 숨을 헐떡이면서 귀를 기울였다. 여기서는 모든 것이 조용했다. 그는 빗장을 밀어 젖혔다. 그러고는 발트빈스 골목으로 들어섰다. 게오르크는 경찰의 호루라기 소리를 들었다. 그러나 그것은 안톤 광장에서 나는 것이었다. 게오르크는 다시 얽히고설킨 골목길들을 지나 달렸다. 이제 그는 또다시 꿈속에 있는 듯했다. 두어 곳은 옛 모습 그대로

였고, 두어 곳은 완전히 변해 있었다. 거기 성문 위에는 옛날처럼 성모마리아 상이 걸려 있었지만, 그 옆의 골목길은 없어졌고, 그가 모르는 낯선 광장이 생겨나 있었다. 그는 이 낯선 광장을 달려 다시 얽히고설킨 골목길들을 지나 도시의 다른 구역으로 빠져나왔다. 그곳에선 흙냄새와 나무 냄새가 났다. 그는 야트막한 격자 울타리를 기어올라 주목*들이 심어진 구석에 숨었다. 그는 앉아서 헐떡이다가 얼마간 더 기어갔다. 그러다가 완전히 드러눕고 말았다. 갑자기 온몸의 힘이 다 빠져나갔던 것이다.

    게오르크의 생각은 전에 없이 분명해졌다. 이제야 그는 정신이 들었다. 창에서 뛰어내려 도망친 후뿐만 아니라, 수용소를 탈출한 이후 처음 제대로 정신이 든 것 같았다. 이제 모든 것은 얼마나 무섭게 헐벗고 있으며, 얼마나 추운가. 살아나가는 것이 불가능함은 또 얼마나 분명한가. 지금껏 그는 자기 자신도 알 수 없는 압박감에 쫓겨, 마치 몽유병자처럼 그가 부딪치는 모퉁이들을 달려왔었다. 마침내 그는 완전히 깨어나 자신이 어디에 있는지를 알았다. 게오르크는 어지러웠다. 그는 늘어진 나뭇가지들에 달라붙었다. 지금까지 그는 몽유병자에게나 생길 법한, 그리고 깨어나면 흩어져 버리는 저 이상한 힘에 이끌려 탈 없이 헤치고 나올 수 있었다. 아마 이대로라면 무사히 탈출에 성공할 수 있을지도 모른다. 하지만 유감스럽게도 게오르

---

*상록의 침엽 교목.

크는 지금 정신이 너무 또렷했다. 단순한 의지만으로 상황을 붙잡을 수는 없는 일이었다. 그는 공포로 얼어붙었다. 그러나 그는, 지독히 외로웠음에도 불구하고, 자신을 다잡았다. 나는 지금도, 그리고 언제나 나 자신을 잘 다스릴 거야. 그는 스스로에게 말했다. 최후까지 품위 있게 처신할 거야. 나뭇가지들이 그의 손가락 사이로 미끄러져 들어왔다. 그는 손안에 무엇인가 끈적거리는 것을 느끼고 위를 올려다보았다. 아주 큰 꽃이었다. 얼마나 큰지는 알 수 없었지만, 그가 지금까지 본 것 중 가장 큰 꽃송이였다. 심한 현기증으로 인해 땅바닥의 흔들림이 아주 심했으므로 그는 재빨리 다시 나뭇가지를 거머잡았다.

그는 지금 얼마나 맑은 정신으로 깨어 있는가. 완전히 깨어 있다는 것은 또 얼마나 힘든 일인가. 모든 친구들로부터 떨어진 게오르크는 이 깨어난 상태에서 아주 비참한 기분이었다.

그의 도주로는 모두 확인되었을 것이며, 그의 인상착의가 적힌 지명수배서도 전국에 배포되었을 것이다. 라디오와 신문들은 그의 특징을 끊임없이 모든 사람의 뇌리에 집어넣고 있을 것이다. 그 어떤 도시보다 이 도시가 그에겐 위험했다. 한 여자를 믿었던 어리석음, 가장 멍청하고 가장 흔한 이유로 파멸해 가려는 바로 그 지점에 그는 서 있었다. 이제 게오르크는 옛날의 레니를 그려볼 수 있었다. 그것은 나는 듯한 걸음걸이도, 평범한 모습도 아니었다. 그저 사랑하는 이를 위해 불에라도 뛰어들고, 수프를 끓이며, 전단을 뿌릴 준비가 돼 있던 옛날의 그녀였다. 그때 그녀는 게오르크가 터키인이라 했더라도, 니더라트 성전(聖戰)*에서 그를 위해 나팔을 불었을 것이다.

격자 울타리 옆의 길에서 발자국 소리가 들렸다. 지팡이를 짚은 사람이 지나가고 있었다. 마인 강이 가까이 있음에 틀림없었다. 그런데 그는 어느 집 정원에 있는 것이 아니라, 강변의 녹지에 와 있었다. 그는 이제 나무들 뒤로 오버마인 부둣가의 납작한 하얀 집들을 보았다. 열차들이 굴러가는 소리를, 그리고 상당히 어두웠음에도 불구하고, 처음으로 시내 전차의 따르릉거리는 소리를 들었다.

그는 여기서 빠져나가야 했다. 틀림없이 그의 어머니는 감시당하고 있을 것이다. 자신의 성을 아직 갖고 있는 아내 엘리도, 이 도시에서 그의 삶에 손톱만큼이라도 끼어들었던 사람들도 모두 감시당하고 있을 것이다. 그의 친구 두어 명과 그의 선생님도 감시당할 것이며, 형제들과 그가 사랑한 사람들 모두가 감시받고 있을 것이다. 온 도시가 포획의 그물이었다. 게오르크는 이미 그 그물 안에 들어 있었다. 그는 어떻게든 빠져나가야 했다. 사실상, 그는 지금 녹초가 돼 있었다. 격자 울타리를 뛰어넘기에도 힘에 부쳤다. 어떻게 이 도시를 빠져나간단 말인가? 어떻게 어제 왔던 그 길을 지나, 스무 번도 더 비슷한 길을 통과하여 국경까지 뚫고 나간단 말인가? 그는 붙잡힐 때까지 여기 이대로 웅크리고 있을 수도 있었다. 그 생각을 하자, 마치

---

*실제 이런 전쟁은 없었다. 프랑크푸르트의 마인 강 왼쪽에 위치한 니더라트는 레니가 살고 있는 곳이다. 터키가 중유럽을 상대로 치렀던 전쟁을 두고 오스만 제국의 역사에서는 믿음의 투쟁, 즉 성전으로 표현하는데, 작가는 이런 묘사로 레니의 변덕스러움을 나타낸 것이다.

누군가가 그에게 그런 제안을 하기라도 한 것처럼, 게오르크는 화를 내며 저항했다. 자유를 향해 조금이라도 움직일 힘이 있다면, 그 움직임이 아무리 의미 없고 소용없는 것이라 해도, 그는 움직이고 싶었다.

아주 가까이 있는 다리 옆에서 벌써 땅을 파헤치는 굴삭기 소리가 들려왔다. 저 소리를 어머니도 듣고 있겠지. 그는 생각했다. 내 동생도 듣고 있을 거야.

옮긴이 **김숙희**

이화여자대학교 독문학과와 동 대학원을 졸업하고, 독일 밤베르크 대학교와 프라이부르크 대학교에서 수학했다. 〈독일 제3제국의 내적망명문학연구〉로 박사학위를 받았다. 1984년부터 2011년까지 동덕여자대학교 독일어과 교수로 재직했다. 옮긴 책으로 《11월》《칼립소》《식물 사냥꾼》《빌헬름 마이스터의 편력시대》(공역) 등이 있다.

세계문학의 숲 033

제7의 십자가 1

2013년 7월 19일 초판 1쇄 인쇄
2013년 7월 26일 초판 1쇄 발행

지은이 | 안나 제거스
옮긴이 | 김숙희
발행인 | 전재국

발행처 | (주)시공사
출판등록 | 1989년 5월 10일(제3-248호)

주소 | 서울특별시 서초구 사임당로 82 (우편번호 137-879)
전화 | 편집 (02)2046-2867 · 영업 (02)2046-2800
팩스 | 편집 (02)585-1755 · 영업 (02)588-0835
홈페이지 | www.sigongsa.com
세계문학의 숲 홈페이지 | www.sigongclassic.com

ISBN 978-89-527-6955-8(04850)
  978-89-527-5961-0(set)

본서의 내용을 무단 복제하는 것은 저작권법에 의해 금지되어 있습니다.
파본이나 잘못된 책은 구입하신 서점에서 교환하여 드립니다.